초대받은 여자 1

L'invitée

L'INVITÉE

by Simone de Beauvoir

세계문학전집 434

초대받은 여자 1

L'invitée

시몬 드 보부아르

강초롱 옮김

민음사

올가 코사키에비치에게

모든 의식은 저마다 다른 의식의 죽음을 좇는다.

— 헤겔

일러두기

1 이 책은 Simone de Beauvoir, *L'invitée*(Gallimard Folio, 1972)를 저본으로 삼아 우리말로 옮겼다.

2 본문의 각주는 모두 옮긴이 주이다.

차례

1부

1장

    프랑수아즈는 눈을 들었다. 제르베르가 손가락으로 춤을 추듯이 자판을 두드리면서 날 선 표정으로 원고를 응시하고 있었다. 피곤해 보였다. 졸리기는 프랑수아즈 역시 마찬가지였다. 하지만 그녀의 피로감은 무언가 익숙하면서도 나른한 느낌을 주는 것이었다. 프랑수아즈는 제르베르의 눈 밑에 드리워진 눈 그늘이 늘 마음에 들지 않았다. 안 그래도 얼굴이 수척하고 무뚝뚝해 보이는데, 저 눈 그늘 탓에 제 나이보다 스무 살가량 더 들어 보였기 때문이다.

    "여기까지 할까?"

    "아뇨, 괜찮습니다."

    "하기야, 나도 한 장면만 손보면 돼."

    프랑수아즈는 페이지를 한 장 넘겼다. 조금 전 이미 새벽 2시를 알리는 시계 소리가 울린 터였다. 보통 극장에 깨어 있는 사람이 없는 시간인데도 불구하고 제르베르는 깨어 있었다. 그리고 탁탁거리는 타자기 소리가 들리는 가운데, 조명등의 발그레한 불빛이 종이 위를 비추고 있었다. 나 또한 뛰는 심장을 안고서 이곳에 존재하고 있다. 한밤중 극장 안에 펄떡이는 심장 하나가 존재하고 있는 것이다.

"나는 밤에 일하는 게 좋아."

"저도요. 조용하니까요." 제르베르가 대답했다.

그가 하품을 했다. 재떨이는 담배꽁초로 가득 차 있었고, 유리잔 두 개와 빈 병 하나가 원탁 위에 놓여 있었다. 프랑수아즈는 좁은 작업실의 벽을 바라보았다. 인간적인 분위기를 풍기는 불빛을 머금은 더운 공기가 발그레한 색을 띤 채 퍼져 나가고 있었다. 바깥은, 황량한 복도가 텅 비고 널따란 건물을 에워싼, 인간미라고는 찾아볼 수 없는 어두컴컴한 극장이었다. 프랑수아즈가 펜을 내려놓고 말했다.

"한 잔 더 마시는 게 어때?"

"거절할 이유가 없죠!"

"내가 피에르의 분장실에 가서 한 병 가져올게."

그녀는 작업실을 나섰다. 위스키가 마시고 싶었다기보다는, 어두운 복도에 마음이 끌렸기 때문이다. 그녀가 복도에 있지 않을 때에는, 먼지 냄새와 어둠 그리고 쓸쓸함을 자아내는 적막함에 이르기까지 그 어느 것 하나 누군가를 위해 실재한다고 할 수 없었다. 아예 모든 게 실재하지 않는 것이었다. 그런데 그녀가 복도에 들어선 지금, 양탄자의 붉은빛이 희미한 야

등처럼 어둠을 뚫고 나왔다. 그녀에게는 그럴 만한 능력이 있었다. 지금 이곳에 그녀가 존재하는 덕분에 사물들은 서로 구별되지 않는 상태에서 벗어나게 된 셈이었다. 그녀의 현존이 그들에게 저마다의 색채와 냄새를 부여하고 있었다. 프랑수아즈는 한 층 아래로 내려가서 공연장의 문을 밀었다. 황량함과 어둠으로 가득 찬 그곳을 실재하도록 해야 하는 것이 자신에게 주어진 의무인 듯 느껴졌다. 셔터는 내려진 상태였고, 벽에서는 새로 칠한 페인트 냄새가 났다. 붉은색 부드러운 기모 재질의 객석 의자는 대기 상태로 가만히 줄지어 있었다. 방금 전까지만 해도 그것들은 그 무엇도 기다리지 않고 있었다. 그런데 이제 그녀가 이곳에 들어서자 의자가 팔을 내밀었다. 셔터로 가린 무대를 바라보면서, 피에르와 조명 불빛을, 그리고 수많은 관객이 모여들길 바라고 있었던 것이다. 이러한 고독과 기다림을 지속하게 하려면, 이 자리에 영원히 머물러야 하리라. 하지만 소품실, 분장실, 대기실 등 다른 장소들 역시 그녀의 존재를 필요로 하고 있었다. 한 번에 도처에 존재해야만 할 터였다. 프랑수아즈는 본무대를 가로질러 무대 뒤편으로 올라갔다. 대기실 문을 열고는, 무대를 꾸미는 데 사용하는 낡은 도구들이 오랫동안 방치되어 있는 안뜰로 내려갔다. 이 버려진 장소로부터, 그리고 여기에 잠들어 있는 사물들로부터 의미를 끌어낼 수 있는 것은 오직 그녀뿐이었다. 그녀가 이곳에 존재하자, 이 모든 게 그녀의 것이 되었다. 세계가 그녀의 소유인 셈이었다. 세상이 그녀의 것이었다.

프랑수아즈는 배우 관계자 전용 출입구의 닫힌 작은 철문을 통과해서 광장 한가운데로 나아갔다. 광장을 둘러싸고 집과 극장, 모두 잠들어 있었다. 단 하나의 극장 창문만이 불그스름한 빛을 띠고 있었다. 그녀는 벤치에 앉았다. 밤나무 위로 보이는 하늘은 검은빛을 띠고 있었다. 고즈넉한 지방의 어느 소도시 한가운데에 와 있는 듯했다. 이 순간 피에르가 곁에 없다는 게 아쉽지는 않았다. 그와 함께 있을 때는 느끼지 못했던 기쁨을 맛볼 수 있었기 때문이다. 전적인 고독이 선사하는 기쁨이었다. 지난 팔 년간 이런 종류의 기쁨이 있음을 잊고 살아왔고, 그래서 가끔은 후회 비슷한 감정을 느끼곤 했다. 그녀는 나무로 된 딱딱한 벤치에 몸을 기댔다. 아스팔트 보도 위를 빠르게 걸어가는 발자국 소리가 울려 퍼지는 가운데, 트럭 한 대가 도로를 지나가고 있었다. 움직임이 빚어내는 소리와 하늘, 흔들리는 나뭇잎, 어두운 벽면에서 불그스레하게 빛나는 창문 하나가 존재하고 있었다. 더 이상 프랑수아즈는 없었다. 그 어디에도 누구 하나 실재하고 있지 않았다.

프랑수아즈는 튕겨 오르듯 자리에서 일어났다. 이제 평범한 누군가이자 그냥 한 여자로, 그것도 빨리 처리해야 하는 작업 때문에 초조해하는 한 여자로 되돌아가야 한다고 생각하니 기분이 묘했다. 그래서인지 지금 이 순간이 인생의 다른 순간들과 전혀 다를 바 없게 느껴졌다. 그녀는 출입문 손잡이에 손을 얹은 채 미어지는 가슴을 안고 뒤를 돌아보았다. 포기이자 배신이었다. 시골풍의 작은 광장은 다시금 어둠 속에 파묻히게 되리라. 불그스레한 빛을 띤 창문 또한 홀로 헛되이 빛을 발할 테고. 이 무렵에 느낄 수 있는 감미로움 또한 영원히 사라지고 말 것이다. 감미로움을 자아내는 수많은 것들이 이런 식으로 도처에서 사라지고 있었다. 그녀는 안마당을 가로질러 나무로 만든 녹색 계단을 올라갔다. 이런 미련 따위는 버린 지 오래였다. 그녀에게 속한 삶 이외에 실재하는 것은 아무것도 없었다. 그녀는 피에르의 분장실로 들어가 수납장에서 위스키 한 병을 꺼내 들고, 작업실 쪽으로 뛰어 올라갔다.

"기운을 되찾게 해 줄 걸 가져왔어. 그냥 마실래 아니면 물에 섞어 마실래?"

"그냥요."

"집에 갈 수 있겠어?"

"위스키라면 제법 마실 수 있게 됐다고요." 제르베르는 의기양양하게 대답했다.

"그렇게 된 게 고작 얼마 전부터면서……."

"부자가 돼서 제 집을 마련하면 찬장에 늘 배트69 위스키 한 병을 쟁여 놓을 작정입니다."

"그러면 네 경력은 끝장나고 말 거야."

이렇게 말하고 나서 프랑수아즈는 다정하게 제르베르를 바라보았다. 그는 호주머니에서 담뱃대를 꺼내더니, 그 안에다 담뱃잎을 정성껏 채워 넣었다. 그의 첫 번째 담뱃대였다. 매일 저녁 함께 보졸레 포도주를 한 병 비우고 나면, 제르베르는 탁자 위에 담뱃대를 올려놓고 어린아이같이 자랑스러워하는 얼굴로 쳐다보곤 했다. 그는 또한 코냑이나 화주를 마시면서 담배를 피웠다. 그러고 나서 두 사람은 그날의 작업과 포도주 그리고 다른 술로 인해 얼굴이 살짝 달아오른 상태로 길을 나서

곤 했다. 제르베르는 검은 머리칼을 얼굴에 늘어뜨린 채 두 손을 호주머니에 찔러 넣고 성큼성큼 걸었다. 이젠 그것도 끝이었다. 자주 만나기야 하겠지만, 피에르 혹은 다른 이들과 함께 만나게 될 것이었다. 다시금 데면데면한 사이가 될지도 모를 일이었다.

"선생님은 여자치고 위스키에 강한 편이세요." 감정이 실리지 않은 어조로 제르베르가 말했다.

그는 프랑수아즈를 관찰하듯 살피다가 이렇게 덧붙였다.

"다만 오늘은 너무 과로하셨으니까 조금 주무시는 게 좋겠어요. 눈을 붙이고 싶으시면 그렇게 하세요, 제가 깨워 드릴게요."

"아니야, 작업을 마무리하고 싶어."

"배가 고프진 않으세요? 샌드위치 좀 가져다 드릴까요?"

"그래 주면 고맙지."

프랑수아즈는 제르베르를 향해 미소 지었다. 함께 작업하는 동안 그는 참으로 배려심 많고 세심한 모습을 보여 주었더랬다. 의기소침해질 때면, 밝게 빛나는 그의 눈을 바라보기만 해도 자신감을 되찾을 수 있었다. 그녀로서는 고마움을 표할 만한 적당한 말을 찾길 바랐는지도 몰랐다.

"우리 작업이 이렇게 끝나 가는 게 좀 아쉽다. 너와 함께 일하는 데 많이 익숙해졌는데 말이야."

"그렇지만 공연을 무대에 올리면 기분이 훨씬 좋아질 거예요." 두 눈을 반짝이면서 제르베르가 말했다. 그의 두 볼은 술기운으로 벌게져 있었다.

"사흘 뒤에 공연을 다시 시작하리라고 생각하니 마음이 무척 들뜨네요. 저는 시즌 초반이 특히나 좋더라고요."

"그래, 재미있을 거야."

프랑수아즈는 원고를 자기 쪽으로 끌어당겼다. 서로 얼굴을 맞대고 보낸 지난 열흘이 끝나 가는 데에 그는 아쉬움을 느끼지 않았다. 어찌 보면 당연했다. 프랑수아즈 역시 아쉽지 않긴 마찬가지였다. 그러니 제르베르에게 아쉬워하라고 일방적으로 요구할 수는 없는 노릇이었다.

"공연이 없는 극장 안을 가로지를 때면 오싹한 기분이 들어요. 을씨년스럽거든요. 최근에 있었던 공격 탓에 올해 내내 극장을 열지 못할 거라고 생각했어요."

"아슬아슬하게 고비를 넘긴 셈이지."

"극장을 계속 열 수 있으면 좋겠어요."

"그렇게 될 거야."

프랑수아즈는 전쟁이 일어나리라고 단 한 번도 생각해 본적이 없었다. 결핵이나 열차 사고와 마찬가지로, 전쟁이 자기에게 닥칠 리 없다고 믿었기 때문이다. 그런 건 남들이나 겪는 일일 뿐이라고 믿은 것이다.

"진짜로 심각한 불행을 맞닥뜨리는 상황을 상상할 수 있어?"

"그럼요, 곧잘 하는걸요." 제르베르가 얼굴을 찌푸리면서 말했다.

"나는 아니야."

그건 생각해 볼 가치조차 없는 일이었다. 스스로 방어할 수 있는 위험이라면 들여다봐야겠지만, 전쟁이란 인간이 가늠할수 있는 범위를 넘어선 것이었다. 만약 어느 날 전쟁이 터진다면, 더는 그 무엇도 중요하게 여겨지지 않으리라. 죽고 사는 문제마저 말이다.

"전쟁이 일어나진 않을 거야."

다시 한 번 이렇게 말하고 나서 프랑수아즈는 원고를 들여다보았다. 타자기에서 탁탁거리는 소리가 울리는 가운데, 작업실에서는 담배와 잉크 냄새 그리고 밤 내음이 감돌고 있었다. 창문 너머로 보이는 작은 광장은 어두운 하늘 밑에서 조용히 잠들어 있었고, 황량한 들판 한가운데로는 기차 한 대가 내달리고 있었다. 나는 이곳에 있다. 광장과 달리는 기차가 실재하는 까닭은 바로 이곳에 존재하는 나를 위해서다. 파리 전체가, 그리고 온 세상이 이 작은 작업실로부터 희미하게 새어 나오는 불그스레한 불빛 속에서 실재하고 있다. 또한 행복으로 점철된 기나긴 세월 전체가 바로 이 순간 속에서 실재하고 있는 것이다. 난 내 생의 한가운데에서 이곳에 존재하고 있다.

"인간이 잠을 자야만 한다는 건 유감스러운 일이야."

"그중에서도 잠을 자고 있다는 걸 스스로 느낄 수 없다는 게 특히나 애석한 일이죠. 잠들어 간다는 느낌을 받기 무섭게 잠에서 깨어나고 마니까요. 얻는 게 전혀 없잖아요."

"그래서 남들이 잠자는 동안 깨어 있으면 기분이 좋지 않아?"

프랑수아즈는 펜을 놓고 귀를 기울였다. 아무 소리도 들리지 않았다. 광장과 극장 모두 어둠 속에 잠겨 있었다.

"이 시간에 세상 사람 모두가 잠들어 있고, 너랑 나만 깨어 있다고 상상해 봐."

"그런 상상을 하니 오히려 겁이 나는데요."

눈 위에 드리워진 기다란 검은 머리카락을 뒤로 쓸어 넘기면서 제르베르가 말을 이어 갔다.

"달을 떠올릴 때와 같은 기분이에요. 산이 얼음으로 뒤덮여 있고 땅은 갈라진 데다, 그 어디서도 인적이라곤 찾아볼 수 없는 거죠. 달에 처음으로 오를 사람은 배짱이 두둑해야 할걸요."

"누군가 달에 가 보자고 하면 난 거절하지 않을 거야."

이렇게 말하면서 프랑수아즈는 제르베르를 바라보았다. 보통 두 사람은 나란히 앉곤 했다. 그가 옆에 있는 느낌이 좋았지만 서로 대화를 나누지는 않았다. 그런데 오늘 밤에는 그와 이야기를 나누고 싶었다.

"네가 부재할 때 세상이 어떨지 생각해 보면 기분이 묘해질걸."

"그렇네요, 기분이 묘해요."

"우리가 죽었을 때의 상황을 그려 볼 때와 같은 거야. 그 정도까진 아니더라도, 어느 귀퉁이에서 세상을 바라봐야만 하는 상황에 처했다고 가정해 볼 순 있겠지."

"그 귀퉁이에서 절대로 내다볼 수 없는 모든 것들이 기이하게 느껴지겠죠."

"하찮고 작은 부분 외에 나머지 세상을 전연 모른다고 생각하면 예전엔 가슴이 아팠어. 넌 그렇지 않아?"

"아마도 그렇겠죠."

프랑수아즈는 미소를 지었다. 제르베르는 대화 도중에 간혹 반대 의사를 내비치는 경우가 있었지만, 자기 의견을 명확히 드러내는 일은 거의 없었다.

"지금은 아무렇지도 않아. 내가 어디를 가든지 나머지 세상이 나를 따라서 이동한다고 믿기로 했거든. 그렇게 생각한 덕분에 아쉬움을 완전히 떨쳐 낼 수 있었지."

"뭐가 그리 아쉬우셨는데요?"

"세상이 이토록 넓은데 정작 나 자신은 내 껍질 안에서만 살아가고 있다는 점이."

제르베르는 프랑수아즈를 바라보았다.

"하긴, 특히나 선생님께선 비교적 정해진 틀 안에서 생활하시는 편이니까요."

늘 신중한 그로서는, 방금 전과 같이 그다지 대수롭지 않은 질문조차 대담한 시도를 한 셈이었다. 내가 지나치게 틀에 박힌 생활을 한다고 생각하는 걸까? 나를 평가하고 있단 말인가? 저 아이가 나를 어떻게 생각하고 있는지 궁금하다…… 작업실, 극장, 집, 책, 원고, 일. 퍽이나 틀에 박힌 생활이긴 했다.

"어쩔 수 없이 선택해야 한다는 걸 이젠 알아."

"저로서는 선택을 해야 하는 순간이 달갑지 않아요."

"처음엔 나도 그게 참 괴로웠어. 하지만 지금은 아쉽지 않아. 내 편에서 볼 때 실재하지 않는 것들은 아예 없는 셈 치기로 했거든."

"어떤 식으로요?"

프랑수아즈는 머뭇거렸다. 느낌으로는 잘 알고 있었다. 자신이 문을 닫고 돌아서더라도 복도와 객석 그리고 무대가 흔적 없이 사라지지는 않는다는 사실을 말이다. 하지만 이제 그들은 저 멀리, 문 뒤에서만 존재하고 있을 뿐이었다. 밤의 끄트

머리에서 작업실의 미적지근한 활기로 이어지는 고요한 들판
을 기차가 내달리고 있었다.

"달 풍경 같은 거라고 생각하면 돼. 실체가 없는 거지. 들리
는 소문에 불과할 뿐. 무슨 느낌인지 모르겠어?"

"모르겠어요. 상상이 가질 않아요."

"그럼 한 번에 한 가지밖에 볼 수 없다는 점에 짜증이 난
적은 없어?"

제르베르는 생각에 잠겼다.

"저를 신경 쓰이게 하는 건 다른 사람들이에요. 남들이 제
앞에서 제가 모르는 사람 이야기를 하는 게 전 너무 싫어요.
그 사람에 대해 좋게 이야기할 때는 특히나 싫고요. 자기 세
계 속에 살면서, 제가 실재한다는 사실조차 모르는 사람이잖
아요."

제르베르가 스스로에 대해 이렇게나 길게 말하는 건 드문
일이었다. 그 역시 이게 마지막이라는 생각에 일시적으로 마
음이 동해서 친밀함을 느낀 것일까? 불그스름한 빛이 만들
어 낸 동그라미 안에 살아 있는 건 그들 두 사람뿐이었다. 두
사람 모두 동일한 불빛과 동일한 밤을 겪고 있었다. 프랑수아
즈는 말려 올라간 속눈썹 아래로 보이는 제르베르의 아름다
운 푸른 눈과 야무진 입매를 응시했다. 내가 원하기만 했더라
면…… 아직 너무 늦지 않았는지도 모른다. 하지만 도대체 뭘
원할 수 있단 말인가?

"맞아, 모욕적이지."

"그 사람과 안면을 트면 바로 기분이 한결 나아지긴 해요."

"우린 남들 역시 우리와 동일하게 의식으로 존재하면서 스스로를 느낀다는 점을 실감하지 못한 채 살아가곤 하지. 어렴풋하게나마 그렇다는 사실을 감지할 때면 끔찍한 기분이 들어. 다른 누군가의 머릿속에서 하나의 이미지와 다를 바 없는 상태로 존재한다는 느낌을 받게 되니까. 하지만 그런 일은 좀처럼 잘 일어나지 않아. 아니, 절대로 일어날 리 없어."

그러자 제르베르가 흥분해서 말했다.

"맞습니다. 아마도 바로 그렇기 때문에 누군가 제 이야기를 할 때면 불쾌한 감정이 드는 걸 거예요. 아무리 저에 대해 좋게 이야기한다고 해도 말이죠. 그 사람이 저보다 우위를 점하고 있는 듯 보이니까요."

"내겐 말이야, 다른 사람이 나에 대해 어떻게 생각하는지는 그다지 중요하지 않아."

제르베르가 웃음을 터뜨렸다.

"그렇다면 자기애가 높은 사람이라고는 할 수 없겠네요."

"남들 생각이 그들의 말이나 얼굴과 똑같다고 생각하기 때문이야. 내게 속한 세상 속에서 그것들 모두는 대상일 뿐이니까. 엘리자베트가 날 뜻밖이라 여기는 까닭은 내가 야심이 없기 때문만은 아니야. 내가 이런 생각을 하기 때문이기도 하거든. 난 이 세상에서 한자리 차지하려고 아등바등할 필요를 못 느껴. 이미 특별한 자리를 차지하고 있으니까."

그러고는 제르베르에게 미소를 보내며 프랑수아즈는 이렇게 말했다.

"야심이 없는 건 너도 마찬가지잖아."

"맞아요. 왜 그래야 하는지 모르겠어요."

제르베르는 잠시 뜸을 들이더니 이렇게 말을 이어 갔다.

"그래도 언젠가는 좋은 배우가 되고 싶긴 해요."

"나도 그래. 훌륭한 작품을 쓰고 싶거든. 누구나 자기 일에서 두각을 드러내고 싶어 하니까. 그렇지만 난 유명해지거나 명예를 얻고 싶어서 그러는 게 아니야."

"맞아요."

우유 배달차가 창 밑을 지나갔다. 조금 있으면 어둠이 걷힐 터였다. 피에르를 태운 기차가 샤토루를 지나 비에르종 가까이에 도달했을 시간이었다. 하품을 하는 제르베르의 눈은 졸린 아이의 눈처럼 충혈되어 있었다.

"넌 잠을 좀 자야 할 것 같은데."

프랑수아즈가 이렇게 말하자 제르베르는 눈을 비볐다.

"완성본을 라브루스 선생님께 보여 드려야 하잖아요."

고집스러운 투로 이렇게 말하면서 그는 잔에다 위스키를 따랐다.

"더군다나 전 졸린 게 아니라 목이 마른 거라고요!"

제르베르는 술을 들이켠 뒤 다시 잔을 내려놓았다. 그러더니 잠시 생각에 잠겼다.

"하긴, 졸린 건지도 모르겠네요."

"갈증이 나는 건지 졸린 건지 결론을 내라고." 프랑수아즈는 장난치듯 말했다.

"어떤 상태인지 분간이 잘 안 돼요."

"네가 해야 할 일을 말해 줄 테니 잘 들어. 넌 소파에 누워서 잠을 자도록 해. 그동안 내가 마지막 장면을 마무리할게. 그러고 나서 내가 피에르를 데리러 기차역에 다녀오는 사이에, 넌 타자기로 원고를 작성하면 돼."

"그럼 선생님은 언제 주무시려고요?"

"일을 다 마치고 나서 나도 잘 거야. 소파가 넓으니까 너 때문에 불편하지는 않을 거야. 그러니까 쿠션을 베개 삼아, 담요를 덮고 누우라고."

"그러고 싶네요."

프랑수아즈는 기지개를 켜고는 펜을 다시 쥐었다. 잠시 뒤에 돌아보니, 제르베르는 등을 대고 누운 채 눈을 감고 있었다. 그리고 입으로는 고른 숨을 내쉬었다. 벌써 잠이 든 모양이었다. 잘생긴 얼굴이었다. 프랑수아즈는 한동안 그를 바라보다가 다시 일을 시작했다. 저기, 달려오는 기차 안에서 피에르역시 가죽 쿠션에 머리를 기댄 채 풀어진 얼굴로 잠들어 있을 터였다. 그는 기차에서 뛰어내린 다음, 곧 몸을 일으켜 세울 것이다. 그러고는 승강장 위를 내달려서 내 팔을 붙들겠지.

"끝났다!"

프랑수아즈는 만족해하며 원고를 살펴보았다. 이제 피에르 마음에 들기만 하면 된다! 그러리라고 믿는다. 그녀는 의자를 밀어냈다. 하늘에는 불그스레한 안개가 피어오르고 있었다. 구두를 벗고 담요 밑으로 조심스레 들어가서 제르베르 옆에 누웠다. 그가 얕은 신음 소리를 내더니, 쿠션 위에서 고개를 돌려 프랑수아즈의 어깨 쪽으로 기대어 왔다.

'가여운 제르베르. 얼마나 졸렸을까.' 그녀는 생각했다. 담요를 조금 끌어 올린 뒤, 눈을 뜬 채 가만히 누워 있었다. 졸음이 밀려왔지만 아직은 잠을 자고 싶지 않았다. 그녀는 제르베르의 매끈한 눈꺼풀과 소녀의 것처럼 긴 속눈썹을 응시했다. 업어 가도 모를 정도로 그는 깊은 잠에 빠져 있었다. 프랑수아즈는 자신의 목에 와 닿는 그의 부드러운 검은 머리칼을 느끼고 있었다.

'이게 이 아이에게서 얻을 수 있는 전부겠지.' 프랑수아즈는 생각했다. 중국인처럼 아름다운 이 머리카락을 쓰다듬을 여자들, 어린애를 닮은 이 눈꺼풀에 입을 맞출 여자들, 크고 날씬한 이 몸을 품에 안을 여자들이 있을 것이다. 언젠가 그중한 사람에게 그는 이렇게 말하리라.

"사랑해."

프랑수아즈는 마음이 아파 왔다. 아직 시간은 남아 있었다. 그의 볼에 자신의 볼을 맞대고 입술에서 터져 나오려 하는 말을 큰 소리로 내뱉어도 좋았으리라.

그녀는 두 눈을 감았다. 널 사랑해. 차마 이 말을 할 수 없었다. 그런 생각조차 품을 수 없었다. 그녀는 피에르를 사랑하고 있었다. 그녀의 삶 속에 다른 사랑을 위한 자리 따위는 없었다.

'그래도 이와 비슷한 종류의 또 다른 기쁨을 맛보게 될 거야.' 프랑수아즈는 다소 시름에 잠겨 생각했다. 제르베르의 머리가 어깨를 무겁게 내리누르고 있었다. 그의 머리가 가하는 무게가 소중한 것은 아니었다. 제르베르가 그녀를 좋아하고 신뢰한다는 사실이, 그녀에게 자신을 스스럼없이 내맡기고 있다는 사실이, 또한 그녀의 사랑에 만족하고 있다는 사실이 값지게 여겨졌다. 물론 제르베르는 그저 잠을 자고 있을 따름이었다. 그렇기에 사랑이니 애착이니 하는 것들은 전부 꿈속에서나 이루어지고 있을 뿐이었다. 설령 그가 그녀를 두 팔로 껴안더라도 그 또한 꿈속에서 그녀가 안겨 있기 때문이리라. 실제로는 사랑할 마음이 없음에도 사랑하는 꿈을 꾸다니, 이것을 도대체 어떻게 받아들여야 할까!

프랑수아즈는 제르베르를 바라보았다. 말하고 행동하는 데 있어서 그녀는 자유로웠다. 피에르 역시 그녀를 자유롭게 두었다. 하지만 그녀가 하는 행동과 말은 거짓말에 불과할지도 몰랐다. 어깨에 전해지는 머리의 무게감이 이미 거짓에 불과하듯 말이다. 제르베르는 그녀를 사랑하지 않았다. 그녀 스스로도 그가 자신을 사랑하길 바랄 수는 없었다.

창 너머로 보이는 하늘이 붉은빛을 띠고 있었다. 프랑수아즈의 마음속에서 새벽을 닮은 탐욕스러운 장밋빛 슬픔이 솟구쳐 올랐다. 그러나 그녀는 그 무엇도 후회하지 않았다. 잠기운에 취한 몸뚱이를 둔하게 하는 우울함을 느낄 권리 따윈 그녀에게 없었다. 그런 감정은 아무런 보상도 받지 못할 결정적인 체념과도 같은 것이었기 때문이다.

2장

프랑수아즈와 그자비에르는 아랍풍의 카페 안쪽에 자리를
잡고, 까칠까칠한 털로 만든 방석 위에 앉아서 아랍인 무희의
춤을 구경하고 있었다.

"저렇게 춤을 출 줄 알면 좋겠어요." 그자비에르가 말했다.
그녀는 어깨를 달싹이며 몸을 가볍게 흔들어 댔다. 프랑수아
즈는 그자비에르를 향해 미소 지어 보였다. 하루가 끝나 가는
게 아쉽게만 느껴졌다. 그자비에르가 즐거워했던 것이다.

"페즈에 갔을 때 제한 구역에 방문한 적이 있거든. 라브루스
랑 거기서 나체로 춤을 추는 무희를 본 적이 있는데, 완전 해
부학 실험을 보는 것 같더라고."

"그런 걸 보시다니!" 원망하는 투로 그자비에르가 말했다.

"너 역시 보게 될 거야."

"과연 그럴까요."

"평생 루앙에서만 살 리는 없을 테니까."

"제가 뭘 할 수 있을까요?"

그자비에르가 우울하게 말했다. 그러고는 생각에 잠긴 듯한 얼굴로 자신의 손가락을 쳐다보았다. 손목이 가는 데 비해, 그녀의 손가락은 시골 아낙네의 붉게 달아오른 손가락과 닮아 있었다.

"시험 삼아 몸을 팔아 볼 수는 있겠지만, 아직 그 방면으론 경험이 부족해서요."

"힘든 직업이라는 걸 너도 알잖아." 프랑수아즈가 웃으며 말했다.

"필요한 건 사람들을 겁내지 않는 거예요."

그자비에르는 생각에 잠긴 목소리로 이렇게 말하고 나서 고개를 저었다.

"그래도 나아지고 있어요. 이젠 길거리에서 어떤 놈이 살짝 건드리는 정도로는 비명을 지르지 않잖아요."

"또 카페에 혼자 들어갈 수 있게 되었고 말이지. 이미 상당히 발전한 셈이야."

그자비에르는 당황한 듯 그녀를 쳐다보았다.

"그렇긴 하지만 아직 말씀드리지 않은 게 있어요. 어젯밤에 갔던 작은 댄스홀에서 어떤 선원이 춤을 추자고 했는데 거절한 거 있죠. 재빨리 칼바도스를 비우고는 도망치듯 빠져나오고 말았지 뭐예요."

그러고는 인상을 쓰면서 이렇게 덧붙였다.

"칼바도스 맛이 최악이더라고요."

"질이 나쁜 싸구려여서 그랬을 거야. 선원이랑 춤을 춰 보지 그랬어. 젊었을 적엔 나도 그런 일을 숱하게 겪었어. 그래도 험한 일을 당한 적은 단 한 번도 없는걸."

"다음번에는 응해 보려고요."

"밤중에 숙모가 잠에서 깰지도 모른다는 걱정은 안 하는 거야? 그럴 경우에 어떤 일이 벌어질지 훤히 그려지는군."

"함부로 제 방에 들어오지는 못할 거예요."

그자비에르는 거만하게 대답한 뒤, 웃으면서 가방을 뒤졌다.

"선생님에게 드리려고 작은 그림을 하나 그려 봤어요."

어렴풋이 프랑수아즈를 닮은 듯한 여자가 술집 카운터에 팔꿈치를 기대고 있는 그림이었다. 노란색 원피스를 입고, 푸르스름한 뺨을 지닌 여자였다. 그림 밑부분에 그자비에르가 보라색 대문자로 써넣은 제목이 보였다. '타락으로 가는 길'

"나를 위한 헌사를 써 줘야지." 프랑수아즈가 말했다.

그녀와 그림을 번갈아 바라보던 그자비에르가 그림을 밀쳐 내며 말했다.

"너무 어려워요."

무희 한 명이 홀 중앙으로 나왔다. 그녀는 탬버린 리듬에 맞춰 물결치듯 허리를 움직이면서 배를 흔들어 댔다.

"악귀가 몸에서 빠져나오려는 듯 보이는군요."

이렇게 말하면서 그자비에르는 홀린 듯 몸을 앞으로 내밀었다. 그녀를 이곳에 데려왔음에 프랑수아즈는 상당히 흡족해했다. 오늘처럼 그자비에르가 자기 이야기를 길게 한 적은 없었다. 더군다나 무척이나 신나하면서 자신의 이야기를 들려준 터였다. 프랑수아즈는 쿠션에 몸을 파묻었다. 그녀 역시 경쾌한 느낌을 주는 화려한 실내 분위기가 마음에 들었다. 하지만 그보다도, 우울해 보이는 이 어린 존재를 자기 삶 속에 끌어들이게 된 점이 특히나 만족스러웠다. 제르베르와 이네스 그리고 칸제티와 마찬가지로, 이제 그자비에르 또한 그녀의 삶에 속하게 되었으니 말이다. 이런 식으로 누군가를 소유하는 것만큼 프랑수아즈에게 격한 기쁨을 안겨 주는 경험은 없었다. 그자비에르는 무희를 뚫어져라 응시하고 있었다. 정열에 들뜬 자신의 얼굴이 더욱더 아름답게 빛나고 있음을 모른 채, 손에 든 커피 잔의 곡선을 손가락으로 느끼고 있었다. 하지만 그 손의 곡선을 느낄 수 있는 건 오직 프랑수아즈뿐이었다. 그자비에르의 몸짓, 표정, 심지어 그 애의 삶이 실재하기 위해서는 그녀가 필요했다. 지금 이 순간 그자비에르는 스스로에게조차 커피의 맛, 가슴을 에는 음악, 춤, 잔잔하게 느껴지는 행복과 다를 바 없는 존재에 불과했다. 반면 프랑수아즈에게는 그자비에르의 어린 시절과, 정체된 나날, 그녀의 환멸이 비현실적이면서도 그녀의 말랑한 볼살만큼이나 현실적인 한 편의 이야기를 구성하는 요소들로 비쳤다. 그리고 프랑수아즈가 몸을 돌려서 그자비에르를 응시하는 순간, 정확히 프랑수아즈 삶의 일부를 이루는 이 순간, 그 이야기는 여러 가지 색채가 뒤섞인 벽지 사이에 위치한 이곳으로 귀결되었다.

"벌써 7시야." 프랑수아즈가 말했다. 엘리자베트와 저녁 시간을 보내기란 정말 재미없는 일이었지만 어쩔 수 없었다.

"오늘 밤은 이네스랑 외출할 거야?"

"아마도요." 그자비에르는 우울하게 대답했다.

"파리에 얼마나 더 있을 거야?"

"내일 떠나요."

그자비에르의 눈에 노기가 스쳤다.

"내일이 돼도 여긴 모든 게 그대로겠죠? 전 루앙에 있을 텐데 말이에요."

"전에 내가 조언했듯이 속기 타이피스트 교육을 받아 보면 어때? 일자리는 내가 알아봐 줄 수 있어."

그자비에르는 낙담하는 기색을 내비치며 어깨를 으쓱해 보였다.

"제가 과연 할 수 있을지 모르겠어요."

"물론 할 수 있지. 어렵지 않다고."

"숙모가 뜨개질하는 법을 여러 번 알려 주려 했지만 제가 완성한 양말은 완전 실패작이었다고요."

그자비에르는 우울한 얼굴로 프랑수아즈를 쳐다보았다. 하지만 반항기 또한 언뜻거리고 있었다.

"저보고 쓸모없다던 숙모 말이 맞았어요."

"물론 넌 훌륭한 가정주부가 되진 못할 거야. 하지만 그게 아니어도 살아갈 수는 있다고." 프랑수아즈가 밝게 대꾸했다.

"양말 때문에 이러는 건 아니에요. 그렇지만 그건 어떤 징조에 해당한다고요." 체념 섞인 목소리로 그자비에르가 말했다.

"지레 절망하진 말라고. 루앙을 떠나고 싶긴 한 거지? 거기에 미련을 둘 만한 뭔가가 있거나 그럴 만한 사람이 있는 건 아니잖아?"

"전 루앙에 있는 모든 걸 증오해요. 더러운 동네며, 길거리에서 민달팽이처럼 흘끔거리는 사람들까지, 전부요."

"계속 그런 식으로 지낼 순 없어."

"아뇨, 그렇게 될 거예요."

그자비에르는 자리에서 벌떡 일어나더니 이렇게 덧붙였다.

"그만 돌아갈래요."

"같이 가게 좀 기다려 줘."

"아뇨, 신경 쓰지 마세요. 이미 오후 내내 선생님 시간을 빼앗았잖아요."

"시간을 빼앗다니, 별 이상한 생각을 다 하는구나."

프랑수아즈는 약간 어쩔 줄 몰라 하며 그자비에르의 뚱한 얼굴을 살펴보았다. 사람을 당황하게 하는 성격을 지닌 아이였다. 금색 머리칼을 가리는 베레모를 쓰고 있으니 소년의 얼굴처럼 보였다. 하지만 그건 반 년 전 프랑수아즈를 홀렸던 젊은 아가씨의 바로 그 얼굴이었다. 잠시 침묵이 흘렀다.

"죄송하지만 두통이 너무 심해요. 담배를 피워서 그런가 봐요. 여기랑 여기가 아파요." 그바지에르는 괴로워하는 얼굴로 관자놀이를 문질렀다.

눈 밑이 부어 있었고 혈색은 창백했다. 짙은 향내와 담배 냄새 탓에 공기는 거의 숨 쉬기 힘들 정도였다. 프랑수아즈는 종업원을 불렀다.

"아쉽게 됐네. 네가 너무 피곤해하지만 않았어도 오늘 밤 댄스홀에 데려가려고 했는데."

"친구분을 만나기로 하신 걸로 아는데요."

"같이 가려고 했지. 그 친구, 라브루스의 누이야.「필록테테스」[1] 백 회 공연 때 본 적 있잖아. 소년 같은 머리 모양을 한, 적갈색 머리카락의 여자 말이야."

"기억 안 나요."

이렇게 말하고 나서 그 자비에르는 눈을 반짝였다.

"제가 기억하는 건 선생님뿐이에요. 몸에 딱 붙는 검은 치마랑 금실로 짠 블라우스를 입고, 은색 헤어네트를 머리에 두르고 계셨더랬죠. 얼마나 아름답던지!"

프랑수아즈는 미소를 지었다. 아름답진 않았지만 그녀는 자기 얼굴을 퍽 마음에 들어 했다. 거울에 비친 스스로의 얼굴을 마주할 때면, 기분 좋은 경탄을 느끼곤 했다. 평소에 그녀는 자신에게 얼굴이 있다고 생각하지 않았던 것이다.

"넌 그때 무척 주름진 아주 예쁜 파란색 원피스를 입고 있었지. 또 술에 취하기도 했고."

"그 드레스를 챙겨 왔어요. 오늘 밤 그걸 입겠어요."

"머리가 아프다면서 그래도 되겠어?"

"이젠 아프지 않아요. 그냥 현기증이 난 거예요."

그녀의 눈동자가 빛났고, 혈색은 원래의 분홍빛으로 돌아와 있었다.

"그렇다면 다행이고."

---

1) 트로이 전쟁을 배경으로 하는 소포클레스의 고대 그리스 비극이다. 국가에 대한 충성과 개인의 양심 사이에서 진정한 '정의'란 무엇인지 묻는 작품이다.

이 말을 하면서 프랑수아즈는 문을 밀었다.

"그런데 너와의 외출을 기대했을 이네스가 화를 내겠군."

"흥! 화내겠죠, 뭐." 그자비에르는 거드름을 피우듯 입을 삐죽거리며 말했다.

프랑수아즈가 택시를 잡았다.

"이네스 집 앞에 내려 줄 테니까 9시 반에 카페 돔에서 다시 만나자. 몽파르나스 대로를 주욱 따라오기만 하면 돼."

"알고 있어요."

택시 안에서 프랑수아즈는 그자비에르 옆에 앉아 그녀와 팔짱을 끼었다.

"앞으로 몇 시간 더 함께 보낼 수 있다고 생각하니 기분이 좋은걸."

"저도 그래요." 나직한 목소리로 그자비에르가 말했다.

렌 거리 모퉁이에서 택시를 멈추고 그자비에르를 내려 준 뒤, 프랑수아즈는 극장으로 향했다. 피에르는 분장실에서 나이트가운 차림으로 햄샌드위치를 먹고 있었다.

"연습은 잘 했어요?" 프랑수아즈가 물었다.

"잘 끝났소." 이렇게 말하면서 피에르는 책상에 놓인 원고를 손으로 가리켰다.

"각본이 맘에 들더군. 아주 맘에 들어."

"그래요? 다행이네요! 루실리우스가 죽는 장면을 잘라 내면서 속이 조금 쓰리긴 했는데, 그럴 수밖에 없었다고 생각해요."

"필요한 결정이었소. 그 덕분에 막의 흐름이 완전히 달라졌다니까."

샌드위치를 베어 물면서 그가 물었다.

"저녁 안 먹었으면 샌드위치 좀 먹겠소?"

"샌드위치라면 좋죠." 프랑수아즈는 샌드위치를 집어 들고 나무라는 눈초리로 피에르를 쏘아보았다.

"제대로 식사를 하지 않으니 얼굴에 핏기가 하나도 없잖아요."

"살찌고 싶지 않아서 말이오."

"카이사르는 말라깽이가 아니라고요."

이렇게 말하고 나서 프랑수아즈는 미소 지으며 말을 이어 갔다.

"극장 관리인에게 샤토마고 한 병 가져다 달라고 전화 좀 걸어 보면 어때요?"

"그리 나쁜 생각은 아니군."

그는 수화기를 집어 들었고, 프랑수아즈는 소파에 자리를 잡았다. 피에르는 그녀의 집에서 밤을 보내지 않을 때면 여기서 잠을 자곤 했다. 그녀는 이 작은 분장실이 무척이나 마음에 들었다.

"좋아, 곧 가져올 거요."

"기분이 좋군요."

프랑수아즈는 말을 이어 갔다.

"3막을 도저히 완성할 수 없을 거라 생각했어요."

"당신은 일을 아주 끝내주게 해냈소." 이렇게 말하면서 피에르는 몸을 숙여 그녀를 껴안았다. 프랑수아즈 역시 두 팔로 그의 목덜미를 안았다.

"당신이야말로 훌륭하게 해냈어요. 델로스섬에서 내게 했던 말 기억해요? 완전히 새로운 작품을 무대에 올리고 싶다고 했잖아요. 두고 봐요, 이번 공연으로 그렇게 될 테니!"

"진심으로 그렇게 생각하오?"

"당신은 그렇게 생각하지 않는단 말이에요?"

"어느 정도 그런 생각을 하고 있긴 하지."

프랑수아즈는 웃음을 터뜨렸다.

"전적으로 그러리라고 생각하고 있잖아요. 당신 얼굴에 자신감이 넘치고 있다고요. 아, 피에르! 돈 문제만 어느 정도 해결되면 정말 멋진 해가 펼쳐질 거예요!"

"돈을 좀 벌면 내가 새 코트를 한 벌 사 주리다."

"난 이 코트가 편해요."

"그래도 너무 오래 입지 않았소."

이렇게 말하면서 피에르는 프랑수아즈 곁에 앉았다.

"꼬마 친구와는 즐거운 시간을 보냈소?"

"좋은 아이예요. 루앙에서 벗어나질 못하는 걸 보면 안쓰럽다니까요."

"자기 이야기를 한 모양이지?"

"한가득 쏟아 냈죠. 나중에 말해 줄게요."

"만족해하는 모습을 보니, 하루를 허비한 건 아닌 게로군?"

"그 애 이야기가 퍽 마음에 들더라고요."

누군가 노크를 하고는 문을 열었다. 관리인이 점잔을 빼면서 잔 두 개와 포도주 한 병이 담긴 쟁반을 들고 들어왔다.

"고마워요." 이렇게 말하고 나서 프랑수아즈는 잔을 채웠다.

"누가 날 찾거든 없다고 해 주겠소?"

"알겠습니다. 라브루스 선생님."

관리인 여자는 이렇게 대답한 뒤, 방에서 나갔다. 프랑수아즈는 잔을 들고 두 번째 샌드위치를 베어 물었다.

"오늘 밤 우리 모임에 그자비에르를 데려갈 참이에요. 댄스홀에 가기로 했거든요. 신이 나네요. 그 애가 엘리자베트를 제압하길 바라거든요."

"그 애가 정말 좋아하겠군."

"그 가여운 꼬마 때문에 마음이 아파요. 루앙으로 돌아가야 해서 몹시 절망하고 있거든요."

"루앙에서 벗어나게 할 방도는 없는 거요?" 피에르가 물었다.

"거의 없다고 봐야죠. 그럴 패기도 능력도 없는 아이라서요. 기술을 배우려는 열의조차 없을걸요. 또 삼촌이라는 양반은 건실한 남편감을 만나서 자식이나 많이 낳고 사는 것 외에는 조카에게 다른 미래가 없다고 생각하고 있으니."

"당신이 그 애를 직접 맡는 게 좋을 듯싶군."

"어떻게요? 고작 한 달에 한 번 만나는 게 전부인데."

"파리에서 살도록 하는 건 어떻소? 당신이 그 애를 돌보면서 억지로라도 일을 시켜 봐요. 속기술을 배우면 어디에든 취직할 수 있을 거요."

"그 애 가족이 절대로 허락하지 않을 거예요."

"이런! 그 애는 이제 허락받을 필요가 없다고! 다 큰 성인 아니던가?"

"아직은 아니에요. 그런데 허락을 받고 말고의 문제가 아니에요. 그 애 가족이 경찰한테 신고해서 뒤를 쫓게 하진 않으리라 생각하거든요."

그러자 피에르는 웃으면서 물었다.

"그럼 뭐가 문제인 거요?"

프랑수아즈는 선뜻 대답하지 못했다. 솔직히 말해서 다른 문제가 있으리라고는 생각해 본 적이 없었기 때문이다.

"요컨대, 당신 생각은 우리 돈으로 그 애를 파리에서 살게 하면서 자립하길 기다려 보자는 거죠?"

"그러면 안 될 이유라도 있나? 자금을 빌려주겠다는 식으로 제안해 보는 거지."

"아, 그러면 되겠네요!"

미처 생각하지도 못했던 수많은 가능성이 그의 몇 마디 말로 모습을 드러낼 때마다 프랑수아즈는 늘 놀라웠다. 다른 사람이었다면 도저히 벗어날 방도가 없다고 생각할 법한 난처한 상황 속에서도 피에르는 순수한 미래를 발견하곤 했으며, 자기만의 방식대로 그 미래를 만들어 나가는 일을 자신의 임무라고 여겼다. 이것이 바로 그가 지닌 능력의 비밀이었다.

"살면서 우린 수많은 기회를 누려 왔소. 그러니 우리가 할 수 있는 한 다른 이들 역시 그런 기회를 누릴 수 있도록 해 줘야 한다고."

프랑수아즈는 당황해하면서 포도주 잔의 바닥을 응시했다.

"한편으로는 나 또한 그러고 싶어요. 그렇지만 본격적으로 그 애를 돌보려면 시간이 많이 들 텐데, 내겐 그럴 만한 여유가 거의 없다고요."

"귀여운 일개미 같으니라고." 피에르가 다정하게 말했다.

프랑수아즈의 얼굴이 살짝 붉어졌다.

"당신도 알다시피, 난 그리 한가하지 않다고요."

"물론 잘 알지. 하지만 무언가 새로이 시도해 볼 만한 목표가 주어지자마자 이런 식으로 뒷걸음질해 버리다니, 참으로 이상하군."

"내겐 우리가 함께 만들어 나가는 미래만이 유일하게 관심을 가질 만한 새로운 일거리라고요. 도대체 당신은 뭘 원하는 거죠? 난 이대로가 행복하다고요! 이렇게 된 데에 책임을 져야 하는 사람은 바로 당신이고요."

"이런! 당신을 나무라는 게 아니오. 오히려 난 당신이 나보다 훨씬 순수한 사람이라고 생각해요. 당신 삶에서 거짓을 암시하는 건 하나도 없으니 말이오."

"그건 당신이 여태 자신의 생활 자체를 그리 중요하게 생각하지 않았기 때문이에요. 당신에겐 일이 중요한 거죠."

"맞소."

피에르는 당황한 듯 손톱을 물어뜯으며 말을 이어 갔다.

"당신과의 관계를 제외하면 그 나머지 생활은 내게 모두 하찮고 소모적일 뿐이오."

기어코 피를 봐야 속이 후련하겠다는 듯, 그는 연신 손톱을 물어뜯었다.

"칸제티와의 관계를 정리하기만 하면 그 즉시 모든 게 잘 마무리될 거요."

"말은 늘 그렇게 하죠."

"사실로 증명해 보이겠소."

"당신은 운이 좋은 사람이에요. 연애 문제가 언제나 잘 해결되는 걸 보니."

"그건 이제껏 그 여자들 중 진심으로 나를 좋아한 사람이 사실상 단 한 명도 없었기 때문이오."

"난 칸제티가 이해 타산적인 여자라고 생각하지 않아요."

"나도 그렇게 생각하오. 단지 배역을 따내려고 나랑 일을 벌인 건 아니거든. 그저 나를 훌륭한 사내라고 여긴 거지. 그런 사내라면 모름지기 특별한 재능이 성기로부터 흘러나와서 뇌쪽으로 뻗어 올라가리라고 생각하고 있더군."

"그럴지도 모르죠." 프랑수아즈가 웃으며 말했다.

"이제 연애엔 흥미가 떨어졌소. 내가 성욕이 강한 편이라면 또 모를까, 내겐 그런 핑곗거리조차 없으니."

피에르는 부끄러움이 담긴 표정으로 프랑수아즈를 바라보면서 말을 이어 나갔다.

"문제는 내가 연애를 시작하는 단계를 참 좋아한다는 거요. 당신은 이해 못 하겠지?"

"아예 이해를 못 한다고는 할 수 없지만, 난 내일을 그릴 수 없는 연애에는 관심이 가질 않아요."

"그래요?"

"네, 나도 어쩔 수가 없어요. 성향상 의리를 지키는 편이라."

"우리 사이에 의리를 지키느니 배신을 하느니 따위의 말을 하는 건 가당찮소."

피에르는 프랑수아즈를 자기 쪽으로 끌어당기면서 계속 말했다.

"당신과 나, 우리는 하나니까 말이오. 정말이야. 당신도 알 잖소, 함께가 아닌 우리를 우리라고 할 수 없다는 걸 말이오."

"당신 덕분이죠."

프랑수아즈는 피에르의 얼굴을 두 손으로 감싸고 그의 뺨에 키스를 퍼부었다. 뜻밖에도 그의 뺨에선 어린아이에게서나 풍길 법한 과자 향기가 담배 냄새에 뒤섞인 채 밀려들었다. '우리는 하나야.' 그녀는 속으로 되뇌었다. 피에르에게 이야기하지 않는 한 어떠한 일도 완전한 진실이 되지 못했다. 불확실한 상태로 굳어진 채, 진실의 가장자리만을 떠돌아다닐 뿐이었다. 예전에는 피에르에게서 위압감을 느꼈으므로, 석연치 않은 생각이 떠오르거나 경솔한 행동을 할 때면, 그 일을 곧이곧대로 털어놓는 대신 불확실한 상태로 내버려 두는 경우가 적잖았다. 입 밖으로 내뱉지만 않는다면 아예 없던 일이 되는 것이나 마찬가지라고 생각했기 때문이다. 그런데 그로 인해 실질적으로 영위하는 삶 이면엔 깊은 땅속에서나 자라날 법한 수치스러운 덤불이 자라나고 말았다. 다시금 혼자가 되었을 때 질식하게 하는 그런 덤불이. 그 뒤로는 차츰 모든 것을 털어놓게 되었다. 그러자 고독에서 벗어날 수 있었고, 머릿속을 뒤죽박죽으로 만들던 모호한 생각들 역시 씻어 낼 수 있었다. 피에르는 그녀가 자기에게 내맡긴 삶의 모든 순간을 명료하고 세련된, 그리고 완성된 형태로 만들어서 되돌려 주곤했다. 그리고 그 순간들은, 그들이 함께하는 삶의 순간이 되어 주었다. 그녀에게 피에르의 역할이 그러하듯, 자신 또한 그에게 그런 역할을 하고 있음을 프랑수아즈는 알고 있었다. 그는 내향적이지도, 수줍음을 타는 성격도 아니었다. 면도를 제대로 하지 않았거나 더러운 셔츠를 입었을 때에만 의뭉스러워 보였다. 그럴 때면 그는 감기에 걸린 척하면서 목에다 연신 목도리를 둘렀고, 그 탓에 나이에 비해 더 늙어 보이곤 했다.

"이제 그만 가 봐야겠어요."

아쉬운 기색을 내비치며 이렇게 말하고 나서 프랑수아즈는 다음과 같이 물었다.

"여기서 계속 잘 거예요, 아니면 내 방으로 올래요?"

"당신 방으로 가겠소. 되도록 빨리 당신을 다시 볼 수 있으면 좋겠어."

엘리자베트는 이미 카페 돔에 자리를 잡고 앉아서 시선을 허공에 고정한 채 담배를 피우고 있었다. '무언가 잘 풀리지 않는 모양이군.' 프랑수아즈는 생각했다. 화장을 공들여 했음에도 엘리자베트의 얼굴은 푸석푸석하고 피곤해 보였다. 프랑수아즈를 발견하고 돌연 미소 짓는 모습을 보니 상념에서 놓여난 듯했다.

"어서 와. 다시 보니 정말 좋네." 엘리자베트가 흥분한 어조로 말했다.

"나도 그래. 그런데 있잖아, 파제스를 데려가서 싫은 건 아니지? 댄스홀에 가고 싶어서 안달이 났더라고. 그 앤 춤을 추라고 하고, 그동안 우리끼리 수다를 떨면 되니까 널 귀찮게 하지는 않을 거야."

"재즈를 들은 지도 한참 된 거 있지. 재미있을 거야." 엘리자베트가 말했다.

"그 애는 아직 안 온 건가? 거참 의외로군."

프랑수아즈는 엘리자베트를 향해 몸을 돌리면서 명랑하게 말을 이어 갔다.

"여행은? 내일 확실히 떠나는 거야?"

"넌 그걸 참 단순한 문제로 여기고 있구나." 엘리자베트는 기분 나쁜 미소를 지으며 말했다.

"여행 가는 걸 쉬잔이 싫어하는 눈치야. 9월에 있었던 일로 마음이 많이 상했나 봐."

'그랬던 거구나⋯⋯.' 프랑수아즈는 분노와 연민이 뒤섞인 눈으로 엘리자베트를 바라보았다. 그녀로서는 클로드가 못마땅하기 그지없었다.

"네가 마음고생을 많이 한 것처럼 보이진 않는데."

"당연하지. 나야 냉정하고 강한 사람이니까. 난 야단법석을 떠는 법이 없는 여자라고." 엘리자베트가 빈정거리듯 말했다.

"결국 클로드가 쉬잔에게 정나미가 떨어진 모양이구나. 하긴, 나이가 많은 데다 외모도 볼품없으니."

"정이 떨어지긴 했지. 그렇지만 쉬잔은 일종의 미신이라 할 수 있어. 그이는 그 여자 없이는 절대로 성공할 수 없으리라 믿고 있는걸."

침묵이 흘렀다. 엘리자베트는 자신이 피우는 담배의 연기를 눈으로 열심히 좇았다. 그녀는 참는 법을 알았다. 그럼에도 저 속은 얼마나 타들어 갈까! 그녀는 이번 여행을 학수고대하며 기다려 오지 않았던가. 둘이서 오붓한 시간을 충분히 가지고 나면, 마침내 클로드가 아내와 헤어지기로 마음먹을 수 있을지도 몰랐다. 프랑수아즈는 이 점에 대해 회의적인 입장이었다. 엘리자베트가 결정의 순간을 기다려 온 지도 벌써 이 년이 다 되어 가고 있었다. 하지만 프랑수아즈는 양심의 가책을 닮은 비통함에 젖어서 엘리자베트의 실망감을 받아들였다.

"요컨대 쉬잔은 상당히 질긴 여자라고."

이렇게 말하고 나서 엘리자베트는 프랑수아즈를 쳐다보았다.

"클로드의 작품을 낭퇴이 극장 무대에 올리려고 힘 좀 쓰는 모양이더군. 그게 또 그이를 파리에 붙들어 둘 구실 중 하나인 거고."

"낭퇴이라니, 웃기는 생각이로군." 프랑수아즈는 열의 없는 목소리로 대답하고 나서, 걱정스러운 눈빛으로 문 쪽을 쳐다보았다. 그자비에르는 왜 아직 안 오는 걸까?

"멍청한 생각을 하는 거지."

엘리자베트는 목소리를 가다듬고 계속 말했다.

"간단히 말해서, 「숙명」을 무대에 올릴 수 있는 사람은 피에르밖에 없다고 봐. 오빠가 아샤브 역을 연기하면 끝내줄 거야."

"멋진 역할이긴 하지."

"네 생각에 피에르가 그 역을 마음에 들어 할 거 같아?"

엘리자베트의 목소리에서는 초조하게 부탁하는 듯한 기색이 느껴졌다.

"「숙명」이 상당히 흥미로운 작품인 건 맞지만, 피에르가 추구하는 방향성과는 전혀 맞지가 않아."

프랑수아즈는 재빨리 말을 이어 갔다.

"근데 말이야, 왜 클로드는 대본을 베르제에게 가져가지 않는 거야? 피에르더러 베르제에게 편지를 좀 보내라고 할까?"

엘리자베트는 겨우 침을 삼키고서 대답했다.

"피에르가 자기 대본을 채택해 준다는 게 클로드에게 얼마나 중요한 의미를 지니는지 넌 몰라. 클로드는 바로 그런 이유에서 안절부절못하는 거라고. 이런 상황에서 그이를 벗어나게 할 수 있는 건 피에르뿐이야."

프랑수아즈는 시선을 피했다. 바티에의 대본은 형편없었다. 그것을 채택하기란 정말 말도 안 되는 짓이었다. 하지만 엘리자베트가 이 마지막 기회에 무엇을 걸고 있는지, 익히 알고 있었다. 일그러진 그녀의 얼굴과 마주했을 때 프랑수아즈가 느낀 감정은 바로 양심의 가책이었다. 자신의 삶이, 자기라는 한 사람의 사례가 엘리자베트의 운명을 얼마나 무겁게 짓누르고 있는지를 도저히 모른 척할 수 없었다.

"솔직히 말하자면 일이 잘 풀릴 것 같지가 않아."

"그렇지만 「뤼스와 아르망다」는 나름 성공적이었잖아." 엘리자베트가 말했다.

"때마침 피에르가 「율리우스 카이사르」 공연을 마치면, 신인 작가의 작품을 무대에 올리고 싶어 하긴 해."

프랑수아즈는 여기서 말을 멈췄다. 그녀는 안도감에 젖어서 그자비에르가 다가오는 걸 지켜보았다. 그자비에르는 정성껏 머리 손질을 한 데다 옅은 화장으로 광대뼈를 죽이고, 육감적인 콧날을 한층 더 부각한 모습이었다.

"서로 아는 사이지?" 이렇게 말하면서 프랑수아즈는 그자비에르를 향해 미소 지었다.

"많이 늦었네. 저녁 식사 전일 테니 뭐 좀 먹어야지."

"괜찮아요. 전혀 배고프지 않아요."

그자비에르는 자리에 앉아 고개를 숙였다. 어색한 눈치였다.

"길을 조금 헤맸어요."

엘리자베트는 집요한 눈초리로 그자비에르를 쳐다보았다. 평가하고 있는 것이었다.

"길을 헤맸다고요? 멀리서 온 모양이죠?" 엘리자베트가 물었다.

그자비에르는 미안해하는 표정을 지으며 프랑수아즈 쪽으로 고개를 돌리고 이렇게 말했다.

"무슨 일이 벌어졌는지 통 모르겠어요. 큰길을 따라 걸어오는데 끝이 보이질 않는 거예요. 그러더니 어느새 어두컴컴한 다른 길에 들어서 있는 거 있죠. 카페를 보지 못하고 그냥 지나쳐 버렸나 봐요."

엘리자베트가 웃음을 터뜨리며 말했다.

"그러기도 쉽지 않은데."

그자비에르는 엘리자베트를 향해 적의에 찬 시선을 던졌다.

"그래도 결국 무사히 왔다는 게 중요하지."

이렇게 말한 뒤 프랑수아즈는 엘리자베트에게 물었다.

"프레리 댄스홀로 가는 게 어때? 우리가 젊었을 때랑 같지는 않겠지만 아마 나쁘지 않을 거야."

"그러길 원한다면야." 엘리자베트가 대답했다.

그들은 카페를 나섰다. 세찬 바람이 몽파르나스 대로 위로

플라타너스의 낙엽을 쓸고 다녔다. 서걱거리는 낙엽을 밟고 걸으니 프랑수아즈는 기분이 좋았다. 말린 호두와 잘 익은 포도주 향이 나는 듯했다.

"프레리에 마지막으로 갔던 게 적어도 일 년은 됐을 테지." 그녀가 말했다.

아무도 대답하지 않았다. 그자비에르는 몸을 떨면서 코트 깃을 여미고 있었다. 목도리를 손에 들고 있는 모습으로 봐서 엘리자베트는 추위를 못 느끼는 듯했다. 아무것도 눈에 들어오지 않는 모양이었다.

"벌써 사람들로 꽉 찼네." 프랑수아즈가 말했다. 바 앞에는 빈자리가 없었으므로, 그녀는 바에서 조금 떨어진 자리를 선택했다.

"난 위스키를 마실래." 엘리자베트가 말했다.

"위스키 두 잔에다, 그자비에르 넌?"

"같은 걸로 할게요."

"그럼 위스키 세 잔 주세요."

이곳의 술과 담배 냄새를 맡으니 그녀는 젊은 시절이 떠올랐다. 그 무렵 그녀는 재즈 리듬과 조명의 노란 불빛 그리고 사람들로 북적이는 나이트클럽의 북적거림을 늘 좋아했었다. 델포이 신전의 잔해와 프로방스의 민둥산 그리고 사람들의 물결을 한데 담아낸 세상 속에서 만족에 취해 살기란 얼마나 쉬웠던가! 그녀는 그자비에르를 향해 미소 지었다.

"바 앞에 앉아 있는 금발에, 들창코인 여자 좀 봐. 나랑 같은 호텔에 사는 여자거든. 하늘색 잠옷을 입은 채 복도를 몇 시간씩 돌아다니곤 하는데, 아무래도 내 생각엔 우리 집 위층에 사는 흑인 남자를 꼬시려고 그러는 것 같아.”

“예쁘진 않네요.” 그자비에르는 말했다. 그 순간 그녀의 눈이 휘둥그레졌다.

“저 여자 옆에 있는 갈색 머리 여자는 상당한 미인이네요. 예쁘기도 해라!”

“프로레슬링 챔피언을 연인으로 두고 있어. 둘이서 서로 손깍지를 끼고 온 동네를 돌아다니지.”

“세상에나!” 그자비에르가 비난하듯 말했다.

“그러고 다니는 게 내 탓은 아니라고.” 프랑수아즈가 말했다.

그자비에르는 자리에서 일어났다. 젊은 남자 두 명이 다가와서 상냥한 얼굴로 미소를 지어 보인 것이다.

“아뇨, 전 됐어요.” 프랑수아즈가 말했다.

망설이던 엘리자베트 또한 몸을 일으켰다.

‘이 순간 내가 원망스러울 테지.’ 프랑수아즈는 생각했다. 옆 테이블에는 조금 나이가 들어 보이는 금발 여자와 젊은 남자가 다정하게 손을 잡고 있었다. 남자는 간절한 표정을 지은 채 나직한 목소리로 말을 하고, 여자는 한때 예쁘장했을 얼굴에 더는 주름이 지지 않도록 조심스레 웃고 있었다. 남자를 밝히는, 프랑수아즈와 같은 호텔에 사는 그 여자는 눈을 반쯤 감은 채 어떤 선원을 꼭 끌어안고서 춤을 추었다. 아까 그 갈색 머리칼의 미녀는 자리에 앉아서 지루해하는 표정으로 동그란 바나나 조각을 먹고 있었다. 프랑수아즈는 거만함에 젖어 미소를 지었다. 여기에 모인 남녀 모두는 각자의 별 볼 일

없는 개인사를 이루는 한순간을 보내는 데에 완전히 열중해 있었다. 그자비에르는 춤을 추었고, 엘리자베트는 폭발하는 분노와 절망 탓에 흔들리고 있었다. 나는 댄스홀 중심에 존재하고 있다. 한 개인의 입장에서 벗어나 자유로운 상태로 말이다. 나는 이들 모두의 삶과 얼굴을 한꺼번에 응시하고 있다. 내가 이들로부터 돌아선다면 모두는 마치 버려진 풍경처럼 곧장 흩어져 버리고 말리라.

엘리자베트가 자리로 돌아와 앉았다.

"문제가 해결되지 않을 것 같아서 유감스러워하고 있단 걸 알아주렴." 프랑수아즈가 말했다.

"그래, 잘 알고 있어……." 엘리자베트의 표정이 수그러들었다. 적어도 사람을 면전에 두고 오랫동안 화를 내는 성격은 못되었던 것이다.

"요즘 클로드랑 잘 안 돼 가나 봐?" 프랑수아즈가 물었다.

엘리자베트는 고개를 저었다. 그녀의 일그러지는 표정을 보면서 프랑수아즈는 그녀가 울음을 터뜨릴 거라고 생각했다. 하지만 그녀는 울음을 참아 냈다.

"클로드는 총체적 위기에 빠져 있어. 대본이 채택되지 않는 한, 그러니까 위기에서 완전히 벗어났다고 느끼지 않는 한 작업에 임할 수 없다고 말하더라고. 지금 같은 상태의 클로드를 견디기란 쉽지 않아."

"어쨌든 그게 네 책임은 아니잖아."

"그렇지만 매번 모든 화살을 내게 돌린다고."

엘리자베트는 다시금 입술을 떨었다.

"네가 강한 여자라고 생각해서 그러는 거야. 아무리 강한 여자라 해도 여느 여자처럼 고통스러워할 수 있으리라는 생각 자체를 하질 않는 거지." 안타까움이 절절히 묻어나는 투로 그녀는 얘기했다.

엘리자베트가 갑자기 울음을 터뜨렸다.

"불쌍한 엘리자베트!" 그녀의 손을 잡으며 프랑수아즈가 말했다.

눈물로 뒤덮인 엘리자베트의 얼굴은 어린 시절 그녀의 얼굴로 되돌아가 있었다.

"바보 같은 짓이야. 그이와 나 사이에 쉬잔이 끼어 있는 상태로 계속 이렇게 지낼 순 없어." 눈물을 훔치며 그녀가 말했다.

프랑수아즈는 물었다.

"네가 원하는 건 뭐야? 클로드가 이혼하는 거?"

"그 사람은 절대로 이혼 따윈 하지 않을 거야." 격한 분노를 드러내며 엘리자베트는 다시 울음을 터뜨렸다.

"그가 과연 날 사랑하기는 할까? 그리고 나는? 내가 그를 사랑하고 있는지조차 이젠 모르겠어." 그녀는 초점 없는 눈으로 프랑수아즈를 바라보았다.

"이 년 동안 이 사랑을 위해 싸워 왔는데, 이젠 이렇게 싸우다가는 죽을 것만 같아. 내 모든 걸 바쳤는데도 지금은 우리가 서로 사랑하고 있는지조차 모르겠다고."

"넌 분명히 그 사람을 사랑하고 있어. 지금이야 그 사람에 대한 원망 말고는 아무것도 못 느끼겠지. 하지만 그게 딱히 뭘 의미하는 건 아니야." 프랑수아즈는 확신 없는 투로 말했다.

무슨 수를 써서라도 엘리자베트를 안심시켜야만 했다. 언젠가 완전히 진실한 단계에 접어들었을 때 그녀는 끔찍한 것을 발견하게 될 터였다. 항상 적당한 순간에 냉철함을 거두는 모습으로 봐서는 본인 역시 그 점을 두려워하고 있음이 분명했다.

"이제 난 모르겠어." 엘리자베트가 말했다.

프랑수아즈는 그녀의 손을 더욱 세게 잡았다. 진심으로 마음이 아팠던 것이다.

"클로드는 마음이 약한 사람이야, 그게 다라고. 하지만 널 사랑하고 있다는 걸 수없이 증명해 왔잖아."

프랑수아즈는 고개를 들었다. 그자비에르가 탁자 옆에 서서 묘한 미소를 머금은 채 이 장면을 지켜보고 있었다.

"앉지 그래." 짜증이 난 프랑수아즈가 말했다.

"아뇨, 다시 춤추러 갈 거예요." 그자비에르가 말했다. 그녀의 얼굴엔 경멸과 악의 비슷한 뭔가가 담겨 있었다. 기분 나쁜 충격에 사로잡힌 채 프랑수아즈는 이러한 악의적 평가를 맞닥뜨리고 있었다.

엘리자베트는 허리를 다시 곧추세우고 화장을 고쳤다.

"인내심이 필요해." 그녀가 말했다. 그녀의 목소리엔 힘이 실려 있었다.

"내 영향력이 달린 문제야. 난 언제나 지나칠 만큼 솔직하게 클로드를 대해 왔어. 그 때문에 그이한테 영향력을 발휘할 수 없게 되었지."

"그 사람한테 이 상황을 더 이상 참지 못하겠다고 명확히 말한 적은 있어?"

"없어. 기다릴 필요가 있어." 엘리자베트는 조심스럽고도 냉정한 얼굴로 되돌아와 있었다.

저 애는 클로드를 사랑하긴 하는 걸까? 엘리자베트가 클로드에게 치근거린 까닭은 단지 자기 역시 엄청난 사랑을 해 보고 싶었기 때문이다. 그녀가 클로드에게 바친 찬사는 피에르에게 맞서는 그녀의 또 다른 방편이기도 했다. 하지만 클로드 탓에 그녀는 고통스러워했고, 그 점에 대해 프랑수아즈나 피에르가 해 줄 수 있는 일이란 전혀 없었다.

'모든 게 뒤죽박죽이군.' 프랑수아즈는 마음을 졸이며 생각했다.

엘리자베트는 자리를 떠나 퉁퉁 부은 눈을 하고 입술을 앙다문 채 춤을 추었다. 선망 비슷한 감정이 프랑수아즈의 마음속을 스쳐 지나갔다. 엘리자베트가 느끼는 감정은 거짓이라 할 만한 것이었다. 그녀의 소명감, 아니 인생 전체가 거짓에 불과했다. 그러나 지금 엘리자베트가 느끼는 고통만큼은 강렬하고도 진실했다. 프랑수아즈는 그자비에르를 바라보았다. 그녀는 머리를 약간 뒤로 젖힌 채 황홀해하는 표정을 하고 춤을 추었다. 인생이라 할 만한 것을 아직 가진 적이 없는 그녀에게 세상은 모든 게 가능한 상태로 남아 있었다. 황홀한 오늘 밤 역시 그녀에겐 미지의 수많은 환희에 대한 약속을 내포하고 있었다. 저기에 있는 젊은 여자와, 무거운 마음을 안고 춤을 추는 저 여인에게 이 순간은 잊을 수 없을 만큼 강렬한 여운을 지니고 있는 것이었다. '그렇다면 나는?' 프랑수아즈는 생각했다. 구경꾼이었다. 설령 아무리 그렇더라도 지금 듣고 있는 재즈의 선율과, 지금 마시는 위스키의 맛 그리고 이곳을 비추는 주황색 불빛에 이르기까지, 이 모든 것들이 단지 구경 거리에 불과하지만은 않을 터였다. 이들을 가지고 만들어 낼 수 있는 무언가를 찾아내야만 했을지도 몰랐다. 그런데 무엇을 만들 수 있단 말인가? 사납고도 긴장감이 서린 엘리자베트의 영혼 속에서 음악은 서서히 희망으로 변하고 있었다. 그자비에르는 음악을 뜨거운 기대감으로 채워 넣고 있었다. 오직 프랑수아즈만이 색소폰의 감동적인 선율에 어울릴 만한 것을 마음속에서 찾아내지 못하고 있었다. 그녀는 어떤 욕망과 후회를 찾으려고 애썼다. 그러나 과거와 미래, 양쪽 어디든 단조로우면서도 선명한 행복만이 펼쳐지고 있을 뿐이었다. 피에르. 이 이름이 고통을 일깨워 줄 일은 절대로 일어날 리 없었다. 제르베르. 제르베르에게는 더 이상 신경이 쓰이지 않았다. 그녀는 위협이나 희망, 두려움을 더는 맛보지 못하고 있었다. 단지 그녀 스스로조차 어찌할 수 없는 행복에 젖어 있을 따름이었다. 피에르와 자신 사이에서 서로 오해하는 일은 생길 리만무했다. 심지어 무슨 짓을 하더라도 모두 만회할 수 있을 터였다. 언젠가 굳이 힘든 상황에 직면하려고 할 수도 있겠으나, 피에르는 그녀를 너무나 잘 이해할 줄 알았기에 다시금 행복이 그녀를 사로잡을 것이었다. 그녀는 담배에 불을 붙였다. 아쉬워할 일이 아무것도 없다는 막연한 아쉬움 외에 그녀가 발견한 것은 전연 없었다. 다만 목이 메이고, 심장이 평소보다 조금 빠르게 뛰기 시작했다. 그런데도 프랑수아즈는 자신이 솔직히 행복에 질렸음을 깨닫지 못했다. 이렇게 불편감을 느끼는데도 불구하고 그녀는 그 무엇도 절절히 깨닫는 바가 없었다. 그것은 여느 우발적인 증상에 불과한, 소강 상태로 끝이 날, 일시적이고 심지어 거의 예측 가능한 떨림일 뿐이었다. 그녀는 순간이 지닌 격렬함에 더는 신경을 쓰지 않았으므로, 그 어떤 순간도 결정적 가치를 지니고 있지 않음을 잘 알고 있었다. '행복 속에 갇힌 거야.' 그녀는 중얼거렸다. 그래도 미소 비슷한 것이 마음속에서 번지고 있음을 느꼈다.

프랑수아즈는 비어 있는 잔과 담배꽁초가 그득한 재떨이를 기운 없이 쳐다보았다. 새벽 4시였다. 엘리자베트는 한참 전에 집으로 돌아갔지만, 그자비에르는 계속 춤을 추고 있었다. 프랑수아즈는 춤을 추지 않고서 시간을 보내느라 술과 담배를 너무 많이 한 탓에 머리가 무거웠다. 또한 졸음이 쏟아지는 바람에 온몸이 뻐근하기도 했다.

"이제 집에 갈 때가 된 것 같은데." 그녀가 말했다.

"벌써요!" 그자비에르는 아쉬워하는 표정으로 그녀를 쳐다보았다.

"피곤하세요?"

"조금은."

잠시 뜸을 들이던 프랑수아즈가 다시금 말을 이어 갔다.

"나 없이 혼자 있을 수 있지? 이미 춤추러 혼자 다닌 적이 있잖아."

"선생님이 집에 가신다면 저도 같이 가겠어요."

"그렇지만 억지로 집에 가게 하고 싶진 않아."

어쩔 수 없지 않느냐는 듯 그자비에르가 어깨를 으쓱해 보였다.

"아니에요, 집에 돌아가도 괜찮아요."

"아니야, 무척 후회할 거야. 그럼 조금만 더 있도록 하자." 미소 띤 얼굴로 프랑수아즈는 말했다. 그자비에르의 얼굴이 밝아졌다.

"여긴 정말 재미난 곳이에요, 그렇죠?"

그자비에르는 몸을 굽히며 춤을 청하는 젊은 남자를 향해 생긋 웃어 보이더니, 그를 따라서 무대 한복판으로 나갔다.

프랑수아즈는 새 담배에 불을 붙였다. 어쨌든 내일 당장 반드시 일을 다시 시작해야 하는 건 아니었다. 춤을 추는 것도 아니고, 누군가와 대화를 나누는 것도 아닌 상태로 댄스홀에서 몇 시간이나 보낸다는 게 조금은 어처구니없었지만, 일단 그렇게 하기로 마음먹고 나니, 정체된 듯한 이 순간이 제법 매력적이었다. 지난 몇 년 동안 이렇게 술과 담배 기운에 취해 그 어디에도 이르지 않는, 그리 대수롭지 않은 몽상과 상념을 연신 좇았던 적이 없었던 것이다.

자리로 돌아온 그자비에르가 프랑수아즈 옆에 와 앉았다.

"왜 춤을 추지 않으세요?"

"잘 못 춰서."

"그렇게 계시면 지루하지 않으세요?" 그자비에르가 안쓰럽다는 듯 물었다.

"하나도 지루하지 않아. 구경하는 걸 좋아하거든. 음악을 들으면서 사람들을 보고 있으니 오히려 재미있는걸."

프랑수아즈는 미소를 지었다. 모두 그자비에르 덕분에 오늘 밤을 이렇게 보낼 수 있었다. 그러하니 저절로 굴러 들어온 이 싱그러운 보물을 자신의 인생에서 굳이 내칠 이유가 없었다. 요구 사항, 주저함이 담긴 미소와 예상하지 못한 반응을 지닌, 전적으로 새롭고 귀여운 동반자가 아닌가?

"이해해요, 선생님께선 재미없으시죠." 그자비에르가 말했다. 그 아이의 얼굴은 완전히 풀이 죽어 있었다. 그녀 역시 조금은 피곤한 듯했다.

"맹세하건대 나도 즐기고 있어. 너랑 같이 있어서 너무 좋다니까." 그자비에르의 손목을 쓰다듬으면서 프랑수아즈는 말했다.

믿지 못하겠다는 얼굴로 그자비에르는 미소를 지었다. 그런 그녀를 프랑수아즈는 우정 어린 눈길로 바라보았다. 자신이 왜 피에르에게 맞서 저항했었는지를 더는 납득할 수 없었다. 때마침 위험과 신비가 자아내는 은은한 향기가 그녀를 유혹했다.

"오늘 밤 내가 무슨 생각을 했는지 모르지?" 그녀는 느닷없이 이렇게 물었다.

"그렇게 루앙에 있는 한, 네가 아무것도 할 수 없으리라는 생각을 했어. 해결책은 단 한 가지밖에 없어. 파리에 와서 사는 것."

"파리에서 살라고요? 세상에나! 저야 그러고 싶죠." 그자비에르는 놀라서 말했다.

"빈말이 아니야."

이렇게 말하고 나서 프랑수아즈는 잠시 뜸을 들였다. 그자비에르가 자신을 경솔하게 여기지는 않을까 걱정됐기 때문이다.

"이렇게 하면 어때? 나랑 같은 호텔에 살면서 파리에 정착하는 거야. 물론 네가 원한다면 말이지. 필요한 만큼의 경비는 내가 댈 테니, 넌 기술을 배우도록 해. 속기술이든 뭐든 다 좋아. 내 친구 한 명이 미용 학원을 운영하는데, 네가 자격증을 따기만 하면 널 고용해 줄 거야."

그자비에르의 얼굴이 어두워졌다.

"삼촌이 절대로 허락할 리 없어요."

"삼촌의 허락은 필요 없어. 삼촌이 무서운 건 아니겠지?"

"그럼요."

그자비에르는 자신의 뾰족한 손톱을 뚫어져라 응시했다. 안색이 창백한 데다 춤을 추느라 긴 머리카락이 헝클어진 탓에, 마치 메마른 모래사장으로 떠밀려 온 해파리처럼 딱해 보였다.

"어때?"

"잠시 실례할게요."

이렇게 말한 뒤, 그자비에르는 자신에게 신호를 보낸 춤꾼 한 사람과 합류하기 위해 자리에서 일어섰다. 그런 그녀의 얼굴은 다시 활기를 띠고 있었다. 프랑수아즈는 어안이 벙벙해져서는 눈으로 그녀를 좇았다. 그자비에르는 기이할 정도로 감정 기복이 심했다. 더불어 그녀가 자신의 제안을 따져 보는 데에 전혀 신경을 쓰지 않았으므로 살짝 당혹스러웠다. 그러나 이 계획에 합리적이지 않은 측면이란 단 하나도 없었다. 프랑수아즈는 그자비에르가 다시 자리로 돌아오기를 다소 초조한 마음으로 기다렸다.

"자, 내 계획을 어떻게 생각해?"

"무슨 계획요?" 그자비에르는 진짜로 어리둥절해하는 듯 보였다.

"파리로 오는 것 말이야."

"아! 파리에서 사는 거 말이군요."

"나로서는 진지한 계획인데, 넌 비현실적이라고 생각하는 모양이군."

그자비에르는 어깨를 으쓱했다.

"이루어질 수 없는 계획인걸요."

"네가 마음먹기에 달렸어. 겁을 내는 이유가 뭐야?"

"실현 불가능하니까요." 그자비에르가 짜증을 내며 말했다. 그러더니 주위를 둘러보았다.

"분위기가 썰렁해졌어요, 그렇죠? 모두 시선이 풀려 있네요. 다른 데로 몸을 끌고 갈 기운이 남아 있지 않아서 다들 여기에 눌러앉아 있는 거라고요."

"우린 이제 그만 가자."

프랑수아즈가 말했다. 그녀는 홀을 통과해서 문을 밀고 밖으로 나갔다. 우중충한 새벽이 밝아 오고 있었다.

"조금 걸었으면 하는데."

프랑수아즈가 제안했다.

"그러죠."

그자비에르는 목 주위로 코트를 움켜쥐고 빠른 걸음으로 걷기 시작했다. 내 제안을 진지하게 받아들이지 않는 이유가 뭘까? 적대적이고 고집스러운 관념이 바로 옆에 있다고 생각하니 프랑수아즈는 짜증이 났다.

'이 애를 설득해야만 해.' 프랑수아즈는 생각했다. 피에르와 의견을 나눴을 때만 해도, 또 오늘 밤 외출이 어떨지를 막연하게 상상했을 때만 해도, 그리고 파리에 정착하는 문제가 막 화두로 등장했을 때만 해도 만사가 식은 죽 먹기에 불과했다. 그러나 돌연 모든 것이 현실로 다가왔다. 그자비에르는 실질적으로 프랑수아즈의 뜻에 맞서는 중이었고, 프랑수아즈는 그런 그녀를 제압하고 싶었다. 충격적이었다. 그자비에르를 지배하고 있으며, 그녀의 과거와 여전히 예측할 수 없는 미래의 윤곽에 이르기까지 그녀를 손에 넣을 수 있으리라고 전적으로 확신하고 있었는데! 그런데 그러는 동안 프랑수아즈의 고유한 의지를 무력화하는 이 고집스러운 의지가 존재하고 있던 것이다.

그자비에르는 점점 더 빨리 걸어갔고, 괴로운 듯 눈살을 찌푸렸다. 대화를 나누기란 불가능했다. 프랑수아즈는 한동안 조용히 그녀를 쫓아갔다. 그러다가 더는 참을 수 없는 지경에 이르고 말았다.

"걷는 게 지긋지긋한가 봐?"

"전혀요. 추운 게 싫어서 그래요." 잔뜩 찌푸린 그녀의 얼굴은 극적으로 일그러져 있었다.

"그럼 그렇다고 말하지 그랬어. 문을 연 카페가 보이면 들어가자."

"괜찮아요. 원하시는 대로 계속 걷도록 하죠." 그자비에르는 자기희생을 결단한 듯한 태도로 말했다.

"걷고 싶다는 생각이 사라졌어. 따뜻한 커피나 한 잔 해야 겠다."

두 사람은 걸음을 조금 늦추었다. 몽파르나스 기차역 근처의 오데사 거리 길모퉁이에 있는 카페 비야르의 카운터 앞은 사람들로 붐비고 있었다. 프랑수아즈는 카페 내부로 들어가서 홀 맨 안쪽 구석진 곳에 자리를 잡고 앉았다.

"커피 두 잔이요." 그녀는 주문을 했다.

한 탁자 앞에는 웬 여자가 몸을 웅크린 채 잠들어 있었다. 바닥에는 여행용 가방과 짐 보따리가 놓여 있었다. 다른 탁자에서는 브르타뉴 출신인 듯 보이는 촌티 나는 남자 셋이서 칼바도스를 들이켜고 있었다.

프랑수아즈는 그자비에르를 바라보며 말했다.

"도저히 이해가 안 돼."

그자비에르가 불안해하는 눈빛으로 그녀를 흘깃 쳐다보았다.

"저 때문에 화나셨어요?"

"실망스럽긴 해. 내 제안을 받아들일 정도의 용기는 있을 거라 믿었거든."

머뭇거리던 그자비에르가는 힘겨운 표정으로 주위를 둘러보았다.

"남의 얼굴 마사지 같은 건 하고 싶지 않아요." 그녀는 애처로운 목소리로 말했다.

프랑수아즈는 웃음을 터뜨렸다.

"그걸 꼭 해야 한단 말이 아니야. 예컨대 모델 일 같은 것도 알아봐 줄 수 있어. 아니면 마음먹고 속기술을 배우든지."

"속기사도, 모델도 되고 싶지 않아요." 그자비에르가 거칠게 대꾸했다.

프랑수아즈는 당황스러웠다.

"내가 생각하기에, 그건 단지 시작에 불과해. 일단 직업을 가지고 나면 생각해 볼 시간은 얼마든 생길 거라고. 대충이라도 관심 가는 거 없어? 공부나 미술, 아니면 연극이라든가 말이야."

"잘 모르겠어요. 특별히 관심 있는 건 없어요. 반드시 무언가를 해야만 하나요?" 그자비에르가 목소리를 조금 높이며 물었다.

"몇 시간씩 지루한 일을 해서 자립할 수만 있다면야 그리 비싼 대가를 치르는 건 아니라는 생각이 드는데." 프랑수아즈는 말했다.

그자비에르는 질색하듯 얼굴을 찌푸렸다.

"이런 식으로 타협하는 게 전 정말 싫어요. 원하는 대로 살 수 없다면 안 살면 그만이에요."

"진짜로 자살하려는 건 아니잖아. 제대로 살고자 애써 보는 게 더 나을지도 몰라." 프랑수아즈는 다소 싸늘하게 말했다.

그녀는 커피를 한 모금 마셨다. 새벽에나 맛볼 수 있는 진정한 커피였다. 밤새 야간열차를 타고 도착한 승강장, 또는 첫차를 기다리며 시골 여관에서나 맛볼 수 있는, 쓰면서도 달달한 맛의 커피. 그 강렬한 풍미가 프랑수아즈의 마음을 달래 주었다.

"인생이 어때야 한다고 생각해?" 프랑수아즈는 친절한 태도로 물었다.

"어렸을 때의 삶과 같은 거요." 그자비에르가 대답했다.

"네겐 그럴 의도가 없는데도 상황에 휩쓸리는 경우를 말하는 건가? 아버지 두 손에 들려서 커다란 말 위에 앉을 때처럼 말이야?"

"그런 것 말고도 많아요. 새벽 6시에 아버지가 저를 사냥에 데려가셨을 때, 갓 자아낸 거미줄이 풀잎에 매달려 있는 광경을 보았던 순간 같으면 좋겠어요. 아주 강렬한 느낌을 받았었거든요."

"파리에서도 그런 행복을 맛볼 수 있을 거야. 음악과 연극, 춤 같은 것들을 생각해 보라고."

"하지만 다음 날 아침에 출근하기 위해 지금까지 술을 몇 잔 마셨는지를 헤아리면서, 자꾸 손목시계를 들여다봐야겠죠, 선생님 친구분이 그래야 했던 것처럼."

프랑수아즈는 기분이 나빴다. 본인 역시 시계를 들여다보았기 때문이다. '날 원망하는 것처럼 보이는데, 도대체 무슨 이유에서 저러는 걸까?' 그녀는 생각했다. 이렇게 무뚝뚝하고 예측할 수 없는 성격을 지닌 그자비에르가 프랑수아즈는 흥미로웠다.

"그렇지만 결국 넌 내 친구의 삶보다 더 시시한 삶을 맞이하게 될 거야. 더군다나 열 배는 더 자유롭지 않은 삶을 말이야. 네가 그러는 건 실은 단순한 이유 때문이라고 봐. 겁을 내는 거지. 너는 가족을 두려워하는 게 아니야. 사소한 습관에서 벗어나는 데에 두려움을, 자유에 대해 두려움을 느끼는 거라고."

그자비에르는 아무런 대답도 없이 고개를 숙이고 있었다.

"왜 그러는 건데? 그렇게 고집을 피우는 걸 보니 날 전혀 믿지 못하는가 보네." 프랑수아즈는 다정하게 물었다.

"물론 믿어요." 그자비에르는 뜨뜻미지근하게 대답했다.

"그럼 왜 그러는 건데?" 프랑수아즈가 재차 물었다.

"제 인생을 생각하니 너무나도 불안해서 그래요."

"그 이유가 전부는 아니잖아. 밤새 넌 이상했다고."

프랑수아즈는 미소를 지으며 말을 이어 갔다.

"엘리자베트랑 같이 있는 게 성가셨어? 그 친구가 썩 마음에 들지 않았나 봐?"

"그럴 리가요!"

이렇게 말하고 나서 그자비에르는 예의상 한 마디 덧붙였다.

"정말로 아주 재미있는 분인걸요."

"내 친구가 남들이 보는 데서 울어서 놀란 거니? 솔직히 말해 봐. 나 때문에 놀란 것도 있잖아. 내가 비굴해 보일 정도로 감상적으로 군다고 생각한 거지?"

그자비에르가 눈을 약간 크게 떴다. 어린애의 눈처럼 솔직하고 순진해 보이는 눈이었다.

"이상한 기분이 들긴 했어요." 천진난만한 투로 그녀가 말했다.

그자비에르는 여전히 방어적인 태도를 유지하고 있었다. 그러니 계속 물어봤자 소용없었다. 프랑수아즈는 살짝 하품이 나오려는 걸 참았다.

"집에 가야겠어. 넌 이네스 집으로 갈 거지?"

"네. 이네스를 깨우지 않고 짐을 챙겨 나오려고 노력해 봐야죠. 그러지 않으면 그 애가 난리를 칠 테니까요."

""이네스를 좋아한다고 생각했는데?"

"물론 좋아해요, 아주 좋아해요. 그런데 왜 있잖아요, 양심의 가책을 느끼지 않고는 그 앞에서 우유 한 잔 못 마시겠는 사람들 말이에요. 걘 그런 부류예요." 이 아이의 목소리에 담긴 양심은 이네스를 향한 것일까, 아니면 나일까? 누가 되었든 더는 캐묻지 않는 편이 현명한 처사이리라.

"자, 그럼 이제 가자! 네가 오늘 밤을 재미있게 즐기지 못한 게 나로선 안타까워." 그자비에르의 어깨에 손을 얹으면서 프랑수아즈는 말했다.

갑자기 그자비에르의 얼굴이 일그러지면서 독기가 사라졌다. 그녀는 미안해하는 표정을 지으면서 프랑수아즈를 쳐다보았다.

"저로서는 멋진 밤을 보냈는걸요."

그러더니 고개를 숙이고 재빨리 이렇게 말했다.

"선생님이야말로 저를 복슬강아지처럼 끌고 다니시느라 재미없으셨겠네요."

프랑수아즈는 미소를 지었다. '그러니까 내가 단순히 자기를 동정해서 데리고 외출했노라 생각하는 모양이군.' 프랑수아즈는 이렇게 생각하면서 우정 어린 눈길로 우울해하는 여자아이를 바라보았다.

"오히려 너랑 같이 있어서 너무나도 좋았는걸. 싫었다면 같이 가자고 하지 않았을 거야. 왜 그렇게 생각하는 거야?"

이 말을 믿는다는 듯 그자비에르는 상냥한 표정을 지으며 그녀를 쳐다보았다.

"선생님 삶은 늘 뭔가로 가득 차 있잖아요. 친구를 비롯해서 일도 많으시고. 그래서 제 자신이 미미하다는 느낌이 들었어요."

"바보 같은 소리를 하는구나." 프랑수아즈는 말했다. 그자비에르가 엘리자베트를 질투했을지도 모른다고 생각하니 뜻밖이었다.

"그러니까 네게 파리로 오라고 제안했을 때, 내가 적선을 하려 한다고 생각한 거로구나?"

"조금은 그렇게 생각했어요." 그자비에르가 나지막이 대답했다.

"그 때문에 나한테 화가 났던 거고."

"선생님이 아니라 바로 제 자신에게 화가 난 거예요."

"그게 그거지 뭐." 이렇게 말한 뒤 프랑수아즈는 그자비에르의 어깨에서 손을 떼고 그녀의 팔을 쓰다듬었다.

"난 네가 참 좋아. 널 내 곁에 둘 수 있다면 정말 행복할 거야."

그자비에르는 기쁘면서도 믿을 수 없다는 눈길로 그녀를 쳐다보았다.

"지난 오후엔 같이 잘 지냈잖아?"

"그렇죠." 그자비에르가 당황해서 말했다.

"그런 시간을 수없이 가질 수 있을 거라고! 구미가 당기지 않아?"

그 자비에르는 프랑수아즈의 손을 힘주어 잡았다.

"상당히요!" 그녀는 흥분해서 대답했다.

"네가 그러고 싶다면 이미 결정된 셈이야. 네가 할 만한 일을 구했다는 내용의 편지를 이네스더러 네게 보내라고 할게. 넌 결심한 그날에 내게 편지를 쓰기만 하면 돼. 내가 해낸 만큼 너도 할 수 있어." 프랑수아즈는 자신의 손안에서 안도하며 쉬고 있는 그 자비에르의 따뜻한 손을 어루만졌다.

"두고 봐, 황금빛으로 아름답게 빛나는 삶이 네 앞에 펼쳐질 테니까."

"아! 파리로 오고 싶어요!" 이렇게 말하면서 그 자비에르는 온몸의 무게를 실어 프랑수아즈의 어깨에 기댔다. 그렇게 두 사람은 서로에게 몸을 기댄 채 한참 동안 가만히 있었다. 그 자비에르의 머리칼이 프랑수아즈의 뺨을 간지럽혔지만, 두 사람은 계속 손을 잡고 있었다.

"네가 떠난다니 슬퍼."

"저도요." 그 자비에르가 작게 속삭였다.

"사랑스러운 내 그 자비에르." 프랑수아즈는 중얼거렸다. 그 자비에르는 두 눈을 반짝이면서 입술을 반쯤 벌린 채 그녀를 바라보았다. 그녀는 긴장을 풀고 자연스러운 모습으로, 프랑수아즈에게 전적으로 자신을 내맡겼다. 이제 살아가면서 그 자비에르를 이끌 사람은 바로 프랑수아즈였다.

'이 아이를 행복하게 해 주겠어.' 프랑수아즈는 확신에 차서 결심했다.

3장

그자비에르의 방문 아래쪽 틈새로 빛줄기가 새어 나오고 있었다. 무언가 가볍게 부딪히면서 옷자락이 스치는 소리가 프랑수아즈의 귀에 들려왔다. 그녀는 문을 두드렸다. 쥐 죽은 듯 정적이 흘렀다.

"누구세요?" 그자비에르가 물었다.

"나야. 출발할 시간이야." 프랑수아즈는 말했다.

그자비에르가 베이야르 호텔에 정착한 이후로 프랑수아즈는 배운 게 있었다. 바로 예고 없이 그자비에르의 방문을 결코 두드려서는 안 된다는 것, 그리고 약속 시간보다 일찍 찾아가는 일 역시 절대로 해서는 안 되었다. 그럼에도 불구하고 프랑수아즈의 출현은 늘 납득하기 어려운 혼란을 만들어 내곤 했다.

"잠시만 기다려 주시겠어요? 제가 선생님 방으로 금방 올라 갈게요."

"알겠어. 기다리고 있을게."

프랑수아즈는 계단을 올랐다. 절차를 중시하는 터라 그자 비에르는 제대로 격식을 갖춰 프랑수아즈를 맞이할 준비가 되어 있을 때에만 방문을 열어 주었다. 일상적인 사생활을 보내다가 예상 밖의 일을 맞닥뜨리는 상황을 불쾌하게 여기는 듯했다.

'오늘 밤엔 별다른 문제가 없어야 할 텐데. 그러지 않으면 사흘 안에 절대 준비를 끝마치지 못할 거야.'

프랑수아즈는 생각했다. 그녀는 소파에 앉아 머리맡 탁자에 위에 쌓아 둔 원고들 중 하나를 집어 들었다. 피에르는 자신이 받아 놓은 각본들을 프랑수아즈더러 대신 읽어 달라고 했던 것이다. 기분 전환 삼아서 평소에 해 오던 일이었다. 「마르시아스 혹은 불안한 변신」. 프랑수아즈는 의욕 없이 제목을 멍하니 쳐다보았다. 오후엔 연습이 제대로 진행되지 않는 바람에 모두 녹초가 되고 말았다. 피에르는 신경이 극도로 예민해진 상태였다. 무려 여드레 동안 잠을 자지 못했던 것이다. 만석으로 백 회 공연을 채워야만 겨우 경비를 충당할 수 있을 터였다.

그녀는 원고를 집어 던지고는 자리에서 일어났다. 화장을 고칠 시간은 충분히 있었다. 하지만 몹시 흥분한 상태였으므로 담배에 불을 붙이고는 미소를 지었다. 솔직히 연습 막바지의 흥분 상태보다 그녀가 더 좋아하는 건 없었다. 필요한 시

점에 모든 준비가 제대로 되어 있으리라는 사실을 잘 알고 있었다. 또한 피에르가 사흘 안에 기적을 만들어 내리라는 것도 알았다. 피에르는 사흘 안에 기적을 행할 수 있는 사람이었다. 수은 조명 문제 역시 결국 잘 해결될 터였다. 이제 테데스코가 연기에 제대로 임하기만 하면 될 텐데……

"들어갈게요." 소심한 목소리가 들려왔다.

"들어와." 프랑수아즈는 대답했다.

그자비에르는 큼지막한 코트를 걸친 채 작고 보기 흉한 베레모를 쓰고 있었다. 어린아이 같은 얼굴에는 어렴풋이 회개의 미소가 담겨 있었다.

"제가 기다리시게 했죠?"

"아니, 괜찮아. 아직 늦지 않았어." 프랑수아즈는 서둘러 대답했다. 그자비에르가 스스로 잘못을 저질렀다고 생각하는 일만큼은 피해야 했다. 그러지 않으면 언짢아하면서 우거지상을 지을지도 몰랐다.

"나도 준비를 다 못 했거든."

프랑수아즈는 늘 하던 대로 얼굴에 조금 분칠하고 재빨리 거울로부터 고개를 돌렸다. 오늘 밤 자기 얼굴 따위는 아무래도 좋았다. 그녀를 위한 밤이 아니었기 때문이다. 모든 사람들에게 자신의 얼굴이 보이지 않았으면 하는 막연한 바람마저 가지고 있었다. 그녀는 열쇠와 장갑을 집어 들고는 방문을 잠갔다.

"음악회에 갔었니? 좋았어?"

"아뇨, 외출하지 않았어요. 날이 추워서 나가고 싶은 마음이 사라졌거든요."

프랑수아즈는 그자비에르와 팔짱을 꼈다.

"그럼 하루 종일 뭘 한 거야?"

"딱히 이야기할 만한 게 없어요." 더 이상 묻지 말라는 듯한 투로 그자비에르가 말했다.

"항상 똑같은 대답이군. 내가 말했잖아, 네가 하루하루를 어떻게 보내는지 머릿속으로 자세히 그려 보는 걸 내가 얼마나 좋아하는지."

그녀는 미소를 띤 채 그자비에르를 살펴보았다.

"샴푸로 머리를 감았구나."

"네."

"머리 손질을 멋지게 했는걸. 언제 한번 내 머리 손질도 네게 맡겨 봐야겠다. 그럼 집에 있으면서 책을 읽었니? 아니면 잤어? 점심은 어떻게 해결했고?"

"아무것도 하지 않았어요."

프랑수아즈는 더 이상 캐묻지 않았다. 그자비에르에게는 다른 이와 공유할 수 없는 사생활 영역이 존재했다. 자질구레한 하루 일과를 털어놓는 일을, 생리 작용에 관한 이야기를 늘어놓는 것만큼 저속한 짓거리로 간주하는 듯했다. 더군다나 방에서 나오는 일이 거의 없는 만큼, 그녀에게 이야깃거리가 있는 경우 또한 드물었다. 프랑수아즈는 매사에 호기심이 없는 그녀가 실망스러웠다. 영화나 음악회, 혹은 산책 등 아무리 재미있음 직한 계획을 제안해 봐도 그자비에르는 고집스레 방 안에 처박혀 있을 따름이었다. 오늘 아침, 몽파르나스의 카페에서 소중한 결실을 손에 넣었다고 생각한 프랑수아즈를 들뜨게 했던 것은, 그저 몽상이 만들어 낸 시시하기 짝이 없는 희열이었다. 그자비에르의 현존이 그녀에게 새로이 안겨 준 것은 아무것도 없었다.

"난 오늘 일정이 많았어. 아침엔 가발이 절반만 배달되어서 가발 가게까지 따지러 갔다 왔다니까. 그러고 나서는 소품 때문에 가게 여러 군데를 돌아다녔지. 원하는 걸 구하기란 여간 어려운 게 아니거든. 보물찾기나 진배없다고. 그래도 흔히 볼 수 없는 연극 소품들을 뒤지는 게 얼마나 재미난지 넌 모를 거야. 한번 널 데리고 가야겠다." 프랑수아즈는 활기차게 말했다.

"가 보고 싶어요."

"오후에는 연습이 길게 이어졌고, 그사이에 난 의상을 손보는 데 대부분의 시간을 썼지."

프랑수아즈가 웃음을 터뜨렸다.

"글쎄 뚱뚱한 역할을 맡은 배우가 가짜 살덩이를 배가 아니라 엉덩이에다 매달은 거 있지! 네가 그 꼴을 봤어야 하는데."

프랑수아즈의 손을 살며시 쥐면서 그자비에르가 말했다.

"너무 무리하지는 마세요. 그러다 병이라도 나면 어쩌시려고요!"

프랑수아즈는 돌연 따뜻한 눈길로, 걱정에 잠긴 그 얼굴을 바라보았다. 그자비에르가 간혹 경계심을 푸는 순간이 있었다. 그럴 때면 그녀는 진줏빛이 감도는 두 볼에 키스를 퍼붓고 싶을 정도로 다정하고 나긋나긋한 소녀에 지나지 않았다.

"얼마 안 있으면 끝나. 너도 알다시피, 영원히 이런 식으로 살 생각 따윈 없어. 단지 며칠만 버티면 되는 데다, 또 훌륭한 성과를 거두길 바랄 때엔 고생을 해도 기쁘기 마련이지."

"선생님은 참 활기가 넘치시는군요."

프랑수아즈는 그녀를 향해 미소를 보냈다.

"오늘 밤은 분명 재미있을 거야. 라브루스는 늘 마지막 순간에 가장 훌륭한 발상을 내놓거든."

그자비에르는 아무런 대꾸도 하지 않았다. 프랑수아즈가 라브루스에 대해 이야기할 때마다 그자비에르는 그에 대한 찬사를 과시하듯 늘어놓기는 했지만, 내심 거북해하는 양 보였다.

"오늘 리허설에 가는 일이 적어도 귀찮은 건 아니지?"

"무척 신이 나는걸요."

그자비에르는 망설이다가 다음과 같이 말을 덧붙였다.

"물론 다른 자리에서 선생님을 만나고 싶다는 생각이 들긴 하지만요."

"나도 마찬가지야." 프랑수아즈는 뜨뜻미지근하게 맞장구쳤다. 그자비에르가 가끔씩 표출하는 이 모호한 비난이 그녀는 몹시 싫었다. 분명 그녀는 그자비에르에게 그리 많은 시간을 할애하고 있지는 않았다. 그럼에도 불구하고 개인적인 일을 하기에도 역부족인 시간을 그녀를 위해 모두 포기할 수는 없는 노릇이었다.

두 사람은 극장 앞에 도착했다. 프랑수아즈는 로코코풍의 꽃줄기 장식으로 벽면을 꾸며 놓은 낡은 건물을 사랑스럽다는 듯 바라보았다. 마음을 자극하는 친근하고 소박한 분위기를 풍겼다. 며칠 뒤 특별 공연장으로 탈바꿈하면 온갖 조명 불빛으로 반짝이게 될 터였다. 하지만 오늘 밤, 건물은 어둠 속에 잠겨 있었다. 프랑수아즈는 배우 전용 출입구 쪽으로 발걸음을 옮겼다.

"선생님이 사무실에 출근하듯 이곳에 매일 오신다고 생각하니 기분이 묘하네요. 제게는 극장 내부가 늘 신비롭게만 느껴지거든요."

"내가 아직 라브루스를 알지 못하던 시절에, 엘리자베트가 날 무대 뒤로 데려가면서 마치 전문가처럼 한껏 점잔을 빼던 모습이 기억나는군. 나 스스로 잔뜩 흥분해 있음을 느꼈던 것도 기억나고." 프랑수아즈는 미소를 지었다. 그때 느꼈던 신비로운 느낌은 이제 사라지고 없었다. 하지만 일상적 풍경이 되어 버린 지금도 오래된 무대 도구들로 가득 찬 극장 안마당은 시적 정취를 전연 잃지 않았다. 정원에 놓인 벤치와 마찬가지로 초록색을 칠해 놓은 작은 나무 계단은 위층에 있는 배우 대기실과 연결되어 있었다. 프랑수아즈는 무대 쪽에서 들려오는 웅성거리는 소리를 듣기 위해 잠시 걸음을 멈추었다. 피에르를 보러 올 때면 늘 그래 왔듯이, 기쁨으로 심장이 두근거리기 시작했다.

"소리를 내면 안 돼. 무대를 지나갈 거거든."

프랑수아즈는 그자비에르의 손을 잡았다. 두 사람은 무대 장치 뒤편을 살금살금 지나갔다. 초록색과 자주색 덤불을 심어 놓은 정원에서는 테데스코가 고뇌에 사로잡힌 얼굴로 이리저리 돌아다니고 있었다. 오늘 밤, 그는 숨이 막힌 듯 이상한 목소리를 내고 있었다.

"여기 앉아 있어. 금방 돌아올게."

프랑수아즈는 말했다. 관람석엔 많은 이들이 있었다. 주연 및 단역 배우들은 평소처럼 뒤쪽 자리에 모여 앉아 있었고, 오케스트라석 바로 앞의 첫 번째 줄에는 피에르 혼자 앉아 있었다. 프랑수아즈는 엘리자베트의 손을 잡았다. 그녀는 며칠 전부터 내내 붙어 다니던 어린 배우 옆에 앉아 있었다.

"조금 있다가 널 보러 다시 올게."

이렇게 말하고 나서 프랑수아즈는 피에르를 향해 아무 말 없이 미소만을 지어 보였다. 피에르는 붉은색 굵은 목도리 속에 머리를 파묻은 채 한껏 몸을 웅크리고 있었다. 전혀 만족스럽지 않은 눈치였다.

'덤불이 엉망이군. 바꿔야겠어.' 이렇게 생각하면서 프랑수아즈는 걱정스러운 눈길로 피에르를 쳐다보았다. 그는 절망적일 정도로 속수무책이라는 듯한 동작을 취하고 있었다. 테테스코가 이렇게까지 엉망인 적은 없었다. 그만큼 그를 잘못 평가하고 있었던 것일까?

목소리가 완전히 갈라지자 테테스코는 손을 이마로 가져갔다.

"미안합니다. 내가 왜 이러는지 모르겠네요. 조금 쉬는 게 좋겠어요. 십오 분 정도 쉬고 나면 분명 나아질 겁니다."

쥐 죽은 듯 침묵이 흘렀다.

"그렇게 합시다. 그동안에 조명을 손보도록 하고. 그리고 뷔유맹과 제르베르를 불러 줘. 배경을 손보고 싶군."

그러더니 그는 낮은 목소리로 물었다.

"몸은 괜찮소? 안색이 안 좋은데."

"괜찮아요. 당신도 쌩쌩해 보이진 않군요. 오늘은 자정까지만 연습하기로 해요. 모두 지쳐 있어요. 이대로는 금요일까지 버티지 못할 거예요."

"나도 알고 있소."

피에르가 고개를 돌렸다.

"그 자비에르를 데리고 온 거요?"

"네. 조금은 그 애와 같이 있어 줘야 할 것 같아요."

프랑수아즈는 머뭇거리다가 말을 이어 갔다.

"밖에서 셋이 술이나 한잔했으면 하는데. 귀찮아요?"

피에르가 웃음을 터뜨렸다.

"내가 아직 말을 안 했군. 오늘 아침에 계단을 올라가다가 내려오는 그 애와 마주쳤는데 말이오. 산토끼처럼 잽싸게 도망치더니 화장실로 뛰어가서 숨어 버리더군."

"왜 그랬는지 알 것 같아요. 그 애는 당신이 무서운 거예요. 내가 당신한테 그 애를 한번 만나 보라고 부탁하는 건 바로 그 때문이에요. 당신이 한번 그 애에게 친절히 대해 주면 상황이 나아질 거예요."

"나야말로 그러고 싶소. 비교적 재미있는 애라고 생각하거든. 아, 드디어 나타났군. 제르베르는 어디 있나?"

"온통 다 찾아봤는데도 당최 어디로 갔는지 모르겠습니다." 숨을 헐떡거리며 도착한 뷔유맹이 말했다.

"좀 잘 거라고 해서 7시 반쯤 의상실에 두고 나왔어요."

그러고는 프랑수아즈가 목소리를 높여 말했다.

"레지, 작업실에 가서 제르베르가 있는지 좀 보고 와 주겠어?"

"끔찍하군, 자네가 내게 던져 놓은 저 장벽 말일세. 그림으로 처리한 건 싫다고 내가 수백 번 말했잖아. 다시 만들도록 해. 난 실제로 벽을 쌓길 원한다고."

"게다가 색깔도 별로라고. 이 덤불 말이야, 좀 더 멋지게 처리할 수 있는 걸 이렇게 칙칙한 빨간색으로 칠해 놓으면 어떡해." 프랑수아즈 역시 몇 마디 거들었다.

"덤불 색깔은 쉽게 해결할 수 있어요." 뷔유맹이 말했다.

제르베르가 무대를 가로질러 달려오더니 관객석으로 뛰어내렸다. 체크무늬 셔츠 위에 사슴 가죽으로 만든 점퍼를 걸치고 있었는데, 온몸이 먼지투성이였다.

"죄송합니다. 깊이 잠들고 말았어요."

제르베르는 손으로 덥수룩한 머리칼을 쓸어 넘겼다. 안색이 어둡고 눈 밑은 크게 그늘져 있었다. 그가 피에르와 이야기를 나누는 동안, 프랑수아즈는 그의 초췌한 얼굴을 안쓰럽게 바라보았다. 병든 원숭이처럼 가여운 꼴을 하고 있었다.

"당신은 제르베르를 너무 혹사시키고 있어요." 뷔유맹과 제르베르가 자리를 떠나자 프랑수아즈는 말했다.

"믿을 수 있는 사람이 저 친구뿐인걸. 누가 지켜보지 않으면 뷔유맹이 또 일을 엉망진창으로 만들 거요."

"그야 나도 잘 알죠. 하지만 제르베르는 우리처럼 건강한 체질이 아니라고요."

그러고는 프랑수아즈가 자리에서 일어났다.

"조금 있다가 봐요."

"자, 조명을 연결해 봅시다. 다른 조명은 다 끄고, 안쪽의 파란색 조명만 켜 보세요." 피에르가 소리쳤다.

프랑수아즈는 그자비에르 곁에 앉으려고 걸음을 옮겼다.

'내가 아직 이럴 나이는 아닌데.' 프랑수아즈는 생각했다. 자신이 제르베르에게 모성적 감정을 느끼고 있음을 부인할 수 없었던 것이다. 근친상간적 욕망이 은근히 섞여 있는 모성적 감정이었다. 피곤에 지친 그 애가 머리를 기댈 수 있도록 어깨를 내주고 싶었다.

"재미있어?" 그녀는 그자비에르게 물었다.

"잘 모르겠어요."

"한밤중에 브루투스가 고민하려고 정원으로 내려온 장면이야. 카이사르에 맞서 군사를 함께 일으키지 않겠느냐는 메시지를 받은 거지. 폭정을 증오하지만 카이사르를 좋아하는지라 난처해하는 중이고."

"그러니까, 저기 초콜릿색 윗도리를 입은 남자가 브루투스인 거죠?"

"멋진 흰색 의상을 걸치고 분장을 하면 훨씬 브루투스처럼 보일 거야."

"저 사람이 브루투스인 줄 몰랐어요." 그자비에르는 씁쓸해하는 목소리로 말했다.

그녀의 눈이 환해졌다.

"조명이 정말 멋지네요!"

"그렇게 생각해? 기분이 좋군. 새벽녘인 듯 보이게 하느라 개같이 고생했거든."

"새벽녘이라고요? 빛이 저토록 날카로운데요? 제 눈엔 오히려……."

그녀는 잠시 뜸을 들이더니, 재빨리 다음과 같이 말을 마쳤다.

"태양과 달 그리고 별이 아직 존재하지 않던 태초의 빛처럼 보이는데요."

"안녕하세요." 누군가가 쉰 목소리로 인사를 했다. 칸제티가 수줍게 애교를 떨면서 미소 짓고 있었다. 집시를 닮은 매력적인 얼굴 옆으로 커다란 검은색 귀걸이를 늘어뜨리고, 입술과 광대뼈에는 짙게 화장을 한 모습이었다.

"오늘 제 머리 손질이 잘된 것 같나요?"

"아주 잘 어울리는걸."

"선생님 조언을 따랐거든요." 어리광을 피우듯 입을 비죽이면서 칸제티가 말했다.

짧은 휘파람 소리가 들리더니 피에르의 목소리가 높아졌다.

"조명을 켠 상태로, 이 장면이 시작되는 부분부터 다시 해 봅시다. 그다음 장면과 바로 연결할 거예요. 모두 준비됐습니까?"

"준비됐습니다." 제르베르가 대답했다.

"다음에 또 뵈어요, 선생님. 감사합니다." 칸제티가 말했다.

"매력적인 여자야, 그렇지?"

"그렇네요."

그러더니 그자비에르가 재빨리 말을 덧붙였다.

"전 저렇게 생긴 얼굴을 정말 싫어해요. 천박해 보이기도 하고."

프랑수아즈는 웃음을 터뜨렸다.

"그렇다면 넌 저 여자를 매력적이라고 생각하는 게 절대로 아닌 거야."

그자비에르가 눈살을 찌푸리더니 볼썽사납게 표정을 일그러뜨렸다.

"저런 식으로 말하는 사람과 대화를 나누느니 차라리 손톱을 하나씩 뽑아 버리는 게 더 낫겠어요. 창녀도 저렇게까지 아부를 떨진 않을걸요."

"부르주 근방에서 초등 교사로 있다가 무대에 설 기회를 잡기 위해 모든 걸 버리고 온 사람이야. 그래서 지금은 파리에서 배를 주리며 살고 있고."

프랑수아즈는 재미있어하면서 그자비에르의 굳은 얼굴을 쳐다보았다. 프랑수아즈한테 조금이라도 가까이 접근하는 모든 이들에게 그자비에르는 적대감을 드러냈다. 피에르 앞에서 보이는 소심함에도 적대감이 섞여 있었다.

조금 전부터 테데스코는 다시 무대 위를 성큼성큼 걸어 다니고 있었다. 경건한 분위기 속에서 적막이 흐르는 가운데, 그가 대사를 읊기 시작했다. 원기를 되찾은 듯했다.

'저대로는 아직 안 돼.' 불안에 휩싸인 채 프랑수아즈는 생각했다. 앞으로 사흘 뒤, 지금 이 순간과 마찬가지로 객석은 어둠 속에 잠겨 있을 것이고, 조명 불빛은 무대 위를 비추고 있으리라. 그리고 저와 같은 대사가 공간을 가를 터였다. 하지만 적막 대신에 수많은 소음과 직면하게 되리라. 의자는 삐걱대고, 산만한 손길이 공연 팸플릿을 구길 것이며, 노인네들은 고집스레 기침을 해 댈 터다. 소음과 냉담이 만들어 낸 두터운 장막을 뚫고, 메마르고 까탈스러운 관객들에게 대사가 섬세하게 전달될 수 있도록 길을 내야만 했다. 배우들의 몸짓과 발성, 아름다운 무대 의상은 물론이거니와 그들의 사생활에까지 관심을 기울이는 모든 사람들과, 지루해하는 평론가들 그리고 악의에 찬 친구들, 이 모두가 브루투스의 고뇌에 흥미를 가지길 바라는 건 무모한 희망이었다. 그러니 허를 찔러 불시에 그들을 사로잡아야만 했다. 지금 테데스코가 계산적으로 선보이는 밋밋한 연기로는 그걸 이뤄 내기에 충분하지가 않았다.

피에르는 고개를 숙이고 있었다. 그의 옆으로 다시 가 앉지 않았음을 프랑수아즈는 후회했다. 무슨 생각을 하고 있을까? 그가 자신의 미학적 원칙을 이 정도로 큰 규모의 무대에서 이토록 엄격하게 적용해 보기는 이번이 처음이었다. 그는 직접 모든 배우들을 연습시켰고, 프랑수아즈 또한 그의 지휘 아래에서 각색 작업에 임했으며, 무대 장치 역시 그의 지시에 따른 것이었다. 이번 공연이 성공한다면, 그는 연극과 예술에 대한 자신의 견해를 세상에 결정적으로 알릴 수 있을 터였다. 꽉 움켜쥔 프랑수아즈의 두 손엔 땀이 조금 배어 있었다.

'열심히 작업했고 돈도 아낌없이 썼건만.' 목이 멘 채 프랑수아즈는 생각했다. 만약 실패한다면 한동안 제기하지 못할 수도 있었다.

"잠깐만."

느닷없이 피에르는 이렇게 말하더니, 무대 위로 올라갔다. 테데스코가 그 자리에 멈춰 섰다.

"잘하고 있어. 아주 정확히 연기하고 있는 건 맞는데, 다만 대사로만 연기하고 있을 뿐, 그 속에 상황을 제대로 녹여내지 못하고 있어. 무슨 말인지 알겠나? 대사는 그런 식으로 치되, 감정선을 달리 표현해 보라고."

피에르는 벽에 등을 기대고 서서 고개를 숙였다. 프랑수아즈는 긴장을 풀었다. 배우들에게 말로 잘 설명할 줄 아는 능력이 피에르에게는 없었다. 그들이 이해할 만한 수준에 맞춰야 한다는 점 때문에 그는 늘 답답해하곤 했다. 반면 자신이 직접 연기를 선보일 때엔 경이로운 모습을 보여 주었다.

"그를 죽여야만 한다……. 난 그에게 사사로운 원한 따윈 없어. 다만 모두의 행복을 위해서라면……."

프랑수아즈는 감탄에 젖어서, 단 한 번도 약해진 적이 없는 그를, 그 경이로운 장면을 지켜보았다. 외모만을 놓고 보자면 피에르는 배역과 전혀 어울리지 않았다. 키가 작달막한 데다, 이목구비는 불균형했다. 하지만 피에르가 고개를 들자, 어느새 그는 기진맥진한 얼굴로 하늘을 올려다보는 브루투스 자체가 되어 있었다.

제르베르가 프랑수아즈 쪽으로 몸을 기울였다. 그녀가 알아차리지 못하는 사이에 다가와서, 뒷자리에 앉아 있었던 것이다.

"라브루스 선생님은 기분이 좋지 않으실수록 연기를 더 잘하시네요. 지금 분노로 가득 차 계시잖아요."

"화가 날 만도 하지. 넌 테데스코가 배역을 잘 소화해 낼 거라 생각해?"

"네, 처음 부분만 잘 잡아 주면 나머지 부분은 따라오게 되어 있거든요."

"알겠나? 내게 보여 줘야 하는 건 바로 이런 어조라고. 이렇게 하면 자네가 원하는 내용 또한 연기할 수 있을 거야. 난 감정을 느껴 보겠어. 연기에 감정이 실리지 않으면 다 망하는 거지." 피에르가 말했다.

테데스코는 벽에 등을 기대고 서서 고개를 숙였다.

"그의 죽음 외에는 다른 방도가 없다. 내게 그를 향한 사사로운 원한 따윈 없어. 다만 모두의 행복을 고려해야 할 뿐."

프랑수아즈는 제르베르를 향해 의기양양하게 웃어 보였다. 무척이나 단순해 보였다. 하지만 배우로 하여금 뜻밖의 깨달음을 깨우치게 하는 것보다 더 어려운 일은 없음을 그녀는 잘 알았다. 그녀는 피에르의 목덜미를 바라보았다. 그가 일하는 모습은 아무리 보아도 결코 싫증 날 것 같지 않았다. 그녀는 자신의 모든 행운 가운데 그와 함께 일할 수 있음을 최고의 행운으로 꼽았다. 같이 힘들어하고 노력하면서 두 사람은 포옹 이상으로 단단히 결속되어 있었다. 힘든 연습 기간 중, 두 사람이 서로 사랑을 나누지 않은 순간은 단 한 번도 없었다.

음모를 꾸미는 장면은 별 탈 없이 넘어갔다. 프랑수아즈는 자리에서 일어나며 제르베르에게 말했다.

"엘리자베트에게 인사하러 갈 거야. 내게 볼일이 있으면, 작업실에 있을 테니 그리로 와. 여기에 계속 있을 엄두가 나질 않아서. 피에르는 아직 포르시아가 나오는 장면을 어떻게 마무리할지 못 정했거든."

그녀는 잠시 머뭇거렸다. 그자비에르를 혼자 내버려 두기란 그리 바람직한 짓이 아니었다. 하지만 엘리자베트를 못 만난 지도 상당히 오래되었으므로 그녀 역시 분명 마음이 상했을 터였다.

"제르베르, 내 친구 그자비에르를 잘 부탁해. 무대 배경을 바꾸는 동안 무대 뒤를 구경시켜 주면 좋겠어. 이 애는 극장이 어떤 곳인지 잘 모르거든."

그자비에르는 아무 말도 하지 않았다. 연습 초반부터 그녀의 눈에는 비난의 기색이 담겨 있었다.

프랑수아즈는 엘리자베트의 어깨에 손을 올렸다.

"담배나 한 대 피우러 가자."

"좋지. 실내에서 담배를 피우지 못하게 하다니, 너무나 가혹한 처사야. 피에르에게 몇 마디 해야겠어." 엘리자베트는 화가 난 척 웃으며 말했다.

프랑수아즈는 문턱에 멈춰 섰다. 며칠 전에 미색으로 페인트칠을 새로 한 덕분에 객석은 시골 같은 아늑한 분위기를 풍기고 있었다. 페인트 냄새가 아직 미세하게 감돌고 있었다.

"이 낡은 극장을 떠나는 일이 없었으면 좋겠어." 엘리자베트와 함께 계단을 올라가면서 프랑수아즈는 말했다.

"마실 게 남아 있으려나?" 작업실 문을 밀고 들어가면서 프랑수아즈는 말했다. 그녀는 책으로 반쯤 채워진 벽장을 열고 제일 아래 칸에 정렬해 놓은 술병들을 살폈다.

"위스키만 조금 있는데, 이거면 될까?"

"그보다 더 좋을 순 없지." 엘리자베트가 말했다.

프랑수아즈는 그녀에게 잔을 내밀었다. 마음이 하도 달아

올라서 엘리자베트를 향한 호감이 폭발할 지경이었다. 고등학생 시절, 흥미롭지만 어려운 수업을 마치고 나와서 둘이 팔짱을 끼고 학교 안마당을 걸어 다닐 때 느꼈던 동지애와 편안함, 그것과 꼭 닮은 감정이었다.

엘리자베트는 담배에 불을 붙이고 다리를 꼬았다.

"테데스코는 왜 저러는 거야? 기미오 말로는 약을 하는 것 같다던데. 정말로 그렇다고 생각해?"

"모르겠어."

이렇게 말하고 나서 프랑수아즈는 행복해하는 얼굴로 술을 한 모금 벌컥 들이켰다.

"그 자비에르, 그 계집애 말이야, 귀엽게 봐 줄 만한 구석이 없더라. 걔를 어떻게 할 생각이야? 가족 문제는 해결된 거야?"

"모르겠어. 언제고 삼촌이 들이닥쳐서 난리 칠 수 있는 상황이야."

"조심해. 골치 아픈 일에 휘말릴 수도 있어." 거드름을 피우는 얼굴로 엘리자베트가 말했다.

"뭘 조심하라는 거야?" 프랑수아즈가 물었다.

"그 애에게 일자리는 구해 준 거야?"

"아니. 일단은 새로운 환경에 적응해야지."

"뭐에 소질이 있는데?"

"그 애가 많은 일을 해낼 수 있을 것 같지는 않아."

엘리자베트는 생각에 잠긴 얼굴로 담배 연기를 내뿜었다.

"그 애에 대해서 피에르는 뭐라고 하고?"

"두 사람은 아직 서로 만난 적이 거의 없어. 피에르가 그 애를 좋게 생각하고 있긴 해."

이러한 일련의 질문이 슬슬 프랑수아즈를 짜증 나게 했다. 엘리자베트가 자신을 비난하는 듯 느껴졌던 것이다. 별안간 그녀는 엘리자베트의 말을 끊고 이렇게 물었다.

"말해 봐. 남자가 새로 생긴 거지?"

엘리자베트가 풋 하고 웃음을 터뜨렸다.

"기미오를 말하는 거야? 연습 기간 중 어느 화요일에 대화 좀 하자면서 나를 찾아오긴 했지. 그 사람 잘생기지 않았어?"

"아주 잘생겼지. 배역을 준 게 그 때문이잖아. 그 사람에 대해 난 아는 게 전혀 없어. 재미있는 사람이니?"

"섹스를 잘하지." 엘리자베트가 담담한 어조로 말했다.

"시간을 허비한 건 아니네." 조금 당황해하면서 프랑수아즈는 말했다. 누군가가 마음에 들 때면 엘리자베트는 그 즉시 상대와의 잠자리에 대해 이야기하곤 했다. 그럼에도 그녀는 사실상 지난 이 년 동안 클로드와의 관계에 충실해 왔다.

엘리자베트가 쾌활한 모습으로 말했다.

"내 원칙이 뭔지 알고 있잖아. 난 선택을 받는 여자가 아니야, 선택을 하는 여자지. 밤에 처음 집으로 찾아온 날부터 자고 가라고 했더니 그 자식 시퍼렇게 질리더군."

"클로드는 알고 있어?"

엘리자베트는 거칠게 담뱃재를 털었다. 그녀는 당황할 때면 늘 움직임과 목소리가 거칠고 딱딱해졌다.

"아직 말하지 않았어. 적당한 때를 기다리는 중이야."

그러고는 망설이다가 이렇게 덧붙였다.

"복잡해졌거든."

"클로드와의 관계가? 그에 대한 이야기를 들은 지도 한참이 되었군."

"그와의 관계는 변함없어. 다만 내가 변한 거지." 이렇게 얘기하는 엘리자베트의 입꼬리는 내려가 있었다.

"지난달에 한바탕 언쟁을 벌인 뒤로 여태 달라진 게 없다고?"

"그 사람은 맨날 똑같은 얘기만 늘어놓고 있어. 이 관계로 가장 큰 이득을 보는 건 내 쪽이라는 거야. 매번 듣는 그 말이 어찌나 지긋지긋한지, 하마터면 이렇게 대꾸할 뻔했다니까. '고맙기도 해라. 무진장 고마워서 이젠 다른 남자로 만족해 볼까 해요.'라고 말이야."

"네가 또 너무 협조적인 자세로 나갔음이 분명해."

"내 생각도 그래."

엘리자베트는 먼 곳을 뚫어져라 쳐다보았다. 불길한 생각이 스치고 있었다.

"그 사람은 자기 뜻대로 나를 완전히 다룰 수 있다고 생각하지. 그 사람, 곧 놀라 자빠지게 될 거야."

프랑수아즈는 다소 흥미를 느끼면서 엘리자베트를 관찰했다. 당장에 어떤 태도를 취해야 할지 결정을 내리지 못한 것이었다.

"그 사람이랑 끝내길 원해?"

프랑수아즈가 이렇게 묻자, 엘리자베트의 얼굴에 슬쩍 흔들리는 듯한 기색이 비쳤다. 하지만 그녀는 이내 침착한 태도를 취하고서 말했다.

"내 삶에서 그냥 빠져나가도록 내버려 두기에 클로드는 너무나도 매력적인 사람이야. 그이를 덜 사랑할 수 있기를 바랄 뿐이야."

엘리자베트는 눈살을 구기더니, 마치 공모자라도 된다는 양 프랑수아즈를 향해 미소를 지어 보였다. 두 사람 사이에 이런 분위기가 형성되기는 참으로 드문 경우였다.

"우린 희생을 자초하는 여자들을 제법 비웃곤 했잖아! 어쨌든 난 제물로 바쳐지는 고깃덩어리가 아니야."

프랑수아즈 역시 미소로 화답했다. 엘리자베트에게 무슨 조언이라도 해 주고 싶었지만 그러기는 참으로 어려웠다. 엘리자베트가 더는 클로드를 사랑하지 않아야 했으니까.

"내적으로 결별하는 것만으론 오래가지 못해. 그가 선택을 하도록 네가 단호하게 몰아붙여야 하지 않을까 하는데."

"아직은 그럴 때가 아니야. 정신적 독립을 되찾으면 커다란 진전을 이룰 수 있으리라 믿어. 그러기 위해선 우선 남자로서의 클로드와 연인으로서의 클로드를 분리해 내는 일이 급선무야." 엘리자베트는 황급히 대꾸했다.

"클로드랑 더 이상 잠자리를 갖진 않을 거야?"

"잘 모르겠어. 확실한 건 내가 다른 남자들과 잠을 잘 거라는 사실이지."

엘리자베트는 도발적인 말투로 이렇게 덧붙였다.

"성적으로 지조를 지키다니, 정말 바보 같은 짓이야. 그러면 진짜 노예가 되는 거라고. 네가 왜 노예가 되길 자초하는지 난 도무지 납득이 안 돼."

"맹세하건대 나는 노예가 됐다고 느끼지 않아." 프랑수아즈는 말했다. 엘리자베트는 속내를 털어놓지 않고는 못 배기는 성미였지만, 으레 그러고 나면 곧장 공격적으로 돌변하곤 했다.

"참 이상하기도 하지."

엘리자베트는 천천히 말을 이어 갔다. 진심으로 놀라서 사색의 흐름을 따라가고 있는 듯 보였다.

"스무 살 때는 너를 보면서 네가 단 한 남자의 여자로 살아가리라고는 생각해 본 적이 없었거든. 피에르에겐 숱한 연애 경험이 있음을 고려한다면 더욱더 이상하단 말이야."

"넌 전에도 그렇게 말한 적 있었지. 어쨌든 난 억지로 다른 남자를 만날 생각은 없어."

"왜 이래! 다른 사내한테 단 한 번도 끌린 적이 없었다는 말 따위는 하지 말라고. 넌 지금 자기가 편견에 사로잡혀 있음을 부인하는 사람들처럼 굴고 있잖아. 다들 개인적 취향을 따른다고 주장하지만 그건 터무니없는 거짓말일 뿐이야."

"전적으로 육체적이기만 한 쾌락에는 관심 없어. 게다가 순수한 육체적 쾌락, 그것에 어떤 의미가 있긴 한 거야?"

"왜 없어? 얼마나 좋은데." 비웃음을 살짝 머금고서 엘리자베트가 말했다.

프랑수아즈는 자리에서 일어났다.

"내려가 봐도 괜찮을 거 같아. 지금쯤이면 무대 배경 교체 작업이 끝났을 거야."

"너도 알잖아, 기미오가 정말로 매력적이라는 사실을 말이야. 단역보다 더 비중 있는 역할을 맡을 만한 가치가 있다고 봐. 두 사람 모두의 관심을 끌 법한 신인 배우가 될 거야. 내가 피에르와 이야기를 좀 나눠 봐야겠다." 작업실을 나서면서 엘리자베트가 말했다.

"그러도록 해. 조금 있다 보자." 이렇게 말하고 나서 프랑수아즈는 엘리자베트를 향해 재빨리 웃어 보였다.

커튼은 아직도 내려진 상태였다. 무대 위에선 누군가 망치질을 하고 있었고, 무거운 발걸음 탓에 바닥이 삐거덕거리는 소리가 들려왔다. 프랑수아즈는 이네스와 수다를 떨고 있는 그자비에르 곁으로 갔다. 이네스가 얼굴을 붉히더니 자리에서 일어섰다.

"일어날 필요 없어." 프랑수아즈가 말했다.

"저는 이만 가 볼게요." 이렇게 말하면서 이네스는 그자비에르에게 손을 내밀었다.

"언제 다시 만날 수 있을까?"

그자비에르는 애매한 동작을 취해 보였다.

"모르겠어. 전화할게."

"내일 저녁, 연습이 비는 시간에 같이 저녁 식사를 하지 않을래?"

이네스는 딱해 보이는 표정을 하고서 그자비에르 앞에 꼼짝 않고 서 있었다. 이 노르망디 출신의 커다란 머릿속에 어쩌다 연극을 하고자 하는 생각이 싹트게 되었는지, 프랑수아즈는 자주 궁금해했었다. 사 년 전부터 소처럼 열심히 힘쓰긴 했지만, 발전하는 모습이라곤 조금도 찾아볼 수 없었다. 그런 그녀를 불쌍히 여겨서 대사 몇 마디나마 할 수 있는 배역을 준 터였다.

"내일이라…… 내가 너한테 전화하는 게 더 낫겠다."

"잘할 수 있을 거야. 흥분하지 않을 때의 네 발성은 훌륭하다고." 격려하는 투로 프랑수아즈는 말했다.

이네스는 슬쩍 웃어 보인 뒤, 두 여자로부터 멀어져 갔다.

"전화할 생각이 전혀 없는 거지?" 프랑수아즈가 물었다.

"전혀요. 쟤네 집에서 세 번 신세를 졌다는 게 저 애를 평생 봐야 할 이유는 아니니까요." 그자비에르는 짜증을 내며 말했다.

프랑수아즈는 주변을 둘러보았다. 제르베르가 보이지 않았다.

"제르베르가 무대 뒤편을 구경시켜 주지 않았어?"

"제안은 했어요."

"재미없었나 보지?"

"상당히 거북해하는 표정을 짓더라고요. 곤란하더군요."

그자비에르는 노골적으로 원망하는 기색을 드러내더니 프랑수아즈를 쳐다보며 거칠게 말했다.

"다른 사람에게 짐이 되는 게 전 정말 싫어요."

프랑수아즈는 자신이 실수했음을 직감했다. 제르베르에게 그자비에르를 맡기다니, 생각이 짧았던 것이다. 아무리 그렇더라도 그자비에르의 말투 때문에 당황스러웠다. 정말로 제르베르가 이 아이를 서운하게 대했다는 말인가? 하지만 그건 제르베르답지 않은 짓이었다.

'이 아인 모든 걸 심각하게 받아들인단 말이야.' 프랑수아즈는 짜증에 잠겨 생각했다.

그녀는 어린애같이 종종 샐쭉해하는 그자비에르의 장단에 삶이 놀아나지 않도록 해야겠다고 단단히 결심한 터였다.

"포르시아 역을 맡은 사람은 어땠어?"

"뚱뚱한 갈색 머리 여자요? 라브루스 선생님이 같은 대사를 스무 번이나 반복해서 시켰는데도 계속 틀리게 말하는 거 있죠. 저렇게나 멍청한데도 정말 배우가 될 수 있는 건가요?"

급기야 그자비에르의 얼굴은 온통 경멸로 번득이기 시작했다.

"별의별 경우가 다 있으니까."

그자비에르는 분노에 취해 있었다. 프랑수아즈가 자기한테 신경을 충분히 써 주지 않는다고 생각해서인 듯했다. 하지만 결국엔 잠잠해질 것이었다. 프랑수아즈는 초조한 마음으로 무대 커튼을 응시했다. 배경을 바꾸는 작업이 너무 지체되고 있었다. 교체 시간을 적어도 오 분은 줄일 필요가 있어 보였다.

커튼이 올라갔다. 피에르는 카이사르의 침대 위에 반쯤 누워 있었다. 프랑수아즈의 심장이 빨리 뛰기 시작했다. 그녀는 피에르의 어조와 몸짓 하나하나까지 속속들이 이해하고 있었다. 너무나도 정확히 예측할 수 있었으므로, 마치 자신의 의지에서 그의 말과 몸짓이 솟아오르는 듯 느껴질 정도였다. 그러나 실제로 그것들이 구현되는 곳은 그녀의 의지 너머에 자리한, 무대 위였다. 불안했다. 아주 사소한 실수조차 자기 책임인 양 느껴지는데도, 그런 일을 막기 위해 손가락 하나 까딱할 수 없었던 것이다.

'우린 정말로 하나일 뿐이다.' 애정이 샘솟음을 느끼며 프랑수아즈는 생각했다. 대사를 치면서 손을 들어 올리는 사람은 분명 피에르였다. 하지만 저 자세와 말투는 피에르의 인생만큼이나 그녀의 인생을 이루고 있었다. 보다 정확히 말하자면, 단 하나의 인생만이 존재하고, 그 중심에는 피에르나 그녀가 아니라, 오직 우리라고 칭할 수 있는 단 하나의 존재만이 있을 뿐이었다.

피에르는 무대 위에, 그리고 그녀는 객석에 자리 잡고 있었다. 두 사람 모두에게는 같은 작품이 동일한 극장 안에서 펼쳐지고 있었다. 그들의 삶은 이와 다르지 않았다. 물론 그렇더라도 삶을 매번 같은 관점에서 보는 것은 아니었다. 자기만의 욕망과 기분, 기쁨을 통해 두 사람 공통의 삶이 지닌 다른 면을 각자 발견하곤 했다. 한데 그렇다고 해서 매번 같은 관점에서 삶을 바라보는 건 아니었다. 저마다의 욕망과 기분, 쾌락을 통해 그들은 공통의 삶이 지닌 각기 다른 면모를 각자 발견하곤 했다. 그렇다고 해서 같은 삶이 아닌 것은 아니었다. 시간도, 물리적 거리도 그 삶을 쪼개 놓을 수 없었다. 한편에는 피에르를 위해 우선적으로 존재하는 길거리와 생각 그리고 얼굴 들이 있었다. 또 다른 한편에 그녀를 위해 우선적으로 존재하는 것들이 있음은 분명했다. 그러나 두 사람은 흩어진 그 순간들을 단 하나의 순간 속에 다시금 충실히 통합시켰고, 그 안에서 너의 순간과 나의 순간은 서로 구분되지 않기에 이르렀다. 가장 작은 것이라 할지라도 그 순간의 조각을 단지 자기만을 위해 떼어 낼 사람은 둘 중 아무도 없었다. 그런 짓은 최악의 배신에 해당했고, 오로지 가능성으로서만 존재할 터였다.

"내일 오후 2시에는 의상을 입지 않은 상태에서 세 번째 막을 연습하도록 합시다. 이어서 밤에는 의상을 입고 순서대로 전체 리허설을 하겠습니다." 피에르가 말했다.

"전 이만 가 보겠습니다. 내일 아침에 제가 필요하시나요?" 제르베르가 말했다.

프랑수아즈는 망설였다. 제르베르와 함께라면 가장 골치 아픈 일마저 대체로 재미있게 느껴졌기에, 그가 없는 아침나절은 삭막하게 여겨질 터였다. 그렇지만 제르베르는 보는 사람의 마음이 아플 정도로 피곤에 찌든 불쌍한 몰골을 하고 있었다.

"아니, 이제 특별히 네가 해야 할 일은 없어."

"정말이죠?" 제르베르가 물었다.

"정말이야. 편히 자도록 해."

엘리자베트가 피에르 곁으로 다가왔다.

"오빠가 연기한 율리우스 카이사르는 진짜 끝내주던걸. 그 인물을 공들여 표현했더군. 제대로 각색해 낸 데다, 동시에 무척이나 사실적이었어. 오빠가 손을 들어 올리던 순간에 흐르던 침묵은…… 정말이지 경이롭더라."

"고마워." 피에르가 말했다.

"공연이 성공하리라고 내가 장담하지."

이렇게 힘주어 말한 뒤, 엘리자베트는 놀리는 듯한 눈초리로 그자비에르를 훑어보면서 물었다.

"이 아가씨께선 연극이 그다지 마음에 들지 않았나 보네. 진즉에 몹시 지루해졌나 봐요?"

"연극이 이런 것인 줄 몰랐거든요." 그자비에르가 건방진 말투로 대답했다.

"어떤 생각이 들었지?" 피에르가 물었다.

"모두 가게 점원 같아요. 엄청나게 부지런을 떨고 있잖아요."

"그래서 감동적인 거죠. 이 모든 시행착오와 노력으로부터 결국 아름다운 뭔가가 솟아오르는 거라고요.

"제겐 그래서 조악해 보이던걸요." 그자비에르가 말했다. 분노가 소심한 심성을 밀어낸 것이었다. 그녀는 적의에 찬 얼굴로 엘리자베트를 쏘아보았다.

"노력하는 모습은, 보고 있기에 하나도 멋지지가 않아요. 게다가 노력이 수포로 돌아가는 날엔…… 참 볼만할 거예요." 그자비에르가 비웃음을 던졌다.

"예술이라는 게 다 그런 거예요. 아름다운 것은 절대로 쉽게 만들어지지 않거든요. 가치 있는 것일수록 그만큼 공을 들여야 하는 법이라고요. 그쪽도 언젠간 알게 될 거예요." 엘리자베트가 차갑게 말했다.

"만나²⁾처럼 하늘에서 내려오는 것, 저는 그런 것이야말로 가치 있다고 생각해요. 대가를 치르고 사야 하는 것이라면 여느 상품이랑 다를 바 없으니까요. 전 그런 것엔 관심 없어요." 그자비에르는 샐쭉해서 말했다.

"대단히 귀여운 낭만주의자이시로군!" 엘리자베트가 싸늘하게 웃으며 말했다.

---

2) 모세의 지도 아래, 애굽 땅을 떠나서 광야를 떠돌던 이스라엘 백성에게 하느님이 내려 준 신비로운 양식이다.

"난 저 애를 이해할 수 있어. 우리의 모든 하찮은 요리엔 썩 맛있어 보이는 구석이 전혀 없는걸." 피에르가 말했다.

엘리자베트는 거의 위협적인 표정을 지은 채 피에르 쪽으로 고개를 돌렸다.

"이런! 처음 알았네! 요즘 들어 영감이 지닌 가치를 믿게 됐나 보지?"

"그런 말이 아니야. 우리 작업이 아름답지 않은 건 사실이잖아. 상당히 보기 싫을 정도로 엉망진창이니까."

그러자 엘리자베트가 황급히 대꾸했다.

"난 그러한 노력이 아름답다고 얘기하려는 게 아니야. 아름다움이 완성된 작품 속에만 존재한다는 사실을 나도 잘 알아. 그렇지만 난 무형의 것이 순수한 형태로 완성되어 가는 과정 역시 인상적이라고 생각해."

프랑수아즈는 눈짓으로 피에르에게 그만하라고 신호를 보냈다. 엘리자베트와 논쟁하는 일은 고역이었다. 논쟁에서 이기지 못할 때면 그녀는 다른 사람 앞에서 모욕을 당했다고 여기곤 했다. 남들로부터 호평과 애정을 끌어내기 위해서라면, 그녀는 악의적으로 스스로를 속여 가면서 남들과 말싸움하기를 주저하지 않았다. 그러한 사태는 몇 시간이고 지속될 수 있었다.

"그렇긴 하지. 하지만 그걸 평가하려면 전문가가 되어야 하는걸." 피에르는 엘리자베트의 말에 모호하게 맞장구를 쳤다.

침묵이 흘렀다.

"이만 돌아가는 게 좋겠어요." 프랑수아즈가 말했다.

엘리자베트가 자신의 손목시계를 들여다보더니 당황해하

면서 말했다.

"세상에나! 마지막 지하철을 놓치겠어. 지금 바로 뛰어가야 겠네. 내일 보자고."

"같이 가 줄게." 프랑수아즈가 미적지근하게 말했다.

"아니, 아니야, 너 때문에 늦을지도 몰라."

엘리자베트는 가방과 장갑을 챙긴 뒤 허공을 향해 뜻 모를 웃음을 던지고는 사라졌다.

"우린 어디 가서 술 한잔해도 좋을 듯하군요."

프랑수아즈가 말했다.

"그자비에르가 피곤하지 않다면야 좋지." 피에르가 말했다.

"자고 싶은 마음은 조금도 없어요."

그자비에르가 답했다.

프랑수아즈가 열쇠로 문을 잠그고 나서, 세 사람은 극장을 나섰다. 피에르가 택시를 멈춰 세웠다.

"어디로 갈까?" 그가 물었다.

"폴 노르로 가죠. 조용할 거예요." 프랑수아즈가 말했다.

피에르가 운전기사에게 주소를 알려 주었다. 프랑수아즈는 실내등을 켜고 얼굴에 분을 조금 덧칠했다. 그자비에르에게 술 한잔하러 가자고 제안한 게 과연 잘한 짓인지 의구심이 들었다. 그자비에르는 완전히 우거지상을 하고 있었고, 진즉에 침묵이 거북하게 느껴진 터였다.

"기다리지 말고 먼저 들어가 있어요." 피에르가 택시비를 내려고 잔돈을 찾으면서 말했다.

프랑수아즈는 가죽으로 된 문을 밀었다.

"구석에 있는 저 자리 어때?" 그녀가 물었다.

"좋아요. 예쁜 곳이네요, 여긴."

그자비에르는 이렇게 말하면서 코트를 벗었다.

"잠시만 실례할게요. 얼굴이 완전히 엉망인 것 같은데, 공공연히 화장을 고치긴 싫어서요."

"뭘 주문해 줄까?"

"독한 걸로 아무거나요."

프랑수아즈는 눈으로 그녀를 좇았다.

'내가 택시 안에서 화장을 고치는 모습을 보고 일부러 저렇게 이야기한 거야.' 그녀는 생각했다. 그자비에르는 잔뜩 화가 날 때면 노골적으로 오만 방자한 태도를 취하곤 했다.

"당신의 꼬마 친구는 어디로 간 거요?" 피에르가 물었다.

"화장을 고치러 갔어요. 이상하게 오늘 밤엔 신경질을 부리네요."

"정말로 그다지 호의적이지 않더군. 당신은 뭘 마시겠소?"

"아크바비트요. 두 잔 주문해 주세요."

"아크바비트 두 잔 주시오, 제대로 된 걸로. 그리고 위스키도 한 잔 같이 주시오."

"자상하기도 하지!" 프랑수아즈가 말했다. 지난번에 형편없는 가짜 술을 내놓은 적이 있었다. 이미 두 달 전의 일이었지만 피에르는 잊지 않고 있었던 것이다. 그는 그녀와 관계있는 것이라면 무엇 하나 잊어버리는 법이 없었다.

"기분이 왜 안 좋은 거요?" 피에르가 물었다.

"내가 자기랑 자주 만나 주질 않는다고 생각해서요. 저 애랑 같이 허비하는 이 모든 시간이 나로서는 짜증이 나요. 저 앤 만족해하지조차 않는데."

"공정하게 보자면 당신이 그 애를 자주 만나 주는 건 아니야."

"그 애에게 시간을 더 많이 쏟으면 이제 내 시간은 단 일 분도 갖지 못하게 될 거라고요." 프랑수아즈는 거칠게 대꾸했다.

"나도 잘 알고 있소. 다만 진심으로 당신 뜻을 따라 달라고 저 애에게 요구하는 것이 당신으로서는 불가능하단 거요. 그 애에겐 당신뿐이지 않소. 또 당신을 좋아하기도 하고. 그러니 그 애로서도 이런 상황이 달갑지는 않을 거요."

"그 앨 이해하지 못하겠다는 말은 아니에요." 프랑수아즈는 말했다. 그자비에르를 조금은 박하게 대하고 있음은 사실일 수 있었다. 하지만 그렇게 생각하니 기분이 나빴다. 약간이라도 비난받기가 싫었던 것이다.

"그 애가 오네요."

그녀는 조금 놀라서 그자비에르를 바라보았다. 파란색 원피스가 날씬하고 성숙한 몸매를 그대로 드러내고 있었다. 그리고 아가씨 태(態)가 나는 갸름한 얼굴은 찰랑거리는 머리칼에 에워싸여 있었다. 이렇게 여성스러우면서도 가녀린 모습의 그자비에르를 다시 보게 된 것은, 첫 만남 이후로 오늘이 처음이었다.

"네 것으로는 아크바비트를 주문했어." 프랑수아즈가 말했다.

"그게 뭐예요?"

"마셔 봐." 피에르가 그녀 앞으로 잔을 밀면서 말했다.

그자비에르는 투명한 브랜디에 조심스럽게 입을 가져다 댔다.

"맛이 없어요." 그녀는 웃으면서 말했다.

"다른 걸 마실래?"

그러자 차분한 어조로 그녀가 대답했다.

"아니요, 술은 늘 맛이 없어요. 그래도 마셔야 해요."

이렇게 말하면서 그자비에르는 고개를 뒤로 젖히더니 눈을 반쯤 감은 채 잔을 입에 가져갔다.

"목 전체가 타는 것 같아요. 이젠 여기랑 여기가 뜨거워요. 느낌이 이상해요. 몸속이 환해진 기분이 들어요."

그자비에르는 손끝으로 가녀린 목을 쓰다듬더니, 이내 몸을 따라서 천천히 손을 내렸다.

"연습을 구경한 건 이번이 처음인가?" 피에르가 물었다.

"네."

"실망했나?"

"조금요."

"엘리자베트에게 말한 것처럼 진짜로 그렇게 생각하는 거야, 아니면 그 친구가 짜증 나서 그렇게 말한 거야?" 프랑수아 즈가 물었다.

"그 애 때문에 나도 짜증이 났소." 피에르가 말했다. 그러고 는 주머니에서 담뱃갑을 꺼내더니 파이프 속에 담배를 채워 넣기 시작했다.

"사실 순수하고 선입견 없는 마음에서 보자면, 실재하지 않 는 대상이 지닌 미묘한 의미를 정확히 찾아내려는 우리의 진지한 모습이 분명 우스꽝스럽게 보일 테지."

"어쩔 수 없잖아요. 그걸 정확히 실재하는 뭔가로 만들어 내려는 거니까요." 프랑수아즈가 말했다.

"즐기면서 적어도 단번에 성공하면 몰라도, 그게 안 되니까 앓는 소리를 내면서 구슬땀을 흘려야 하는 거지. 그런데 모조품을 만들어 내려고 그처럼 악착스럽게 굴어야 하다니. 자네가 보기에는 터무니없이 고집을 피우는 것 같겠군?"

피에르는 그자비에르를 향해 미소를 지어 보였다.

"전 스스로를 힘들게 하는 게 싫어요." 그자비에르가 공손히 대답했다.

피에르가 여자애의 말장난을 저토록 진지하게 받아들이고 있다는 데에 프랑수아즈는 조금 놀랐다.

"그런 식으로 나가면, 당신은 예술 전체를 문제 삼게 될 거예요."

"맞소. 그러면 안 되는 거요? 당신도 알잖소? 지금 세상이 들끓고 있단 말이오. 반년 안에 전쟁이 터질지도 모른다고."

그는 왼손 가운데 부분을 깨물어 댔다.

"그리고 나는 어떻게 하면 새벽의 색감을 표현할 수 있을지를 고민하고 있지."

"그래서 뭘 하고 싶은 건데요?" 프랑수아즈가 물었다.

그런데 그녀는 너무나도 당혹스러웠다. 아름다운 것을 창조해 내는 일 말고 세상에서 해야 하는 더 나은 일이란 없다고 그녀를 설득한 사람은 바로 피에르였다. 두 사람의 인생 전체가 이러한 믿음에 기초하고 있었다. 그에게는 아무런 예고도 없이 이 같은 입장을 바꿀 권리가 없었다.

"물론 난 「율리우스 카이사르」의 성공을 바라오. 하지만 내가 버려지가 된 듯한 기분이 든단 말이오."

대체 그는 언제부터 이런 생각을 해 왔단 말인가? 그에게 있어서 이는 진심 어린 고민에 해당할까, 아니면 순간의 즐길 거리에 불과한, 그렇기에 언젠가 흔적도 없이 사라져 버릴 일시적 깨달음일까? 프랑수아즈는 대화를 이어 갈 엄두가 나질 않았다. 그자비에르는 지루해하는 듯 보이진 않았지만, 두 눈을 게슴츠레하게 뜨고 있었다.

"엘리자베트가 지금 당신이 한 말을 들었다면." 프랑수아즈가 말했다.

"그래요, 예술이란 클로드 같은 거요. 손가락 끝으로라도 건드려서는 안 되는 거지. 안 그랬다가는⋯⋯."

"곧바로 무너져 버리고 말겠죠. 엘리자베트가 클로드를 너무 밀어붙이고 있는 듯 보여요."

프랑수아즈는 그자비에르 쪽으로 고개를 돌렸다.

"클로드가 누군지 알지? 지난번 저녁에 카페 플로르에서 본, 엘리자베트랑 같이 있던 남자 말이야."

"흉측하게 생긴 그 갈색 머리 남자 말이군요!"

"그 정도로 못생기진 않았어."

"가짜 미남이지." 피에르가 말했다.

"가짜 천재이기도 하고." 프랑수아즈가 대꾸했다.

그자비에르가 두 눈을 반짝였다.

"선생님께서 그 남자가 멍청한 데다 못생기기까지 하다고 말씀하신다면, 친구분께서는 어떤 반응을 보이실까요?" 애교 섞인 태도로 그녀가 물었다.

"동의하지 않겠지."

프랑수아즈는 잠시 생각하다가 이렇게 덧붙였다.

"우리랑은 절교하고 바티에를 증오하지 않을까."

"엘리자베트에 대한 자네의 감정은 그리 좋지 않나 보군." 피에르가 재미있다는 듯 말했다.

"썩 좋지는 않아요."

다소 혼란스럽다는 듯한 얼굴로 그자비에르가 말했다. 피에르에게 잘 보이고 싶은 눈치였다. 자신의 언짢은 기분이 특별히 프랑수아즈를 겨냥한 감정임을 그녀에게 알리려는 목적에서 그럴 수도 있었다. 아니면 피에르가 맞장구를 쳐 주니 우쭐해져서 그러는지도 몰랐다.

"엘리자베트를 비난하는 이유가 정확히 뭐지?" 피에르가 물었다.

그자비에르는 잠시 머뭇거리다가 답했다.

"지나치게 인위적이어서요. 털목도리하며 목소리, 탁자에 담배를 터는 자세까지 모든 게 과장되어 있어요."

그자비에르는 어깨를 으쓱해 보이더니 말을 이어 나갔다.

"제대로 꾸며 내지도 못하죠. 그분이 독한 담배를 좋아하지 않는다고 전 확신해요. 심지어 담배를 피울 줄도 모른다고 봐요."

"열여덟 살 때부터 줄곧 그 앤 자신을 꾸며 내 왔지." 피에르가 말했다.

자기 생각이 맞았다는 듯 그자비에르는 슬그머니 웃어 보였다.

"다른 사람들 앞에서 자신을 꾸며 내는 일 자체를 제가 꼭 싫어하는 건 아녜요. 다만 자신을 꾸며 내는 여자가 짜증 나는 까닭은, 혼자 있을 때조차 결연하게 걷고, 입을 단호하게 움직일 것이 뻔하기 때문이에요."

그녀의 목소리는 상당히 가혹했고, 그 탓에 프랑수아즈는 마음이 상했다.

"내가 보기엔 자네 역시 꾸미는 걸 좋아하는 듯한데. 앞머리를 내리지 않고, 컬을 푼 상태로 얼굴 전체를 드러낸 자네 모습이 어떨지 궁금하군. 글씨체 또한 꾸며 쓰지 않나?" 피에르가 말했다.

"글씨체야 늘 꾸며 쓰죠." 그자비에르는 거만하게 대답했다. 그러더니 허공에다가 손가락 끝으로 글자를 써 보이며 이렇게 말했다.

"한동안은 이렇게 둥근 글씨체로 썼어요. 그런데 지금은 뾰족하게 쓰고 있어요. 그게 좀 더 품위 있어 보여서요."

피에르가 말을 받았다.

"엘리자베트가 지닌 최악의 특징은 감정마저 진짜가 아니라는 점이야. 솔직히 그 애는 그림에 관심이 없어. 공산주의자라고 말하면서 노동자 계급에는 신경도 쓰지 않고."

그자비에르가 말했다.

"제가 거슬려 하는 건 거짓말이 아니에요. 명령에 따라 자기에 대해 결정을 내릴 수 있다는 점이 끔찍한 거죠. 동생분께서 그림을 그리고 싶지 않은데도 매일 정해진 시각에 그림을 그린다고 생각해 보세요. 또 그리고 싶든 그리고 싶지 않든 무조건 애인을 만나러 가는 모습도요……."

경멸의 비웃음으로 그녀의 윗입술이 치올랐다.

"감옥에 갇힌 듯 정해진 일정과 의무로 가득 찬 계획표에 따라 살아가는 삶을 받아들일 수 있는 이유가 대체 뭐죠? 그럴 바에 저는 차라리 낙오자가 되고 말겠어요."

그녀는 목표를 달성한 셈이었다. 이 같은 비난으로 프랑수아즈가 상처를 입었으니 말이다. 평소였다면 그자비에르의 비방에도 냉정을 유지했겠지만, 오늘 밤은 평상시와 달랐다. 그자비에르의 말에 피에르가 드러내는 관심이 그녀의 의견에 무게를 실어 주었던 것이다.

프랑수아즈는 말했다.

"넌 약속을 잡고는 가질 않지. 이네스를 상대로야 별일 아니지만, 그런 식으로 굴다간 진짜 우정마저 망쳐 버리고 말 거야."

"제가 좋아하는 사람이라면 늘 약속 장소에 가고 싶은 마음이 들지도 모르죠."

"반드시 그러리라는 법은 없어."

"그럼 어쩔 수 없죠. 결국엔 모든 사람들과 매번 싸우고 말았거든요." 그자비에르는 거만하게 입을 삐죽거리며 말했다.

"이네스 같은 사람이랑 어떻게 싸울 수가 있어! 양처럼 순해 보이던걸." 피에르가 말했다.

"흥! 그럴 거라고 확신하지는 마세요."

그러자 피에르가 말했다. 재미나다는 듯 눈살을 찌푸리는 모습을 보니 귀가 솔깃해진 모양이었다.

"통통하니 순해 보이는 그 애가 정말로 사람을 물어뜯을 수 있단 말인가? 이네스가 자네에게 무슨 짓을 했지?"

"아무 짓도 하지 않았어요." 머뭇거리는 말투로 그자비에르가 대답했다.

"제발 말해 줘! 잔잔한 수면 아래에 무엇이 감춰져 있는지 정말로 알고 싶은걸." 피에르는 할 수 있는 한 최고로 응석을 부리며 말했다.

"그 애는 순한 게 아니라 비굴한 거예요. 문제는, 남들이 저에 대해 권리를 지녔다고 여기는 걸 제가 싫어한다는 점이고요." 이렇게 말하면서 그자비에르는 미소를 지었다. 그러자 프랑수아즈는 분명히 깨닫게 되었다. 그녀와 단둘이 있을 때의 그자비에르는 무방비한 얼굴을, 그 아이 같은 얼굴을 스스로도 모르게 불쾌함, 기쁨, 애정에 사로잡히도록 그냥 내버려 두었다. 그런데 지금은 자신을 한 남자와 마주한 여인으로 여기면서, 자기가 표현하기로 마음먹은 자신감 혹은 신중함의 미세한 변화를 얼굴 위에 정확히 그려 내고 있었다.

"이네스가 거추장스러울 정도로 애착을 보이나 보군."

피에르가 동조하듯 순박한 표정으로 얘기하자, 그자비에르는 그만 걸려들고 말았다. 완전히 환해진 얼굴로 그녀는 말했다.

"바로 그거예요. 한번은 만나기로 한 시간 직전에 제가 약속을 취소한 적이 있거든요. 그러니까, 우리가 프레리에 갔던 날 밤 말이에요. 그랬더니 완전히 실망한 얼굴을 하더라고요……"

프랑수아즈는 미소를 지었다.

"제가 무례했다는 건 인정해요. 그렇지만 그 애도 지나칠 정도로 잔소리를 해 댔다고요."

그자비에르가 격한 어조로 말했다. 그러고는 얼굴을 붉히면서 이렇게 덧붙였다.

"자기랑 상관없는 일과 관련해서까지 말예요."

그랬던 것이다. 이네스가 프랑수아즈와의 관계에 대해 캐물었음이 분명했다. 노르망디 사람 특유의 진중함이 담긴 차분한 태도로 조롱하듯 말하면서 말이다. 그자비에르가 부리는 모든 변덕의 이면에 그녀만의 집요하고도 비밀스러운 생각이 한가득 들어차 있음은 확실했다. 머릿속으로 떠올리기에는 약간 두려울 정도의 관념이.

피에르가 웃음을 터뜨렸다.

"엘로이라는 애를 알고 있는데, 그 애는 친구가 약속을 취소할라치면 항상 자기도 때마침 시간을 내기 어려운 참이었다고 대답하더군. 하지만 모두가 그런 식으로 임기응변에 능한 건 아니니까."

그자비에르가 미간을 찌푸리며 말했다.

"적어도 이네스에겐 그런 재주가 없어요."

굳어진 얼굴을 보니 놀림받고 있음을 어렴풋이 느낀 모양이었다.

피에르가 심각하게 말을 받았다.

"자네도 알다시피 문제가 복잡하다고. 지시 사항을 지키길 싫어하는 자네 마음은 잘 알겠어. 하지만 오직 순간만을 살아갈 수 있는 것도 아니잖아."

"그렇게 살지 못할 이유가 뭐죠? 왜 낡아 빠진 고철 더미를 늘 끌고 다녀야 하는 거죠?"

"시간이란 말이야, 순차적으로 들어앉아 있을 수 있는 분리된 여러 개의 작은 조각들로 이루어진 게 아니야. 자네가 현재만을 살고 있다고 믿는 지금 이 순간에도, 싫든 좋든 자넨 벌써 미래에 발을 들여놓은 거라고."

"무슨 말씀을 하시는지 모르겠어요." 이렇게 대꾸하는 그자비에르의 말투에는 상냥한 기색이 전혀 없었다.

"한번 설명해 보도록 할게." 피에르가 말했다. 누군가에게 관심을 가지면 그는 선의와 천사 같은 인내심을 품고 몇 시간이든 토론을 벌일 수 있는 사람이었다. 이는 그의 너그러운 성품을 보여 주는 일면에 해당했다. 반면 프랑수아즈는 자신이 생각하는 바를 설명하려고 애쓴 적이 별로 없었다.

"자네가 음악회에 가기로 했다고 치자고. 막 집을 나서려는 순간, 역까지 걸어가서 지하철을 타야 한다는 생각에 지긋지긋해진 자네는, 스스로가 과거의 결심으로부터 자유롭다고 선언하고는 그냥 집에 머무르기로 해. 이때까지는 좋아. 그런데 십 분 뒤, 따분해하며 소파에 앉은 그 순간, 자넨 더 이상 자유롭지 않게 되는 거야. 자네가 선택한 행동에 따르는 결과를 대면할 수밖에 없는 거지."

그자비에르는 싸늘하게 미소를 지으며 이렇게 말했다.

"음악회라! 참신한 발상이네요. 정해진 시각에 음악을 듣고 싶어 할 수 있다니! 황당하기 그지없네요."

그러고는 거의 적대적인 말투로 이렇게 덧붙었다.

"오늘 제가 음악회에 가기로 되어 있었다는 얘기를 프랑수아즈 선생님께 들으신 거죠?"

"아니. 다만 자네가 보통 집 밖으로 나오려 하지 않는다는 사실은 알고 있지. 파리에서 마치 갇혀 있는 사람처럼 지내다니, 안타깝군."

"오늘 밤이 저로 하여금 개심하도록 하지는 않을 거예요." 그자비에르는 경멸하듯 말했다.

피에르의 얼굴이 침울해졌다.

"자넨 그런 식으로 굴면서 소중한 기회를 수도 없이 놓치고 있군."

"무언가를 놓치고 있진 않은지 항상 염려하라! 그 말처럼 구차하게 느껴지는 건 없어요! 놓치고 있다면 놓쳐도 그만이라고요!"

"정말로 자네 인생은 영웅적 포기의 연속인 건가?" 피에르는 비꼬듯 웃으며 말했다.

"제가 비겁하단 말을 하고 싶으신 거죠? 제가 아무래도 상관없어 한다는 걸 알아주시면 좋겠군요." 그자비에르는 윗입술을 살짝 치올리면서 달콤한 목소리로 말했다.

침묵이 흘렀다. 피에르와 그자비에르 모두 목석같이 굳은 얼굴을 하고 있었다.

'잠을 자러 집에 가는 편이 더 낫겠군.' 프랑수아즈는 생각했다.

가장 짜증이 나는 점은, 이제 그녀가 그자비에르의 뒤틀린 심사를 아까의 연습 때만큼 태연히 받아들이고 있지 않다는 것이었다. 딱히 알 수 없는 이유로, 돌연 그자비에르가 의미를 지니기 시작했다.

"맞은편에 있는 여자가 보이나요? 저 여자가 하는 말을 잠시 들어 봐. 자기 영혼의 비밀스러운 특징을 상대방에게 털어 놓는 중이야." 프랑수아즈가 말했다.

눈꺼풀이 처진 젊은 여자였다. 유혹하는 눈빛으로 상대방을 뚫어져라 응시하면서 그녀는 이렇게 말하고 있었다.

"난 하루살이 사랑의 관례를 도저히 따를 수 없었어요. 남이 나를 만지는 걸 용납할 수 없거든요. 병적인 거죠."

다른 구석 자리에선 초록색과 파란색 깃털로 머리를 장식한 젊은 여자가 지금 막 자기 손 위에 얹힌 남자의 두꺼운 손을 미심쩍게 쳐다보고 있었다.

"여긴 항상 연인들로 넘쳐 나는군." 피에르가 말했다.

다시금 세 사람 모두 입을 다물었다. 그자비에르가 입술 높이로 팔을 들어 올린 채, 피부를 덮은 가느다란 솜털을 살며시 불어 댔다. 무슨 말이든 찾아내야 했지만, 진즉에 모든 것이 거짓처럼 들리고 있었다.

"전에 내가 제르베르 이야기를 네게 한 적이 있던가?" 프랑수아즈가 그자비에르에게 물었다.

"아주 조금요. 재미있는 사람이라고 말씀하셨죠."

"그 친군 남다르게 자랐어. 가난에 찌든 노동자 집안 출신인데, 그 애가 아주 어렸을 적에 어머니는 정신병에 걸렸고, 아버지마저 실업자였어. 그래서 그 어린 나이에 신문을 팔아서 푼돈을 벌곤 했지. 어느 날 친구 하나가 단역을 얻으러 영화 촬영장에 그 애를 데려갔는데, 둘 다 채용되었지. 당시 제르베르는 열 살 정도였는데, 상당히 귀여운 편이어서 주목을 받았어. 몇 가지 작은 역할을 거쳐, 나중엔 좀 더 비중 있는 역할을 맡게 되었지. 그 뒤로 제법 큰돈을 벌기 시작했는데, 아버지라는 작자가 무슨 왕족이라도 되는 양 흥청망청 다 탕진해 버렸지." 프랑수아즈는 근처 식기대 위에 놓인 과일과 자운영 무늬로 장식한 커다란 하얀색 케이크를 별다른 감흥 없이 쳐다보았다. 보기만 해도 더러운 기분이 들었다. 그녀의 이야기를 듣는 사람은 아무도 없었다.

"사람들이 그 친구에게 관심을 가지기 시작했어. 페클라르는 그 애를 입양하다시피 했지. 제르베르는 여전히 그 양반 집에서 살고 있어. 양아버지가 무려 여섯 명이나 되었던 때도 있었다고. 그들은 제르베르를 카페니 클럽에 데리고 다녔고, 여자들의 귀여움을 듬뿍 받았지. 피에르는 그들 중 하나였는데, 그 애에게 공부하고 책을 읽으라고 조언했지." 프랑수아즈는 미소를 지었지만, 그녀의 미소는 허공 속에서 흩어지고 말았다. 피에르는 몸을 웅크린 채 담배를 피웠고, 그자비에르는 잔뜩 점잔을 뺀 얼굴이었다. 스스로가 우스꽝스럽게 여겨졌지만, 프랑수아즈는 고집스레 열정적으로 이야기를 이어 나갔다.

"그 시절 그 친군 희한한 교육을 받았어. 라신의 시는 단 한 줄도 읽어 본 적이 없으면서, 초현실주의는 완전히 터득했거든. 눈물겹게도, 그 애는 부족한 지식을 채우려고 지리와 수학 도서를 열람하러, 마치 성실한 꼬마 독학자처럼 도서관에 다니곤 했지. 그렇지만 그 앤 그 사실을 숨겼어. 이후에 힘든 시기가 찾아왔지. 사람들은 이제 장성해 버린 그 애를 그저 아는 것 많은 꼬마 원숭이처럼 데리고 놀 수 없게 되었거든. 그와 동시에 그 친군 영화 판에서 설 자리를 잃게 되었고, 양아버지들도 하나둘 그 애 곁을 떠났지. 생각이 날 때마다 페클라르가 입히고 먹여 주긴 했지만, 그게 다였어. 피에르가 그 애를 맡아서 연극 공부를 해 보라고 설득한 건 바로 그 무렵이야. 지금으로선 출발이 좋아. 아직은 솜씨가 부족하지만 재능이 있는 데다, 무대에 대한 이해도 역시 높거든. 뭔가를 해낼 친구야."

"그 사람은 몇 살이죠?" 그자비에르가 물었다.

"열여섯 살 정도로 보이지만 스무 살이야."

"당신, 이야기하는 솜씨 하나는 제법이군." 피에르가 싱긋 웃으며 말했다.

"이야기가 마음에 드네요. 어린 소년의 모습을 그려 보니 재미있군요. 또 거들먹거리면서 꼬마나 툭툭 건드리는 주제에, 스스로를 강인하고 친절한 인간이라 여기면서 심지어 보호자 행세를 하는 잘난 척하는 작자들을 상상하는 것 역시 재미있고요." 그자비에르는 신나서 말했다.

"그런 역할을 하는 내 모습이 쉽사리 그려지나 보군, 그렇지?" 피에르가 미적지근한 표정으로 물었다.

"선생님을요? 왜 그렇게 생각하세요? 다른 사람만큼 상상하기가 쉽지 않은걸요." 그자비에르는 순진한 얼굴을 하고서 말했다. 그러고 나서 그녀는 진한 애정이 담긴 눈빛으로 프랑수아즈를 바라보았다.

"저는 늘 선생님께서 이야기를 들려주실 때가 좋아요."

그녀는 프랑수아즈에게 뒤바뀐 동맹을 제안하고 있었다. 마침 초록색과 파란색 깃털 장식을 한 여자가 무미건조한 목소리로 이야기하고 있었다.

"……빠르게 지나쳐 갔을 뿐인데도 경치가 참 좋은 소도시처럼 보이더라고요." 그 여자는 맨살이 드러난 팔을 탁자 위에 가만히 내버려 두기로 마음먹었다. 그렇게 그녀의 팔은 잊히고 외면당한 채 탁자 위에 놓여 있었다. 남자의 손은 이제 그 누구의 것이라고도 할 수 없는 살덩어리를 주무르고 있었다.

그자비에르가 말했다.

"속눈썹을 만지고 있을 때면 이상한 기분이 들어요. 나 자신을 만지고 있는데도 만지고 있다는 느낌이 안 들거든요. 마치 자신과 거리를 두고서 스스로를 만지는 느낌이랄까."

그녀는 혼잣말을 했고, 그 누구도 대답하지 않았다.

"저기에 있는, 초록색과 금색으로 물든 스테인드글라스가 얼마나 예쁜지 봤니?" 프랑수아즈가 말했다.

"뤼베르삭에 있는 식당에도 스테인드글라스가 있어요. 그런데 저것처럼 색이 둔탁하진 않아요. 진하면서도 아름다운 색깔이죠. 노란색 유리창 너머로 공원을 바라다볼 때면 폭풍우 치는 듯한 풍경이 보이곤 했죠. 녹색과 푸른색 유리창 너머로는 천국을 보는 듯했고요. 보석이 달린 나무랑 비단이 깔린 잔디밭이 있는 천국 말이에요. 그리고 공원이 붉은색으로 변할 때면, 땅속 가장 깊은 곳에 와 있는 듯한 느낌이 들었죠."

피에르가 호의적으로 보이고자 눈에 띄게 애쓰면서 물었다.

"그중 뭐가 더 마음에 들었어?"

"당연히 노란색이죠." 그자비에르가 말했다. 그녀는 생각에 잠긴 듯 줄곧 먼 곳을 바라보고 있었다.

"나이를 먹어 가면서 무언가를 잃는다는 건 가혹한 일이에요."

"모든 게 기억나진 않는 것이로군?" 피에르가 물었다.

그러자 그자비에르는 거만한 말투로 대꾸했다.

"그럴 리가요. 전 그 무엇도 잊는 법이 없어요. 예전의 그 아름다운 색깔들이 저를 얼마나 흥분시켰는지를 정확히 기억하고 있는걸요. 지금은…… 기분을 좋게 하죠." 그녀는 실망한 듯한 미소를 지어 보였다.

"맞아! 나이를 먹으면 다 그렇게 되는 법이지. 하지만 다른 걸 발견하게 되잖아. 지금 자네는 어린 시절에 전혀 알지 못했던 책과 그림, 공연을 이해할 수 있게 되지 않았나." 피에르가 다정하게 말했다.

"그렇지만 머리로만 이해하는 일 따위에는 관심 없어요. 전 머리가 좋지 않거든요." 그자비에르는 난데없이 격한 어조를 띤 채 말했다. 그녀는 입을 비죽거리고 있었다.

"왜 그렇게 기분 나빠 하는 거지?" 피에르가 거칠게 물었다.

그자비에르가 두 눈을 부릅떴다.

"기분 나쁘지 않아요."

"아니, 그렇다는 걸 잘 알잖아. 자넨 날 미워할 수 있는 구실이라면 무엇이든 다 반기고 있어. 왜 그러는지 나름대로 짐작이 가는 바가 있긴 한데."

"그래서 그 이유가 뭐라고 생각하시는데요?"

그자비에르의 얼굴은 분노로 다소 붉게 달아올라 있었다. 매력적인 그 얼굴이 어쩌나 미묘하게 거듭 변하던지, 살덩이로 만들어진 게 아닌 듯 보일 정도였다. 바라보고 있기에 신기할 만큼 정밀하게 표현된 황홀함과 원한, 슬픔으로 빚어진 얼굴이었다. 그렇지만 지극히 순수한 투명함에도 불구하고, 코와 입의 윤곽은 무척이나 관능적인 인상을 풍기고 있었다.

피에르가 말했다.

"자네 삶의 방식을 내가 비판하려 한다고 생각했기 때문 아닌가? 그렇다면 잘못 생각한 거야. 난 그저 프랑수아즈와 그랬듯이, 문제에 관해서 자네와 토론한 거야. 그리고 때마침 자네의 관점이 재미있기도 했고."

"당연히 선생님께선 제 관점을 가장 안 좋은 쪽으로 해석하실 테죠. 전 쉽게 상처받는 여자애가 아니에요. 그러니 패기 없고 변덕스럽다느니 어쩌느니, 그 뭐가 됐든 저를 어떻게 평가하고 계신지 솔직히 말씀하셔도 돼요."

"자네 예상과 달리, 그토록 강렬하게 사물을 느끼는 자네의 방식이 난 부럽기만 한걸. 그런 방식을 다른 무엇보다 좋아하는 자네가 이해되기도 하고." 피에르는 말했다.

만약 피에르가 다시금 그자비에르에게서 호의를 얻어 내기로 작정했다면, 어느 누구도 그러한 그의 생각을 막지 못할 터였다.

"그렇군요." 그자비에르가 어두운 얼굴로 말했다. 하지만 그녀의 눈에는 섬광이 스치고 있었다.

"선생님께서 절 나쁘게 생각하실까 봐 겁이 났어요. 아이처럼 토라진 건 정말로 아니었어요."

"그런데 말이야. 자넨 대화를 끊고 나서 그 뒤로는 전혀 호의적인 태도를 보이지를 않았다고." 달래는 목소리로 피에르가 말했다.

"제가 그러는 줄은 몰랐어요."

"다시 생각해 봐. 분명 인정하게 될 테니."

잠시 뜸을 들이던 그자비에르가 입을 열었다.

"선생님께서 생각하시는 이유로 그랬던 건 아니에요."

"그럼 왜 그런 거야?"

그자비에르는 거칠게 고개를 내저었다.

"아무것도 아니에요. 멍청하게 굴었을 뿐이에요. 중요한 문제가 아니에요. 다 지난 일을 가지고 이러니저러니 하는 게 무슨 소용 있겠어요? 이미 끝난 일인걸."

피에르는 그자비에르와 마주한 상태로 편하게 고쳐 앉았다. 승부를 포기하느니, 차라리 날밤을 새우기라도 할 모양이었다. 그런 끈질긴 면모가 프랑수아즈에게는 이따금 선을 넘는 행동으로 보이기도 했다. 그러나 피에르는 선을 넘는 것을 겁내지 않았다. 드문 경우를 제외하면 남의 이목을 신경 쓰지 않았던 것이다. 피에르는 그자비에르에게서 정확히 무엇을 바라는 걸까? 호텔 계단에서 마주쳤을 때 예의 바르게 대해 주는 것? 연애? 사랑인가? 아니면 우정?

"우리가 앞으로 다시 볼 일이 없더라도 상관없어. 물론 아쉽긴 하겠지. 우리가 재미있는 관계를 맺을 수 있으리라는 생각이 들지 않나?"

그의 목소리엔 어린애 같은 수줍음이 담겨 있었다. 그는 표정은 물론이거니와 미세한 어조까지 능수능란하게 변화시킬 줄 알았다. 사람 마음을 살짝 흔들어 놓을 줄 아는 수완을 가진 셈이었다.

그자비에르는 그에게 불신의 눈길을 던졌다. 하지만 그것은 부드럽다고 할 만한 눈길이기도 했다.

"네, 그럴 수 있을 거라고 생각해요."

"그럼 내 어떤 점이 자네를 화나게 했는지 설명해 주면 좋겠군." 그의 미소는 이미 비밀스러운 교감을 암시하고 있었다.

그자비에르는 머리카락을 당기면서, 눈으로 손가락의 느리고 규칙적인 움직임을 좇고 있었다.

"선생님께서 프랑수아즈 선생님 때문에 굳이 저를 친절히 대하려고 애쓰신다는 생각이 갑자기 들어서 기분이 좋지 않았던 거예요. 전 그 누구에게도 친절을 바란 적이 전혀 없거든요." 금빛 머리칼을 뒤로 쓸어 올리며 그녀는 말했다.

"왜 그런 생각을 한 거지?" 담뱃대를 질겅질겅 씹으며 피에르가 물었다.

"모르겠어요."

"내가 너무 급하게 자네와 친해지려 한다고 생각해서 그러는 건가? 그래서 나와 스스로에게 화가 난 거지, 그렇지? 그 탓에 우울해져서는, 단지 내가 다정한 척하는 것뿐이라고 단정 지은 거로군?"

그자비에르는 대답하지 않았다.

"내 말이 맞지?" 재미있다는 듯 피에르는 물었다.

"조금은 맞아요."

그자비에르는 알랑거리듯 수줍게 웃으며 이렇게 말했다. 그러고는 프랑수아즈와 피에르를 멍하니 응시한 채, 다시금 손가락 사이에 머리카락을 끼고 쓸어내리기 시작했다. 오랫동안 이런 생각을 하고 있었던 걸까? 그녀의 게으름 때문에 프랑수아즈가 그자비에르를 단순하게 생각했음은 분명한 사실이었다. 지난 몇 주 동안 그자비에르를 무시해도 좋을 여자애라고 여긴 까닭이 뭔지 스스로 궁금할 정도였다. 그런데 피에르야말로 제멋대로 이 아이가 복잡한 사람이라고 생각하는 건 아닐까? 어찌 됐든 피에르와 프랑수아즈가 그자비에르를 동일한 관점에서 보고 있지 않음은 틀림없었다. 비록 사소하긴 했지만 이러한 불협화음이 프랑수아즈에게는 민감하게 다가왔다.

"자네를 보고 싶지 않았다면 곧장 호텔로 돌아가면 그만이었어."

"호기심 때문에 절 만나고 싶어 하셨는지도 모르죠. 충분히 그럴 수 있다고 봐요. 그 정도로 두 분은 모든 걸 함께 나누고 계시니까요."

무심코 던진 이 짧은 말 속에 비밀리에 품어 온 수많은 원망이 드러나 있었다.

"우리가 서로 짜고서 자네에게 훈계를 늘어놓는 거라 생각하는 모양이군? 그런 일은 전혀 없었어."

"두 분 모두 어린애를 꾸짖는 어른같이 구셨잖아요." 그자비에르는 화가 났다기보다 조심스러워하는 듯 보이는 태도로 말했다.

"그렇지만 난 아무 말도 하지 않았잖아." 프랑수아즈가 말했다.

그자비에르는 전부 알고 있다는 표정을 지어 보였다. 피에르는 진지한 미소를 머금은 채, 그녀를 뚫어져라 쳐다보았다.

"우리랑 보다 자주 만나다 보면, 마음 편히 우리 두 사람을 별개의 존재로 간주해도 된다는 걸 알게 될 거야. 프랑수아즈가 네게 우정을 품는 걸 내가 방해할 수 없듯, 프랑수아즈 역시 내가 너를 친구라 여기지 않는데도 네게 우정을 표하라고 강요할 수는 없어."

이어서 피에르는 프랑수아즈 쪽으로 몸을 돌리며 물었다.

"그렇지 않소?"

"물론이죠."

프랑수아즈는 열정을 담아서 대답했다. 그 때문에 거짓말처럼 들리진 않았다. 그녀의 마음이 살짝 조여 왔다. 두 사람이 하나라는 점은 멋진 일이었다. 그런데도 피에르는 자신의 독립을 요구하는 것이었다. 물론 어떤 의미에서 보자면 그들은 둘로 존재하고 있었다. 그녀 또한 이 사실을 잘 알고 있었다.

"두 분 생각이 하도 똑같아서 이젠 누가 말씀하고 계신지, 또 어느 분께 대답을 해야 할지 모르겠네요."

"내가 개인적으로 자네에게 호감을 품고 있을지도 모른다고 생각하니 고약한 기분이 드나?"

피에르가 말했다. 그자비에르는 선뜻 대답하지 못한 채 그를 쳐다보았다.

"그럴 이유가 뭐 있겠어요. 제겐 흥미를 끌 만한 이야깃거리가 하나도 없어요. 그리고 선생님께서는…… 온갖 것을 무척 많이 알고 계시고요."

"내가 그 정도로 늙었다는 말을 하고 싶은가 보군. 악의적인 평가는 바로 자네가 하고 있군 그래. 나를 잘난 척이나 하는 사람으로 여기고 있잖아."

"말도 안 되는 생각을 하고 계시군요!"

피에르가 엄숙한 목소리로 말했다. 약간은 연기를 하고 있다는 인상을 주는, 그런 목소리였다.

"내가 자넬 별 볼 일 없이 그저 예쁘장하기만 한 아가씨로 여겼더라면 좀 더 예의를 갖춰 대했을 거야. 난 우리 관계가 서로 예의를 차리는 수준에서 더 나아갔으면 해. 자네를 전적으로 좋게 보기 때문이지."

"절 잘못 보셨군요." 자신 없는 얼굴로 그자비에르가 말했다.

"난 순전한 한 개인의 입장에서 자네한테 우정을 얻어 내고 싶어. 나와 개인적으로 우정 협약을 맺어 볼 생각은 없어?"

"그러고 싶어요." 그자비에르가 말했다.

그녀는 해맑은 두 눈을 크게 뜨고서, 동의의 뜻이 담긴 미소를 상냥하게 지어 보였다. 마치 사랑에 빠진 여자의 미소처럼 보였다. 프랑수아즈는 낯선 그 얼굴을 쳐다보았다. 망설임과 기대감으로 가득 찬 얼굴이었다. 우중충하던 어느 새벽녘, 자기 어깨에 기대어 있던, 무방비 상태의, 어린아이를 닮은 다른 얼굴 하나가 떠올랐다. 그 얼굴을 붙들어 둘 방도를 알지 못했더랬다. 그 얼굴은 사라져 버렸고, 그렇게 영원히 잊히고 말았다. 불현듯이 후회와 원망에 사로잡힌 채 그녀는 깨달았다. 그 얼굴을 더 많이 사랑해 줄 수 있었음을.

"좋아." 이렇게 말하면서 피에르는 손을 편 상태로 탁자 위에 올려놓았다. 메마르고 가느다란, 그야말로 우스꽝스러운 손이었다. 그자비에르는 손을 내밀지 않았다.

"그런 짓은 하기 싫어요. 어린애들이나 할 법한 짓인 걸요." 그녀는 약간 싸늘하게 말했다.

피에르는 손을 거두었다. 기분이 언짢을 때면 그는 윗입술을 비죽거리곤 했다. 뭔가 과장되고 다소 교양이 없어 보이는 모습이었다. 세 사람 모두 말이 없었다.

"리허설에 올 건가?" 피에르가 입을 열었다.

"당연하죠. 선생님 유령 연기를 보는 게 재미있는걸요." 그자비에르는 흥분한 목소리로 대답했다.

카페는 비어 있었다. 바에는 반쯤 취한 스칸디나비아인 몇 명만이 남아 있을 뿐이었다. 남자들은 얼굴이 불쾌했고, 여자들의 머리카락은 마구 헝클어져 있었다. 그들은 열렬히 키스를 나누고 있었다.

"집에 가야 할 것 같군요." 프랑수아즈가 말했다.

피에르가 걱정하는 얼굴로 그녀를 돌아보았다.

"그래야겠군. 당신은 내일 일찍 일어나야 하잖소. 좀 더 일찍 일어설 걸 그랬군. 피곤하진 않소?"

"예상했던 것보다 더 피곤하지는 않아요."

"택시를 탑시다."

"택시를 또 타자고요?"

"어쩔 수 없지 않소, 당신은 잠을 자야 하니까."

세 사람은 카페를 나섰다. 피에르가 택시를 잡고서, 프랑수아즈와 그자비에르 맞은편에 있는 보조 의자에 앉았다.

"자네도 졸린가 보군." 피에르가 다정하게 말을 건넸다.

"네, 졸려요. 차를 만들어 마시려고요."

"차보다는 잠을 자는 편이 더 좋을걸. 새벽 3시라고." 프랑수아즈가 말했다.

"졸릴 때 잠들긴 싫거든요." 그자비에르는 변명하듯 대답했다.

"잠기운이 달아날 때까지 기다리기를 더 좋아하나 보지?" 재미있다는 듯이 프랑수아즈가 물었다.

"생리적 욕구를 느낄 때면 혐오감이 들어서요."

그자비에르는 점잔을 빼며 이렇게 대답했다. 그들은 택시에서 내려 층계를 올랐다.

"안녕히 주무세요."

그자비에르가 말했다. 그녀는 악수를 청하지 않고 바로 방문을 밀고 안으로 들어가 버렸다. 피에르와 프랑수아즈는 한 층 더 올라갔다. 요즘에는 분장실이 엉망진창인 터라, 피에르는 거의 매일 밤 프랑수아즈의 방에서 잠을 자곤 했다.

"저 애가 손을 대길 거부했을 때 당신이 또 화를 내리라 생각했어요." 프랑수아즈가 말했다.

피에르는 침대 가장자리에 걸터앉았다.

"또다시 얌전을 빼나 해서 짜증이 나긴 했소. 그런데 생각해 보니 오히려 좋은 뜻으로 그런 것이더군. 자기가 진지하게 받아들인 협정을 남들이 장난처럼 여기기를 원하지 않았던 거야."

"그 애답군요." 입속에서 뭔지 모를 수상한 맛이 났지만 좀체 사라질 기미는 보이지 않았다.

"거만하기가 이를 데 없는 꼬마 악마더군. 처음에는 내게 순순히 마음을 여는 듯싶더니, 조금 비판적으로 말을 했다고 사람을 그렇게 미워하다니 말이오."

"그래도 당신은 그 애에게 상당히 멋지게 설명해 주었어요. 예의상 그런 건가요?"

"그건 아니오! 오늘 밤 그 애 머릿속에 설명해 줘야 할 것이 많이 들어 있는 듯 보였거든."

피에르는 여기서 말을 멈추었다. 집중하고 있는 듯했다. 무언가에 정신이 팔린 것 같았다. 이 사람은 대체 무슨 생각을 하고 있는 걸까? 프랑수아즈는 피에르의 얼굴을 살펴보았다. 아무 말도 없는, 너무나도 익숙한 일굴이었다. 그를 만지려면 손을 뻗기만 하면 됐다. 그러나 이토록 가까이 있으니 그가 보이질 않았고, 그에 대해 생각하는 일조차 완전히 불가능해졌다. 그를 지칭할 이름마저 없었다. 타인과 그에 관해 이야기를 할 때면 늘 피에르 혹은 라브루스라고 부르곤 했다. 하지만 그와 마주하거나 혼자 있을 때엔, 그의 이름을 불러 본 적이 없었다. 프랑수아즈에게 피에르는 그녀 자신만큼이나 친밀하면서도, 전혀 알 수 없는 존재였다. 적어도 낯선 사람이었더라면 머릿속으로 그를 그려 보는 일 정도는 가능했으리라.

"한마디로 말해서 그 애에게 원하는 바가 뭐죠?" 프랑수아즈가 물었다.

"솔직히 말하자면, 지금 나 스스로에게 그 질문을 던지고 있던 참이오. 칸제티와는 성향이 다른 아이니, 그 애에게 연애를 기대할 순 없을 테고. 그 애와 재미난 일을 벌이려면 거기에 전적으로 가담해야 할 텐데, 그럴 시간도, 마음도 없으니."

"왜 그러고 싶지 않은 거죠?" 프랑수아즈가 물었다. 막 스쳐 지나간 이 순간적 불안은 터무니없는 것이었다. 두 사람은 서로에게 모든 걸 털어놓는 사이였고, 상대방에게 숨기는 건 아무것도 없었다.

"복잡하거든. 벌써부터 피곤하기도 하고. 또 그 애의 어린애 같은 면 때문에 조금 실망하기도 해서 말이오. 아직 젖비린내가 나더군. 나를 싫어하지 않고, 가끔 수다나 떨 수 있으면 좋으련만."

"그 바람은 이미 이루어진 듯하군요."

피에르는 머뭇거리며 그녀를 바라보았다.

"내가 그 애에게 개인적 관계를 제안해서 기분이 나빴소?"

"그럴 리가요. 왜 그렇게 생각해요?"

"잘은 모르겠지만, 당신이 좀 얼이 빠진 듯 보였거든. 당신은 그 애를 아끼잖소. 그러니 그 애의 삶에서 유일한 친구이고 싶다는 바람을 가질 법하다고."

"내가 오히려 그 애를 거추장스러워한다는 걸 당신은 잘 알잖아요."

그러자 피에르가 웃으면서 말했다.

"나야 당신이 질투할 사람이 절대 아니라는 걸 잘 알지. 그렇지만 질투심을 느끼면 내게 꼭 말해 줘야 해요. 내 과도한 정복욕 때문에 스스로가 벌레 같다는 느낌이 들거든. 물론 그렇다고 해서 크게 신경 쓰이는 건 아니지만."

"당연히 말할 거예요."

하지만 프랑수아즈는 석연치 않은 기분이 들었다. 오늘 밤에 느낀 불편한 감정은 아마도 질투라고 불러야 할 것이었다. 피에르가 그자비에르를 진지하게 대하는 게 마음에 들지 않았고, 그자비에르가 피에르에게 보내는 미소 또한 거북하게 느껴졌다. 지독히 피곤했던 탓에 일시적 우울에 빠진 것이었다. 그런데 만약 피에르에게 이에 대해 얘기하면 그것은 더 이상 일시적 기분이 아니라, 불안을 자아내는 집요한 현실이 될 터였다. 그 뒤로는 자신에게 그럴 생각이 없음에도, 어쩔 수 없이 계속 이 감정에 신경을 써야 할 것이었다. 이 감정은 실재하지 않는다. 난 질투하고 있지 않다.

"당신이 원한다면 그 애와 심지어 사랑에 빠져도 돼요." 프랑수아즈가 말했다.

"당찮은 말이오. 게다가 그 애가 전보다 날 덜 미워한다는 확신조차 없는걸." 어깨를 으쓱거리며 피에르가 말했다.

그는 이불 속으로 들어갔다. 프랑수아즈는 옆에 누워 그를 껴안았다.

"잘 자요." 그녀는 다정하게 말했다.

"잘 자요." 이렇게 말하며 피에르 역시 그녀를 껴안았다.

그녀는 벽을 등지고 돌아누웠다. 그자비에르는 아래층 자기 방에서 담배에 불을 붙인 채, 차를 마시고 있었다. 그녀는 잠자리에 들 시간을 자유롭게 선택할 수 있었다. 낯선 현존 전체로부터 멀리 떨어져서 침대에 혼자 누워 있었다. 자신의 감정과 생각에 있어서 그녀는 전적으로 자유로웠다. 그리고 이순간 그녀는 이러한 자유에 도취해, 프랑수아즈를 비난하는데 그 자유를 할애하고 있음이 분명했다. 피로에 절은 채 피에르 곁에 누워 있는 프랑수아즈를 떠올리며, 오만한 경멸감에 젖어서 좋아하고 있을 것이었다. 프랑수아즈는 안간힘을 써보았지만, 아무리 눈을 감아도 그자비에르는 쉽사리 사라지지 않았다. 그자비에르는 밤새도록 끊임없이 커져 갈 뿐이었고, 폴 노르에서 보았던 커다란 케이크만큼이나 육중하게 프랑수아즈의 머릿속을 차지하고 있었다. 그자비에르가 요구하는 바와 질투하고 멸시하는 것에 피에르가 가치를 부여하기로 마음먹은 이상, 이제 더는 그것들을 무시할 수 없었다. 지금 막 모습을 드러낸 귀중하고도 성가신 그자비에르를 프랑수아즈는 있는 힘껏 밀어냈다. 그녀의 감정은 적의에 가까웠다. 하지만 딱히 할 수 있는 일은 없었다. 예전으로 돌아갈 수 있는 방법이란 없었던 것이다. 그자비에르는 실재하고 있었다.

4장

엘리자베트는 고민에 젖어 옷장 문을 열었다. 이대로 회색 투피스를 입어도 되긴 했다. 어느 장소에나 무난하게 어울리는 옷이었고, 애초에 이 옷을 택한 까닭도 바로 그 때문이었으니까. 하지만 모처럼 밤에 외출할 일이 생긴 이번만큼은 옷을 갈아입고 싶었다. 다른 옷을 걸치면 딴 여자가 된 듯했기 때문이다. 더구나 뜻밖에도 오늘 밤엔 지독히 기운이 나질 않았다. '매시간 블라우스를 바꿔 입어라.' 백만장자의 경제 활동을 위한 이 조언에 따르고 싶었다.

옷장 안쪽에는 새틴으로 만든 오래된 검정 드레스가 걸려 있었다. 이 년 전 프랑수아즈가 예쁘다고 했던 드레스였다. 유행에 뒤떨어져 보이지는 않았다. 엘리자베트는 화장을 고친 뒤, 그 드레스를 걸치고 난감한 마음으로 거울을 들여다보았다. 어찌해야 좋을지 판단이 서질 않았다. 어쨌든 지금의 헤어 스타일과 이 옷은 전혀 어울리지 않았다. 빗으로 머리카락을 형클어뜨렸다. 갈색 기운이 도는 금발. 인생을 다르게 살 수도 있었지만 후회는 없었다. 삶을 예술에 바치기로 했음은 스스로 내린 결정이었다. 손톱이 보기 흉했다. 화가의 손톱이었다. 아무리 짧게 잘라도 파란색이나 남색 물감의 흔적이 늘 남아 있기 마련이었다. 그래도 요즘엔 짙은 색 매니큐어를 칠하면 되니 다행이긴 했다. 엘리자베트는 탁자 앞에 앉아서 끈적거리는 장밋빛 매니큐어를 손톱에 바르기 시작했다.

'정말로 세련된 사람이 될 수도 있었는데. 적어도 프랑수아즈보다는 말이지. 그 앤 늘 뭔가 부족하단 말이야.' 그녀는 생각했다.

전화벨이 울렸다. 엘리자베트는 매니큐어에 젖은 작은 붓을 병 안에 조심스레 꽂은 다음, 자리에서 일어섰다.

"엘리자베트?"

"네, 나예요."

"클로드요. 잘 지냈소? 오늘 밤 시간이 나서 말인데 당신 집으로 갈까?"

"집 말고 다른 곳에서 보죠. 분위기를 좀 바꿔 보고 싶어서요." 엘리자베트는 서둘러 대답하고 싱긋 웃었다. 이번에는 끝까지 따져 물으리라고 작정한 만큼 집만큼은 피해야 한다. 지난달과 같은 사태가 되풀이되고 말 테니까.

"당신이 원하는 대로 합시다. 그러면 어디가 좋겠소? 톱시나 메조네트?"

"아뇨, 그냥 폴 노르로 가요. 이야기를 나누기엔 거기가 더 편할 거예요."

"좋소. 밤 12시 반에 폴 노르에서 봅시다. 이따가 봐요."

"그래요."

그는 낭만적인 저녁을 기대하고 있으리라. 하지만 프랑수아즈의 말이 맞다. 심적으로 클로드와의 관계를 끊는 게 어디에든 쓸모가 있으려면, 그에게도 이 사실을 알려야 한다. 엘리자베트는 자리로 돌아와서, 다시 정성스레 매니큐어를 발랐다. 폴 노르가 적합하다. 목소리가 높아지더라도 가죽 쿠션 때문에 소리가 묻힐 테고, 희미한 조명 불빛은 표정에 묻어날 혼란을 약간은 가려 줄 것이다. 클로드는 내게 온갖 약속을 다 하지 않았던가! 그런데도 여전히 모든 게 그대로다. 내가 한순간이라도 약한 모습을 보이면 클로드는 안심하곤 한다. 그 순간 엘리자베트의 얼굴에 피가 솟구쳐 올랐다. 얼마나 수치스러운 장면이었던가! 문손잡이에 손을 대고 그는 잠시 망설였다. 그런 그를 쫓아가서 그녀는 돌이킬 수 없는 말을 쏟아 냈다. 그대로 떠날 수 있었음에도 그는 아무 말 없이 그녀에게로 돌아왔다. 그때의 기억이 너무도 강렬했으므로 그녀는 눈을 감았다. 자신의 입술 위에 포개졌던 그 입술의 감촉을 다시금 느꼈다. 자기도 모르게 입술을 벌릴 정도로 뜨거웠던 그 입술의 감촉을. 다급하면서도 부드럽게 자신의 젖가슴을 더듬던 그때의 손길 역시 느껴졌다. 엘리자베트의 가슴이 부풀어 올랐고, 그녀는 패배감에 취해 한숨짓듯 크게 숨을 내쉬었다. 지금 저 문이 열리고 그가 들어오기만 한다면…… 엘리자베트는 황급히 손을 입으로 가져가서 손목을 깨물었다.

"그런 식으로 날 가질 순 없어. 난 암컷이 아니라고." 엘리자베트는 소리 높여 말했다.

상처는 없었다. 그녀는 살갗에 남은 작고 하얀 잇자국을 만족스럽게 쳐다보았다. 그런데 방금 전 손톱에 칠한 매니큐어가 벗겨져서 소매 끝에 핏자국처럼 묻어 있었다.

"멍청하기도 하지!" 그녀는 중얼거렸다.

8시 30분. 피에르는 이미 의상을 갖춰 입었으리라. 쉬잔은 근사한 드레스 위에 모피 망토를 두르고 반짝거리는 손톱을 하고 있겠지. 엘리자베트는 아세톤 병을 향해 거칠게 손을 뻗었다. 그 순간, 유리 깨지는 소리가 들리더니 시큼한 과일 사탕 냄새가 풍기는 노란색 액체가 바닥에 고였다. 그 안에는 유리 조각이 잠겨 있었다.

엘리자베트의 눈에 눈물이 차올랐다. 이렇게 정육점에서 일하는 사람 같은 손톱을 하고서 리허설에 가느니, 당장 잠이나 자는 편이 더 나을 듯싶었다. 돈을 들이지 않고서 우아해지길 바라는 건 무모한 소원이었다. 그녀는 코트를 걸치고서 계단을 뛰어 내려갔다.

"셀 거리에 있는 베이야르 호텔로 가 주세요." 그녀는 택시 기사에게 말했다.

프랑수아즈 집에 가면 이 참담한 몰골을 손볼 수 있을 터였다. 그녀는 분갑을 꺼냈다. 두 볼이 지나치게 벌건 데다, 립스틱 역시 제대로 바르지 못한 모습이었다. 택시 안에서 화장을 고치면 안 돼, 더 엉망이 되고 말 거야. 그냥 쉬는 게 좋겠어. 지친 여자들에게 택시와 엘리베이터는 작은 쉼터 같은 곳이니까. 다른 여자들은 엘리자베스 아덴의 광고에 나오는 모델처럼 얼굴에 고운 천을 덮고 긴 의자에 누워서 부드러운 손길로 얼굴 마사지를 받고 있을 테지. 하얀 방 안에서 하얀 손과 하얀 천을 거치고 나면, 그 여자들의 얼굴엔 윤기가 흐르고 생기가 돌 것이다. 그리고 대부분의 남자들이 다 그렇듯, 클로드 역시 무심하게 말하겠지.

"잔 아르블레는 정말 끝내주게 아름답군."

피에르와 함께 우리는 그런 여자들을 비단 종이로 된 여자들이라고 부르곤 했다. 미모를 놓고 그 여자들과 경쟁하기는 불가능했다. 엘리자베트는 택시에서 내렸다. 그녀는 호텔 정면을 바라보면서 잠시 걸음을 멈추었다. 기분이 좋지 않았다. 프랑수아즈가 생활하는 공간에 들어설 때면 언제나 심장이 두근거렸다. 회색 벽 표면은 칠이 군데군데 벗겨져 있었다. 대부분의 여느 호텔과 마찬가지로 보잘것없는 호텔이었다. 하지만 프랑수아즈는 멋진 원룸을 임대할 수 있을 정도로 돈을 벌고 있었다. 엘리자베트는 문을 밀고 안으로 들어갔다.

"미켈 씨 방에 올라가도 될까요?"

프런트 담당 직원이 그녀에게 열쇠를 건넸다. 엘리자베트는 양배추 냄새가 옅게 풍기는 계단을 올랐다. 프랑수아즈의 생활 한가운데 들어선 것이다. 그러나 프랑수아즈에게는 이 양배추 냄새도, 걸을 때마다 바닥이 삐걱거리는 소리도 전혀 신비롭지 않을 것이다. 달뜬 호기심 탓에 내겐 왜곡되어 보이기까지 하는 이 호텔 내부엔 눈길조차 주지 않고 그냥 지나갈 것이다.

'여느 때처럼 집에 돌아온 거라 생각하면 돼.' 문구멍에 열쇠를 집어넣고 돌리면서 엘리자베트는 생각했다. 그녀는 문턱에 멈추어 섰다. 커다란 꽃무늬가 들어간 회색 벽지로 뒤덮인 볼품없는 방이었다. 의자마다 옷가지가 걸려 있었고, 책상 위에는 책과 종이 뭉치가 수북이 쌓여 있었다. 엘리자베트는 눈을 감았다. 난 프랑수아즈다. 극장에서 돌아와 내일 있을 연습에 대해 생각하는 중이다. 감았던 눈을 뜨자, 세면대 위에 붙어 있는 쪽지 하나가 보였다.

손님 여러분께 당부드립니다.
밤 10시 이후에는 시끄럽게 하지 말아 주십시오.
그리고 세면대에서는 빨래를 금해 주십시오.

엘리자베트는 소파와 거울이 달린 옷장 그리고 벽난로 위에 놓인 화장수 병과 화장용 붓, 스타킹 사이에 자리한 나폴레옹의 흉상을 쳐다보았다. 그녀는 다시 눈을 감았다가 떴다. 도저히 이 방에는 익숙해지지 않았다. 낯선 방에 와 있다는 느낌만이 더욱 또렷해질 뿐이었다.

엘리자베트는 프랑수아즈가 수없이 얼굴을 비춰 보았을 거울로 다가가서, 자신의 얼굴을 들여다보았다. 두 볼이 조금 벌겋게 달아올라 있었다. 그냥 회색 투피스를 입을 걸 그랬다. 그게 더 잘 어울렸을 텐데. 이제 와서 이 희한한 몰골을 어찌해 볼 도리는 없었다. 결국 오늘 밤엔 모두가 이 모습으로 그녀를 기억하게 되리라. 엘리자베트는 아세톤과 매니큐어 병을 집어 들고 책상 앞으로 가서 앉았다.

프랑수아즈가 읽다 만 상태로 펼쳐 둔 셰익스피어의 희곡이 소파 위에 널브러져 있었다. 그리고 침대 위에는 실내용 가운이 내팽개쳐져 있었다. 옷 주인이 무심코 한 행동의 흔적을 보여 주듯 잔뜩 구겨져 있었다. 아직도 불룩한 옷소매는 마치 유령이 팔을 끼워 넣은 듯했다. 이렇게 마구잡이로 널린 물건들은, 실제로 눈앞에 있을 때의 프랑수아즈보다 더 참기 힘든 그녀의 이미지를 보여 주었다. 프랑수아즈가 곁에 있을 때면 엘리자베트는 마음이 차분해지곤 했다. 프랑수아즈가 자신의 본모습을 드러낸 적은 결코 없었다. 하지만 적어도 프랑수아즈가 다정하게 웃어 보이는 동안엔 원래의 모습 따윈 전혀 존재하지 않았다. 그런데 이곳엔 그녀의 진짜 얼굴이 흔적으로 남아 있었다. 그러나 그 흔적이 의미하는 바를 도무지 읽어 낼 수는 없었다. 홀로 책상 앞에 앉아 있을 때의 프랑수아즈에겐 피에르가 사랑하는 여자의 모습 중 무엇이 남아 있을까? 그녀의 행복, 흔들림 없는 자신감과 단호함은 어떤 모습으로 변해 있을까?

엘리자베트는 무언가 잔뜩 적힌 종이와, 잉크로 얼룩진 작품 초안을 자기 쪽으로 끌어당겼다. 몇몇 문구가 지워져 있고, 글씨를 알아보기조차 힘들었다. 아마 프랑수아즈가 평소와 달리 생각의 갈피를 못 잡은 모양이었다. 하지만 필체 자체는 물론이거니와, 구문을 삭제하기 위해 프랑수아즈가 손수 그었을 선은 파괴할 수 없는 그녀의 실질적 존재를 명확히 드러내 보이고 있었다. 엘리자베트는 종이 다발을 거칠게 밀어냈다. 바보 같은 생각이었다. 그녀는 프랑수아즈가 될 수 없고, 프랑수아즈를 소멸시킬 수도 없었다.

'시간이, 시간이 더 주어지면 나 역시 그럴듯한 사람이 될 수 있을 것이다.' 엘리자베트는 뜨거운 마음으로 생각했다.

작은 광장엔 수많은 자동차들이 주차되어 있었다. 엘리자베트는 앙상한 나뭇가지 사이로 빛나는 극장의 노란 벽면을 예술가의 입장에서 흘깃 쳐다보았다. 밝은 면 위로 검은색 선이 뚜렷이 부각되니 멋졌다. 우리가 그토록 감탄해 마지않던 샤틀레나 게테리리크처럼 제법 극장다운 모습이군. 그중에서도 가장 멋진 건, 온 파리를 떠들썩하게 하는 위대한 배우이자 연출가가 바로 피에르라는 점이다. 향수 냄새를 풍기는 군중이 웅성거리면서 서둘러 극장 안으로 들어가는 이유는 모두 피에르를 보기 위해서이다. 우린 남다른 아이였다. 유명해지자고 함께 맹세를 했더랬지. 난 늘 피에르를 믿었다. '이제야 궤도에 오른 거야.' 황홀감에 젖어서 그녀는 생각했다. 트레토 극단의 최종 리허설이 열리는 오늘 밤, 본격적으로 그리고 진짜로 피에르 라브루스가 「율리우스 카이사르」를 무대에 올리는 것이다.

엘리자베트는 파리의 여느 여자들처럼 말을 내뱉어 보려고 했다. 그래서 느닷없이 속으로 이렇게 말해 보았다. '이 사람이 내 오빠랍니다.' 하지만 그럴싸하게 해내기란 쉽지 않았다. 짜증이 났다. 연신 잠재적인 상태로 주위에 남아 있는, 절대로 움켜잡을 수 없는 기쁨이 수없이 존재하고 있었다.

"그동안 어떻게 된 거예요? 한동안 통 뵙질 못했군요." 뤼뱅스키가 말을 걸어 왔다.

"일을 하느라 그랬죠. 제 그림을 보러 오셔야 해요."

그녀는 리허설이 열리는 밤을 좋아했다. 유치해 보일 수 있겠지만, 작가나 예술가들과 이렇게 악수를 나누는 일이 그녀로서는 커다란 기쁨이었다. 자신이 누구인지를 실감하기 위해 그녀는 늘 호의적인 이들에게 둘러싸일 필요가 있었다. 그림을 그릴 때는 스스로가 화가로 느껴지지 않았으므로 영 보람 없다는 생각에 의기소침해지곤 했다. 그런데 이런 자리에서는 성공의 문턱에 다다른 젊은 예술가이자 라브루스의 여동생으로 존재할 수 있었다. 감탄한 얼굴로 자신을 바라보는 모로를 향해 엘리자베트는 미소를 지어 보였다. 언제나 그는 엘리자베트에게 어느 정도 애정을 품고 있었다. 프랑수아즈랑 같이 카페 돔에서 미래가 보이지 않는 신출내기 예술가들이나 늙은 낙오자들과 자주 어울리던 무렵엔, 그녀 역시 선망이 가득 담긴 두 눈을 크게 뜨고, 성공한 수많은 이들과 자연스레 대화를 나누던 의연하고 우아한 그 젊은 여인을 뚫어지게 바라본 적이 있었다.

"잘 지냈소?" 바티에가 말을 걸었다. 어두운색 양복을 입은 모습이 정말 멋졌다.

"적어도 출입문만큼은 제대로 통제하고 있더군." 성난 어조로 그가 말했다.

"잘 지내셨나요? 누가 언짢게 하던가요?" 엘리자베트는 쉬잔에게 손을 내밀며 말을 건넸다.

"글쎄 검표관이 여기에 초대받은 모든 사람들이 마치 범죄자이기라도 하다는 듯 일일이 살피는 거 있죠. 우리 초대장을 받아 들고는 오 분 동안이나 들여다보더라고요." 쉬잔이 말했다.

고전적으로 검은색 상의와 하의를 갖춰 입은 쉬잔의 모습은 꽤나 보기 좋았다. 그러나 요즘 들어 눈에 띄게 나이 들어 보였으므로, 클로드가 그런 그녀와 아직도 육체적 관계를 맺으리라고는 생각되지 않았다.

"조심해야 하니까요. 유리창에 코를 박고 서 있는 순박해 보이는 저 남자 좀 보세요. 어떻게든 초대권을 얻어 보려는 사람들로 광장이 넘쳐 나고 있다고요. 이른바 제비라 불리는 자들이죠." 엘리자베트가 말했다.

"특이한 호칭이군요."

이렇게 말하면서 쉬잔은 점잖게 미소를 지으며 바티에 쪽으로 몸을 돌렸다.

"이제 들어가야 할 것 같아요, 그렇죠?"

엘리자베트는 두 사람을 따라서 객석으로 들어갔다. 그녀는 객석 안쪽에서 잠시 꼼짝 않고 있었다. 클로드는 쉬잔이모피 망토를 벗는 걸 도와주고 나서, 그녀 옆에 자리를 잡고 앉았다. 그에게 몸을 기댄 쉬잔이 그의 팔에 손을 없는 모습이 보였다. 찌르는 듯한 고통이 엘리자베트를 뚫고 지나갔다.

"당신을 사랑하오."

클로드에게서 이 말을 들은 12월의 어느 날 밤, 기쁨과 승리감에 도취되어 여기저기 싸돌아다닌 기억이 떠올랐다. 잠을 자러 집으로 돌아가던 길에 커다란 장미꽃 한 다발을 샀더랬다. 그는 나를 사랑하고 있다. 하지만 변한 건 아무것도 없으며, 나를 향한 그의 마음은 도무지 보이질 않는다. 반면에 그의 팔에 얹힌 저 손은 모두가 볼 수 있다. 쉬잔이 그의 옆에 자연스레 앉아 있는 모습은 여기 있는 모두의 눈에 당연한 일로 비치는 것이다. 공식적인 관계이자 실질적인 관계, 이것이야말로 사람들이 진짜로 믿을 수 있는 유일한 현실일지도 모른다. 그렇다면 클로드와 나, 우리의 사랑은 과연 누가 보기에 실재한다고 할 수 있단 말인가! 그녀 스스로도 이 사랑을 믿지 못하는 이 순간, 사랑이라고 할 만한 건 그 어디에도 없었다.

'진절머리 난다!' 엘리자베트는 생각했다. 오늘 밤 줄곧 괴로울 것이다. 오한과 열에 시달리면서 손에 진땀이 나고 머리가 지끈거리리라 생각하니, 벌써부터 토할 것만 같았다.

"안녕. 정말 아름답구나!" 그녀는 프랑수아즈에게 인사를 건넸다.

오늘 밤 프랑수아즈는 진짜로 아름다웠다. 커다란 장식용 빗을 머리에 꽂고, 반짝이는 화려한 자수가 달린 드레스를 입고 있었다. 수많은 눈이 그녀를 향하고 있었지만, 정작 본인은 알아차리지 못한 듯 보였다. 이토록 눈부시게 빛나면서도 침착한 태도를 유지하는 젊은 여인의 친구라니 기분이 좋았다.

"너도 아름다운걸. 드레스가 정말 잘 어울리는구나."

"낡은 드레스인걸, 뭐."

엘리자베트는 프랑수아즈의 오른편에 자리를 잡고 앉았다. 왼편에는 그자비에르가 앉아 있었다. 예쁘장한 파란색 드레스를 입은 평범한 모습이었다. 엘리자베트는 손가락으로 치마를 구기듯 만지작거렸다. 양보다는 질이 좋은 물건을 갖자는 게 그녀의 변함없는 원칙이었다.

'돈만 있었어도 나 역시 멋지게 차려입을 수 있었을 텐데.' 그녀는 생각했다. 괴로운 마음을 조금 누그러뜨린 채 그녀는 쉬잔의 고운 목덜미를 쳐다보았다. 쉬잔은 피해자 부류에 속하는 사람이다. 클로드가 무슨 짓을 하든 다 참았기 때문이다. 반대로 프랑수아즈와 난 다른 부류에 속한다. 우린 강하고 자유로우며, 자기만의 인생을 살아가고 있다. 사랑 때문에 괴로워하는 까닭은, 마음을 너그러이 먹고서 고통을 거부하지 않기로 했기 때문이다. 클로드는 필요 없다, 난 늙은 여자가 아니니까. 부드럽지만 단호한 태도로 그에게 이렇게 말하리라.

'있잖아요, 클로드, 가만 생각해 봤는데 당신과 다른 차원의 관계를 맺을 필요가 있다고 봐요.'

프랑수아즈가 물었다.

"마르샹이랑 살트렐이 왼쪽 세 번째 줄에 앉아 있는 거 보이지? 살트렐은 벌써부터 헛기침을 하고 있군, 잔뜩 흥분한 거야. 카스티에는 막이 올라서 타구를 꺼낼 수 있기만을 기다리고 있고. 저 사람이 늘 타구를 들고 다닌다는 거 알지? 왜, 그 예쁘장하게 생긴 작은 통 말이야."

엘리자베트는 평론가들 쪽으로 슬쩍 눈길을 주었다. 하지만 그들에게는 그다지 흥미가 가질 않았다. 프랑수아즈의 정신은 온통 공연의 성공 여부에만 쏠려 있음이 분명했다. 그러니 그녀가 도움을 주리라고 기대할 수는 없는 노릇이었다.

객석의 천장등이 꺼지고 침묵이 흐르는 가운데, 금속성 종소리가 세 번 울렸다. 엘리자베트는 온몸에서 힘이 빠져나가는 듯했다. '공연에 집중할 수 있으면 좋으련만.' 그녀는 생각했다. 하지만 이미 다 아는 연극이었다. 무대 장식과 의상 모두 멋졌다. 분명히 나도 저 정도는 할 수 있는걸. 그러나 부모들이 대개 그러하듯이, 피에르 역시 가족 구성원이 하는 일을 절대로 진지하게 여기려 하질 않았다. 직접 그렸다는 사실을 숨긴 채 그에게 그림을 보여 줘야 했던 까닭은 바로 그 때문이다. 난 아직 사회적으로 알려지지 않았다. 언제나 남들 눈을 그럴싸하게 보이도록 속여야만 하다니, 우습기 짝이 없다. 피에르가 나를 별 볼 일 없는 여동생 취급만 하지 않았더라도 클로드에게 진지한 관심을 받아야 하는 중요한 사람으로 비칠 수 있었을 텐데.

무척이나 익숙한 목소리가 들려와서 엘리자베트는 화들짝 놀라고 말았다.

"칼푸르니아, 안토니우스가 지나는 길목에 있어 주시오……."

피에르는 율리우스 카이사르 역을 정말이지 멋들어지게 소화해 내고 있었다. 수많은 걸 생각하게 하는 연기였다.

'이 시대의 가장 위대한 연기자야.' 엘리자베트는 생각했다.

기미오가 무대로 뛰어나왔다. 엘리자베트는 조금 걱정스레 그를 바라보았다. 연습 중에 두 번이나 카이사르의 흉상을 넘어뜨렸기 때문이다. 그는 격렬한 기세로 광장을 가로질러 갔고, 다행히 흉상에 부딪히지 않은 채 그 주위를 빙빙 돌았다. 손에는 채찍을 들었고, 허리엔 비단으로 된 팬티 하나만을 둘렀을 뿐, 알몸이나 다름없는 모습이었다.

'정말로 균형 잡힌 몸매로군.' 엘리자베트는 일말의 설렘도 없이 생각했다. 그와 섹스를 하는 건 좋았지만 끝나고 나면 아무 생각도 들지 않았다. 닭 가슴살의 맛처럼 무미건조하게 느껴질 뿐이었다. 반면 클로드와는…….

'너무 피곤해서 집중할 수가 없어.' 그녀는 생각했다.

그녀는 억지로 무대를 바라보았다. 이마에 풍성한 머리칼을 드리운 칸제티는 예뻤다. 기미오는 칸제티가 더 이상 피에르의 관심을 끌지 못하자 테데스코에게 수작을 걸고 있다고 보았다. 당사자가 직접 얘기하지 않는 이상 그녀로서는 알 도리가 없었다. 엘리자베트는 프랑수아즈를 살펴보았다. 막이 오른 뒤로는 미동 하나 없는 얼굴로 피에르를 향해 두 눈을 고정하고 있었다. 참으로 냉정해 보이는 겉모습이군! 연애를 하거나 사랑을 나눌 때 어떤 얼굴을 하는지는 봐야 알 수 있겠지만, 아마 그 와중에도 저렇게 기품 있는 표정을 유지할 터였다. 현재의 순간에 빠져들 수 있다니, 이 친구는 운이 좋기도 하다. 여기 있는 모두가 운이 좋다고 할 수 있겠지. 배우의 모습과 대사에 순순히 빠져드는 관객들 한가운데에서 엘리자베트는 어찌할 바를 모르고 있었다. 그 무엇도 그녀 안으로 뚫고 들어오지 않았고, 공연 역시 실제로 벌어지는 일이 아니었다. 한 방울씩 물이 새어 나가듯, 오직 느릿느릿 흘러가는 순간들만이 있을 뿐이었다. 이때를 기다리며 하루를 보냈건만 이 시간은 헛되이 흘러가고 있었다. 이제 순서는 하나의 기다림으로 존재하고 있었다. 엘리자베트는 알았다. 클로드와 마주하더라도 여전히 자신은 무언가를 기다리고 있으리라는 사실을. 내일에 대한 기대를 희망과 혐오의 맛으로 채워 줄 약속과 위협을 기다리고 있으리라는 점을 말이다. 목적지를 알지 못한 채 질주하는 짓이나 진배없었다. 미래를 향해 무한히 내던져지고 있다. 현재에 이르자마자 미래는 곧장 달아날 터였다. 쉬잔이 클로드의 아내로 남아 있는 한, 현재를 받아들이기란 불가능했다.

갈채가 터져 나왔다. 자리에서 일어선 프랑수아즈의 볼은 조금 붉게 달아올라 있었다. 흥분한 모습으로 그녀는 말했다.

"테데스코가 버벅대는 사태가 벌어지지 않고 모든 게 잘 끝났어. 난 지금 피에르를 만나러 가려고 해. 넌 다음번 막간에 가지 않을래? 지금 가면 너무 번잡스러울 것 같아서 말이야."

엘리자베트 역시 자리에서 일어서면서 그자비에르에게 말했다.

"우린 복도에 나가 보는 게 어때요? 사람들이 연극을 어떻게 생각하는지 들을 수 있을 거예요. 재미있을 거야."

그자비에르는 순순히 따라나섰다. '이 아이와 무슨 이야기를 나누면 좋을까?' 엘리자베트는 생각했다. 당최 그자비에르에겐 호감이 가질 않았다.

"담배 피울래요?"

"고맙습니다." 그자비에르가 말했다.

엘리자베트는 그녀에게 불을 건넸다.

"연극은 마음에 들어요?"

"네, 좋군요." 그자비에르가 대답했다.

요전 날 피에르가 어쩌나 열심히 이 아이 역성을 들어 주던 지! 항상 그는 낯선 여자를 곧잘 믿곤 했지만, 이번만큼은 정말이지 그의 취향을 좋게 봐 줄 수가 없었다.

"연극을 해 보고 싶진 않아요?" 엘리자베트가 물었다.

엘리자베트는 그자비에르가 어떤 부류에 속하는 인간인지를 확실히 알아낼 수 있을 법한 치명적인 질문을 찾는 중이었다.

"그런 생각은 해 본 적이 없어요." 그자비에르가 대답했다.

확실히 그녀는 프랑수아즈와 이야기할 때는 지금과 다른 어조와 얼굴을 하고 있었다. 프랑수아즈의 친구들이 엘리자베트에게 민낯을 드러내는 법은 결코 없었다.

"살면서 재미있다고 생각하는 게 뭐예요?" 느닷없이 엘리자베트가 물었다.

"다 재미있어요." 그자비에르는 공손히 대답했다.

프랑수아즈가 자기에 대해 뭐라 했을지 엘리자베트는 궁금해졌다. 내 등 뒤에서 뭐라고 떠들어 댈까?

"더 좋아하는 건 없어요?"

"없는 것 같아요."

그자비에르는 집중한 얼굴로 담배를 빨아 댔다. 비밀을 잘 지켜 낸 것이다. 프랑수아즈가 숨기는 모든 비밀은 본래 상태 그대로 잘 유지되고 있었다. 휴게실 다른 편 끄트머리에서는 클로드가 쉬잔에게 미소를 짓고 있었다. 그의 얼굴은 비굴해 보일 정도의 상냥함을 담고 있었다.

'내게 지어 보이던 미소랑 똑같군.' 이러한 생각이 들자 엘리자베트의 마음속에선 맹렬한 분노가 솟구쳐 올랐다. 저 남자에게 차갑게 말을 건네리라. 쿠션에 머리를 기대고 신랄한 비웃음을 터뜨려 주리라.

종이 다시 울렸다. 엘리자베트는 거울을 흘깃 들여다보았다. 적갈색 머리칼과 슬퍼 보이는 입매가 눈에 들어왔다. 하지만 쓸쓸하면서도 강렬한 무언가가 느껴지는 입매였다. 결심이 섰다. 오늘 밤, 결판을 짓고 말리라. 클로드는 쉬잔에게 진절머리를 내면서도, 다른 한편으로는 어리석은 동정심에 잔뜩 취해 그녀와 헤어지지 못하고 있다. 객석이 어두워졌다. 엘리자베트의 머릿속엔 어떤 이미지 하나가 스쳐 지나가고 있었다. 권총과 단도, 또 해골이 그려진 유리병의 이미지였다. 죽여 버리자. 클로드를? 아니면 쉬잔을? 그도 아니면 나 자신을? 그 누구래도 상관없었다. 살인을 저지르고 싶은 음험한 욕망으로 가슴이 한껏 부풀어 올랐다. 그녀는 숨을 내쉬었다. 광적인 폭력을 저지를 나이는 지났다. 그래, 그건 너무 쉬운 방법이야. 한동안 거리를 두어야겠다. 그의 입술, 그의 숨결, 그의 손과 거리를 두도록 하자. 너무도 간절히 그것들을 원했고, 그러한 욕망 때문에 그녀는 숨이 막힐 지경이었다. 때마침 맞은편 무대 위에선 카이사르가 살해당하고 있었다. 피에르는 비틀대면서 원로원을 가로질러 뛰쳐나갔다. '나 또한 실제로 살해당하는 중인지도 모른다.' 엘리자베트는 절망에 사로잡혀 생각했다. 자신은 되살아날 가망 없이 피를 흘리며 죽어 가는데도, 판지로 만든 무대 배경 한가운데에선 무의미한 저 모든 소동이 벌어지고 있으니 모욕적이었다.

상당한 시간 동안 몽파르나스 거리를 쏘다녔지만, 엘리자베트가 폴 노르에 들어섰을 때 시계는 고작 밤 12시 25분을 가리키고 있었다. 일부러 약속 시간에 늦으려 해 봐도 그녀는 번번이 실패했더랬다. 클로드가 제시간에 나타나지 않으리라고 엘리자베트는 확신했다. 쉬잔은 일부러 그를 곁에 붙잡아 두고서, 하찮은 승리라도 거두었다는 듯 분 단위로 시간을 재고 있을 게 뻔했기 때문이다. 엘리자베트는 담배에 불을 붙였다. 클로드가 이곳에 와 있기를 애타게 바라지는 않았지만, 그가 다른 곳에 있으리라고 생각하니 참을 수가 없었다.

가슴이 죄어 왔다. 매번 똑같았다. 클로드의 모습을 실제로 마주할 때마다 불안에 사로잡히곤 했던 것이다. 그가 여기에 있다, 나의 행복을 두 손에 움켜쥐고 무심히 다가오고 있다. 자신의 몸짓 하나하나가 그녀에게 위협이 되리라고는 추호도 생각하지 않은 채.

"당신을 만나니 좋군. 드디어 우리 둘이 멋진 밤을 보낼 수 있게 되었잖소."

그는 다정히 웃어 보였다.

"뭘 마시고 있었지? 아크바비트인가? 그 술이라면 나도 잘 알지. 맛이 아주 고약하거든. 난 진피스 한 잔 주시오."

"기분이 좋나 봐요. 기쁨을 절약하는 중인가요? 벌써 1시라고요." 엘리자베트가 말했다.

"1시 칠 분 전이야, 내 사랑."

"원한다면 1시 칠 분 전이라고 해 두죠." 어깨를 가볍게 으쓱이면서 그녀는 말했다.

"내 잘못으로 늦은 게 아니라는 걸 당신도 잘 알잖아."

"물론이죠."

클로드의 얼굴이 어두워졌다.

"이 귀여운 아가씨, 제발 그렇게 싸늘한 표정은 짓지 말아 줘. 쉬잔도 험악한 얼굴을 하고서 돌아간 마당에, 당신마저 샐쭉하게 굴면 나보고 어떡하라는 말이오. 당신의 따뜻한 미소를 다시 볼 생각에 한껏 신이 나서 왔건만."

"늘 웃는 얼굴을 하고 있을 순 없어요." 기분이 상한 엘리자베트는 이렇게 대꾸했다. 가끔 클로드는 무분별할 정도로 뻔뻔하게 나오곤 했다.

"안타깝군. 당신한텐 웃는 얼굴이 잘 어울리는데 말이야."

이렇게 말하면서 클로드는 담배에 불을 붙인 뒤 썩 마음에 든다는 표정으로 주위를 둘러보았다.

"나쁘지 않군. 조금은 쓸쓸한 분위기를 풍기긴 하지만. 그렇지 않소?"

"요전 날에도 그렇게 말했잖아요. 이번만큼은 사람들로 북적거리는 곳에서 당신을 만나고 싶지 않았어요."

"심술 피우지 말라고."

클로드는 엘리자베트의 손 위에 자기 손을 포겠지만 기분이 상한 듯했다. 그녀는 즉시 손을 빼냈다. 시작이 좋지 않았다. 중요한 논의를 사소한 말다툼으로 시작해서는 안 될 노릇이었다.

클로드가 말했다.

"전체적으로는 성공적인 공연이었소. 그런데 난 한 순간도 몰입이 안 되더라고. 라브루스는 본인이 뭘 원하는지 정확히 모르는 것 같더군. 예술 양식의 전적인 구축과 순수하고 소박한 사실주의 사이에서 갈팡질팡하는 듯 보이던걸."

"오빠는 자기 스스로 치환의 섬세함을 살리길 바란다는 걸 정확히 알고 있어요."

그러자 클로드는 단호한 말투로 대꾸했다.

"계속 모순적이게만 보일 뿐, 특별히 섬세하게 표현해 냈다는 느낌은 전혀 들지 않던데. 카이사르가 암살당하는 장면은 죽음의 무도극 같았고, 브루투스가 천막에서 밤을 지새우는 장면에선 자유 극장3) 시절로 되돌아간 기분이 들더군."

클로드는 번지수를 잘못 짚었다. 그런 식으로 논쟁에 종지부를 찍도록 엘리자베트가 그냥 내버려 둘 리 없었기 때문이다. 그에게 응수할 말이 입 밖으로 쉽게 나온 덕분에 그녀는 흡족했다. 엘리자베트는 거칠게 대꾸했다.

"상황에 따라 다르게 봐야죠. 암살 장면은 다른 장면들과는 다르게 표현해야만 했어요. 그러지 않으면 그랑기뇰 극장4)에서나 무대에 올릴 법한 연극이 되고 말았을 테니까. 반대로 비현실적 장면은 가급적 사실적으로 연출해야 했고요. 너무도 자명하잖아요."

"내 말이 바로 그거요, 통일성이 전혀 없다는 것. 틀림없이

---

3) 1887년에 앙드레 앙투완(André Antoine, 1858~1943)이 파리에서 창설한 극단으로, 사실주의에 기초한 연기를 추구했다.
4) 1897년에 파리에서 공식적으로 문을 연 극장으로, 공포극과 촌극을 전문적으로 공연했다.

라브루스의 미학은 상당 부분 편의주의에 해당해."

"결코 그렇지 않아요. 오빠는 극본을 고려했음이 확실해요. 어처구니없게 나오는 건 당신이야. 지난번엔 오빠가 연출을 목적 자체로 여긴다며 비난하지 않았던가요? 당신이야말로 입장을 정하라고."

"입장을 정하지 않은 건 바로 라브루스야. 직접 극본을 쓰겠다는, 그 화제의 계획을 그가 행동으로 옮기면 좋겠군. 그때엔 그의 입장이 뭔지 분명히 알 수 있을지도 모르지."

"오빠는 분명히 그 계획을 실행으로 옮길 거예요. 내년이 되지 않을까 생각하고 있어요."

"결과물이 어떨지 무척 궁금해지는군. 솔직히 당신도 알잖소, 내가 라브루스를 많이 우러러보고 있다는 것을. 하지만 그를 이해할 수는 없는걸."

"이해하기 쉬워요."

"내게 설명해 주면 좋겠군."

엘리자베트는 한동안 담배로 탁자를 가볍게 두드렸다. 그녀는 피에르의 미학이라면 속속들이 이해하고 있었다. 그의 미학으로부터 영감을 받아서 그림을 그리고 있었던 것이다. 그러나 적당한 말이 좀체 떠오르지 않았다. 피에르가 퍽이나 마음에 들어 한 틴토레토[5]의 그림이 떠올랐다. 인물들이 취한 자세에 대해 피에르가 이런저런 설명을 해 준 적이 있지만, 정

---

5) Tintoretto(1518~1594). 16세기 이탈리아 베네치아에서 활동한, 르네상스 시대 후반기를 대표하는 화가로, 극단적 색채, 인공적 명암, 과장된 원근법을 사용해 극적인 효과를 내는 데에 탁월했다.

확히 기억나지는 않았다. 그녀는 알브레히트 뒤러[6]의 판화와 인형극의 한 장면, 러시아 발레 그리고 오래된 무성 영화에 대해 생각해 보았다. 피에르의 사상을 친숙하면서도 명확히 담아내고 있는 것들이었다. 그녀는 정말로 짜증이 났다.

"피에르의 미학에다 사실주의니 인상주의니, 혹은 진실주의[7]니 하는 이름표 따위를 갖다 붙이기가 그리 쉽지 않다는 점은 분명해요. 당신이 그런 걸 원한다면 말이죠."

"왜 그렇게 무턱대고 기분 나쁘게 나오는 거지? 난 그런 식의 언사엔 익숙하지 않소."

"뭐라고요? 예술 양식의 구축이니 편의주의니 하는 말을 내뱉은 건 바로 당신이라고요. 부인하지 말아요. 가르치듯 말하지 않으려고 전전긍긍하는 꼴이 우습기 짝이 없군요."

클로드는 대학교수 분위기를 풍기는 걸 특히나 싫어했다. 솔직히 말하자면 그보다 학구적으로 보이지 않는 사람을 찾기란 힘들었다.

클로드가 차갑게 말했다.

"장담하건대 난 그런 걱정 따윈 하지 않소. 독일인같이 꽉 막힌 태도로 논쟁을 벌이는 건 보통 당신 쪽이니까."

"꽉 막혀 있다니…… 내가 당신에게 반하는 의견을 내비칠 때마다 당신은 매번 현학적으로 나온다면서 날 비난하잖아

---

6) Albrecht Dürer(1471~1528). 15세기 말부터 16세기 초까지 활동했던 독일 르네상스를 대표하는 화가이자 판화가다.
7) 19세기 말에 이탈리아에서 전개된 사실주의 계열의 자연주의 문학 운동을 지칭한다.

요. 나도 익히 안다고요. 남들이 반론을 제기하는 걸 못 견뎌 하면서, 당신 말에 전적으로 동의할 때에만 지적인 협력 관계를 이룰 수 있다고 생각하다니. 그런 관계 따윈 내가 아니라, 쉬잔한테나 바라라고요. 불행히도 내겐 뇌라는 게 있어서 그걸 써먹을 작정이거든요."

"그럼 그렇지! 이렇게 금방 언성을 높이질 않소."

엘리자베트는 흥분을 가라앉혔다. 가증스럽게도 그는 그녀에게 잘못을 뒤집어씌우는 방편을 변함없이 잘 찾아냈다. 그런 그가 엘리자베트로서는 괘씸할 따름이었다.

그녀는 가라앉은 목소리로 차분하게 말했다.

"내가 흥분했을 순 있어요. 하지만 당신은 남의 말을 통 듣질 않는다고요. 꼭 교실에서 강의할 때처럼 말이에요."

"더 이상 싸우지 맙시다." 달래는 듯한 투로 클로드가 말했다.

그녀는 원망하는 눈빛으로 그를 쳐다보았다. 저 사람은 오늘 밤 나를 행복하게 채워 주겠노라 결심하고서, 그런 자신을 다정하고 호감이 가며 관대한 사람으로 여기고 있었다. 두고 보라지. 엘리자베트는 목소리를 가다듬기 위해 잔기침을 했다.

"솔직히 말해 봐요, 클로드. 이번 달에 실험을 해 보니 행복하던가요?"

"실험이라니?"

엘리자베트는 얼굴이 벌겋게 달아오른 데다 목소리마저 살짝 떨렸다.

"잊었어요? 지난달에 언쟁을 벌인 뒤에도 우리가 관계를 지속해 온 건 실험을 해 보기 위해서였잖아요."

"아! 그랬지……."

헤어지자는 말을 대수롭지 않게 여긴 것이다. 언쟁을 벌인 당일 밤, 그와 잠자리를 가진 바람에 완전히 헛수고가 되었던 것이다. 엘리자베트는 잠시 당황한 상태로 있었다.

"난 이렇게 지낼 순 없다는 결론에 도달했어요." 그녀가 입을 열었다.

"이렇게 지낼 수 없다고? 난데없이 왜 그럴 수 없다는 거요? 무슨 일이 새로 생긴 건가?"

"당연히 아무 일도 없어요."

"그럼 설명을 좀 해 보시오. 도통 이해를 못 하겠으니."

그녀는 뜸을 들였다. 언젠가 아내와 헤어지겠다는 말을 그가 단 한 번도 한 적이 없음은 틀림없는 사실이었다. 그는 그 무엇도 약속하지 않았던 것이다. 그런 의미에서 보자면 그를 비난할 이유는 없었다.

"당신은 정말로 이대로 만족해요? 난 우리 사랑이 훨씬 더 고결하다고 생각했어요. 그런데 우리가 정말 가까운 사이이긴 한가요? 식당이나 술집, 또는 침대에서 만나는 게 다잖아요. 만나는 데 의의를 두고 있을 뿐이라고요. 난 당신과 삶을 나누고 싶어요."

"당신, 말도 안 되는 생각을 하는군. 우리가 가까운 사이가 아니라고? 내가 생각하는 것 중에 당신과 공유하지 않은 건 단 하나도 없소. 그만큼 당신은 날 완벽하게 잘 이해하고 있고."

엘리자베트는 거칠게 대꾸했다.

"그래요, 난 당신의 가장 좋은 부분을 누리고 있죠. 솔직히 당신도 알 거예요, 우리 관계가 이 년 전 당신이 관념적 차원의 우정이라고 불렀던 그 수준에서 멈췄어야 했다는 것을. 이게 다 당신을 사랑한 내 잘못이에요."

"하지만 나 역시 당신을 사랑하는걸."

"알고 있어요."

짜증이 났다. 구체적으로 그를 나무라기란 불가능했다. 그러다 보니 다그치더라도 하찮은 문제를 건드리는 수준에서 그치고 말았다.

"그래서?" 클로드가 물었다.

"그렇다는 말이에요."

엘리자베트는 이 짧은 말 속에 한없는 슬픔을 담아냈지만, 클로드는 이해하려는 시늉조차 하지 않았다. 그는 주위로 유쾌해 보이는 시선을 던졌다. 안도감에 젖어 벌써 화제를 바꾸려 하는 모습이었다. 그때 엘리자베트가 서둘러 말을 덧붙였다.

"당신은 정말 너무나도 단순한 사람이군요. 내가 행복하지 않으리라고 한 번도 생각해 본 적이 없죠?"

"당신은 괜스레 스스로를 들볶는군."

엘리자베트는 멍한 얼굴로 대꾸했다.

"당신을 너무도 사랑하기 때문일 테죠. 당신이 감당하지 못할 정도로 많은 걸 당신에게 주고 싶었어요. 그런데 솔직히 말해서, 준다는 건 무언가를 요구하는 하나의 방식이에요. 그러니 다 내 잘못이라고 생각해요."

"만날 때마다 항상 우리 사랑을 문제 삼지는 맙시다. 내겐 지금 이 대화가 아무짝에도 쓸모없다고 여겨지는군."

엘리자베트는 분노에 사로잡혀서 그를 응시했다. 클로드에게는 이 순간 그녀를 이토록 감정적이게 하는, 이 비장한 명철함을 감지할 능력마저 없었다. 그러니 무슨 말을 한들 소용이 있겠는가? 엘리자베트는 자신의 마음이 냉소적이고 싸늘하게 돌변하고 있음을 느꼈다.

"겁내지 마요, 더 이상 우리 사랑을 문제 삼지 않을 테니까. 내가 하고 싶었던 말은 이게 다예요. 앞으로 우리 관계는 완전히 다른 차원에 놓이게 될 거예요."

"어떤 차원을 말하는 거요? 우리 관계가 어떤 차원에 놓이게 될 거라는 말이지?" 클로드는 상당히 짜증 난 표정을 짓고 있었다.

"이제부터 당신을 편한 친구로만 대하고 싶어요. 이렇게 상황이 복잡해지는 바람에 나도 지쳤거든요. 더 이상 당신을 사랑하지 않을 수 있으리라고는 생각도 못 했지만요."

"날 더 이상 사랑하지 않는다고?" 믿을 수 없다는 목소리로 클로드가 물었다.

"당신에겐 이 말이 그토록 이상하게 들리나요? 날 이해해 줘요. 계속 당신을 많이 아낄 거예요. 하지만 이젠 당신에게서 그 무엇도 기대하지 않을 작정이에요. 그리고 나 자신을 위해서 자유를 되찾을 거예요. 그러는 편이 더 낫지 않겠어요?"

"당신 제정신이 아니군."

엘리자베트의 얼굴이 시뻘게졌다.

"제정신이 아닌 건 바로 당신이야! 당신을 사랑하지 않는다고 말하는 거라고! 감정이란 변하기 마련이에요. 물론 당신은 내가 변했다는 사실조차 알아차리지 못했지만."

클로드는 당황한 얼굴로 그녀를 바라보았다.

"언제부터 날 사랑하지 않게 된 거요? 방금 전까지만 해도 날 너무도 사랑한다고 말했잖소."

"예전에 사랑했단 말이죠."

그녀는 말을 더듬었다.

"내가 어쩌다 이 지경에 이르렀는지 도통 모르겠어요. 하지만 사실인걸요. 더 이상 전과 같지 않아요. 예를 들자면……."

그녀는 살짝 잠긴 목소리로 재빨리 말을 덧붙였다.

"예전엔 당신이 아닌 다른 남자와는 절대로 잠자리를 할 수 없을 것만 같았죠."

"다른 놈과 잠자리를 하고 있나?"

"그게 신경 쓰이긴 해요?"

"누군데?" 궁금하다는 듯 클로드가 물었다.

"애쓸 필요 없어요. 내 말을 믿지 않잖아요."

"만약 그게 사실이라면, 내게 미리 말해 줄 정도의 의리는 지켜야 했어."

"그래서 이렇게 말하고 있잖아요. 미리 말해 주는 거라고요. 그렇지만 당신도 이런 문제를 가지고 내가 당신과 의논하게 되리라곤 예상하지 못했죠?"

"누구지?" 클로드가 재차 물었다.

그의 표정이 달라지자 엘리자베트는 와락 겁이 났다. 그가 괴로워하면 그녀 역시 괴로울 터였다. 그녀는 기어들어 가는 목소리로 대답했다.

"기미오라고, 당신도 아는 사람이에요. 1막에서 벌거벗은 몸으로 무대 위를 뛰어다니던 남자요."

말을 내뱉은 이상 이젠 돌이킬 수 없었다. 아무리 아니라고 해도 클로드는 믿지 않을 터였다. 그녀에겐 생각할 겨를조차 없었다. 아무것도 보지 말고 앞으로 나아가야만 했다. 하지만 어둠 속엔 무시무시한 무언가가 위협적으로 도사리고 있었다.

"취향이 나쁘진 않군. 언제 그를 알게 된 거요?"

"열흘 전쯤이요. 나한테 홀딱 반한걸요."

클로드는 줄곧 속내를 알 수 없는 표정을 짓고 있었다. 의심하고 질투하는 모습을 자주 보이곤 했지만 그가 속내를 털어놓는 일은 결코 없었다. 그는 비난의 말을 입 밖에 내기보다 틀림없이 속으로 삼키고 있을 터였다. 그러니 마음을 놓아선 안 됐다.

"결국 이렇게 해결되는군. 단 하나의 여자에게 얽매여 있는 예술가를 보면서 늘 유감스럽다고 생각했거든."

"그동안 낭비한 시간을 재빨리 만회하겠군요. 참, 샤노라면 당신 품에 안기길 바랄지도 모르겠네요."

"샤노라…… 잔 아르블레 쪽이 더 좋은데." 클로드는 입을 비죽였다.

"그렇긴 하죠."

엘리자베트는 젖은 손으로 손수건을 움켜쥐었다. 이 순간, 위험을 감지했지만 이미 너무 늦어 버렸다. 입장을 되돌릴 방법은 전혀 없었다. 오직 쉬잔에 대해서만 생각하고 있었다. 온갖 다른 여자들, 클로드를 사랑할 법하고 또 그의 사랑을 받을 만한 젊고 아름다운 여자들은 도처에 존재하고 있었다.

"내게 다른 기회가 있으리라고는 생각하지 않지?" 클로드가 물었다.

"그 여자가 당신을 싫어하진 않으리라 확신해요."

이렇게 허세를 부리고 있다니, 미친 짓이다. 그녀가 내뱉는 말 한 마디 한 마디가 스스로를 진창 속으로 더욱더 깊숙이 밀어 넣고 있었다. 농담하듯 말하는 태도만이라도 그만둘 수 있으면 좋으련만. 엘리자베트는 침을 삼키고서 애써 입을 열었다.

"클로드, 내가 당신을 정직하게 대하지 않았다고는 생각하지 말아 줘요."

그는 엘리자베트를 뚫어져라 쳐다보았다. 그녀는 얼굴이 벌게졌고, 어떻게 말을 이어 나가야 할지 알 수 없는 지경에 이르고 말았다.

"정말 놀라긴 했소. 이런 일이 생기면 난 당신한테 털어놓을 작정이었거든."

이런 식으로 그가 계속 빤히 쳐다본다면 울음을 터뜨릴지도 몰랐다. 그러나 우는 일만큼은 절대로 피해야 했다. 비겁한 짓이기 때문이다. 여자들이 애용하는 무기를 가지고 싸우는 일은 없어야 했다. 하지만 눈물이야말로 가장 편리한 해결책이 아니던가. 그녀가 울음을 터뜨린다면 그는 그녀의 어깨에 팔을 두를 것이고, 그녀로선 그에게 몸을 완전히 기대기만 하면 될 터였다. 그런다면 지금의 악몽은 끝나게 되리라.

클로드가 말했다.

"당신은 열흘 동안이나 내게 거짓말을 했소. 나 같으면 당신한테 거짓말을 하고서 채 한 시간도 버티지 못했을 거요. 우리 관계를 그만큼 고결하게 여겼거든."

판사라도 된 듯이 그가 침통한 얼굴로 근엄하게 말하자, 엘리자베트의 마음속에선 반항심이 꿈틀댔다.

"하지만 당신도 내게 충실했던 건 아니잖아요. 당신 삶의 가장 중요한 부분을 함께하도록 해 주겠다고 약속해 놓고는, 당신은 한 번도 내 것이 되어 주지 않았죠. 줄곧 쉬잔의 남편으로 살았잖아."

"쉬잔을 성실히 대했다는 이유로 날 비난하려는 건 아니겠지? 불쌍하고 고마워서 그랬던 것뿐임을 당신도 잘 알잖소."

"모르겠는데요. 내가 아는 건, 날 위해서 당신이 그 여자와 헤어지는 일은 없으리라는 점이에요."

"한 번도 그 점을 문제 삼은 적이 없지 않소."

"만약에 내가 문제를 제기한다면요?"

"때를 참 희한하게 고른 셈이겠지." 그는 단호하게 대답했다.

엘리자베트는 입을 다물었다. 쉬잔 이야기를 꺼내지 말았어야 했지만, 더 이상 냉정을 유지할 수 없었다. 클로드는 이 상황을 이용하고 있었고, 비로소 그의 민낯이 엘리자베트의 눈앞에 드러나고 있었다. 유약하고 이기적인 데다, 이해 타산적이면서 옹졸한 자존심으로 가득 찬 그의 민낯이. 그는 자기가 잘못했음을 알고 있었다. 하지만 자신을 냉혹하게 속여 가면서까지 무결한 이미지로 스스로를 포장하려는 것이었다. 그는 최소한의 관대함이나 정직함조차 발휘할 줄 모르는 인간이었다. 엘리자베트는 그런 그가 증오스러웠다.

"쉬잔은 당신 경력에 쓸모가 있죠. 당신에겐 작품이니 사상이니 경력 같은 것만 중요하니까요. 당신은 단 한 번도 나를 생각해 주지 않았다고요."

"천박하기 그지없는 소릴 하는군! 내가 출세에 목숨을 건 사람이라는 거요? 내가? 그런 생각을 하면서 어떻게 날 좋아할 수 있었지?"

누군가 웃음을 터뜨리면서 검은색 타일이 깔린 바닥을 걸어오는 소리가 들렸다. 프랑수아즈와 피에르가 그자비에르랑 팔짱을 낀 채 쾌활한 모습으로 걸어오는 모습이 보였다.

"여기서 다시 보네!" 프랑수아즈가 말했다.

"여긴 분위기가 좋잖아." 엘리자베트는 대꾸했다. 얼굴을 가리고 싶었다. 피부가 찢길 듯이 건조해서 눈 밑과 입 주위가 땅기고, 살갗이 여기저기 부르튼 느낌이었다.

"단원들을 따돌렸나 보지?"

"응, 대충은." 프랑수아즈가 말했다.

제르베르는 왜 함께 오지 않았을까? 그 애의 매력을 견제하는 피에르 때문일까? 아니면 그자비에르가 매력적으로 보일까봐 겁이 난 프랑수아즈 때문일까? 그자비에르는 천사 같으면서도 고집스러워 보이는 얼굴을 하고서 말없이 웃고 있었다.

클로드가 말했다.

"공연이 성공적이라는 건 의심할 여지가 없소. 물론 평론가들이야 신랄하게 나오겠지만, 관객들의 반응은 놀랄 만큼 열광적이었으니 말이오."

"그냥 괜찮은 정도였소." 이렇게 말하면서 피에르는 다정하게 웃어 보였다.

"언제 한번 봅시다. 이제부터는 시간이 조금 날 테니."

"좋아요. 당신에게 하고 싶은 말이 많소." 클로드가 말했다.

엘리자베트는 갑자기 고통으로 정신이 아득해지는 듯했다. 텅 빈 작업실이 눈앞에 그려졌다. 앞으로 그곳에서 전화벨이 울릴 일은 없을 것이다. 수위실에 비치된 텅 빈 우편함과 아무도 없는 식당 그리고 황량한 거리의 풍경 또한 그려졌다. 그렇게 살 수는 없었다. 클로드를 잃고 싶지도 않았다. 겁쟁이에다 이기적이고 가증스럽기까지 한 사람이지만, 그런 건 하나도 중요하지 않았다. 살기 위해선 그가 필요했다. 클로드를 곁에 둘 수만 있다면 그 어떤 것이라도 모두 감수할 수 있었다.

피에르가 말했다.

"아니, 낭퇴이에서 답이 오기 전까지 베르제 주변에선 아무것도 하지 마시오. 일이 꼬일지도 모르니까. 하지만 내 장담하지, 베르제는 상당히 흥미를 보일 거요."

"약속 시간을 정하게 오늘 오후 중에 전화 주세요." 프랑수아즈가 말했다.

그들 세 사람은 홀 안쪽으로 모습을 감추었다.

"저기 앉아요. 자그마한 성당에 온 것 같아요."

그자비에르의 말소리가 들렸다. 지나칠 정도로 감미로운 그녀의 목소리가 손톱으로 비단을 긁듯 신경을 거슬리게 했다.

"예쁘장한 여자애로군. 라브루스의 새로운 연애 상대인가?" 클로드가 말했다.

"그런가 봐요. 오빠는 주목받는 걸 무척이나 싫어하는데,

두 여자랑 제법 떠들썩하게 등장했군요."

침묵이 흘렀다.

"여기서 나가요. 등 뒤에 저 세 사람이 있다고 생각하니 불쾌하네요." 엘리자베트가 신경질적으로 말했다.

"저들은 우리를 신경 쓰지 않아."

"여기 있는 모든 사람들이 불쾌해." 엘리자베트가 다시 한 번 말했다. 그녀의 목소리는 갈라져 있었다. 차오르는 눈물을 오래 참아 낼 자신이 없었다.

"내 작업실로 가요."

"당신이 원하는 대로 합시다."

이렇게 말하고 나서 클로드는 점원을 불렀다. 엘리자베트는 거울 앞에서 코트를 입었다. 얼굴이 엉망이었다. 거울 안쪽으로 세 사람이 보였다. 얘기하는 쪽은 그자비에르였다. 프랑수아즈와 피에르는, 손짓을 해 가며 얘기하는 그녀를 홀린 듯 바라보고 있었다. 너무나 경박해 보였다. 어떻게 저토록 멍청한 여자애랑 아무 생각 없이 시간을 허비할 수 있단 말인가. 엘리자베트에겐 두 사람 모두 눈과 귀가 먼 듯 보였다. 저들이 자신들의 친밀한 관계 속에, 나와 클로드를 같이 받아들여 주었더라면. 저들이 「숙명」을 채택해 주었더라면…… 전부 저 두 사람의 잘못이다. 머리부터 발끝까지, 온몸이 분노로 떨려 왔다. 저들은 행복해하면서 웃고 있다. 저렇게 압도적으로 완벽한 모습으로 영원히 행복할 수 있을까? 저들 역시 언젠가는 비루한 지옥의 밑바닥으로 떨어지지는 않을까? 벌벌 떨리는 기다림 속에서 헛되이 도움을 청하고 애원하는 날이 오진 않을까? 후회와 불안 그리고 끝도 없는 자기혐오에 빠진 채 홀로 남겨지는 것이다. 저들은 무척이나 자신 있어 하고, 몹시도 오만하며, 상당히 굳건하다. 가만 살펴보면 저들에게 고통을 안겨 줄 만한 방법을 찾을 수 있지 않을까?

엘리자베트는 말없이 클로드의 차에 몸을 실었다. 그들은 작업실 건물 앞에 도착할 때까지 말 한 마디 나누지 않았다.

"서로 할 말이 남은 것 같지 않은데." 클로드가 차를 세우고 말했다.

"이렇게 헤어질 순 없어요. 올라왔다 가요."

"왜 그래야 하지?"

"올라와요. 서로의 입장을 아직 잘 모르잖아요."

"당신은 날 이제 사랑하지 않소, 무례하기 짝이 없는 놈팡이로 여길 뿐이지. 더는 설명할 게 없잖소."

단순한 협박에 불과했다. 그래도 그를 이렇게 떠나도록 내버려 둘 수는 없었다. 이렇게 가 버리면 두 번 다시 돌아오지 않을지도 몰랐다.

"내게 당신은 소중한 사람이에요, 클로드." 엘리자베트가 말했다.

이 말을 하고 나니 그녀의 눈에 눈물이 차올랐다. 클로드가 그녀를 따라왔다. 엘리자베트는 끝내 눈물을 참지 못하고 훌쩍이면서 계단을 올랐다. 그녀가 조금 비틀거렸음에도 클로드는 팔을 잡아 주지 않았다. 작업실에 들어서자 클로드는 우울한 얼굴을 하고서 이리저리 서성거리기 시작했다.

"날 더 이상 사랑하지 않는 건 당신의 자유요. 하지만 우리 사이엔 사랑과 다른 무언가가 있었고, 당신은 그걸 지키려고 노력해야 했어."

클로드는 침대용 소파를 흘깃 쳐다보았다.

"그놈이랑 여기서 잔 거요?"

"당신이 날 탓할 줄은 몰랐어요, 클로드. 난 이런 일로 당신을 잃고 싶지 않아요."

"그런 형편없는 배우 나부랭이 따위를 질투하는 게 아니오. 당신이 내게 아무 말도 하지 않았다는 사실에 화가 나는 거지. 당신은 미리 내게 알려 줘야 했어. 게다가 오늘 밤 당신은 우리 우정을 저버리는 말들을 쏟아 냈잖소."

그는 질투하고 있다. 시시하게도 그가 질투하고 있는 것이다. 내 탓에 남자로서의 자존심에 상처를 입었으니, 나를 괴롭히고 싶어 하는 것이다. 엘리자베트는 그의 속내를 알아차렸음에도, 어쩔 수 없이 그의 날카로운 목소리에 마음이 찢기고 말았다.

"당신을 잃고 싶지 않아요." 다시 한 번 이렇게 말하면서 그녀는 오열하기 시작했다.

규칙을 지키면서 정정당당하게 게임에 임하기란 바보 같은 짓이다. 그런들 아무도 고마워하지 않는다. 감춰 왔던 고통과 망설임 그리고 내면의 갈등을 어느 날 털어놓는다면 클로드가 감탄과 후회에 젖어 어찌할 줄 몰라 하리라고 믿었다. 그런데 아니었다. 그저 다 소용없는 짓이었다.

"내가 한계에 이르렀다는 걸 당신도 알잖소. 심적으로나 지적으로 위기를 겪고 있는 탓에 진이 빠질 지경이라고. 내게 기댈

데라곤 당신밖에 없었어. 당신은 바로 이런 순간을 노린 거야."

"말도 안 되는 소리 말아요, 클로드."

이렇게 힘없이 말하고 나서 그녀는 한층 더 격하게 흐느껴 울었다. 맹렬한 기세로 몰아치는 힘에 이끌려, 체면이니 수치심이니 하는 것들 모두 다 무의미한 단어에 불과하다는 생각이 들었다. 아무 말이고 할 수 있을 것만 같았다.

"당신을 너무도 사랑해요, 클로드. 당신을 너무도 사랑한 나머지 당신에게서 벗어나고 싶었던 거예요."

이렇게 말하면서 그녀는 손으로 얼굴을 가렸다. 이 열정적인 고백은 엘리자베트의 입장에서 보자면 클로드를 향한 호소에 해당했다. 자신을 품에 안고 모든 걸 없던 일로 해 달라는 호소 말이다. 그가 그러기만 한다면 두 번 다시 그 어떤 불평도 하지 않을 작정이었다.

고개를 든 그녀의 눈에, 벽에 기대고 서 있는 클로드의 모습이 보였다. 그의 입꼬리는 신경질적으로 떨리고 있었다.

"뭐라고 말 좀 해 봐요." 그녀는 말했다.

클로드는 험악한 얼굴로 침대용 소파를 쳐다보았다. 머릿속으로 그가 무엇을 떠올리고 있는지 훤히 들여다보였다. 그를 이곳에 데려오는 게 아니었다. 그날의 장면이 너무나도 생생하게 남아 있었던 것이다.

"그만 울어. 계집애같이 생긴 그런 놈과 나뒹군 건 당신 스스로가 원했기 때문이야. 그걸로 당신은 분명히 얻는 게 있었잖아."

엘리자베트는 숨이 멎는 듯했다. 명치 정중앙을 주먹으로 한 대 얻어맞은 기분이었다. 그녀는 상스러운 말을 듣고도 가만있는 성격이 못 되었다.

"그런 식으로 말하지 마세요." 그녀는 사납게 응수했다.

"내가 하고 싶은 대로 말할 거요. 이제 와서 피해자인 척 굴다니, 가관이로군." 클로드가 목소리를 높이며 대꾸했다.

"소리 지르지 말라고요."

그녀의 몸이 떨려 왔다. 이마의 힘줄이 보랏빛으로 불거진 늙은이의 목소리를 듣는 듯했다.

"그렇게 소리 지르는 건 질색이에요."

클로드는 벽난로에 발길질을 해 댔다.

"그럼 손이라도 잡아 주길 바라나?"

"소리치지 말라고." 엘리자베트가 목소리를 낮춰 말했다. 이가 덜덜 떨리기 시작하면서 당장 발작을 일으킬 것만 같았다.

"소리 지르지 않겠소, 꺼져 줄 테니."

이렇게 말하고 나서 클로드는 그녀가 붙들 새도 없이 밖으로 나가 버렸다. 그녀는 황급히 층계참 쪽으로 뛰어갔다.

"클로드, 클로드!" 그녀는 소리쳤다.

그는 돌아보지 않았다. 사라져 가는 그의 모습이 엘리자베트의 눈에 들어왔다. 잠시 후 출입문이 쾅 하고 닫히는 소리가 들렸다. 작업실로 돌아온 그녀는 옷을 벗었다. 떨림은 멎었다. 땀과 눈물 그리고 잠기운 탓에 얼굴이 잔뜩 부어 있었다. 머리가 터질 듯 너무나도 무거워서 깊은 구렁 속으로 빨려 들어가는 기분이었다. 잠인지 죽음인지 아니면 광기인지 모를, 바닥이 보이지 않는 나락에서 영원히 방황할지도 몰랐다. 그녀는 침대 위로 쓰러졌다.

엘리자베트가 다시 눈을 떴을 때 방 안은 환히 밝은 상태였다. 입속에선 찝찔한 맛이 났다. 그녀는 가만히 누워 있었다. 눈두덩이 따끔거리고 관자놀이가 욱신거렸지만, 열과 잠기운에 취해 여전히 감각은 둔한 상태였다. 다시 깊은 잠에 빠져서 내일까지 눈을 뜨지 않을 수 있다면 정말 좋으련만. 아무결정도 내리지 말자, 아무 생각도 하지 말고. 평온한 무감각속에 과연 얼마 동안 젖어 있을 수 있을까? 죽은 듯 있자, 꼼짝도 하지 말자. 하지만 아무것도 보지 않기 위해 눈두덩에 정신을 집중하려면 이미 얼마간 노력을 기울여야만 했다. 그녀는 따뜻한 이불로 몸을 조금 더 꼭 감쌌다. 다시금 망각 속으로 미끄러져 들어갈 무렵, 초인종 소리에 정신이 번쩍 들었다.

엘리자베트는 튕기듯 몸을 일으켰다. 심장이 격렬하게 뛰기 시작했다. 벌써 클로드가 온 건가? 무슨 말을 해야 하지? 그녀는 거울을 들여다보았다. 많이 초췌해 보이진 않았다. 그러나 태도를 정하기에는 시간이 부족했다. 그 순간 문을 열고 싶지 않다는 생각이 들었다. 그러면 그녀가 죽거나 사라졌다고 생각하며 클로드가 걱정할 듯싶었다. 엘리자베트는 귀를 기울였다. 문밖에선 숨소리 하나 들리지 않았다. 그가 천천히 돌아서서 계단을 내려가고 있는지도 몰랐다. 이러다가 그녀는 잠이 깬 상태로 홀로 외로이 남겨질 터였다. 엘리자베트는 몸을 날려서 문을 열었다. 기미오였다.

"내가 방해했나 보군요." 웃는 얼굴로 그가 말했다.

"아니에요, 들어오세요."

이렇게 말하면서 엘리자베트는 혐오감 어린 눈빛으로 그를 쳐다보았다.

"몇 시나 됐죠?"

"정오쯤일 거예요. 자고 있었나요?"

"네."

그녀는 침대 커버를 잡아당기고, 침대 매트리스를 두드려서 평평하게 만들었다. 어쨌든 누구라도 함께 있는 편이 더 나았다.

"담배 한 대만 줘요. 그리고 좀 앉아요." 그녀가 말했다.

고양이처럼 가구 사이를 오가는 그의 모습에 그녀는 짜증이 났다. 그는 몸을 쓰기를 좋아했다. 매끄러우면서도 탄력 있게 걷고, 우아하게 움직일 줄 아는 그는 자신의 재능을 남용하곤 했다.

"그냥 들러 봤어요. 방해하고 싶진 않습니다." 그가 말했다. 그는 눈웃음 역시 남발하는 편이었다.

"어젯밤에 당신이 오지 않아서 아쉬웠어요. 우린 새벽 5시까지 샴페인을 마셨어요. 내가 상당히 강한 인상을 남겼다고 친구 놈이 말해 주더군요. 라브루스 선생님께서는 어떻게 평가하셨을까요?"

"연기가 아주 훌륭하더군요." 엘리자베트가 말했다.

"로즐랑이 나와 알고 지내고 싶은 모양이더라고요. 내 얼굴이 매력적이라고 생각하나 봐요. 조만간 새 작품에 들어가는 것 같더라고요."

"그 사람이 당신 얼굴에 푹 빠졌다고 믿나 봐요?" 엘리자베트가 물었다. 로즐랑은 자신의 습성을 감추지 않는 자였다.

기미오가 젖어 있는 입술을 서로 문댔다. 그의 입술과 맑은 하늘색 눈동자, 그의 얼굴 전체가 촉촉한 봄을 떠올리게 했다.

"내 얼굴이 매력적이지 않나요?" 교태를 부리며 그가 물었다. 기둥서방에다 계집애 노릇까지 하는 놈. 기미오는 바로 그런 자식이었다.

"먹을 게 좀 있나요?"

"부엌에 가 보세요." 엘리자베트가 말했다.

'야식이나 잠자리 말고 다른 것도 달라고 해 보지, 왜.' 엘리자베트는 싸늘히 생각했다. 음식이며 넥타이, 빌려 가서는 갚지 않은 얼마 안 되는 돈 등, 그녀를 찾을 때마다 그는 늘 무언가를 얻어 내곤 했다. 오늘만큼은 그로 인해 웃음이 나오질 않았다.

"삶은 달걀 먹을래요?" 기미오가 소리쳤다.

"아니, 아무것도 먹고 싶지 않아요."

부엌 쪽에서 물소리와, 냄비랑 접시가 달그락거리는 소리가 들려왔다. 그를 내쫓을 엄두조차 나질 않았다. 그가 떠나고 나면 상념이 밀려들게 뻔했기 때문이다.

"조금 남은 포도주를 찾아냈어요." 기미오가 말했다. 그는 탁자 한쪽에 접시와 포도주 잔, 식기를 놓았다.

"빵은 없지만 달걀을 반숙으로 삶아 드릴게요. 빵 없이 반숙 달걀을 먹어도 되니까요, 안 그래요?"

그는 탁자 위에 앉아서 다리를 흔들어 댔다.

"친구 녀석은 내가 너무 비중 없는 역할을 맡아서 아쉬웠대요. 당신이 보기에 라브루스 선생님께서, 하다못해 대역이라도 내게 맡길 것 같나요?"

"프랑수아즈 미켈에게 한마디 해 뒀어요." 엘리자베트가 말했다. 담배에서는 쓴맛이 났고, 머리가 아팠다. 마치 숙취에 시달리는 것 같았다.

"미켈 선생님께선 뭐라고 하시던가요?"

"고려해 보겠다더군요."

"늘 고려해 보겠다고들 말하죠. 인생이란 여간 만만하지가 않아요." 거만한 투로 기미오가 말했다. 그러더니 부엌문 쪽으로 뛰어가면서 말했다.

"물 끓는 소리가 들리는 것 같아요."

'저 남자가 나를 쫓아다니는 건 내가 라브루스의 동생이기 때문이야.' 엘리자베트는 생각했다. 새삼스러운 일도 아니었다. 지난 열흘 동안 충분히 인지한 사실이었기 때문이다. 하지만 이제 그렇다는 점을 스스로의 입으로 자인한 셈이었다. '아무래도 상관없어.' 그녀는 다시 한 번 속으로 생각했다. 그러고는 탁자 위에 냄비를 올려놓고 세심한 손놀림으로 달걀 껍질을 까는 기미오의 모습을 냉담한 눈빛으로 쳐다보았다.

"어젯밤에 뚱뚱하고 조금 늙긴 했어도 제법 세련되어 보이는 어떤 여자가 자기 집에 데려가고 싶어 하더라고요. 차로 말이에요."

"금색의 곱슬머리 여자 말인가요?"

"네. 친구들이 있어서 거절했어요. 그런데 그 여자가 라브루스 선생님을 아는 눈치더라고요."

"우리 고모거든요. 친구들이랑 어디서 저녁을 먹었죠?"

"톱시요. 그러고는 몽파르나스를 쏘다녔어요. 그 와중에 돔의 계산대 앞에서 애송이 조감독을 만났지 뭐예요. 잔뜩 취했더라고요."

"제르베르요? 누구랑 같이 있던가요?"

"테데스코랑 칸제티, 사즐라 그리고 한 명 더 있었어요. 칸제티랑 테데스코는 집에 같이 갔을 거예요."

그는 두 번째 달걀을 깨뜨리며 이렇게 물었다.

"그 애송이 조감독 말이에요, 남자한테 관심이 있나요?"

"아닌 걸로 아는데. 그 사람이 당신한테 수작을 걸었다면 아마 기분이 울적해서 그런 걸 거예요."

"내게 수작을 걸지는 않았어요. 친구들이 그 남자더러 잘생겼다고 해서요." 기미오는 펄쩍 뛰면서 말했다. 그러더니 갑자기 엘리자베트에게 다정하게 웃어 보였다.

"왜 안 먹어요?"

"배가 고프지 않아요."

이 상태로 오래가지는 않을 터였다. 얼마 지나지 않아서 고통이 찾아오리라는 예감이 들었다.

"잠옷이 예쁘네요." 기미오가 가녀린 손으로 비단 잠옷을 슬쩍 쓰다듬으며 말했다. 그의 손길이 서서히 끈적해졌다.

"건드리지 말아요." 엘리자베트가 피곤하다는 듯 말했다.

"왜 그래요? 이젠 내가 별로인가요?" 기미오가 물었다. 암묵적 동조를 권하는 저속한 말투였다. 엘리자베트는 더 이상 저항하지 못했다. 기미오는 그녀의 목덜미와 귀 뒤에 입을 맞추었다. 짐승이 풀을 뜯어 먹는 것 같은 괴상한 키스였다. 어쨌든 그 덕분에 상념에 빠져들 순간을 지연할 수 있을 터였다.

"왜 이리 냉정하게 구는 거죠?" 의심스럽다는 듯 그가 말했다. 기미오는 엘리자베트의 옷 속으로 손을 부드럽게 집어넣으면서 반쯤 눈을 감은 채 그녀의 눈치를 살폈다. 엘리자베트는 입술을 그에게 내맡기고 눈을 감았다. 그의 시선을, 그 직업인 같은 시선을 참아 낼 수 없었던 것이다. 문득 엘리자베트는 자신의 몸을 쉼 없이 부드럽게 애무하는 그의 노련한 손놀림이 정확하게 기술을 구사하는 안마사나 미용사, 혹은 치과 의사 같은 전문가의 손길 같다고 느꼈다. 기미오는 수컷으로서 해야 할 일을 성심성의껏 이행하는 중이었다. 그러니 이 냉소 섞인 호의를 어찌 받아들일 수 있단 말인가?

그녀는 몸을 빼내려고 버둥거렸다. 하지만 몸이 무거운 데다 힘이 없어서 좀처럼 몸을 일으킬 수 없었다. 그사이 기미오의 나체가 벌써 자신의 몸에 와 닿았다. 이토록 쉽게 옷을 벗을 줄 알다니. 이 또한 직업적이라 할 만한 지점이었다. 매끈하고 부드러운 몸이 너무도 쉽사리 그녀의 몸에 엉겨들었다. 클로드의 묵직한 키스와 딱딱한 포옹…… 그녀는 가늘게 눈을 떴다. 기미오의 입은 쾌락으로 일그러지고 눈은 반쯤 돌아가 있다. 이 순간 그는 모리배처럼 탐욕을 부리며 오직 자신만을 생각하고 있었다. 온몸이 화끈거릴 정도로 강렬한 수치심이 그녀를 집어삼켰다. 그녀는 관계를 마무리하려고 서둘렀다.

애교를 부리듯 기미오가 엘리자베트의 어깨에 볼을 가져다 댔다. 그녀는 그의 머리에 베개를 받쳐 주었다. 그러나 그녀는 자신이 잠들지 못하리라는 사실을 알았다. 현재로서는 그랬

다. 이제 벗어날 길은 없었다. 더는 고통을 피할 수 없게 된 것
이다.

5장

"커피를 찻잔에 담아 세 잔 주시오." 피에르가 말했다.

"고집도 참 세시네요. 지난번에 뷔유맹이랑 재 보니까 유리
잔에도 찻잔만큼 담기더라고요." 제르베르가 말했다.

"식사를 하고 난 뒤엔 반드시 찻잔에 커피를 마셔야 해." 피
에르는 반박의 여지란 있을 수 없다는 듯 단호한 목소리로 말
했다.

"맛이 다르대." 프랑수아즈가 말했다.

"망상이 심각하군요."

제르베르는 잠시 생각하는 듯하더니 말을 이어 갔다.

"엄밀히 생각해 보자면, 찻잔에 담긴 커피가 더 천천히 식
을 테니 선생님 말이 맞다고 볼 수도 있겠네요."

"왜 더 천천히 식는다는 거지?" 프랑수아즈가 물었다.

"증발하는 표면의 크기가 더 작아서 그런 거지." 피에르가 침착하게 말했다.

"틀리셨어요. 찻잔에 담긴 커피가 더 천천히 식는 건 사기그릇이 열기를 더 잘 보존하기 때문입니다." 제르베르가 말했다.

물리 현상을 두고 논쟁을 벌일 때마다 그들은 재미있어했다. 물론 사실을 완전히 꾸며 내기 일쑤였지만 말이다.

"결국 식는 건 마찬가지야." 프랑수아즈가 말했다.

"뭐라고 하는지 들었지?" 피에르가 제르베르에게 말했다.

비밀을 지키라는 듯 제르베르가 손가락을 입술에 가져다 댔다. 그러자 피에르는 의미심장한 얼굴로 고개를 저었다. 두 사람이 서로 한편임을 과시하고 싶을 때면 으레 습관처럼 하는 동작이었다. 그런데 오늘은 그 동작을 하는 두 사람에게 활력이 부족해 보였다. 점심 식사를 할 때도 흥이 나질 않았고, 제르베르는 아예 무기력해 보였다. 세 사람은 이탈리아 정부의 요구 사항에 대해 장시간 토론을 벌인 터였다. 그들 사이의 대화가 이토록 일반론적 화제에 머문 경우는 무척 이례적이었다.

"오늘 아침에 나온 수데의 비평 읽었어요? 아주 두려울 게 없더군요. 극본을 완전히 새롭게 해석하는 건 극본을 배신하는 것과 다르지 않다고 주장하더라고요." 프랑수아즈가 말했다.

"늙어 빠진 그 썩을 놈들은 셰익스피어를 지루해하는 자기들 속내를 감히 털어놓지 못해서 그러는 거예요." 제르베르가 말했다.

"그들이 뭐라 하건 상관없어. 우리에게 호의적인 비평도 있다는 게 중요하다고." 프랑수아즈가 말했다.

"어젯밤엔 배우들이 다섯 차례나 다시 무대로 나와야 할 정도로 갈채가 이어졌어요. 제가 헤아려 봤거든요." 제르베르가 말했다.

"기분이 좋은걸! 타협하지 않아도 사람들을 감동시킬 수 있으리라고 확신했거든."

이렇게 말하고 나서 프랑수아즈는 밝은 모습으로 피에르를 향해 몸을 돌렸다.

"이제 당신을 이론가나 밀실의 실험가, 혹은 정해진 당파의 미학만을 좇는 예술가로 치부할 수 없다는 점이 분명해졌어요. 당신이 살해당하는 장면을 보면서 울었다고, 호텔 직원이 내게 말하더라고요."

"난 그 사람을 늘 시인이라 생각했지."

피에르는 약간 난처해하면서 웃어 보였다. 프랑수아즈가 느끼던 흥분은 약간 가라앉은 상태였다. 나흘 전, 피에르는 리허설 공연을 마치고 나서 기쁨에 완전히 들떠 있었고, 두 사람은 그자비에르와 함께 끝내주는 밤을 보냈다. 그런데 그다음 날이 되자 그에게선 승리감을 찾아볼 수 없었다. 그는 그런 사람이었다. 그는 물론 실패를 쓰리게 받아들였다. 그러나 성공은 당장에 자신이 계획한 목표보다 더 어려운 과업을 향해 나아가는 사소한 단계들 중 하나로 여기곤 했다. 그는 결코 허영에 들뜨는 실수를 저지르지 않았고, 일을 잘 마치더라도 마음을 푹 놓고 희열에 젖을 줄 몰랐다. 그가 눈으로 제르베르에게 물었다. '페클라르 패거리는 뭐라고 말하던가?'

"아! 선생님께선 그들과 노선이 완전히 다르시잖아요. 아시다시피, 인간적인 것의 귀환이니 뭐니 온갖 바보 같은 생각에 집착하는 자들이니까요. 어찌 됐든 선생님의 속셈이 뭔지 알고 싶어 하지 않았을까요?" 제르베르가 말했다.

프랑수아즈는 자기 생각이 틀리지 않았다고 확신했다. 제르베르의 호의적인 말 속엔 어딘가 어색한 구석이 있었던 것이다.

"내년에 당신이 쓴 작품을 무대에 올리면, 그자들은 이때다 싶어서 혹평을 쏟아 낼 거예요." 프랑수아즈가 말했다. 이어서 그녀는 밝은 어조로 이렇게 덧붙였다.

"현재로선 「율리우스 카이사르」의 성공 이후에 대중이 당신을 따르리라고 확신해요. 숙고해 볼 만큼 뛰어난 작품이니까요."

"지금 선생님의 책도 출간되면 좋을 텐데요." 제르베르가 말했다.

"당신은 유명해지는 걸 넘어서 진짜로 위대한 예술가가 될 거예요." 프랑수아즈가 말했다.

피에르가 슬그머니 미소를 지었다.

"비열한 놈들에게 우리가 잡아먹히지만 않는다면 말이야."

피에르의 그 말이, 마치 얼어붙은 차가운 물줄기처럼 프랑수아즈 위로 쏟아져 내렸다.

"지부티 지역[8] 때문에 전쟁이 벌어지리라 생각하는 건 아

8) 아프리카 대륙의 소말리아반도에 위치한 지역으로, 1896년에 프랑스의 식민지로 편입된 뒤 '프랑스령 소말리아 해안'으로 불리다가, 1967년에 '프랑스령 아파르족 및 이사족 자치령'으로 명칭을 바꾸었다. 그리고 1977년에는

니죠?" 그녀가 물었다.

피에르는 어깨를 으쓱해 보였다.

"뮌헨 회담⁹⁾ 때 우리가 너무 성급하게 기뻐했다는 생각이 들어. 앞으로 일 년 동안 수많은 일들이 일어날 거요."

잠시 침묵이 흘렀다.

"3월에 선생님 작품을 무대에 올리세요." 제르베르가 말했다.

"시기가 좋질 않아. 게다가 그때까지 다 쓰지도 못할 거야." 프랑수아즈가 말했다.

"무슨 일이 있든 내 작품을 무대에 올릴지 말지 결정하는 건 그리 중요한 문제가 아니야. 공연을 한다는 게 얼마큼 의미를 지닐 수 있을지가 문제지." 피에르가 말했다.

프랑수아즈는 불안에 사로잡혀 그를 쳐다보았다. 여드레 전 그자비에르와 함께한 폴 노르의 자리에서 그가 스스로를 고집 센 벌레에 비유했을 때만 해도, 그 말이 농담에 지나지 않는다고 믿었다. 아니, 믿고 싶었다. 그런데 새삼 그의 마음속에서 진짜로 불안이 싹트고 있는 듯했다.

"9월에 당신이 내게 말했죠, 전쟁이 발발하더라도 계속 살아가야 한다고."

국민 투표를 거쳐 '지부티 공화국'으로 국명을 바꾸고 독립했다. 1936년, 이탈리아는 경제적 요충지로 알려진 지부티 항구를 점령하기 위해 에티오피아 제국을 침공했다.
9) 1938년에 뮌헨에서 열린 독일, 이탈리아, 영국, 프랑스의 회담으로, 전쟁을 피하려는 목적에서 독일이 체코슬로바키아의 수데텐 지방을 합병하는 데에 합의했다.

"그랬지. 하지만 어떻게 살아가면 좋을까? 작품을 쓰고 연출하는 것이 그 자체로 삶의 목적이 될 순 없으니 말이오." 피에르는 멍하니 손가락을 응시한 채 말했다.

그는 진심으로 어쩔 줄 몰라 하고 있었다. 프랑수아즈는 그런 그에게 원망 비슷한 감정을 느꼈다. 그녀는 안심하고 그를 믿을 수 있을 수 있어야 했다.

"그렇다면 그 자체로 목적이 될 만한 것에는 뭐가 있다고 생각해요?"

"단순하게 답할 수 있는 문제가 아니오." 피에르가 말했다. 흐리멍덩한 표정의 그는 바보같이 보이기까지 했다. 지금의 그는 잠이 덜 깬 상태로 붉게 충혈된 눈을 하고, 아침마다 신발을 찾으려고 정신없이 방 안을 오갈 때의 얼굴을 하고 있었다.

"2시 반이네요. 전 이만 가 보겠습니다." 제르베르가 말했다.

보통 그는 먼저 자리를 뜨는 법이 절대로 없었다. 피에르와 같이하는 시간보다 더 좋아하는 것은 없었기 때문이다.

"그자비에르는 또 늦나 보네요. 골치 아프게 됐군요. 포트와인을 따는 3시 정각에는 도착해야 고모가 좋아할 텐데 말이에요." 프랑수아즈가 말했다.

"걔는 거기서도 지루해할 테지. 나중에 만날 걸 그랬소." 피에르가 말했다.

"전시회 전야제가 어떤지 구경하고 싶어 한걸요. 그 애가 무슨 생각을 하는지 도통 모르겠어요." 프랑수아즈가 말했다.

"알면 웃음이 나실 거예요!" 제르베르가 말했다.

"고모가 그 애의 후원자니 안 갈 수도 없는 노릇이고. 난 지난번 칵테일파티에도 빠진 터라 이번마저 안 가면 모양새가 영 좋지 않을 거예요."

제르베르는 자리에서 일어나며 피에르에게 짧은 인사말을 건넸다.

"저녁에 뵙죠."

"며칠 뒤에 보자." 프랑수아즈가 다정하게 말했다. 그녀는 발뒤꿈치에 가 닿을 만큼 커다란 페클라르의 낡은 코트에 파묻힌 채 멀어져 가는 그를 바라보았다.

"제르베르가 고생 꽤나 했어요."

"매력적인 아이야. 하지만 저 애랑은 대화할 거리가 많질 않아."

"제르베르가 오늘 같았던 적은 단 한 번도 없어요. 기분이 상당히 울적해 보이더라고요. 아마도 금요일 밤에 우리가 챙겨 주질 않아서 그런가 봐요. 그렇지만 우리가 곧장 집에 돌아가서 자고 싶다고 둘러댄 건 그럴싸했어요. 그만큼 지친 상태였으니까."

"누가 우리 모습을 보질 않았기만을 바라야지."

"폴 노르로 몰려갔다가 밖에 나와서는 바로 택시를 탔잖아요. 우릴 본 사람은 엘리자베트뿐인 데다, 내가 그 애의 입단속을 해 두었으니."

프랑수아즈는 목덜미로 손을 가져가서 머리칼을 정돈했다.

"우리 입장이 난처해질 거예요. 그날의 진상 때문이 아니라, 우리가 거짓말했다는 사실을 알면 제르베르가 크게 상처 입을 테니까."

청소년 무렵부터 다소 까다롭다 할 만큼 자존심이 강했던 터라, 제르베르는 귀찮은 존재로 취급받는 일을 무엇보다도 싫어했다. 피에르는 제르베르가 이 세상에서 진심으로 중요하게 생각하는 유일한 사람이었다. 그는 기꺼이 피에르에게 자신의 도리를 다하고자 했다. 단, 피에르가 일종의 의무감 때문에 자신에게 관심을 가지는 건 아니라고 느끼는 한에서 말이다.

"아닐 거요. 그럴 리 없소. 게다가 어젯밤까지만 해도 명랑하고 다정하게 우릴 대하지 않았소."

"그럼 걱정거리가 있나 보네요." 프랑수아즈가 말했다. 제르베르가 우울해하고 있으며, 그런 그에게 아무것도 해 줄 수 없다고 생각하니 서글퍼졌다. 행복하게 사는 법을 아는 그가 좋았다. 무난하면서도 즐겁게 살아가는 그의 모습이 매력적이라는 생각마저 들었다. 일 처리도 재치 있고 야무지게 해냈고, 다양한 재능으로 즐거움을 안겨 주는 친구들도 가지고 있었다. 벤조를 무척이나 잘 연주하는 몰리에, 은어를 기가 막히게 구사할 줄 아는 바리송, 페르노를 여섯 병이나 거뜬히 해치우는 카스티에가 그의 친구들이었다. 제르베르는 저녁이면 몽파르나스에 있는 카페에서 친구들과 자주 어울리며, 페르노의 주량을 늘리는 훈련을 하곤 했다. 하지만 주량보다 벤조를 연주하는 실력이 더 많이 늘었다. 나머지 시간엔 보통 혼자 지냈다. 영화를 보러 가거나 책을 읽거나, 또는 소박하지만 결코 포기할 수 없는 작은 꿈을 마음에 품고서 파리 시내를 돌아다녔다.

"얘는 왜 안 오는 걸까?" 피에르가 말했다.

"아직 자나 보죠."

"그럴 리 없소. 어젯밤 내 분장실에 들렀을 때, 누군가에게 깨워 달라고 부탁하리라 말했다니까. 어디가 아픈가? 그랬다면 전화를 쳤을 텐데."

"전화하지 않았을걸요. 전화라면 질색하는 아이니까. 전화기를 불길한 기계라고 여기는 모양이에요. 약속 시간을 잊어버린 거라고 봐요."

"악의적이지 않고서야 약속 시간을 잊을 리 없소. 갑자기 변덕을 부린 거라면 그 이유를 도통 모르겠군."

"이유는 없어요, 그냥 그렇게 된 거지."

그러자 피에르가 다소 신경질적으로 말했다.

"모든 일엔 항상 이유가 있는 법이오. 당신은 그 이유를 파고들려고 하지 않을 때가 종종 있어. 그래서 그렇게 보이는 거요."

프랑수아즈는 그의 말투가 신경에 거슬렸다. 이 상황이 그녀 탓에 발생한 것은 아니었기 때문이다.

"그 애를 찾으러 갑시다." 피에르가 말했다.

"무례하다고 생각할 거예요." 프랑수아즈가 말했다.

내가 그자비에르를 조금은 기계처럼 취급하는지도 몰랐다. 적어도 예민한 톱니바퀴를 조심스레 다루고자 애쓰고 있음은 사실이었다. 크리스틴 고모의 심기를 거스르면 틀림없이 곤란한 상황이 발생할 것이다. 그러나 방으로 쳐들어가서 그자비에르를 성가시게 하면 그 애 역시 상당히 기분 나빠 할지도 모를 일이었다.

"하지만 잘못은 그 애가 저지른 거요." 피에르가 말했다.

프랑수아즈는 자리에서 일어났다. 여드레 전, 피에르와 언쟁을 벌인 뒤로 그자비에르의 기분이 돌변한 적은 단 한 번도 없었다. 리허설 공연을 마치고 셋이서 함께한 지난 금요일 밤에도 우울한 기색은 전혀 없었고, 되레 기분 좋아 보였다.

호텔이 바로 근처에 있었으므로 금방 도착할 수 있었다. 3시였다. 단 일 분도 허비할 수 없는 상황이었다. 프랑수아즈가 계단 쪽으로 뛰어들자, 호텔 주인이 그녀를 불러 세웠다.

"미켈 씨, 파제스 씨를 만나러 가시는 건가요?"

"네, 왜 그러시죠?" 프랑수아즈는 약간 고자세를 취한 채 물었다. 이 불평 많은 노파는 상대하기에 그리 거북한 사람이 아니었지만, 실제로 그녀는 종종 도를 넘을 만큼 호기심을 드러내곤 했다.

"파제스 씨 관련해서 한 말씀 드리고 싶은데요."

작은 응접실 문턱에 서서 노파는 잠시 뜸을 들였다. 하지만 프랑수아즈는 그녀를 따라 응접실로 들어가지 않았다.

"파제스 씨가 조금 전에 세면대가 막혔다고 따지러 왔기에, 찻잎이나 솜뭉치, 건더기가 있는 액체를 세면대에 버리지 않도록 조심하라고 했어요."

그러면서 노파는 이렇게 덧붙였다.

"파제스 씨 방에 가 보니 완전히 엉망진창이더군요. 담배꽁초랑 과일 씨가 사방에 널려 있는 데다, 침대 커버 여기저기에 그을린 자국이 있더라고요."

"파제스 씨에게 따질 일이 있으면 그 사람한테 직접 말하세요." 프랑수아즈가 말했다.

"그렇게 했어요. 그랬더니 여기에 단 하루도 더 머물지 않겠다고 큰소리치더군요. 아마 짐을 싸고 있는 것 같아요. 아시다시피 세 들 사람은 얼마든지 있어요. 매일 문의가 들어오니까요. 그러니 마음 같아선 그런 세입자는 기꺼이 내보내고 싶다고요. 그 아가씨가 밤새 조명을 켜 놓아서, 내가 전기 요금을 얼마나 많이 내는지 모르실 거예요."

그러더니 상냥한 얼굴을 하고서 이렇게 덧붙였다.

"다만 미켈 씨 친구분이니 곤란하게 하고 싶지는 않군요. 파제스 씨가 생각을 고쳐먹기만 하면, 나 역시 까다롭게 구는 일은 없으리라는 말씀을 미켈 씨께 드리고 싶어서요."

프랑수아즈는 이 호텔에 묵으면서 특별히 좋은 대우를 받아 왔다. 공연 초대권으로 노파의 환심을 샀으므로 그녀는 프랑수아즈의 비위를 맞추려고 했다. 게다가 프랑수아즈는 집세를 꼬박꼬박 잘 내는 세입자이기도 했다.

"제가 말해 볼게요. 고마워요." 이렇게 대답한 뒤 프랑수아즈는 지체 없이 계단으로 돌진했다.

"저 심술쟁이 할멈이 우릴 귀찮게 하도록 해서는 안 돼요. 몽파르나스엔 다른 호텔도 많잖소." 피에르는 말했다.

"난 이 호텔에 있는 게 좋아요."

난방이 잘되고 위치도 좋은 호텔이었다. 또 여기에 기거하는 각양각색의 세입자들과, 더러운 꽃무늬 벽지 모두 마음에 들었다.

"노크를 할까요?" 프랑수아즈는 조금 머뭇거리면서 말했다.

피에르가 문을 두드리자 예상과 달리 문은 바로 열렸다. 그자비에르는 산발에다가 얼굴이 붉게 상기되어 있었다. 블라우스 소매를 걷어 올린 채 치마에는 먼지를 잔뜩 묻히고 있었다.

"아! 두 분이셨군요!" 그녀는 깜짝 놀랐다는 듯 말했다.

그 자비에르가 어떻게 맞아 줄지를 예측하기란 소용없는 짓이었다. 언제나 빗나가기 마련이었기 때문이다. 프랑수아즈와 피에르는 붙박인 듯 그 자리에 서 있었다.

"여기서 뭐 하는 거야?" 피에르가 말했다.

그 자비에르의 목소리는 슬픔에 젖어 있었다.

"이사를 가려고요." 비통한 어조로 그녀가 말했다.

충격적인 광경이 펼쳐지고 있었다. 프랑수아즈의 머릿속에는 부루퉁하니 입을 비죽이고 있을 크리스틴 고모의 모습이 어렴풋이 떠올랐다. 하지만 재난 상황에 버금갈 정도로 초토화된 방의 상태와 그 자비에르의 몰골을 마주하고 나니, 고모의 기분 따위를 걱정할 때가 아니라는 생각이 들었다. 방 한가운데에는 여행 가방 세 개가 활짝 열린 채 놓여 있었고, 구겨진 옷가지와 종이, 화장품이 벽장에서 바닥으로 쏟아져 있었다.

"금방 끝낼 수 있겠어?" 피에르는 아수라장이 된 은신처를 굳은 얼굴로 응시하면서 물었다.

"절대로 불가능해요." 그 자비에르는 이렇게 대답하면서 소파에 털썩 주저앉더니 손가락으로 관자놀이를 눌렀다.

"그 마귀할멈이……."

"좀 전에 주인한테 들었어. 필요하다면 하룻밤 더 묵어도 된다고 하더군." 프랑수아즈기 말했다.

"아!" 그자비에르가 외쳤다. 그녀의 두 눈이 희망으로 잠시 반짝이는 듯하더니, 순식간에 사그라들었다.

"아뇨, 당장 이곳에서 나가겠어요."

프랑수아즈는 그녀가 가여웠다.

"하지만 오늘 밤 묵을 방을 당장 구할 수는 없을 거야."

"아아! 그렇긴 해요." 이렇게 말하면서 그자비에르는 한동안 매우 낙담한 채 고개를 숙이고 있었다. 프랑수아즈와 피에르는 넋이 나간 듯 우두커니 서서, 금빛으로 빛나는 그녀의 머리칼을 바라보았다.

"그러면 이대로 놔둬. 내일 우리랑 같이 찾아보자." 그 순간 정신을 차린 프랑수아즈가 말했다.

"이대로 놔두라고요? 이렇게 엉망인 상태로는 한 시간도 있을 수 없는걸요."

"오늘 밤 내가 정리하는 걸 도와줄게." 프랑수아즈가 말했다. 그자비에르는 애절한 표정으로 고맙다는 듯 그녀를 쳐다보았다.

"잘 들어. 먼저 옷을 갈아입고 카페 돔에서 우리를 기다리도록 해. 우린 전시회 전야제에 잠시 참석했다가 한 시간 뒤에 돌아올 테니까."

그러자 그자비에르가 벌떡 몸을 일으키더니, 손으로 머리칼을 움켜쥐었다.

"아! 거기에 얼마나 가고 싶었는지 몰라요! 십 분 안에 준비할게요. 빗질만 하면 돼요."

"이미 고모는 화를 내고 있을 거야." 프랑수아즈가 말했다.

피에르는 어깨를 으쓱하더니 성난 목소리로 이렇게 말했다.

"어쨌든 포트와인을 따는 시간에 맞춰 가긴 글렀으니, 5시 전에 도착하려고 굳이 애쓸 필요는 없잖소."

"원한다면야 그래도 되지만, 원망을 듣는 건 또 내 몫이 될 거예요."

"그렇게 되더라도 당신은 별로 신경 쓰지 않을 거잖소."

"고모한테 예쁘게 웃어 보이세요." 그자비에르가 말했다.

"알겠어요. 그래도 변명거리는 당신이 생각해 내야 해요." 프랑수아즈가 말했다.

"그러지." 피에르는 내키기 않는 듯 중얼거렸다.

"그럼 우린 내 방에서 기다리고 있을게." 프랑수아즈가 말했다.

두 사람은 위층으로 올라갔다.

"오후를 이렇게 날리게 생겼군. 행사가 끝나면 다른 곳에 갈 시간적 여유가 없을 테니 말이오." 피에르가 말했다.

"내가 말했잖아요, 저 애랑 같이 지내긴 쉽지 않을 거라고."

이렇게 말하고 나서 프랑수아즈는 거울 쪽으로 다가갔다. 이런 식으로 올림머리를 하니 목덜미가 잘 드러나지 않았다.

"이사를 가겠다고 고집이나 피우지 않으면 좋겠네요."

"저 애를 따라 당신이 이사 나갈 필요는 없어." 피에르가 말했다. 잔뜩 화가 나 보였다. 함께 있을 때면 항상 웃고 있었으므로, 프랑수아즈는 그의 성격이 그리 좋지 않다는 사실을 거의 까먹고 있었다. 하지만 극장에서 그는 화를 잘 내기로 유명했다. 그기 조금 전의 일을 자신에 대한 모욕으로 받아들였다면, 불쾌한 오후를 맞이하게 될 터였다.

"내가 그러지 않으리라는 걸 당신도 잘 알잖아요. 저 애도 계속 고집을 피우진 않겠지만, 우울한 기분에 빠져 있기는 할 거예요."

프랑수아즈는 방을 둘러보았다.

"작지만 멋진 방이에요. 저 애가 무기력하다는 점을 적절히 고려할 필요가 있어요."

피에르는 탁자 위에 쌓여 있는 원고 쪽으로 다가갔다.

"있잖소, 『바람의 사나이』를 검토해 볼까 하오. 관심이 가는 작가라, 격려하는 차원에서 말이지. 조만간 저녁 식사 자리에 초대할 테니 당신이 직접 평가해 보라고."

"『히아킨토스』도 당신한테 넘겨줘야겠군요. 가능성이 엿보이는 작품이라고 생각해요."

"보여 줘요." 이렇게 말하고 나서 피에르는 원고를 들여다보기 시작했다.

프랑수아즈는 원고를 같이 읽으려고 그에게 몸을 기댔다. 기분이 좋지 않았다. 피에르와 단둘이었다면 전야제 문제를 재빨리 해치울 수 있었으리라. 그런데 그자비에르가 끼어들자마자 상황은 무거워지고 말았다. 마치 신발 밑창에 수십 킬로그램이나 되는 진흙을 묻힌 채, 인생을 거니는 느낌이었다. 피에르는 그자비에르를 기다리겠다고 결정하지 말았어야 했다. 그 또한 기분이 좋아 보이지 않기는 마찬가지였다. 삼십 분가량 지난 뒤, 그자비에르가 방문을 두드렸다. 세 사람은 서둘러 계단을 내려갔다.

"어디로 가고 싶어?" 프랑수아즈가 물었다.

"어디든 상관없어요."

"한 시간 정도 여유가 있군. 돔으로 갑시다." 피에르가 말했다.

"날씨가 몹시 춥네요." 그자비에르가 목도리로 얼굴을 감싸면서 말했다.

"바로 근처야." 프랑수아즈가 말했다.

"우리의 거리 개념은 서로 다르군요." 얼굴을 찡그린 채 그자비에르가 말했다.

"시간 개념도 다르지." 피에르가 냉정하게 말했다.

프랑수아즈는 이제 그자비에르의 속마음을 제법 꿰뚫어 볼 수 있었다. 그자비에르는 자신이 잘못했음을 알고 있으며, 또한 우리가 자기를 원망한다고 생각할 터다. 그래서 일부러 우리보다 앞서 걸어가는 것이다. 게다가 이사할 생각에 진이 빠졌으리라. 프랑수아즈는 그녀의 팔을 붙들려 했다. 지난 금요일 밤엔 셋이서 서로 팔짱을 끼고 같은 속도로 걸었건만.

"잡지 마세요. 각자 가는 게 더 빨라요." 그자비에르가 말했다.

피에르의 표정은 여전히 좋지 않았다. 그가 정말로 화를 낼까 봐 프랑수아즈는 걱정이 됐다. 그들은 카페 안쪽에 자리를 잡고 앉았다.

"이번 전야제는 전혀 재미없을 거야. 고모가 후원하는 예술가들은 재능이란 손톱만큼도 없지만, 고모 손아귀에서 놀아나기를 즐기는 작자들이거든." 프랑수아즈가 말했다.

"그런 건 상관없어요. 전 행사 자체가 재미있는걸요. 그림을 보는 건 늘 따분하기만 하고요." 그자비에르가 말했다.

"그건 네가 그림을 제대로 감상한 적이 없어서 그래. 나랑 같이 전시회나 루브르에 가 보면 다를걸?"

"그런다고 달라지는 건 없을걸요. 그림이란 간결한 것이잖아요, 완전히 밋밋하고요." 그자비에르가 눈살을 찌푸리면서 말했다.

"네가 그림에 대해 약간이라도 안다면 분명 재미있어할 거야."

"그 말인즉슨 그림에 흥미를 느껴야 하는 이유를 납득하게 되리라는 말이군요. 그렇다면 제가 그림을 보면서 만족할 일은 절대로 없겠네요. 아무것도 느끼지 못하더라도 애써 느껴야 할 이유를 찾지는 않을 작정이거든요."

"네가 느낀다, 라고 하는 말은 사실상 무언가를 이해하는 하나의 방식이라고. 맞다! 넌 음악을 좋아하잖아……."

그자비에르가 느닷없이 프랑수아즈의 말문을 가로막더니, 짐짓 더 겸손한 투로 이렇게 말했다.

"사람들이 어떤 음악이 좋니, 별로니 떠들어 대도 전 흘려들어요. 당최 이해할 수가 없거든요. 제가 좋아하는 건 음(音) 그 자체예요. 소리를 듣는 걸로 충분하거든요."

그녀는 프랑수아즈를 빤히 쳐다보았다.

"정신적 기쁨 따윈 질색이에요."

그자비에르가 일단 고집을 피우기 시작하면 말씨름을 해 봐야 소용없었다. 프랑수아즈는 피에르를 원망스럽게 쳐다봤다. 그자비에르를 기다리자고 했으니만큼 그도 대화에 참여해야 했다. 그런데 저렇게 코웃음이나 치면서 뒤로 물러나 있다니.

"미리 말해 두겠는데, 네가 행사라고 부르는 그 자리는 조금도 재미있지 않을 거야. 점잔을 빼는 사람들만 득실댈 테니까." 프랑수아즈가 말했다.

"오! 행사 자리는 늘 붐비고 떠들썩한가 보군요." 그자비에르는 무척이나 가 보고 싶다는 목소리로 말했다.

"이 순간 기분 전환을 하고 싶은가 보지?"

"물론이죠!"

그녀의 눈빛은 야수처럼 번득였다.

"아침부터 밤까지 방 안에 갇혀 있다 보면 미칠 지경이라고요. 이대로는 더 이상 못 견디겠어요. 방에서 나가는 일이 제게 얼마나 큰 행복으로 다가오는지 선생님은 모르실 거예요."

"누가 나가지 말라 했나." 피에르가 말했다.

"여자들 틈에서 춤을 추는 건 재미없다고 했지? 베그라미앙이나 제르베르라면 기꺼이 같이 어울려 줄 거야. 둘 다 춤을 잘 추기도 하고." 프랑수아즈가 말했다.

그자비에르는 고개를 저었다.

"남의 부탁을 받고 놀러 가는 건 대개 한심한 짓이죠."

"모든 게 만나처럼 하늘에서 뚝 떨어지길 바라고만 있구나. 손가락 하나 까딱하지 않으면서 결국 세상을 향해 원망만 늘어놓을 테지. 물론……." 프랑수아즈가 말했다.

"그런 일이 가능한 나라가 있을 거예요. 그리스나 시칠리아처럼 더운 지방에서는 분명 손가락 하나 까딱하지 않아도 될 거예요." 그자비에르는 꿈을 꾸듯 말했다.

그러고는 다시 눈살을 찌푸렸다.

"그런데 이곳에선 애써 두 손으로 움켜쥐어야 하죠. 대체 뭘 얻으려고 그래야 하는 걸까요?"

"거기도 마찬가지야." 프랑수아즈가 말했다.

그러자 두 눈을 반짝이면서 그자비에르가 탐욕스레 물었다.

"모든 게 붉고 펄펄 끓는 물에 둘러싸인 섬이 어디라고 하셨죠?"

"그리스에 있는 산토리니야. 그런데 난 그렇게 말한 적 없어. 붉은색을 띠는 건 절벽뿐이야. 그리고 화산 분출물로 인해 검게 변한 두 개의 작은 섬 사이에 자리한 바다만이 끓어오르고 있지."

이어서 프랑수아즈는 흥분한 채 말했다.

"아! 화산암 사이에 있던 유황 호수의 광경이 아직도 생생해. 석탄같이 새카만 반도 가장자리를 따라 흐르는 샛노란 호수지. 그리고 정확히 반대쪽에 있는 검은 지대 너머로는 푸른 빛으로 반짝이는 바다가 보이고."

뜨거운 관심을 보이며 프랑수아즈를 바라보던 그자비에르는 원망이 가득 담긴 목소리로 이렇게 말했다.

"선생님께서 그 모든 걸 보셨다고 생각하면!"

"그럴 자격이 없다고 생각하는군." 피에르가 말했다.

그자비에르는 그를 노려보더니, 낡은 가죽 의자와 빛바랜 식탁을 손가락으로 가리켰다.

"그런 걸 보시고도 이런 곳에 가만 앉아 계실 수 있다는 사실이 놀랍다고 얘기하려는 거예요."

"과거를 그리워하며 애태운들 무슨 소용이 있겠어?" 프랑수아즈가 말했다.

"물론 선생님께선 아무것도 그리워하고 싶지 않으시겠죠. 지금 행복한 걸 그토록 중시하시니 말예요."

이어서 그자비에르는 허공을 응시하며 말했다.

"체념하는 건 제 체질에 맞지 않아요."

프랑수아즈는 아픈 데를 찔린 기분이었다. 행복의 편에 서기는 지극히 당연한 선택이었다. 과연 그 누가 행복을 무시하고 뿌리칠 수 있단 말인가? 옳고 그름을 떠나서, 이제 프랑수아즈는 그자비에르가 단순히 말장난을 하는 듯 여겨지지 않았다. 자신이 추구하는 바에 정면으로 맞서는 가치관이 담긴 말이었기 때문이다. 아무리 인정하지 않으려 해 봐도 소용없었다. 그러한 가치관이 존재한다는 사실 때문에 불쾌한 기분이 들었다.

"그건 체념과는 다른 거야. 우린 파리를, 파리의 거리와 카페를 좋아하는 거라고." 프랑수아즈는 거칠게 대꾸했다.

"누추한 장소들과 볼품없는 사물들, 또 이렇게 천박해 보이는 사람들을 어떻게 좋아할 수 있죠?" 그자비에르는 혐오감이 깃든 목소리로 각각의 형용사를 힘주어 말했다.

"우리에겐 온 세상이 흥미로워 보이기 때문에 가능한 거야. 탐미주의자인 너로서는 완전히 날것 그대로 아름다운 것만을 원하겠지. 하지만 그건 미에 대한 지극히 협소한 관점에 불과해." 프랑수아즈가 말했다.

"단지 이 컵받침이 다른 것들 사이에 존재하고 있다고 해서 이것에 관심을 가져야 할까요?"

이렇게 말하면서 그자비에르는 짜증스러운 듯 컵받침을 쳐다보았다.

"이게 여기 있다는 것만으로도 이미 충분하다고요."

그러더니 순진한 척 이렇게 덧붙였다.

"예술가들이 아름다운 것을 좋아하기 때문에 예술가인 거라고 믿었나 봐요."

"무엇을 아름답다고 보느냐에 달린 문제지." 피에르가 말했다.

그자비에르가 피에르를 뚫어져라 쳐다봤다.

"어머나, 듣고 계셨군요. 전 선생님께서 다른 심오한 생각에 빠져 계신 줄 알았어요." 그녀는 놀란 얼굴로 다정하게 말했다.

"다 듣고 있었어."

"기분이 좋지 않으신가 봐요." 그자비에르는 연신 웃는 얼굴로 말했다.

"기분이 끝내주게 좋은걸. 오후를 즐겁게 보냈다고 생각하거든. 전야제 참석 일정을 마치고 나면, 우리에겐 샌드위치를 먹을 시간 정도밖에 안 남을 테니 말이야. 아주 잘된 일이야."

"제 잘못이라고 생각하시는 건가요?" 그자비에르는 치아를 드러내며 말했다.

"내 잘못이라고 생각하진 않아."

피에르는 그자비에르에게 불쾌한 티를 내려는 심산으로 가급적 빨리 그녀를 만나려고 한 것이었다. '조금은 날 생각해 줄 수도 있었을 텐데.' 프랑수아즈는 원망스레 생각했다. 지금 이 상황이 그녀로서는 결코 달갑지 않았다.

"옳으신 말씀이에요. 모처럼 자유 시간을 가지시는데, 조금

이라도 낭비하면 큰일이죠." 그자비에르는 차츰 노골적으로
비아냥거렸다.

그자비에르의 비난에 프랑수아즈는 그만 깜짝 놀라고 말
았다. 또다시 그자비에르의 속내를 잘못 파악했단 말인가? 금
요일에 만나고 나서 고작 나흘이 지났을 따름이고, 간밤에 피
에르는 극장에서 그녀를 아주 다정하게 맞이했더랬다. 그런데
도 자기를 소홀히 대한다고 생각하고 있으니, 그자비에르는
이미 피에르를 상당히 좋아하고 있음이 분명했다.

그자비에르가 프랑수아즈 쪽으로 고개를 돌리더니, 속된
어조로 말했다.

"작가랑 예술가는 완전히 다른 삶을 살 거라고 생각했어요.
이렇게 알람 소리에 맞춰 생활해야 하는 줄은 몰랐거든요."

"폭풍이 몰아치는 가운데 머리칼을 휘날리며 그들이 나돌
아 다니길 바랐나 보군." 프랑수아즈가 말했다. 비웃듯 쳐다보
는 피에르의 눈길에 그녀는 완전히 바보가 된 기분이었다.

"아뇨. 보들레르에겐 바람에 흩날릴 머리카락이 없잖아요."
그자비에르가 말했다. 그러더니 다시금 점잖은 목소리로 말을
이어 갔다.

"보들레르랑 랭보를 제외하면 결국 예술가도 공무원과 다
를 바 없는 셈이군요."

"우리가 매일 규칙적으로 일을 하기 때문에?" 프랑수아즈
가 물었다.

그자비에르는 귀엽게 입을 삐죽였다.

"게다가 수면 시간을 고려하시고, 매일 두 끼를 드시죠. 또

누군가를 만나고, 두 분이 같이할 수 있을 때에만 산책을 하시잖아요. 달리 생활할 수 없으신 게 분명해요……."

"그래서 실망스럽다는 건가?" 프랑수아즈는 억지로 미소 지은 채 물었다. 그자비에르가 내놓은 두 사람의 이미지는 도저히 기분 좋게 들을 수 없는 것이었다.

"문장을 늘어놓으려고 매일 책상 앞에 앉아 있는 게 웃기다는 생각이 들어요."

그러더니 그자비에르는 서둘러 이렇게 덧붙였다.

"물론 전 글을 쓰는 걸 높이 평가해요. 말이란 매력적이니까. 단, 쓰고 싶을 때에 한해서 말이죠."

"작품을 총체적으로 구상하고 싶을 수도 있잖아." 프랑수아즈가 말했다. 그자비에르 앞에서 조금은 스스로를 정당화하고 싶었다.

"두 사람이 상당히 수준 높은 대화를 나누는 걸 듣고 있자니 감탄이 나오는군." 피에르가 말했다. 악의에 찬 그의 미소는 그자비에르가 아니라 자신을 향하고 있었으므로 프랑수아즈는 적잖이 당황스러웠다. 모르는 사람을 대할 때와 마찬가지로 겉으로만 나를 판단하는 일이 그에겐 가능하단 말인가? 그에게서 최소한의 거리감조차 느끼지 못하는 이런 나를? 이것은 나에 대한 배신과 진배없다.

그자비에르는 눈썹 하나 까딱하지 않았다.

"그러면 그건 일이 되는 거잖아요."

그녀는 선량해 보이는 미소를 지어 보였다.

"게다가 뭐가 됐든 의무로 둔갑시키는 게 선생님의 방식이기도 하고요."

"무슨 말이 하고 싶은 거야? 장담하건대 난 내가 무언가에 그토록 얽매여 있다고는 생각하지 않아."

좋다, 내가 생각하는 바를 이 애에게 솔직히 말하자. 또한 내 쪽에서 이 애를 어떻게 생각하는지도 털어놓자. 별 시답잖은 일로 거만하게 구는 걸 그냥 내버려 두는 호의를 베풀었더니, 이 아이는 도를 넘어서고 있다.

"선생님의 인간관계 말예요. 예컨대 엘리자베트 씨나 고모, 제르베르 그리고 그 외에도 수많은 사람들과의 관계를 보고 있으면, 차라리 세상을 혼자 살아가면서 자유를 지키는 편이 낫겠다 싶어요." 그자비에르는 손가락을 꼽으면서 말했다.

"무언가를 꾸준히 한다고 해서 모두 다 노예처럼 사는 게 아님을 넌 모르는구나. 가령 우리가 엘리자베트의 마음을 불편하게 하지 않으려고 애쓰는 까닭은, 우리가 원해서 그러는 거라고." 프랑수아즈는 신경질적으로 말했다.

"그 사람들에게 선생님을 멋대로 부릴 권리를 주고 계시잖아요." 그자비에르가 무시하듯 말했다.

"절대로 그렇지 않아. 고모와의 관계는 각자의 이익에 따르는 거래랑 비슷한 거야. 그쪽에게서 돈을 받거든. 그리고 엘리자베트는 우리한테 돈을 받고. 또 제르베르는 그와 어울리면 즐거우니까 만나는 거라고."

"이런! 그 사람은 자기가 선생님에 대해 권리를 가지고 있다고 철석같이 믿고 있던데요." 그자비에르가 확신에 차서 말했다.

"제르베르만큼 자기 권리를 인식하지 않고 사는 사람은 이 세상 어디에도 없어." 피에르가 차분하게 말했다.

"그렇게 생각하세요? 저는 반대로 알고 있는데요."

"네가 도대체 뭘 안다는 거야? 그 애랑 세 마디도 이야기해 본 적 없으면서." 프랑수아즈가 당황해서 말했다.

그자비에르는 머뭇거렸다.

"고결한 마음을 타고난 사람이 지닌 신비한 직관 덕분인가 보지." 피에르가 말했다.

"좋아요! 그렇게들 알고 싶어 하시니 말씀드리죠. 어젯밤에 제가 금요일에 두 분과 함께 외출했었다고 말하니, 마치 모욕당한 가엾은 왕자 꼴을 하던데요." 그자비에르는 벌컥 화를 내면서 말했다.

"네가 말한 거구나!" 피에르가 외쳤다.

"비밀로 하는 게 좋겠다고 말했잖아." 프랑수아즈가 말했다.

"아! 저도 모르게 그 말이 입 밖으로 튀어나왔어요. 정략적으로 사람을 대하는 덴 익숙하지가 않아서요." 그자비에르는 심드렁하게 대꾸했다.

프랑수아즈와 피에르는 아연실색해서 서로를 쳐다보았다. 그자비에르는 저열한 질투심 때문에 일부러 그랬음이 분명했다. 경솔한 면이 전혀 없는 성격인 데다, 그녀는 분장실에 그리 오래 머물지도 않았기 때문이다.

"거봐요, 제르베르에게 거짓말을 하지 말았어야 했어요." 프랑수아즈가 말했다.

"이런! 일이 이렇게 될 줄 누가 알았겠소?" 피에르가 대답했다.

손톱을 깨무는 걸 보니 피에르는 심히 걱정스러운 듯했다. 제르베르는 피에르를 향한 무조건적 신뢰를 다시는 회복할 수 없을 정도로 크게 충격받았을 것이다. 지금쯤 파리 어딘가를 거닐고 있을 상처 입은 가여운 영혼의 모습을 떠올리자, 프랑수아즈는 목이 메어 왔다.

"어떻게든 손을 써야 해요." 어쩔 줄 몰라 하면서 그녀는 말했다.

"오늘 밤 내가 해명해 보겠소. 그런데 뭐라고 해야 한담? 그 애를 껴 주지 않은 건 괜찮다 쳐도, 거짓말을 한 점에 대해선 변명의 여지가 없으니 말이오."

"거짓말을 했음이 밝혀지면 늘 변명거리를 찾을 수 없기 마련이죠."

피에르는 험악한 얼굴로 그자비에르를 쳐다보았다.

"정확히 그 애에게 뭐라고 했어?"

"그 사람이 금요일 밤에 테데스코와 칸제티랑 술을 진탕 마시면서 즐겼다고 말하더군요. 그러기에 못 만나서 아쉽다, 우리 셋은 줄곧 폴 노르 안에 앉아 있느라 도통 본 게 없다고 말했어요." 그자비에르가 볼멘 목소리로 말했다.

밤새 폴 노르에 머물자고 조른 건 정작 자기면서 저렇게 말하는 그녀의 모습을 보고 있노라니 불쾌하기 짝이 없었다.

"그렇게 말한 게 다야?" 피에르가 물었다.

"그럼요." 그자비에르는 기분 나쁘다는 듯 대답했다.

"그렇다면 아직은 어떻게 해 볼 수 있을 듯하군. 정말로 집에 돌아가려는 찰나에 그자비에르가 퍽 아쉬워해서 어쩔 수 없이 밤을 지새우게 되었다고 말해 보겠소." 프랑수아즈를 바라보며 피에르가 말했다.

그자비에르는 입을 삐죽 내밀고 있었다.

"그 말을 믿을까요?" 프랑수아즈가 물었다.

"믿을 수 있게 잘 말해 봐야지. 이 일이 있기 전까지 단 한 번도 거짓말을 한 적이 없으니, 아마 그 점이 유리하게 작용할 거요."

"황금 입을 지닌 성인처럼[10] 당신이 솔직한 사람이라는 건 사실이니까요. 당장 그 애를 만나 보는 게 좋겠어요."

"그럼 고모는 어쩌지? 이것 참 낭패로군!"

"6시 정도에 들르면 돼요. 아니, 그러면 안 되겠어요. 지금 들르지 않으면 고모가 우릴 용서하지 않을 거예요." 초조한 듯 프랑수아즈가 말했다.

피에르가 자리에서 일어서며 말했다.

"제르베르에게 전화를 걸어 보겠소."

그가 멀어지자 프랑수아즈는 침착하게 담배에 불을 붙였다. 하지만 속으로는 분노에 치를 떨고 있었다. 제르베르가 상처를 입었으리라 생각하니, 게다가 자신들의 잘못 때문에 그렇게 되었다고 생각하니 도무지 견딜 수가 없었다.

---

10) 37대 콘스탄티노폴리스의 대주교였던 요한네스 크리소스토모스(Joannes Chrysostomus, 349~407)의 별명으로, 사치를 일삼았던 동로마 황제 아르카디우스를 비판하다가 그에 의해 박해받고 유배당했다. 그 뒤 새로운 유배지로 끌려가던 도중에 죽음을 맞이했다. 그의 뛰어난 설교 능력을 기리기 위해 '황금 입을 가진'이라는 뜻의 '크리소스토모스'라는 별칭이 붙었다.

그자비에르는 아무 말도 없이 머리카락을 잡아당기고 있었다.

"어찌 되었든 그 젊은이가 이만한 일로 죽는 일은 없을 거예요." 부자연스럽게 건방을 떨면서 그녀가 말했다.

"그 애 입장에서 생각해 보았으면 해." 프랑수아즈는 사납게 대꾸했다.

그자비에르는 당황스러워했다.

"일이 이렇게 심각해지리라곤 상상하지도 못한걸요."

"내가 비밀이라고 미리 말했잖아."

오랫동안 침묵이 지속되었다. 프랑수아즈는 요사스레 자기 인생에 끼어든, 이 살아 움직이는 재앙 덩어리를 다소 두려워하는 눈길로 바라보았다. 재앙을 막기 위해 프랑수아즈가 쌓아 올린 둑을 무너뜨린 건, 그자비에르를 존중하고 높이 평가한 피에르였다. 재앙이 활개를 치는 지금, 과연 어떤 사태가 벌어지게 될까? 오늘 벌어진 일들만 해도 이미 가관이었다. 호텔 주인을 화나게 한 일이며, 반 이상을 놓쳐 버린 전야제 행사며, 피에르가 불안해하며 신경질적인 모습을 보인 것, 제르베르와 사이가 틀어진 상황까지 모두 말이다. 프랑수아즈만 하더라도 이미 여드레 전부터 마음속에 불안이 자리 잡은 상태였다. 이 사실이 그녀를 가장 두렵게 하는지도 몰랐다.

"화나셨어요?" 그자비에르가 웅얼거리며 말했다. 당황해하는 그녀의 얼굴만으로는 프랑수아즈의 기분이 풀리지 않았다.

"왜 그런 거야?" 프랑수아즈가 물었다.

"모르겠어요." 그자비에르는 작은 목소리로 대답하고서 고개를 숙였다. 그러더니 여전히 기어들어 가는 목소리로 이렇게 말했다.

"차라리 잘됐어요. 적어도 선생님께선 제가 어떤 인간인지 아시고 이제 저를 싫어하게 되실 테니까요. 그러니 잘된 일이죠."

"내가 널 싫어할 거라고?"

"네. 전 관심받을 자격이 없는 사람이에요. 이젠 아시겠죠? 제가 말씀드렸잖아요, 전 아무짝에도 쓸모없는 인간이라고. 루앙에 있도록 그냥 내버려 두시지 그랬어요." 그자비에르는 격하게 절망감을 드러내면서 말했다.

그자비에르가 잔뜩 흥분해서 길길이 자책하는 모습을 보고 있으니, 프랑수아즈는 내뱉으려 했던 모든 비난이 다 소용없음을 느꼈다. 그녀는 입을 다물고 가만히 있었다. 카페는 사람들과 담배 연기로 가득했다. 한쪽에 놓인 탁자에서는 독일인 망명자들이 체스에 열중하고 있었다. 그 옆에 있는 탁자에선 스스로를 창녀라고 믿는 웬 미친 여자가 크림커피를 앞에 두고 혼자 앉아서는, 보이지 않는 상대를 향해 애교를 부리고 있었다.

"집에 없더군." 피에르가 말했다.

"오래 걸렸네요."

"일어선 김에 한 바퀴 걷고 왔소. 바람을 쐬고 싶어서 말이야."

그는 자리에 앉아서 담뱃대에 불을 붙였다. 기분이 한결 나아진 듯 보였다.

"전 이만 가 볼게요." 그자비에르가 말했다.

"그러도록 해. 우리도 일어설 시간이에요." 프랑수아즈가 말했다.

하지만 아무도 움직이지 않았다.

"네가 제르베르에게 그 말을 한 이유를 알고 싶어." 피에르가 말했다.

그는 분노를 지워 버릴 정도로 뜨거운 관심을 보이면서 그자비에르의 기색을 살폈다.

"모르겠어요." 그자비에르가 조금 전과 같은 대답을 내놓았다. 하지만 피에르는 호락호락하게 물러서지 않았다.

"아니야, 넌 알고 있어." 그가 부드럽게 말했다.

의기소침해진 그자비에르가 어깨를 으쓱해 보였다.

"저도 모르게 그런 거예요."

"무슨 생각이 있었을 거 아니야. 무슨 생각을 한 거지?" 피에르가 물었다.

그는 미소를 지어 보였다.

"우리를 기분 나쁘게 하고 싶었나?"

"아뇨! 어떻게 그런 생각을 하실 수 있어요?"

"이 사소한 비밀 때문에 제르베르가 자네보다 우위를 점했다고 느낀 거 아닌가?"

그자비에르는 비난하듯 두 눈을 번득였다.

"무언가를 숨겨야만 하는 상황이 닥치면 전 언제나 짜증나요."

"그래서 그런 거야?" 피에르가 물었다.

"그럴 리가요. 어쩌다 보니 그렇게 된 거라고 말씀드렸잖아요." 그녀는 괴로운 듯 말했다.

"비밀 탓에 짜증이 난 거라고 네 스스로 말했잖아."

"그렇지만 그건 상관없는 일이에요."

프랑수아즈는 초조하게 벽시계를 쳐다보았다. 그자비에르가 왜 그랬는지, 그 이유는 중요하지 않았다. 정당화할 수 없는 짓이었기 때문이다.

"우리가 남에게 변명하고 있다는 생각이 들자 짜증이 난 거야. 이해가 가는군. 사람들이 나를 솔직하게 대하지 않는다고 느껴지면 기분이 나쁜 법이지." 피에르가 말했다.

"맞아요, 조금은 그랬어요. 또……."

"또 뭐지?" 피에르가 다정한 목소리로 물었다. 그자비에르를 지지할 마음의 준비를 끝마친 얼굴이었다.

"아니에요. 이 말까지 하면 치사해 보일 거예요."

그녀는 손으로 얼굴을 가렸다.

"전 비열한 사람이에요. 절 내버려 두세요."

"아니야, 치사하다고 여길 것 전혀 없어. 난 널 이해하고 싶어."

피에르는 잠시 머뭇거리다가 말을 이어 갔다.

"혹시 요전 날 밤에 제르베르가 상냥하게 대해 주지 않아서 작게나마 복수를 하고 싶었던 것 아니야?"

그자비에르가 얼굴을 가리고 있던 손을 내렸다. 무척이나 놀란 얼굴을 하고 있었다.

"그 사람은 친절했어요. 어쨌든 저만큼은 말이죠."

"그러면 그에게 상처 주려고 그런 건 아닌 게로군?"

"당연히 아니죠."

마치 물속에 뛰어들기 직전인 듯 주저하는 얼굴로 그녀가 이렇게 말했다.

"무슨 일이 벌어질지 알고 싶었어요."

프랑수아즈는 불안이 커져 가고 있음을 느끼면서 그자비에르를 쳐다봤다. 피에르의 얼굴에 드러난 호기심이 너무도 격렬했으므로, 흡사 사랑에 빠진 듯 보이기까지 했다. 그자비에르가 이제 막 솔직히 털어놓은 질투와 악의 그리고 이기심을 받아들이려는 속셈인 걸까? 만약 프랑수아즈가 자기 내면에서 그러한 감정의 기미를 발견했다면, 단호히 맞서 싸웠으리라. 그런데 피에르는 웃고 있었다.

그자비에르가 갑자가 소리쳤다.

"왜 이런 말까지 하게 하시는 거죠? 절 더욱더 경멸하기 위해선가요? 그래도 제가 스스로를 경멸하는 것보다 더 많이 저를 경멸하실 순 없을 거예요!"

"도대체 왜 내가 널 경멸한다고 생각하는 거야!" 피에르가 말했다.

"저를 경멸하신데도 그러실 만하다고 생각해요. 어떻게 처신해야 할지 도무지 모르겠어요! 사방에 민폐만 끼치고 있잖아요. 아! 불행이 절 짓누르고 있어요." 그녀는 격하게 탄식을 쏟아 냈다.

그자비에르는 의자에 머리를 기대고 눈물이 흘러내리지 않도록 천장 쪽으로 고개를 쳐들었다. 그녀의 목은 경련이 일어난 듯 실룩거렸다.

"이번 일은 잘 해결될 거야, 내 장담하지. 그러니 슬퍼하지 마" 다급한 목소리로 피에르가 말했다.

"이번 일 때문만이 아니에요. 모든 면에서…… 폐를 끼치고 있잖아요."

그녀는 사나운 눈초리로 허공을 응시하면서 낮은 목소리로 말했다.

"제 자신이 역겨워요. 혐오스럽다고요."

자의든 타의든 프랑수아즈는 그자비에르의 어조에 마음이 흔들리고 말았다. 입술이 아니라 가슴 깊은 곳에서 우러나온 말처럼 느껴졌기 때문이다. 잠들지 못한 날이면 밤새도록 몇 시간이고 이 말을 쓸쓸히 되씹었을 게 분명했다.

"그런 말 말라고. 우리가 널 얼마나 높이 평가하는데……." 피에르가 말했다.

"지금은 그렇지 않으시잖아요." 그자비에르가 힘없이 말했다.

"무슨 소리야. 네가 얼마나 혼란스러워하는지 잘 알고 있다고."

돌연 프랑수아즈의 마음속에서 반항심이 치솟았다. 그녀로 서는 그자비에르를 그리 높이 평가하지 않을뿐더러, 그 아이의 혼란을 너그러이 받아 줄 마음 또한 없었다. 피에르에겐 프랑 수아즈의 입장을 대변할 권리 따윈 없었다. 그녀의 입장을 헤 아리지 않고서 자기 길을 가고 있는 주제에, 심지어 그녀가 자 기와 뜻을 같이하고 있다고 확신하기까지 하다니. 오만하기 그 지없지 않은가. 프랑수아즈는 발끝부터 머리끝까지 온몸이 납 덩이로 변한 것 같았다. 그와 분리되기란 두려운 일이었다. 하 지만 그 어떤 상황이 닥치더라도 환영이 만들어 낸 이 비탈길 을, 정체를 알 수 없는 깊은 구렁을 향한 이 비탈길을 그녀가 자신의 의지에 반해서 미끄러져 내려가는 일은 없을 터였다.

"겁에 질린 채 무기력한 상태에 빠져 있는 것이, 제가 할 수 있는 전부예요." 그자비에르가 말했다.

그녀의 낯빛은 파리했고, 눈 밑에는 연보라색 그늘이 드리워져 있었다. 코가 벌게진 데다, 갑자기 윤기를 잃은 듯한 머리칼을 축 늘어뜨리고 있으니 정말 꼴이 말이 아니었다. 진심으로 혼란스러워하고 있음을 의심할 수는 없었다. '하지만 단지 뉘우친다고 해서 모든 게 없던 일이 되리라고 믿는다면, 지나치게 안일한 생각일 테지.' 프랑수아즈는 생각했다.

그자비에르는 하소연하듯 서글픈 목소리로 말을 이어 갔다.

"루앙에선 핑곗거리라도 있었어요. 그런데 파리에 온 이후로 저는 대체 무슨 짓을 저지른 걸까요?"

그녀는 울음을 터뜨렸다.

"아무것도 느낄 수가 없어요. 이젠 제가 누군지도 모르겠고요."

그녀는 무고한 희생자로서 육체적 고통에 맞서 싸우는 듯한 얼굴이었다.

"다르게 살 수 있어. 우리를 믿으라고. 우리가 도와줄게." 피에르가 말했다.

"아무도 저를 도울 수 없어요. 전 이미 낙인찍힌걸요." 어린애처럼 스스럼없이 절망을 표출하며 말했다.

그녀는 숨이 막힐 정도로 흐느껴 울었다. 상체를 곧추세운 채 다 죽어 가는 얼굴을 하고서, 눈물이 흐르도록 그냥 내버려 두었다. 그 모습이 어이없을 정도로 순진해 보였으므로, 프랑수아즈의 마음은 끝내 누그러졌다. 몸짓이든 말이든 뭐든 하고 싶었지만 당최 쉽지가 않았다. 마음이 너무나도 멀어진 탓이었다. 무거운 침묵이 오래 지속되었다. 노랗게 물든 유리 창 사이로 고된 하루가 뉘엿뉘엿 저물어 가고 있었다. 체스를 하던 사람들은 여전히 같은 자세를 취하고 있었다. 한 남자가 미친 여자 쪽으로 다가가더니 그 옆에 앉았다. 실제 대화 상대가 등장하자 그 여자는 훨씬 덜 미쳐 보였다.

"전 완전히 겁쟁이예요. 자살했어야 해요. 진즉에 그래야 했다고요."

그러더니 그자비에르는 얼굴을 일그러뜨리고서 도발적인 투로 이렇게 말했다.

"죽어 버릴 거예요."

가슴 아프다는 얼굴로 어쩔 줄 몰라 하면서 그녀를 바라보던 피에르가 갑자기 프랑수아즈를 향해 고개를 돌리더니, 버럭 화를 내며 말했다.

"자, 이 애가 지금 어떤지 당신에게도 보이지 않소! 그러니 좀 달래 보라고."

"뭘 어떻게 하라는 거죠?" 이렇게 말하는 프랑수아즈의 마음속에선 순식간에 동정심이 싹 사라지고 말았다.

"진즉에 이 애를 안아 주면서 무슨 말이라도…… 뭔 말이라도 해 줬어야지." 피에르가 이렇게 말을 끝맺었다.

피에르는 이미 머릿속으로 그자비에르를 두 팔로 끌어안고 달래 주고 있으리라. 그러나 체면이니 예의니 하는 온갖 빡빡한 금지 사항들 때문에 두 팔을 움직이지 못하고 있을 뿐이었다. 그러니 오직 프랑수아즈의 몸을 통해서만 그는 뜨거운 연민을 구현할 수 있는 셈이었다. 프랑수아즈는 얼어붙은 듯 미동도 없이 가만히 있었다. 피에르의 위압적인 목소리가 그녀에게서 의지를 빼앗아 가 버렸다. 그러나 그녀는 모든 근육에 힘을 준 채, 낯선 것이 자기 내부로 침입하지 못하도록 버티고 있었다. 쓸데없이 마음이 완전히 약해져서 전전긍긍하고 있었지만, 피에르 역시 꼼짝 않고 있기는 마찬가지였다. 모두가 말을 잃은 가운데, 그자비에르는 한동안 계속 오열했다.

다시 입을 연 피에르가 부드럽게 말했다.

"진정해. 우리를 믿으라니까. 지금껏 너는 되는대로 살아왔지만, 인생이란 일종의 기획과 다를 바 없어. 우리랑 같이 고민하면서 계획을 세워 보자."

"세워야 할 계획 따윈 없어요. 그래요, 그냥 루앙으로 돌아가면 돼요. 그러는 게 더 좋겠어요." 그자비에르가 우울한 얼굴로 말했다.

"루앙으로 돌아간다니! 그거야말로 진짜 바보 같은 짓이야. 보다시피 우리는 너를 전혀 원망하지 않아." 피에르가 말했다.

그는 프랑수아즈를 향해 초조한 눈빛을 보냈다.

"화나지 않았다는 말 정도는 당신도 좀 해 주라고."

"당연하지, 난 네게 화나지 않았어." 프랑수아즈는 무덤덤한 목소리로 말했다.

난 대체 누구를 원망하는 것일까? 스스로가 둘로 쪼개진 듯 고통스러웠다. 벌써 6시였지만, 그 누구도 자리에서 일어나자고 선뜻 말하지 못했다.

"너무 슬퍼하지 말고 차분하게 이야기를 나눠 보자." 피에르가 말했다.

제법 믿음직스럽고 듬직해 보이는 그의 태도 덕분에 그지바에르는 마음을 조금 누그러뜨렸다. 심지어 그녀는 유순해 보이는 눈빛으로 피에르를 바라보았다.

"네게 지금 가장 필요한 건 해야 할 일을 가지는 거야." 피에르가 말했다.

그자비에르는 비웃는 듯한 몸짓을 해 보였다.

"시간을 때우기 위한 일 말고. 무료함을 달랠 정도의 일만으로는 네가 바라는 걸 채울 수 없음을 잘 알아. 넌 단순한 소일거리에 만족하지 못할 테지. 하루를 진짜로 의미 있게 보낼 수 있는 일이 필요하다고."

불쾌하게도 프랑수아즈는 별안간 피에르에게서 비판을 받은 것이었다. 이제껏 그자비에르에게 소일거리만을 제안해 왔을 뿐, 일과 관련한 문제를 제대로 진지하게 생각하지 않고 무심코 넘긴 적이 한두 번이 아니었다. 그 결과, 지금 피에르는 그녀를 배제한 채, 그자비에르와 단둘이서 합의점을 모색하고 있었다.

"그렇지만 이미 말씀드렸듯이 전 그 무엇에도 재능이 없어요."

"엄청난 노력을 기울인 적도 없잖아. 나한테 좋은 생각이 있어." 피에르는 웃으며 말했다.

"뭔데요?" 궁금하다는 듯 그녀가 물었다.

"연극을 해 보지 않겠나?"

그자비에르의 눈이 휘둥그레졌다.

"연극이라고요?"

"못 할 거 없잖아? 외모가 훌륭한 데다, 몸놀림과 표정엔 묘한 느낌이 실려 있으니 말이야. 물론 그렇다고 해서 네게 재능이 있다고 단언할 수는 없어. 하지만 그러길 바랄 순 있잖아."

"재능이 없을 게 뻔해요."

"내키지 않나?"

"물론 해 보고 싶긴 하죠. 하지만 잘 해내지 못할 거예요."

"넌 감수성이 예민하고 명민해. 그건 아무나 가질 수 있는 재능이 아니라고. 상당히 중요한 장점에 해당하지."

피에르는 진지한 얼굴로 그자비에르를 쳐다봤다.

"이봐요 아가씨! 물론 연습이 필요하지. 학원 수업을 듣도록 해. 나도 두 과목을 맡고 있고 있는 데다, 바앵과 랑베르 또한 아주 자상하다고."

그 순간 그자비에르의 눈이 희망으로 반짝였다.

"해내지 못할 거예요."

"기초적인 부분 관련해서는 내가 개인 교습을 해 주지. 네가 눈곱만큼의 재능이라도 지니고 있다면, 그 재능을 반드시 끌어내 주겠다고 내 약속하지."

그자비에르는 고개를 저었다.

"멋진 꿈에 불과해요."

프랑수아즈는 마음을 좋게 먹으려고 애썼다. 그자비에르에게 재능이 있을지도 모를 일이고, 또 어찌 됐든 그녀가 무언가에 관심을 가진다는 것 자체만으로도 다행스러운 일이니 말이다.

"파리로 옮겨 올 때도 넌 그렇게 말했었지. 그렇지만 이렇게 잘 지내고 있잖아." 프랑수아즈가 말했다.

"맞아요."

프랑수아즈는 미소를 지었다.

"그렇게 순간에만 집중하며 사니까 그 어떤 미래도 그저 꿈처럼 보이는 거야. 시간의 흐름마저 넌 의심하고 있잖아."

그자비에르가 희미하게 웃어 보였다.

"시간의 흐름이란 너무나도 불확실하니까요."

"지금 넌 파리에 살고 있지, 그렇지?" 프랑수아즈가 물었다.

"그렇죠. 하지만 그건 다른 경우예요."

"파리에서 살기 위해서라면 일단 파리에 오기만 해도 충분했지. 그러나 여기에선 매번 새로이 노력해야 할 거야. 그래도 우리를 믿어 줘. 우리 두 사람의 의지는 세 사람의 몫만큼 강하니까." 피에르가 말했다.

"이런! 무시무시하네요." 그자비에르가 웃으며 말했다.

피에르는 연신 대화를 주도했다.

"당장 월요일에 즉흥 연기 수업을 들으러 가 봐. 어릴 적에 즐겨 하던 놀이랑 다를 바 없지. 친구랑 점심을 먹는 상황이라든지, 진열대에서 무언가를 훔치다가 들켜서 놀라는 상황 따위를 상상해 보라고 할 거야. 그러면 넌 직접 그런 장면을 꾸며서 연기하면 돼."

"상당히 재미있겠네요."

"그러고는 역할 하나를 골라서 연기 연습을 시작하면 돼.

그 역할의 일부라도 상관없어."

피에르는 간곡한 눈빛으로 프랑수아즈의 의견을 구했다.

"어떤 역할을 추천해 주면 좋겠소?"

프랑수아즈는 잠시 고민해 보았다.

"지나치게 전문성을 요하는 역할도 안 되지만, 타고난 매력만으로 연기가 가능한 것도 안 돼요. 이를테면 메리메의 「기회」 같은 게 좋겠어요."

재미있는 생각이었다. 어쩌면 그자비에르는 배우가 될지도 몰랐다. 결과가 어떻든 재미있는 시도가 되리라.

"나쁘지 않군." 피에르가 말했다.

그자비에르는 기쁜 듯 두 사람을 번갈아 가며 쳐다보았다.

"배우가 되고 싶어요! 그러면 선생님처럼 진짜 무대에서 연기할 수 있는 거죠?"

"물론이지. 당장 내년부터 작은 역할 정도는 맡게 될지도 몰라."

"세상에나! 연습할게요. 지켜봐 주세요." 그자비에르는 황홀해하면서 말했다.

그녀와 관련해서는 아무것도 예측할 수 없는 만큼, 어쩌면 결국 연습에 임할지도 몰랐다. 그자비에르가 보여 주는 미래에 프랑수아즈는 다시금 매력을 느끼기 시작했다.

"내일은 일요일이라 안 되겠고, 목요일에 나랑 첫 번째 대사 연습을 하도록 하자. 매주 월요일과 목요일 3시부터 4시까지 내 분장실에서 보기로 할까?" 피에르가 말했다.

"폐를 끼치는 건 아닌지 모르겠네요."

"그렇기는커녕 재미있겠다는 생각이 드는걸."

그자비에르는 완전히 평정심을 되찾았고, 피에르의 얼굴 역시 밝게 빛나고 있었다. 절망의 맨 밑바닥까지 떨어진 그자비에르를 자신감 있고 환희에 가득 찬 상태로 다시 끌어올리는 과정에서, 피에르가 운동선수에 버금갈 만큼 성공적으로 곡예를 선보였음을 인정할 수밖에 없었다. 하지만 그로 인해 피에르는 제르베르도, 전야제 행사도 까맣게 잊어버리고 말았다.

"제르베르에게 다시 전화해 봐요. 공연 전에 그 애를 만나보는 게 나을걸요." 프랑수아즈가 말했다.

"그렇게 생각해요?" 피에르가 물었다.

"당신은 그렇게 생각하지 않는단 말인가요?" 그녀는 다소 싸늘한 목소리로 말했다.

"그렇게 생각해. 통화하고 오겠소." 피에르는 마지못해 대답했다.

그자비에르가 벽시계를 쳐다보더니 미안해하면서 말했다.

"이런! 저 때문에 전야제 행사를 놓치셨군요."

"괜찮아."

사실은 괜찮지 않았다. 내일 고모를 찾아뵙고 변명을 해야 할 처지인 데다, 변명이 통할 것 같지도 않았기 때문이다.

"부끄러워요." 그자비에르가 부드러운 목소리로 말했다.

"그럴 필요 없어."

잘못을 뉘우치고 결단을 내린 그자비에르의 모습에 프랑수아즈는 진심으로 감동했다. 그녀를 더는 별 볼 일 없는 사람으로 여길 수 없겠다는 생각이 들었다. 프랑수아즈는 그자비에르의 손을 잡았다.

"모든 게 다 잘될 거야."

그자비에르는 존경 어린 눈길로 그녀를 응시했다.

"제 자신을 돌아보고 나서 선생님과 얼굴을 마주하니, 얼마나 부끄러운지 모르겠어요!" 그자비에르는 들뜬 목소리로 말했다.

"말도 안 되는 생각을 하는구나."

"선생님께선 흠잡을 데 없는 분이세요." 그자비에르가 흥분한 목소리로 말했다.

"절대로 그렇지 않아!"

예전 같았으면 웃어넘길 만한 말이었지만, 오늘은 가만 듣고 있기가 거북했다.

"가끔씩 밤에 선생님 생각을 할 때면 무척 황홀한 기분에 젖곤 해요. 실제로 존재하는 사람이라는 게 믿기지 않아서요."

그자비에르는 미소를 지었다.

"그런데 이렇게 실재하고 계시군요." 그녀가 상냥하고 다정한 얼굴로 말했다.

프랑수아즈는 알고 있었다. 그자비에르가 자기를 향한 사랑에 빠져드는 건, 오직 한밤중 방에 홀로 있을 때뿐이라는 사실을 말이다. 따라서 그녀가 마음속에 품고 있는 프랑수아즈에 대한 이미지에 딴지를 걸 수 있는 자는 아무도 없었다. 또한 그녀가 소파 깊숙이 기대앉아, 허공을 응시한 채 황홀해하면서 자기를 떠올리곤 한다는 걸 프랑수아즈는 잘 알고 있었다. 피에르의 것이자 모두의 것이며, 자기 자신의 것이기도 한, 실재하는 그 여자가 감지할 수 있는 것은 오로지 시기 어린 숭배가 낳은 희미한 흔적뿐이었다.

"난 네가 생각하는 것처럼 그리 대단한 사람이 아니야." 프랑수아즈는 양심의 가책을 느끼면서 말했다.

피에르가 밝은 모습으로 다가왔다.

"제르베르가 집에 있더군. 8시부터는 극장에 있을 테니, 와서 얘기 좀 나누자고 했소."

"뭐라고 대답하던가요?"

"좋다더군."

"그 애가 무슨 소릴 하든 물러서지 말아요."

"날 믿으라고."

피에르는 그자비에르를 향해 미소를 지었다.

"그럼, 헤어지기 전에 폴 노르에 가서 한잔할까?"

"좋아요! 폴 노르로 가요." 그자비에르가 다정하게 말했다.

거기서 서로 우정을 맹세했으므로, 두 사람에게는 전설적이면서도 상징적인 장소였다. 카페에서 나오자, 그자비에르는 피에르와 프랑수아즈의 팔짱을 꼈다. 세 사람은 나란히 걸으면서 술집을 향해 성지 순례를 떠났다.

그자비에르는 프랑수아즈가 방 정리를 돕길 원하지 않았다. 염치를 차리고 싶은 마음도 있었겠지만, 다른 한편으로는 설사 그게 신의 손이라 할지라도, 자잘한 자기 물건에 남의 손이 닿는 게 싫은 모양이었다. 프랑수아즈는 자기 방으로 올라가서 실내복으로 갈아입은 뒤, 책상 위에 원고를 늘어놓았다. 그녀는 대개 이 시간이면, 피에르가 연기 연습을 하는 동안 소설을 쓰곤 했다. 그녀는 전날 썼던 부분을 다시 읽기 시작했다. 하지만 도통 집중하기가 힘들었다. 옆방에선 흑인 남자가 금발의 창녀에게 탭 댄스를 가르치고 있었다. 목소리를 들어 보니 톱시에서 종업원으로 일하는 스페인 아가씨도 같이 있는 모양이었다. 프랑수아즈는 가방에서 줄칼을 꺼내 손톱을 다듬기 시작했다. 피에르가 제르베르를 설득하는 데 성공하더라도 여전히 그들 사이에 앙금이 남지는 않을까? 크리스틴 고모는 내일 어떤 얼굴을 하고 있을까? 이런저런 꺼림칙한 생각에서 벗어날 수가 없었다. 그중에서도 오늘 오후, 피에르와 자기 사이에 불화가 있었다는 생각만큼은 유독 떨쳐 내기가 어려웠다. 그와 다시 대화를 나누면 이런 괴로운 마음이야 당장에 사라질 테지만, 그 순간을 기다리는 지금으로선 이런 생각이 가슴을 무겁게 짓누르고 있었다. 그녀는 손톱을 쳐다보았다. 바보 같은 생각이다. 피에르와 나 사이에 살짝 불화가 있었을지언정 그 일에 지나치게 커다란 의미를 부여해선 안 된다. 또한 피에르가 내 생각에 동의하지 않더라도 그 즉시 혼란스러워할 필요는 없다.

제대로 다듬어지지 않은 탓에 손톱 모양은 여전히 고르지 않았다. 프랑수아즈는 줄칼을 다시 집어 들었다. 피에르에게 전적으로 의지한 내 잘못이다. 그것이야말로 내가 저지른 진짜 잘못이다. 스스로 짊어져야 하는 책임을 남에게 전가해선 안 된다. 그녀는 실내복에 달라붙은 하얀 손톱 가루를 서둘러 털어 냈다. 자신을 온전히 책임질 수 있으려면 그렇게 마음먹기만 해도 충분했다. 하지만 솔직히 그러고 싶지가 않았다. 자기를 책망하는 이 마음마저 피에르가 동의해 주기를 바랐다. 모든 것을 피에르와 함께, 피에르를 위해 생각하기 때문이었다. 혼자서 어떤 행동을 하기로 결심한 뒤에, 그를 전혀 고려하지 않고 실행에 옮기기란, 자신이 진짜 독자적으로 존재함을 확인할 수 있게끔 행동하기란 그녀로서는 상상조차 할 수 없는 일이었다. 심지어 피에르에게 맞서 자기만의 의지를 가져야 할 필요성을 전혀 못 느끼더라도, 그녀는 답답하지가 않았다.

프랑수아즈는 줄칼을 내려놓았다. 쓸데없는 상념에 젖어, 일에 집중할 수 있는 소중한 세 시간을 낭비하기는 어리석은 짓이었다. 이미 피에르는 종종 다른 여자에게 상당한 관심을 보여 오지 않았던가. 그러니 이번 일 때문에 자존심이 상할 이유는 대체 뭐라는 말인가? 다만 마음속에 존재하고 있음을 발견한 뒤로 조금도 약해질 기미가 보이지 않는 이 견고한 적대심이 우려스럽기는 했다. 그녀는 망설여졌다. 그 순간 마음을 불편하게 하는 까닭이 무엇인지 정확히 알아내야겠다는 생각이 들었다. 그러나 이내 귀찮아지고 말았다. 그녀는 원고를 들여다보았다.

피에르가 극장에서 돌아온 때는 자정이 조금 지난 뒤였다. 그의 얼굴은 추위로 벌게져 있었다.

"제르베르를 만나 봤어요?" 프랑수아즈가 걱정스레 물었다.

"만나서 잘 해결했소." 피에르는 밝게 대답하면서 목도리와 코트를 벗었다.

"처음엔 그다지 신경 쓰지 않는다면서 그 일로 얘기하고 싶어 하지 않더군. 하지만 내가 쉽게 물러날 리 없지. 우리는 너를 가식적으로 대한 적이 단 한 번도 없다, 그러니 너를 데려가지 않을 작정이었으면 그렇다고 솔직히 말했으리라고 설명했소. 조금은 의심스럽다는 듯 굴긴 했는데, 겉으로만 그런 것이었소."

"당신은 진정한 황금 입이군요." 프랑수아즈가 말했다.

마음이 놓이는 한편, 자책감 역시 들었다. 그자비에르와 한통속이 되어 제르베르를 속였다는 생각에 심기가 불편해진 탓이었다. 피에르 또한 손을 비비면서 흡족해하지만 말고, 자기와 같은 마음이면 좋겠다고 생각했다. 사실을 조금 왜곡했다고 해서 문제가 되는 건 아니었다. 하지만 서로 거짓말을 꾸며 내면, 인간관계의 상당 부분이 망가지고 말 터였다.

"아무튼 그자비에르가 너무 야비한 짓을 했어요."

"난 당신이 너무 가혹하다고 생각했소."

피에르는 웃으며 이렇게 덧붙였다.

"나이가 들면 몰인정해지겠더군!"

"처음에는 외려 당신 쪽에서 더 무섭게 나왔잖아요. 폭발하기 직전이었으면서."

프랑수아즈는 조금은 불안한 마음이 들었다. 원만한 대화로는 오늘 둘 사이에 있었던 반목을 지워 내기 쉽지 않으리라고 깨달았기 때문이다. 낮에 있었던 일을 떠올리자, 마음속에서 다시금 날카로운 가시가 돋아나는 기분이었다.

피에르는 전야제에 참석하기 위해 맸던 넥타이를 풀기 시작했다.

"경솔하기가 이를 데 없어서 우리와의 약속을 잊었다고 생각했거든." 그는 상처 입은 목소리로 말했지만, 이제야 야단법석을 피운 스스로를 조롱하듯 미소 짓고 있었다.

"그러고 나서 마음을 진정하려고 잠시 산책을 하는 동안, 다른 관점에서 사태가 들여다보이더군."

태평스레 즐거워하는 그를 보니 프랑수아즈는 한층 더 짜증이 났다.

"나도 눈치챘어요. 그 애가 제르베르에게 한 짓거리를 느닷없이 용인하는 쪽으로 기울더니, 심지어 칭찬이라도 할 것처럼 굴었으니까요."

"경솔해서 벌인 일이라고 하기엔 그 애가 너무 심각하게 나오더군. 그래서 생각해 봤소. 그 애가 짜증을 부린 것, 오락거리를 필요로 하는 것, 약속을 잊은 일과 어젯밤에 우리를 배신한 일, 이 모든 것들이 어떤 이유를 지녔음이 분명한 일련의 사태를 이룬다고 말이지."

"그 애가 이유를 말해 줬잖아요."

"이유를 대려고 만들어 낸 이야기를 그대로 믿어선 안 돼."

"그렇다면 이유를 말해 보라고 굳이 애원할 필요는 없었던 거군요." 피에르가 그자비에르에게 끝도 없이 질문해 대던 모습을 원망스레 떠올리면서 프랑수아즈는 말했다.

"그 애의 말이 모두 거짓이라는 소리가 아니오. 그 애 말을 잘 따져 봐야 한다는 거지."

무슨 무녀에 관해 이야기하고 있다는 생각마저 들 정도였다. 프랑수아즈는 신경질을 내며 말했다.

"도대체 어쩌라는 거죠?"

피에르는 슬며시 웃어 보였다.

"결국 금요일 이후로 내가 자기를 만나 주지 않아서 그 애가 화를 냈다는 사실이 당신에겐 충격적이지 않소?"

"그렇긴 하죠. 그자비에르가 당신을 좋아하기 시작했다는 걸 보여 주니까."

"그 애에겐 시작한다는 것과 끝까지 간다는 것이 전적으로 동일한 의미이리라고 난 생각하오." 피에르가 말했다.

"어째서 그렇죠?"

"내 생각에 그 애는 내게 상당히 좋은 감정을 가지고 있소."

피에르는 거드름을 피우며 말했다. 어느 정도 일부러 꾸며 내긴 했지만, 그가 속으로 만족해하고 있음을 보여 주는 태도이기도 했다. 그 모습을 본 프랑수아즈는 충격을 받았다. 평소 그녀는 피에르가 은근히 상스럽게 굴 때면 재미있어하곤 했다. 그런데 피에르는 그자비에르를 진심으로 높이 평가하고 있었다. 그리고 폴 노르에서 그가 미소 지을 때마다 환하게 빛나던 그 애정은 결코 꾸며 낸 것이 아니었다. 그런 까닭에 그의 상스러운 말투는 근심을 자아내는 어조로 변해 있었다.

"그 애가 당신을 좋아하는 것과 그 애를 용서하는 문제가 도대체 무슨 상관이 있는지 모르겠군요."

"그자비에르의 입장에서 생각해 볼 필요가 있소. 그 아이는 열정적이고 거만하지. 그런 사람한테 난 우정을 맺자고 거창한 제안을 했고 말이야, 그러고는 다시 만날 약속을 처음으로

정하는 자리에서 할 일이 태산이라 시간을 내기 힘든 양 굴었
잖소. 그래서 상처를 입은 거요."

"어쨌든 그 자리에선 그래 보이지 않았어요."

"그랬을 거요. 하지만 다시 생각해 내겠지. 그런 와중에 자
기가 원하는 때에 나를 만나지 못하는 나날이 이어지자, 엄청
난 불만에 휩싸인 거요. 게다가 금요일 밤에는 제르베르 문제
로 반대 의사를 내비친 당신이 특히나 한몫했을 테고. 아무리
진심으로 당신을 좋아하더라도, 독점욕이 강한 영혼의 소유
자인 그 애에게 어쨌든 당신은 나와 자기 사이를 방해하는 가
장 커다란 장애물인 셈이니까. 그러다가 우리가 비밀을 지켜
달라는 통에 자기 처지를 완전히 파악하게 된 거야. 게임에서
질 것 같으면 카드를 마구 뒤섞어 버리는 어린애 같은 짓을 한
까닭은 바로 그 때문인 거요."

"당신은 그 애의 행동에 참 많은 의미를 부여하는군요."

"당신은 늘 별 의미 없는 것이라 여기고." 피에르는 서둘러
이렇게 대꾸했다. 오늘 그는 그자비에르와 관련해서 여러 차
례 이런 식으로 그녀를 쏘아붙이고 있었다.

"물론 그자비에르가 이 모든 것을 명확히 인식하고 있다는
말은 아니오. 다만 그 애의 행동이 그런 의미를 담고 있다는
말이지."

"그럴지도 모르죠."

그러니까 피에르의 말대로라면, 그자비에르는 프랑수아즈
를 질투한 나머지 그녀를 달갑지 않게 여기는 것이었다. 자신
을 숭배하듯 바라보던 그자비에르와 마주했을 때 느꼈던 감

정을 프랑수아즈는 불쾌하게 다시금 떠올렸다. 그녀에게 놀아 난 것 같았기 때문이다. 그녀는 말을 이어 갔다.

"그럴싸한 설명이군요. 그래도 그자비에르의 속내를 정확히 알게 될 날이 올 것 같지는 않네요. 과할 정도로 기분에 따라 사는 애니까요."

"그자비에르의 기분이 그렇게 된 이유는 정확히 두 가지 요 인이 동시에 작용했기 때문이오. 그 애가 제정신인데도 세면 대 문제를 가지고 그토록 미친 듯 화를 냈으리라 생각하오? 이사 문제만 해도 그래, 도망치려 한 거요. 나를 좋아하게 되 어 분한 나머지, 내게서 달아나려 했음이 분명해."

"요약해 보자면, 그 애의 모든 행동을 설명할 수 있는 단 하 나의 열쇠가 있는데, 뜬금없이 당신에게 품게 된 연정이 그 열 쇠에 해당한다고 생각한단 말이죠?"

피에르는 입술을 앞으로 살짝 내밀었다.

"날 연모한다는 말이 아니오."

프랑수아즈가 한 말에 그는 짜증이 난 것이다. 두 사람은 엘리자베트가 이런 식으로 남의 말을 멋대로 요약해 버린다 며 화를 내곤 했다.

"난 그자비에르가 진정한 사랑을 할 수 없다고 생각해요."

이렇게 말하고 나서 프랑수아즈는 잠시 생각했다.

"황홀함이니 욕망이니 원한 또는 욕구 따위는 느낄 수 있을 지도 모르죠. 하지만 이 모든 경험을 균형 잡힌 감정으로 만 들어 나가려면 일단 그럴 마음이 있어야 하는데, 그자비에르 에게선 그런 걸 기대할 수 없으리라고 봐요."

"두고 보면 알겠지." 이렇게 말하는 피에르의 옆모습은 한층 더 단호해 보였다.

그는 재킷을 벗은 다음, 가리개 뒤로 모습을 감추었다. 프랑수아즈 역시 옷을 벗기 시작했다. 솔직한 태도로 대화에 임한 터였다. 피에르를 신중히 대한 적은 단 한 번도 없었다. 조심스럽게 접근해야만 하는 고민이나 비밀 같은 것이 그에게는 전혀 없었기 때문이다. 그런데 그래 왔음이 잘못인 듯싶었다. 오늘 밤엔 말을 내뱉기 전에 표현을 좀 가다듬었어야 했나, 생각했다.

"확실히 오늘 밤 폴 노르에서 그 애가 전과 다른 눈빛으로 당신을 바라보긴 하더군요."

"당신도 눈치챘소?"

프랑수아즈는 목이 메었다. 모르는 사람에게 하듯이 계산적으로 말을 건넸더니, 의도했던 반응을 얻어 내는 데 성공한 것이다. 가리개 뒤에선 웬 낯선 사람이 양치질을 하고 있는 셈이었다. 문득 다음과 같은 생각이 그녀의 머릿속을 스쳐 지나갔다. 그자비에르가 이사 준비를 도와주겠다는 내 제안을 거절한 까닭은, 혹시 한시 바삐 피에르의 이미지와 단둘이 있고 싶어서는 아니었을까? 피에르가 그 사실을 눈치챘을 수도 있다. 온종일 둘이서 대화를 나누지 않았던가. 그자비에르가 기꺼이 속마음을 털어놓은 상대는 바로 피에르이고, 바야흐로 두 사람 사이에 은밀한 결탁이 이루어진 것이다. 그렇다면 아주 잘되었다! 그 덕분에 부담스럽게 느껴지기 시작하던 상황에서 놓여날 수 있게 됐으니 말이다. 내가 그러라고 동의하지

않았음에도, 피에르는 이미 그자비에르를 마음속 깊이 받아
들였다. 그러니 그에게 그자비에르를 떠넘기도록 하자. 이제부
터 그자비에르는 피에르의 것이다.

6장

"여기만큼 맛있는 커피를 마실 수 있는 곳은 없어요." 프랑수아즈는 커피 잔을 받침대에 내려놓으면서 말했다.

미켈 부인이 미소를 지었다.

"정해진 가격에 파는 식당 커피와는 다른 게 당연하지."

그녀는 여성복 전문지를 훑어보는 중이었다. 프랑수아즈는 소파 쪽으로 가서 팔걸이에 걸터앉았다. 미켈 씨는 장작이 타는 난롯가에서 《르 탕》을 읽고 있었다. 이십 년 동안 거의 변한 게 없는 광경에 숨이 막힐 지경이었다. 이 아파트를 다시 찾을 때마다, 프랑수아즈는 여태 많은 세월이 흘렀음에도 스스로가 아무 데에도 이르지 못했다는 느낌에 사로잡히곤 했다. 시간은 마치 잔잔하게 고인 늪이라도 된 듯 주위에 펼쳐져 있었다. 산다는 것은 늙어 간다는 것, 그 이상의 의미를 지니고 있지 않았다.

"달라디에의 연설[11]이 정말 좋더구나. 아주 단호하면서도 품위 있는 게 말이야. 그는 조금도 물러서지 않을 거야." 미켈 씨가 말했다.

"보네[12]가 개인적으론 양보할 의사가 있다고들 하던데요. 지부티 관련해서 물밑 협상을 시작했다더군요." 프랑수아즈가 말했다.

"있잖니, 이탈리아의 요구 사항이 그 자체로 과도한 건 아니야. 다만 태도가 글러 먹은 거지. 그렇게 독촉을 해 대서야 그 누구도 결코 타협에 응하지 않을 게다."

"그래도 체면 때문에 전쟁을 벌여야 한다고 생각하시는 건 아니죠?" 프랑수아즈가 물었다.

"그렇지만 마지노선 뒤에 숨어 있다가 이등국으로 전락하는 꼴을 보고만 있을 순 없잖니."

"그렇긴 하죠. 어려운 문제네요."

원칙과 관련한 문제를 피하기만 하면 그녀는 부모님과 쉽게 합의에 이르곤 했다.

"이런 스타일의 원피스가 나한테 어울릴 거라고 생각하니?" 어머니가 물었다.

"물론이죠, 엄마. 아직도 이렇게나 날씬하시잖아요."

---

11) 에두아르 달라디에(Edouard Daladier, 1884~1970). 프랑스 제3공화국의 총리를 지낸 인물로 뮌헨 협정을 체결하였다.
12) 조르주 보네(Georges Bonnet, 1889~1973). 달라디에 정부의 외무 장관으로 뮌헨 협정을 추진했다

그녀는 벽시계를 쳐다보았다. 2시였다. 진즉에 피에르가 맛없는 커피를 앞에 두고 탁자에 앉아 있을 시간이었다. 그자비에르는 처음 연습부터 두 번이나 적잖이 늦었으므로, 오늘 두 사람은 정해진 시각에 확실히 연습을 시작하고자 한 시간 일찍 돔에서 만나기로 한 참이었다. 그자비에르 역시 이미 도착했을지도 모른다. 예측이 불가능한 아이니까.

"「율리우스 카이사르」 백 회 공연 날에 입을 이브닝드레스가 필요한데, 뭘 골라야 할지 도무지 모르겠어요." 프랑수아즈가 말했다.

"아직 고민해 볼 시간이 있잖니." 미켈 부인이 말했다.

미켈 씨가 신문을 내려놓았다.

"백 회 공연이 가능하리라고 보는 거냐?"

"그것도 최소한으로 잡은 거예요. 매일 밤 만석인걸요."

그녀는 몸을 달싹거리다가 거울 쪽으로 걸어갔다. 맥 빠지는 분위기였다.

"가야겠어요. 약속이 있어서요."

"모자를 쓰지 않고 외출하는 요즘 풍조가 난 마음에 들지 않아."

미켈 부인은 이렇게 말하더니, 프랑수아즈의 코트를 만지작거리면서 이렇게 덧붙였다.

"내게 저번에 얘기한 털 코트는 왜 사지 않은 게냐? 이건 등 쪽에 아무것도 달리지 않았구나."

"이 반코트가 마음에 들지 않으세요? 제가 보기엔 예쁜데."

"간절기용 코트잖니."

이 말을 하면서 어머니는 어깨를 으쓱해 보였다.

"돈을 벌어서 어디에 쓰는지 통 모르겠구나."

"언제 다시 올 거냐? 수요일 밤엔 모리스가 아내를 데려올 게다." 미켈 씨가 말했다.

"그럼 전 목요일 저녁에 올게요. 우리끼리만 보고 싶어서요."

프랑수아즈는 천천히 계단을 내려가서 메디치 거리로 들어섰다. 습한 공기가 끈적거렸다. 그래도 후텁지근한 서재보다는 밖이 더 낫다고 느꼈다. 다시 시간이 천천히 흐르기 시작했다. 제르베르를 만나러 갈 참이었다. 그 덕분에 적어도 이 순간이 조금은 의미 있었다.

'지금쯤이면 그자비에르도 분명 도착했겠지.' 가슴을 찌르는 가벼운 통증을 느끼며 프랑수아즈는 생각했다. 파란색 원피스 또는 하얀 줄무늬가 들어간 아름다운 빨간색 블라우스를 입은 그자비에르, 그 애는 머리칼을 정성껏 말아 올리고 얼굴을 훤히 드러낸 채 웃고 있겠지. 한 번도 본 적 없는 그 미소는 어떤 것일까? 피에르는 그 애를 어떻게 바라보고 있을까? 프랑수아즈는 보도 가장자리에 멈추어 섰다. 추방이라도 당한 듯 괴로웠다. 평소에는 그녀가 있는 곳이 곧 파리의 중심이었다. 그런데 오늘, 상황이 완전히 달라지고 말았다. 이제 파리의 중심은 피에르와 그자비에르가 함께 앉아 있는 카페였다. 프랑수아즈는 하찮기 그지없는 변방을 떠돌고 있을 뿐이었다.

프랑수아즈는 카페 되 마고의 테라스에 놓인 화로 근처에 자리를 잡고 앉았다. 피에르가 밤에 와서 모든 걸 이야기해 주기야 하겠지만, 얼마 전부터 그녀는 그의 말을 전혀 믿을 수 없었다.

"커피 한 잔 주세요." 그녀는 종업원에게 말했다.

불안이 스쳐 갔다. 또렷한 괴로움은 아니었으므로 이와 비슷한 불안을 떠올리기 위해서 기억을 한참 거슬러 올라가야만 했다. 어떤 기억 하나가 떠올랐다. 집에는 아무도 없다. 들이치는 빛을 막기 위해 덧문을 닫아 놓은 상태라, 집 안은 어둠에 잠겨 있다. 2층 층계참에선 한 소녀가 벽에 달라붙다시피 기대어 숨을 죽이고 있다. 모두 다 정원에 나가 있는데, 혼자 여기 있으니 기분이 이상했다. 이상하기만 한 게 아니라, 무섭기까지 했다. 낮에 본 모습 그대로인데도, 모든 가구가 전연 낯설었다. 너무 두껍고 무거워 보이는 데다, 심지어 비밀에 싸여 있는 듯 보였다. 책장과 대리석으로 된 장식용 탁자 아래로 짙은 어둠이 내려앉았다. 달아나고 싶은 건 아니었지만 가슴이 조여 왔다.

의자 등받이에는 낡은 웃옷이 걸쳐져 있다. 휘발유로 닦았거나 나프탈렌이 든 장롱에서 막 꺼낸 뒤, 바람을 쐬게 하려고 안나가 거기에 놓아둔 것이리라. 아주 오래되어 상당히 낡아 보이는 옷이다. 그러나 저 옷은 나와 달리, 아플 때 앓는 소리를 내지 못한다. '난 낡아 빠진 오래된 옷이야.'라며 혼잣말을 하지도 못한다. 묘한 느낌이 든다. 만약 '난 프랑수아즈야, 여섯 살이고 할머니 집에 있어.' 하고 혼잣말을 못하게 되면, 전적으로 아무 말도 할 수 없게 되면 어떨지를 상상해 보려고 소녀는 눈을 감았다. 마치 존재하지 않는 것 같았다. 그런데도 사람들은 여기로 와서 나를 쳐다보며 내 이야기를 하겠지. 소녀는 눈을 뜨고서 웃옷을 바라보았다. 그건 실제로 저기에 있지만, 그 점을 스스로 인식하지는 못하고 있다. 이러한 사실에는 무언가 신경을 건드리면서도, 조금은 등골을 서늘하게 하는 지점이 있었다. 스스로의 존재를 자각하지 못하는 상태로 실재한다면 그게 무슨 소용이 있을까? 소녀는 생각했다. 무슨 방법이 있을지도 모른다. 나는 '나'라고 말할 수 있으니까, 저 옷을 대신해서 내가 말을 해 주면 되지 않을까? 결과는 상당히 실망스러웠다. 아무리 옷에다가 시선을 두고 그것만 쳐다보면서 '나는 오래되고 낡았어.'라고 재빨리 말해 봤자 아무 일도 일어나지 않았다. 저 옷은 계속 아무것도 모른 채 나와 상관없는 존재로 원래 있던 곳에 걸려 있고, 난 여전히 프랑수아즈로 남아 있다. 그런데 만약 내가 옷으로 변하게 된다면, 나, 프랑수아즈는 더 이상 아무것도 깨닫지 못할 터였다. 머릿속에서 모든 것이 빙글빙글 돌기 시작하자, 소녀는 정원을 향해 뛰어 내려갔다.

　프랑수아즈는 커피를 단숨에 들이켰다. 커피는 식어 있었다. 아무 상관도 없는 일을 왜 떠올렸을까? 그녀는 흐린 하늘을 쳐다보았다. 이 순간 문제가 되는 건, 현재의 세계가 손이 닿지 않는 곳에 존재하고 있다는 점이었다. 그녀는 비단 파리로부터만 쫓겨난 게 아니었다. 세계 전체로부터 추방된 것이었다. 테라스에 앉아 있는 사람들이나 거리를 오가는 사람들 모두, 땅을 딛고 있지 않은 환영에 불과했다. 저기 늘어선 집들 또한 입체감과 공간감 없는 장식에 지나지 않았다. 그리고 옷으며 다가오는 제르베르 역시 매력적이긴 하지만 흐릿한 환영일 따름이었다.

"안녕하세요." 그가 인사를 건넸다.

큼지막한 베이지색 코트 안에 밤색과 노란색 격자무늬가 들어간 셔츠를 걸친 채, 거뭇한 피부를 두드러져 보이게 하는 노란색 넥타이를 매고 있었다. 그의 옷차림은 항상 우아했다. 그를 보니 반가웠다. 그러나 이 세상에서 자기 자리를 되찾기 위해 그의 도움을 바라선 안 된다는 깨달음이 즉시 찾아왔다. 추방당하는 길에 함께 들어설 유쾌한 동료로 삼는다면 또 모를까.

"이렇게 날씨가 안 좋은 날에도 벼룩시장에 가는 거야?"

"겨우 안개비일 뿐, 비가 쏟아지는 건 아니니까요."

두 사람은 광장을 가로질러 지하철역 계단을 내려갔다.

'하루 종일 이 애와 무슨 이야기를 하면 좋을까?' 프랑수아즈는 생각했다.

제르베르와 단둘이 외출하기는 참으로 오랜만이었다. 피에르의 해명을 듣고도 여전히 제르베르의 마음속에 남아 있을 약간의 앙금마저 씻어 낼 수 있도록, 그를 다정하게 대하고 싶었다. 그렇지만 어떤 식으로 해야 할까? 그녀나 피에르 모두 그저 일을 하는 사람이었다. 그 자비에르가 말했듯이 공무원처럼 생활하는 자들인 셈이었다.

"빠져나오지 못하는 줄 알았어요. 여럿이서 점심을 먹었거든요. 미셸이랑 레르미에르 그리고 아델송 형제 등 선생님께서 아시는 온갖 유명 인사들이랑 같이요. 오가는 대화에서 어찌나 불꽃이 튀던지 괴로울 정도였다니까요. 페클라르가 도미니크 오롤을 위해서 전쟁을 반대하는 노래 하나를 새로 만들었는데, 솔직히 말하자면 나쁘진 않더군요. 다만 노래만으론 크게 달라지지 않는다는 게 문제일 뿐."

"노래니 연설이니, 이렇게나 말이 넘쳐 난 적은 없었어."

"그러게 말이에요, 요즘 들어 신문들마다 어찌나 떠들어 대는지!" 제르베르는 환한 얼굴로 폭소를 터뜨리며 이렇게 말했다. 그는 화가 날 때면 늘 큰 소리로 웃곤 했다.

"프랑스가 냉정을 되찾아야 한다면서 내놓는 방안들하고는! 그게 다 독일보다는 이탈리아가 덜 위협적이라고 생각해서들 그러는 거라고요."

"사실상 지부티 때문에 전쟁이 벌어지진 않을 거야."

"저 역시 그러길 바라요. 하지만 이 년 혹은 반년 뒤엔 분명히 전쟁이 일어나리라고 생각하면 솔직히 힘이 빠져요."

"최소한의 수준에서 끝나길 바라는 수밖에."

피에르와 함께 있을 때엔, 두고 보면 알겠지, 하는 식으로 태평하게 생각하기가 훨씬 쉬웠다. 반면 제르베르는 그녀를 불안하게 하곤 했다. 이러한 시국에 젊다는 게 유쾌하진 않겠지. 그녀는 다소 불안해하면서 그를 쳐다보았다. 속으로 무슨 생각을 하고 있을까? 자신? 아니면 자기 인생? 그것도 아니라면 세상에 대해 생각하는 걸까? 그가 속내를 드러내 보이는 일은 절대로 없었다. 방금 전까지만 해도 제르베르와 진지하게 이야기를 나눠 볼 요량이었지만, 지하철 소음 때문에 당장은 그럴 수 없는 상황이었다. 그녀는 터널의 검은색 벽면에 붙어 있는 노란색 벽보의 한 부분을 바라보았다. 오늘은 호기심마저 뜨뜻미지근했다. 얻는 것 하나 없는, 무미건조한 하루였다.

"제가 「대홍수」라는 영화를 찍게 될지도 모른다는 거 아세요? 잠깐 등장하는 것뿐이지만 수입은 꽤 짭짤하겠죠?" 이렇게 말하면서 제르베르는 눈살을 찌푸렸다.

"수중에 돈이 좀 생기면 자동차를 한 대 사려고요. 중고차 정도는 아주 싸게 살 수 있을 거예요."

"잘됐네. 너 때문에 죽을지도 모르지만 좀 태워 달라고."

두 사람은 지하철에서 내렸다.

"아니면 뮐리에와 함께 인형극을 무대에 올릴까 해요. 여전히 베그라미앙이 이마주 극단에 줄을 대 주겠노라고 호언장담하고는 있지만, 워낙에 믿을 수 없는 작자라서 말이죠."

"인형극이야 재미있지."

"다만 공연장이랑 장치를 손에 넣으려면 눈알이 튀어나올 정도로 큰돈이 들죠."

"언젠가 마련할 수 있을 거야."

오늘은 제르베르의 이야기를 들어도 별다른 흥미가 생기질 않았다. 심지어 평소에 왜 그의 삶이 은은한 매력을 지녔다고 생각했는지 의아할 정도였다. 그는 지금 여기에 있다. 페클라르 집에서 열린 지겨운 식사 자리에서 막 빠져나온 참이고, 오늘 밤엔 소(小) 카토 역을 스무 번째로 연기할 예정이다. 하지만 이 모든 사실이 특별히 감동적이지는 않았다. 프랑수아즈는 주위를 둘러보았다. 조금이라도 감동을 느낄 만한 무언가를 찾고 싶었지만, 길게 죽 뻗은 가로수 길로부터 전해져 오는 건 아무것도 없었다. 보도 끝을 따라 길게 늘어선 소형차들의 가판대에선 면직물이나 양말, 비누 등 볼품없는 제품들을 팔고 있을 뿐이었다.

"이쪽 골목길로 가 보자." 그녀가 말했다.

그곳엔 낡은 구두와 레코드, 해진 비단, 유약을 바른 대야나 이가 빠진 사기그릇 들이, 아예 진흙 바닥에 놓여 있었다. 번쩍이는 누더기를 입은 갈색 머리카락의 여자들이 울타리에 기댄 자세로 신문이나 헌 양탄자를 깔고 앉아 있었다. 이 모든 광경 역시 마음을 끌지는 못했다.

"저기 좀 보세요. 쓸 만한 소품이 있을 거 같아요." 제르베르가 말했다.

프랑수아즈는 발밑에 진열되어 있는 골동품을 별다른 감흥 없이 쳐다보았다. 이 모든 더러운 물건들은 저마다 재미있는 일화를 담고 있을 터였다. 하지만 팔찌나 부서진 인형, 색 바랜 헝겊으로만 비칠 뿐, 그 어떤 신비로운 이야기도 찾아볼 수 없었다. 제르베르는 여러 색깔의 종잇조각들이 떠 있는 유리 구슬을 손으로 쓰다듬었다.

"미래를 점치는 구슬인가 봐요."

"그건 문진이야."

물건을 파는 여자가 곁눈질로 두 사람을 살피고 있었다. 곱슬머리에 짙은 화장을 한 뚱뚱한 여자였다. 털로 된 숄을 몸에 두르고, 헌 신문지로 다리를 감싼 모습이었다. 그 여자에게서도 얼어붙은 살덩어리 외에 이야깃거리나 미래 따위는 전연 찾아볼 수 없었다. 울타리도, 한서으로 만든 오두막집도, 녹슨

고철을 쌓아 둔 흉측한 정원을 보아도 여느 때와 달리, 너절하면서도 매력적인 세계라는 생각이 좀체 떠오르지 않았다. 모든 게 제자리에서 허물어진 모습으로, 활기나 형태를 잃은 채 그냥 거기에 있을 뿐이었다.

"순회공연이 있으리라는 소문이 들리던데요? 내년에 할 것처럼 베르냉이 말하더라고요."

"베르냉이야 물론 그러고 싶겠지! 돈밖에는 관심이 없으니까. 하지만 피에르에겐 그럴 마음이 전혀 없어. 내년에 해야 할 다른 일이 있거든."

그녀는 흙탕물 구덩이를 뛰어넘었다. 예전에 할머니 집에 머물던 어느 날, 잡목 숲 내음이 감돌던 감미로운 저녁 무렵에 현관문을 다시 닫았던 때에도 꼭 이랬다. 영원히 빼앗긴 듯 여겨지던 세계에 관한 중대한 사건이 발생했던 것이다. 나 없이도 다른 곳에서는 계속 무언가가 벌어지고 있으며, 그 무언가만이 의미 있는 것으로 존재하고 있었다. 하지만 이번에는 달랐다. 그건 자신이 실제로 존재하고 있음을 모른다, 그러니 그건 실제로 존재하는 게 아니다, 라고 치부할 수 없었다. 왜냐하면 그것은 알고 있기 때문이다. 피에르는 그자비에르의 미소를 단 하나도 놓치는 법이 없을 것이다. 피에르에게 푹 빠진 그자비에르 역시 그가 하는 말 한 마디 한 마디에 열심히 귀를 기울이겠지. 두 사람이 서로 주고받는 눈길 속엔, 셰익스피어의 초상화가 벽에 걸린 피에르의 분장실이 비치고 있을 것이다. 연습은 하고 있을까? 아니면 그자비에르의 아버지에 대한 얘기며, 새들로 가득 찬 새장과 마구간 냄새에 관한 이야기를 나누면서 쉬고 있을까?

"어제 발성 연습을 할 때 그 자비에르가 뭘 하긴 했어?" 프랑수아즈가 물었다.

제르베르가 웃음을 터뜨렸다.

"랑베르가 그 애한테 '간장공장 공장장은 강공장장이고 된장공장 공장장은 공공장장이다'를 반복해서 연습하라고 시켰지 뭐예요! 그러니까 얼굴이 완전히 새빨개져서는 찍소리도 못 하고 발끝만 쳐다보고 있더라고요."

"재능은 있어 보이고?"

"몸매는 좋던데요."

그가 프랑수아즈의 팔꿈치를 당겼다.

"와서 좀 보세요." 그는 느닷없이 이렇게 말하더니, 사람들 사이를 비집고 들어갔다. 진흙 바닥 위에 펼쳐 놓은 넓은 우산 천 주위를 사람들이 빙 둘러싸고 있었다. 한 남자가 그 검은 천 위에 카드를 늘어놓았다.

"내 이백 프랑, 내 이백 프랑!" 잿빛 머리카락의 한 노파가 멍한 눈으로 주위를 둘러보면서 말했다. 그녀의 입술은 떨리고 있었다. 그때 누군가가 노파를 거칠게 밀쳤다.

"사기꾼이야." 프랑수아즈가 말했다.

"알아요." 제르베르가 말했다.

사기꾼이 사람들 눈을 속일 만큼 기민한 손놀림으로 더러운 카드 세 장을 우산 천 위에다 까는 모습을 프랑수아즈는 호기심 어린 눈빛으로 바라보았다.

"이쪽에 이백 프랑 걸겠소." 이렇게 말하면서 한 남자가 카드 한 장에다 지폐 두 장을 얹어 놓고는 교활하게 눈을 찡긋 거렸다. 카드 한 귀퉁이가 조금 꺾여 있었으므로 하트 모양의 킹 카드임이 얼핏 보였다.

"맞았소." 킹 카드를 뒤집으면서 사기꾼이 말했다. 카드가 다시 사기꾼의 손가락 사이를 날아다녔다.

"카드가 여기 있습니다. 집중해서 잘 보세요. 여기, 여기, 여기 있습니다. 하트 모양의 킹 카드가 어디 있는지 맞히면 이백 프랑을 드립니다."

"카드는 저기 있소. 누구 나랑 백 프랑씩 걸 사람 없소?" 한 남자가 말했다.

"백 프랑이오, 백 프랑 여기 있소!" 누군가 소리를 질렀다.

"맞았소." 그 남자 앞에 꾸깃꾸깃한 지폐 네 장을 던지면서 사기꾼이 말했다. 물론 구경꾼들을 꾀려고 일부러 그 남자들이 돈을 따도록 해 준 것이었다. 돈을 걸걸, 그랬나? 어려울 거 없어 보이는데. 매번 킹 카드가 어디 있는지 맞혔잖아. 빠르게 이동하는 카드의 움직임을 눈으로 쫓다 보니 정신이 멍할 지경이었다. 오른쪽으로, 왼쪽으로, 가운데로, 다시 왼쪽으로, 카드들은 튀어 오르듯 바삐 움직이고 있었다.

"바보로군. 매번 다 보이는구면." 프랑수아즈가 말했다.

"이쪽이오." 한 남자가 말했다.

"사백 프랑을 거시죠." 사기꾼이 말했다.

그 남자가 프랑수아즈를 돌아보았다.

"이백 프랑밖에 없는데, 이게 킹 카드요. 나랑 같이 이백 프랑씩 겁시다." 재촉하듯 그가 말했다.

왼쪽으로, 가운데로, 다시 왼쪽으로. 여기 있다. 프랑수아즈는 지폐 두 장을 카드 위에 얹었다.

"클로버 7이군요." 이렇게 말하고서 사기꾼은 지폐를 집어 들었다.

"멍청하긴!" 프랑수아즈가 말했다.

그녀는 방금 전의 그 노파처럼 한동안 넋이 나간 상태로 있었다. 너무도 빠른 손놀림이었다. 하지만 진짜로 돈을 잃을 순 없다. 분명히 되찾을 수 있다. 잘 지켜보기만 한다면 다음번엔…….

"가요. 다 한패라고요. 가자고요. 잔돈까지 다 털릴 거예요." 제르베르가 말했다.

프랑수아즈는 제르베르를 따라서 자리를 떴다.

"절대로 돈을 따지 못하리라는 건 나도 잘 알아." 그녀가 화를 내며 말했다.

이따위 바보짓을 할 만한 날이었다. 장소도 사람들도, 또 그들이 하는 말까지도 모두 다 터무니없게 느껴졌다. 너무 춥다! 미켈 부인의 말이 맞았다. 이런 계절에 입기엔 코트가 지나치게 얇았던 것이다.

"한잔하러 가자." 그녀가 제안했다.

"좋아요. 노래를 불러 주는 큰 카페로 가요."

벌써 어둠이 내려앉고 있었다. 연습이 끝났을 시간이었지만, 두 사람은 분명히 아직 헤어지지 않았으리라. 그들은 지금 어디에 있을까? 폴 노르에 다시 갔을지도 모른다. 그자비에르는 어떤 장소가 마음에 들면 그 즉시 그곳에 둥지를 틀곤 했다. 프랑수아즈는 구리로 된 커다란 징이 박힌 가죽 의자와 색유리로 된 창문, 붉은색과 하얀색 격자무늬가 들어간 전등갓을 떠올렸다. 하지만 소용없는 짓이었다. 두 사람의 얼굴과 목소리 그리고 그들이 마실 꿀물이 들어간 칵테일의 맛, 이 모든 것에는 어떤 비밀스러운 의미가 담겨 있으리라. 하지만 프랑수아즈가 폴 노르의 문을 밀고 들어선다면 그 의미는 사라지고 말 터였다. 두 사람 모두 다정스레 미소를 지어 보이기는 할 것이다. 그동안 둘이 나눈 이야기를 피에르가 정리해서 그녀에게 들려주는 동안, 그자비에르는 잔에 담긴 술을 빨대로 빨아 먹으리라. 그러나 단둘이서 공유한 비밀이 그들 입을 통해 새어 나오는 일은 절대로 없을 터였다.

"여기예요." 제르베르가 말했다.

거대한 화로와 그곳을 가득 메운 사람들로 뜨겁게 달궈진 창고 같은 곳이었다. 오케스트라가 군복을 입은 가수의 노래에 맞춰 소란스럽게 연주하고 있었다.

"난 마르[13]를 마실게. 몸이 따뜻해질 거야." 프랑수아즈가 말했다.

축축한 안개비가 영혼까지 파고들었으므로 오한이 났다. 몸과 마음을 어떻게 추슬러야 할지 당최 알 수가 없었다. 그녀는 오버슈즈를 신고 큼지막한 숄을 두른 채 카운터에서 브랜디를 넣은 커피를 마시는 여자들을 쳐다봤다. 왜 항상 보라색 숄을 두르는 걸까? 그녀는 궁금해졌다. 군복을 입은 가수

---

13) marc. 포도주를 제조하고 남은 찌꺼기를 증류해서 만든 화주.

는 붉은색으로 야하게 화장을 한 모습이었다. 외설적인 대목을 부르기 전인데도 벌써부터 음란한 분위기를 풍기면서 손으로 장단을 맞추고 있었다.

"바로 계산을 해 주시면 좋겠습니다." 종업원이 말했다. 프랑수아즈는 잔에 입술을 담갔다. 휘발유 냄새와 곰팡내가 뒤섞인 독한 맛이 입속을 가득 채웠다. 제르베르가 갑자기 웃음을 터뜨렸다.

"왜 그래?" 프랑수아즈가 물었다. 이럴 때의 그는 꼭 열두 살 소년처럼 보였다.

"가사가 야해서 웃기네요." 당황한 듯 그가 말했다.

"어떤 가사가 웃기길래 그러는데?"

"뽑어내다, 요"

"뽑어내다, 라니!"

"아! 어떻게 쓰여 있는지 한번 봐야겠어요!"

오케스트라가 파소 도블레를 연주하기 시작했다. 무대 위에는 챙이 넓은 밀짚모자를 쓴 커다란 인형 하나가 아코디언 연주자 옆에 놓여 있었는데, 마치 살아 있는 듯 보였다. 두 사람 모두 말이 없었다.

'우리가 자길 귀찮아한다고 계속 생각하겠군.' 프랑수아즈는 애석함에 젖어서 생각했다. 제르베르의 신뢰를 되찾기 위해 피에르가 많은 노력을 기울였다고는 할 수 없었다. 그는 진심을 다해 우정을 나누는 일에 무관심하다시피 하니까! 프랑수아즈는 멍한 상태에서 벗어나려고 애썼다. 어쩌다 그자비에르가 자기들 삶에서 커다란 자리를 차지하게 되었는지를 제르베르에게 조금은 설명해 줘야만 했다.

"피에르는 그자비에르가 배우가 될 수 있으리라 믿고 있어." 프랑수아즈가 말했다.

"네, 저도 알아요. 그녀를 상당히 좋게 평가하고 계시는 듯하더군요." 제르베르는 다소 거북해하면서 말했다.

"성격이 특이한 애라, 그 애와의 관계가 그리 순탄하진 않아."

"왠지 차갑게 느껴지더군요. 무슨 이야기를 나눠야 할지 잘 모르겠더라고요."

"그 앤 모든 예의범절을 다 거부해. 그래서 멋지다는 생각이 들기도 하지만, 또 그만큼 불편한 점도 있지."

"연습 중엔 그 누구와도 말을 나누지 않아요. 머리카락으로 얼굴을 가린 채 계속 구석에만 있더라고요."

"그 애가 가장 짜증스러워하는 것들 중 하나는, 바로 나와 피에르 사이가 항상 좋다는 점이지."

제르베르는 놀란 자세를 취했다.

"두 분 사이가 어떤지는 그녀도 잘 아는 거 아니었나요?"

"알고는 있지. 하지만 그 앤 감정으로부터 자유로운 상태를 유지하고 싶어 해. 변하지 않는 감정이란 타협과 거짓을 통해서만 얻을 수 있다고 여기거든."

"말도 안 되는 생각을 하고 있군요! 두 분께는 그런 게 필요 없음을 그녀 역시 알게 될 거예요." 제르베르가 말했다.

"그렇게 되겠지."

그녀는 약간 짜증스러운 기분에 젖어서 제르베르를 바라보았다. 사랑이란 그가 생각하는 것처럼 그리 단순한 게 아니었다. 시간보다 강하기야 할 테지만, 사랑 역시 시간의 흐름 속에서 겪는 것이므로, 순간순간 불안이나 체념, 또는 자잘한 슬픔을 맛보기 마련이었다. 물론 그런 감정들이 중요하지 않아 보일 순 있었다. 하지만 그렇게 생각할 수 있는 까닭은, 그런 감정을 염두에 두지 않았기 때문이다. 따라서 가끔은 조금 노력할 필요가 있었다.

"담배 한 대 줘 봐. 몸이 녹는 듯한 기분이 들 거야."

제르베르는 웃으면서 그녀에게 담뱃갑을 건넸다. 그의 미소는 정말이지 매력적이었다. 별 뜻 없는 표정일 테지만, 엄청난 호의가 담겼다고 느낄 법한 미소였다. 그의 눈을 사랑했더라면 이 푸른 두 눈이 얼마나 감미롭게 느껴졌을지 프랑수아즈는 가늠해 보았다. 이 모든 게 소중한 행복임을 모른 채 저버린 셈이었다. 다시는 이런 행복을 맛보지 못할 것이다. 그렇다고 미련을 두는 건 아니었다. 그러나 어쨌든 미련을 둘 정도의 가치가 있었는지도 모른다.

"라브루스 선생님이 파제스 양이랑 같이 있는 모습을 보고 있으면 너털웃음이 난다니까요. 꼭 달걀 위에서 춤을 추는 것 같은 얼굴을 하고 계시니까요."

"맞아. 평소에 그는 야망과 고유한 취향, 용기를 지닌 사람들에게서 발견되는 특징에 상당히 이끌리지. 그래서 변한 거야. 그자비에르만큼 삶에 대한 걱정이 가벼운 사람은 없거든."

"라브루스 선생님께서 파제스 양을 진심으로 좋아하시는 건가요?"

"누군가를 좋아한다는 게 뭘 의미하는지를 말하기란 쉽지 않아."

프랑수아즈는 혼란스러운 얼굴로 담뱃불을 응시했다. 예전엔 피에르와 대화할 때 자기 자신을 들여다보면 됐다. 그런데 요즘에는 그의 표정이 의미하는 바를 이해하려면, 그와 거리를 두어야만 했다. 제르베르의 질문에 대답하기란 불가능했다. 왜냐하면 피에르는 언제나 스스로에게 연연하는 법이 없었다. 그는 매 순간 앞으로 나아가려 했고, 광기 어린 배교자처럼 현재를 위해 자신의 과거를 제물로 바치곤 했다. 애정이나 진심, 혹은 고통과 같은, 지속 가능하리라 여겨지는 정념 속에 그를 성공적으로 가두었다고 믿는 순간, 어느새 그는 마치 요정처럼 감정의 막바지를 향해 날아가 버리고 만다. 그 결과, 손에 남은 것이라고는 그가 새로이 견지한 덕목에 입각해서 거만하기 그지없는 태도로 가차 없이 비난을 가하는 망령뿐이다. 최악이라 할 수 있는 건, 그가 이에 대한 책임을 그럴싸한 가짜, 그것도 이미 수명이 다해 버린 허깨비에 만족해하는 자들의 어리석음으로 돌린다는 점이다. 프랑수아즈는 재떨이에 담배꽁초를 비벼 껐다. 전에는 시간에 얽매이지 않는 피에르가 흥미롭게 여겨졌다. 그런데 이런 식으로 배신하고 내빼는 그의 처사로부터 과연 나는 어느 정도까지 스스로를 보호할 수 있을까? 물론 피에르가 다른 사람과 야합해서 나를 배신할 음모를 꾸밀 리는 없으리라. 하지만 혼자서 그럴 마음을 먹는다면? 그에게 꿍꿍이속이 없음을 알고는 있지만 그렇다는 사실을 온전히 믿을 수 있으려면, 결국 마음을 좋게 먹어야만 했다. 제르베르가 남몰래 자기를 훔쳐보고 있음을 느긴 프랑수아즈는 표정을 가다듬었다.

"그 애가 피에르를 불안하게 한다는 점이 특히 문제야."

"어떤 식으로 말이죠?"

제르베르는 깜짝 놀란 듯했다. 그에게도 피에르는 강하고 냉정하며 완벽할 정도로 빈틈없는 사람으로 비쳐 왔다. 그러니 피에르가 불안에 물들 만큼 빈틈을 보였다는 사실을 상상하기 힘들 터였다. 그런 그의 평정심에 그자비에르가 균열을 낸 것이다. 그게 아니라면, 눈에 보이지 않을 정도로 작게 뚫려 있던 구멍이 제 모습을 드러내도록 자극했을 따름일까?

"내가 자주 말했듯이 피에르가 연극과 예술 전반에 큰 기대를 거는 까닭은 일종의 결단을 했기 때문이야. 그런데 결심이란 말이지, 그것에 대해 의문을 느끼기 시작하면 언제나 흔들리기 마련이거든. 가령 그자비에르는 살아 있는 물음표에 해당해." 프랑수아즈는 웃으며 말했다.

"그래도 라브루스 선생님께선 이상할 정도로 그녀의 말에 집착하시는 것 같아요."

"별다른 이유는 없어. 남이 자기 면전에서, 「율리우스 카이사르」를 집필하는 것만큼이나 크림커피를 들이켜는 일 또한 가치 있다고 주장하는 소리를 듣고 자극받은 거지."

프랑수아즈는 가슴이 아렸다. 지금껏 살아오면서 피에르가 단 한 번도 의심에 사로잡힌 적 없었노라고 자신 있게 말할 수 있을까? 아니면 그 점을 신경 쓰고 싶지 않았던 것뿐일까?

"선생님은 어떻게 생각하세요?" 제르베르가 물었다.

"뭐에 대해서 말이야?"

"크림커피의 중요성에 대해서요."

"아! 난 말이지, 행복하게 지내는 것에 상당히 집착하는 편이야." 어느 날 그자비에르가 지었던 미소를 떠올리면서 프랑수아즈는 경멸 조로 말했다.

"그게 크림커피의 중요성과 어떻게 연결되는지 모르겠는데요."

"스스로에게 의문을 가진다는 건 피곤한 일이야. 위험하기도 하고."

본질적으로 그녀는 엘리자베트를 닮아 있었다. 일단 한번 무언가를 믿고 나면, 그 뒤로 확신이 줄어들더라도 연신 그냥 믿으려 했기 때문이다. 처음부터 다시 검토해 봤어야 했는지도 모른다. 하지만 그러기 위해서는 초인적인 힘이 필요했다.

"그러는 넌 어떻게 생각하는데?" 그녀가 물었다.

"아! 각자 자기가 원하는 대로 생각하면 되죠. 뭔가를 마시고 싶은지, 아니면 글을 쓰고 싶은지에 따라 달라지는 거잖아요." 이렇게 말하면서 제르베르는 웃었다.

프랑수아즈는 그를 바라보았다.

"네가 인생에서 뭘 바라는지 종종 궁금했어."

"우선은 앞으로 얼마간, 제 삶을 스스로 짊어질 수 있도록 남들이 저를 내버려 두었으면 해요."

프랑수아즈는 웃었다.

"그런 마음이 드는 건 당연해. 그런데 만약 그렇게 된다면 뭘 하고 싶어?"

"지금으로선 잘 모르겠어요."

제르베르는 잠시 생각하더니 이렇게 말했다.

"다른 때 같았으면 더 잘 알았을지도 모르겠지만."

프랑수아즈는 담담한 표정을 지어 보였다. 중요한 질문이라는 사실을 알아차리지 못했다면 아마도 이 아이는 대답했을 것이다.

"그렇다면 네 삶에 만족하고는 있어?"

"좋을 때도 있고, 좋지 않을 때도 있죠."

"그렇구나." 프랑수아즈는 약간 실망해서 대꾸했다. 그러고는 잠시 뜸을 들였다.

"그게 다 라니, 조금은 울적하겠군."

"그날그날에 따라 달라요." 이렇게 대답한 뒤 제르베르는 애써 말을 이어 갔다.

"사람들이 각자 인생에 대해 떠드는 소리를 듣고 있으면, 늘 말뿐이라는 생각이 들어요."

"말로만 행복이니, 불행이니 떠들어 댄다고 생각하는 거야?"

"네. 그게 뭘 의미하는지 잘 모르겠거든요."

"그래도 넌 천성이 명랑한 편이잖아."

"지겨울 때도 자주 있어요."

그는 차분한 태도로 말했다. 찰나의 강렬한 기쁨이 지나가고 나면, 기나긴 우울에 빠져드는 일을 너무나도 당연히 여기는 듯했다. 좋은 순간이 있으면 그리 좋지 않은 순간도 있기 마련이다. 어쩌면 그의 말이 맞지 않을까? 결국 그 밖의 다른 모든 순간은 착각이자 허구이지 않을까? 그곳에 있는 사람들은 딱딱한 나무 의자에 앉아 있을 거다. 날이 추운 가운데, 군

인과 그 가족은 탁자에 둘러앉아 있을 테고, 피에르와 그자비에르는 다른 탁자에 앉아서 담배를 피우고 술을 마시며 이야기를 나누고 있겠지. 그들의 말소리, 그들이 내뿜은 연기는, 프랑수아즈가 부러워할 수밖에 없는 금지된 내밀함을 지닌 비밀스러운 시간으로는 응축되지 못하리라. 두 사람은 곧 헤어질 테고, 그러면 그들을 하나로 묶어 주었던 유대감 역시 모조리 사라질 것이다. 부러워할 것도 후회할 것도, 또 두려워할 것도 없다. 과거, 미래, 사랑, 행복, 이 모든 것은 그저 사람들이 입으로만 떠들어 대는 소리에 불과하다. 진홍색 블라우스를 입은 음악가들과, 빨간색 스카프를 목에 두르고 검은색 원피스를 걸친 저 인형을 제외하면 실재하는 건 아무것도 없다. 인형은, 수놓은 넓은 속치마가 훤히 들여다보일 정도로 말려 올라간 치맛자락 아래로 가냘픈 다리를 드러낸 채 저기에 놓여 있다. 현재가 지속되는 한, 자신을 주시해 주는 눈들이 가득 차 있다는 사실만으로도 인형은 만족해하고 있다.

"내게 손 좀 줘 보시게나, 아가씨. 내 당신의 행복한 미래를 알려 드리리다."

프랑수아즈는 흠칫 놀라며, 노란색과 보라색이 섞인 옷을 입은 집시 여인에게 무심코 손을 내밀었다. 집시 여인은 단숨에 이렇게 말했다.

"당신이 바라는 대로 일이 잘 진행되고 있지는 않구먼. 하지만 참으시게. 조만간 좋은 소식이 들려올 테니."

집시 여인은 쉬지 않고 말을 이어 갔다.

"돈은 있는데 사람들이 생각하는 것만큼 많지는 않군, 아가씨. 자존심이 세서 적을 만들긴 하나, 결국엔 제거해 버릴 거야. 아가씨, 날 따라오면 작은 비밀 하나를 말해 주리다."

"가 보세요." 제르베르가 재촉하듯 말했다.

프랑수아즈가 따라갔더니, 집시 여인은 연한 빛깔의 나무 한 조각을 주머니에서 꺼냈다.

"비밀을 말해 주지. 당신은 갈색 머리 젊은이를 많이 좋아하고 있어. 하지만 금발의 젊은 여자 때문에 그와 행복하게 지내질 못하고 있군. 이 부적을 작은 손수건으로 감싸서 사흘간 몸에 지니고 있으면, 그 남자랑 행복해질 거요. 여태껏 그 누구한테도 이걸 준 적 없어. 그 정도로 가장 진귀한 부적이지. 내 특별히 백 프랑에 부적을 주리다."

"고맙지만 필요 없어요. 복채는 드리죠."

"백 프랑이면 행복해질 거라니까. 거저 주는 거나 마찬가지라고. 당신 행복을 위해 대체 얼마를 지불할 생각이야? 고작 이십 프랑?"

"한 푼도 낼 생각 없어요."

프랑수아즈는 자리로 돌아와서 제르베르 옆에 앉았다.

"뭐라던가요?" 제르베르가 물었다.

"헛소리만 하더라고. 이십 프랑을 주면 내게 행복을 안겨 주겠다더군. 네가 말했듯이 행복이라는 게 말에 불과하다면, 이십 프랑도 비싸다는 생각이 들어서." 프랑수아즈는 웃으며 말했다.

"그런 뜻으로 한 말은 아니었어요!" 그녀가 자신을 비난한다고 느낀 제르베르는 기겁해서 말했다.

"네 말이 맞을지도 몰라. 피에르와 난 수많은 말을 주고받았어. 그런데 그 안엔 정확히 뭐가 들어 있는 걸까?"

급작스레 엄습한 불안이 하도 강렬했으므로 프랑수아즈는 울고 싶을 지경이었다. 마치 온 세상이 갑자기 텅 비어 버린 듯했다. 두려워할 건 아무것도 없었지만, 마음을 건넬 만한 것 또한 전혀 남아 있지 않았다. 그 무엇 하나 남지 않았다. 피에르를 다시 만나고, 함께 몇 마디를 주고받은 뒤엔 헤어지게 되리라. 피에르와 그자비에르 사이의 우정이 공허한 신기루에 불과하다면, 그녀와 피에르의 사랑 역시 실재하지 않기는 마찬가지였다. 무의미한 순간만이 끝없이 계속될 뿐이었다. 결국 죽음과 더불어, 무질서하게 우글거리는 살덩어리와 관념만이 있을 뿐이었다.

"그만 가자." 그녀가 불쑥 말했다.

피에르는 결코 약속 시간에 늦는 법이 없었다. 프랑수아즈가 식당 안으로 들어서자, 매번 그들이 앉던 자리에 이미 그가 자리 잡고 있는 모습이 보였다. 그를 보자 프랑수아즈는 반가운 마음이 들었지만, 곧바로 겨우 두 시간 남짓 그와 같이 있을 수 있다는 생각에 들뜬 가슴은 그만 사그라지고 말았다.

"오후는 즐겁게 보냈소?" 피에르가 다정하게 물었다. 함박웃음을 짓고 있는 그의 얼굴은 온화하고 순진해 보이기까지 했다.

"벼룩시장에 갔었어요. 제르베르는 상당히 재미있어했지만, 내겐 날씨가 습해서 별로였어요. 야바위판에서 이백 프랑을 날렸지 뭐예요."

"그런 걸 왜 한 거요? 바보 같은 짓을 했군!" 이렇게 말하면서 피에르는 그녀에게 메뉴를 내밀었다. "무얼 먹겠소?"

"웨일스식 치즈토스트요."

피에르는 불만스러운 얼굴로 메뉴를 들여다보았다.

"마요네즈를 얹은 달걀이 메뉴에 없군."

난처함과 실망이 뒤섞인 그의 표정을 보아도 프랑수아즈는 아무 느낌이 들지 않았다. '애처로운 표정이군.' 하고 냉담하게 생각할 따름이었다.

"웨일스식 치즈토스트 두 개를 시키자고."

"제르베르랑 무슨 이야기를 나눴는지 듣고 싶어요?" 프랑수아즈가 물었다.

"당연히 듣고 싶지." 피에르가 다정히 말했다.

프랑수아즈는 믿지 못하겠다는 눈초리로 그를 바라보았다. 예전 같으면 그냥 단순하게, '그가 내 이야기를 듣고 싶어 한다.'라고 생각하면서 망설임 없이 모든 걸 털어놓았을 터였다. 피에르가 말과 미소를 건넬 때면, 그녀에게 그것들은 피에르 그 자체였다. 그런데 갑자기 그 모든 게 불분명한 의미가 담긴 신호처럼 보이기 시작했다. 피에르가 일부러 만들어 낸 신호였다. 이 신호가 그를 가리고 있는 탓에, '내 이야기를 듣고 싶다고, 그는 말하고 있다.'라는 사실만을 확인할 수 있을 뿐, 그 밖엔 아무것도 알 수 없었다.

그녀는 피에르의 팔에 손을 얹었다.

"당신이 먼저 말해 봐요. 그 자비에르랑 무얼 했어요? 연습을 하긴 했나요?”

피에르는 조금 당황한 표정으로 그녀를 쳐다봤다.

“거의 하지 못했소.”

“결국은 그렇게 됐군요.” 프랑수아즈는 불만스러운 기색을 숨기지 않고서 말했다. 그 자비에르는 연습을 해야 한다. 자신의 행복과 우리의 행복을 위해서. 이런 식으로, 마치 기생충처럼 여러 해를 살아갈 순 없는 노릇이었다.

“오후의 4분의 3 정도는 말다툼을 하면서 보냈소.”

프랑수아즈는 자기가 표정을 잘 꾸며 낸다고 생각했지만, 도대체 어떤 표정을 들키고 싶지 않은지 스스로도 잘 알지 못했다.

“뭣 때문에요?”

“연습 문제로 그런 거지 뭐겠소.” 피에르는 허공을 향해 웃음을 날렸다.

“오늘 아침에 즉흥 연기 수업에서 바엥이 그 애더러 숲속을 산책하면서 꽃을 따는 장면을 연기해 보라고 시켰다더군. 그런데 글쎄 그 애가 화를 내면서, 자기는 꽃을 싫어하고, 심지어 외출을 하고 싶었던 적이 단 한 번도 없었다고 대답했다는 거요. 아주 자랑스럽게 그 사건을 직접 들려주길래, 난 그만 이성을 잃고 말았소.”

피에르는 태평한 얼굴을 하고서 김이 나는 토스트를 영국식 소스에 푹 담갔다.

“그래서요?”

프랑수아즈가 재촉하듯 물었지만 피에르는 뜸을 들였다.

그녀에게 상황을 파악하는 일이 무척이나 중요한 문제라는 사실을 전혀 모르는 눈치였다.

"아! 그래서 한바탕 퍼부어 줬소. 그 앤 상처를 받았지. 내게 칭찬을 받으리라 확신하며 희희낙락 웃고 있다가 호되게 꾸지람을 들었으니 왜 안 그렇겠소! 주먹을 꽉 부르쥐고 일부러 깍듯한 태도로 내게 말하더군. 당신도 잘 아는 그 태도로 말이오. 정신적 안락에 굶주린 우리가 부르주아보다 더 나쁘다더군. 그리 틀린 말은 아니었지만, 난 지독히도 화가 나고 말았소. 그래서 한 시간 동안 돔에서 서로 입도 뻥끗하지 않은 채 그냥 마주 보고 앉아만 있었지."

희망 없는 삶, 노력의 공허함에 대한 모든 탁상공론에 결국 짜증이 나고 말았지만 프랑수아즈는 참았다. 그 자비에르의 잘잘못을 따지면서 시간을 보내고 싶지 않았기 때문이다.

"거 참 재미있었겠군요!" 그녀는 말했다. 목이 메일 정도로 가슴이 답답해져서 당혹스러웠다. 피에르 앞에서 굳이 침착함을 유지할 필요가 없는데도 말이다.

"분노로 서서히 달궈지는 경험이 그리 나쁘진 않더군. 그 자비에르도 그 상황이 싫지는 않은 눈치였소. 하지만 나보다는 자제력이 약한 터라, 기어이 얼굴을 일그러뜨리고 말더군. 그래서 난 화해를 하려 했소. 그런데 쉽지가 않더군. 그 애는 강렬한 적개심에 사로잡혀 있었거든. 그래도 결국엔 내가 이겼지."

피에르는 만족스러운 표정으로 이렇게 덧붙였다.

"우린 화목하게 지내기로 진지하게 약속했소. 그리고 화해의 뜻으로 그 애가 차를 대접하겠다며 나를 자기 방에 초대했고."

"방으로요?" 프랑수아즈가 물었다. 그 자비에르가 그녀를 방에 들인 건 한참 전의 일이었다. 프랑수아즈의 마음이 분노로 살짝 달아올랐다.

"끝내 그 애의 마음가짐을 좋은 쪽으로 돌려놓았나요?"

"우린 다른 이야기를 나눴소. 당신과 함께한 여행 얘기를 들려주면서, 둘이서 같이 여행하는 상상을 했지."

그는 미소를 지었다.

"자잘한 장면들을 수없이 상상해 보았소. 여행을 하던 웬 영국 여인이 사막 한가운데에서 위대한 모험가를 만나는 장면같이, 당신도 알 만한 것들 말이지. 그 앤 나름대로 상상력이 있는 편이라, 그 재능을 잘 살리기만 하면 될 거야."

"그 애를 엄하게 대했어야죠." 프랑수아즈는 다소 비난하듯 말했다.

"그럴 생각이니 날 나무라지 말아요."

그는 묘하게 웃어 보였다. 공손하면서도 감상에 젖은 듯한 웃음이었다.

"저는 선생님과 멋진 시간을 보내고 있어요, 하고 그 애가 갑자기 말하더군."

"아하! 당신이 원하는 대로 되었군요."

저는 선생님과 멋진 시간을 보내고 있어요…… 초점 잃은 눈으로 멍하니 서서 이 말을 했을까, 아니면 소파 가장자리에 걸터앉아서 피에르를 정면으로 바라보며 했을까? 이렇게 묻기란 다 소용없는 짓이었다. 그녀 목소리에 담긴 미묘한 어감이며, 당시 방 안에 감돌던 향내를 어찌 명확히 표현할 수 있단 말인가? 말은 비밀에 가까이 다가가게 할 수 있을지언정, 절대로 그것을 뚫고 들어가지는 못한다. 그리고 끝내 뚫고 들어가지 못한 비밀로 말미암아, 한층 더 싸늘한 모호함이 마음속에 번지게 될 뿐이다.

"그 애가 도대체 내게 정확히 어떤 감정을 품고 있는지 모르겠소. 내가 그 애 마음속에서 한자리 차지하고 있는 것 같긴 한데, 그 자리가 수시로 바뀐단 말이지." 피에르는 근심스러운 얼굴로 말했다.

"매일매일 자리를 넓혀 가고 있잖아요."

"헤어질 때가 되자 다시금 우울해하더니, 수업을 듣지 않았음을 후회하면서 자기혐오로 미쳐 날뛰더군."

그는 심각한 얼굴로 프랑수아즈를 바라보았다.

"나중에 만나면 다정하게 대해 주시오."

"늘 그러고 있어요." 프랑수아즈는 다소 쌀쌀맞게 말했다. 피에르가 그자비에르를 어찌어찌 대하라고 지시할 때마다, 그녀의 마음은 얼어붙었다. 그자비에르를 만나고 싶지 않을 뿐만 아니라 친절하게 대하기조차 싫건만, 이젠 마치 꼭 그래야 하는 일처럼 돼 버렸기 때문이다.

"그 애의 자존심은 참으로 대단하기도 하네요! 당장에 눈부신 성공을 거둘 수 있어야만 도전해 보겠다니."

"자존심 때문에만 그러는 건 아니오."

"그럼 또 뭣 때문이죠?"

"매사 계산적으로 굴면서, 비굴하게 참고 기다리기는 싫다고 수백 번 말하더군."

"당신은 지금 그걸 비굴한 행동이라 생각하는 거예요?" 프랑수아즈가 물었다.

"나야 정해진 도덕규범에 따라 사는 사람은 아니지만."

"그 애가 어떤 도덕규범에 입각해서 그렇게 행동한다고, 진심으로 그렇게 생각한단 말이에요?"

"어떤 의미에서 보자면 그렇다고 생각하오. 그 애는 명확한 입장을 가지고 인생을 대하고 있어. 그리고 그 입장에 입각해서 타협을 거부하지. 바로 그것을 난 도덕규범이라 칭하는 거요. 그 아이는 충만함을 추구해. 그거야말로 우리가 늘 높이 평가해 온 엄격함에 해당하는 거 아니겠소." 피에르는 조금 짜증을 내며 말했다.

"그 애는 무기력한 경우에 해당해요."

"무기력하다는 게 대체 뭐지? 현재에 안주하는 태도를 의미하잖소. 그와 달리 그자비에르는 현재 속에서 그저 충만함을 발견하려는 거요. 물론 현재에서 아무것도 얻지 못하면, 병든 짐승처럼 구석으로 파고들기야 하겠지. 하지만 당신도 알다시피 그 애만큼 무기력을 끝까지 밀고 나간다면, 더는 그것을 무기력이라 부를 순 없다고 생각하오. 오히려 강력한 힘 같은 것을 지니기 때문이지. 꼬박 이틀 내내 아무도 만나지 않고, 아무것도 하지 않으면서 오직 방 안에만 처박혀 있을 정도의 힘이 당신이나 내게는 없질 않소."

"토를 달진 않겠어요." 프랑수아즈는 말했다. 돌연 아무리 괴로워도 그자비에르를 만나 볼 필요가 있겠다고 생각했다. 피에르의 목소리가 이상하리만큼 들떠 있었기 때문이다. 감탄이라는 감정을 느낄 줄 모른다고 주장해 온 그가 아니던가.

"반대로 무언가에 꽂혔을 때, 그걸 즐기는 그 애의 방식은 상당히 강렬하오. 그 옆에 있으면 내가 열정이 부족한 사람처럼 느껴질 정도라니까. 조금은 굴욕적인 생각마저 들 뻔했지."

"살면서 처음으로 굴욕을 경험한 셈이군요." 프랑수아즈는 애써 웃으며 말했다.

"그 애와 헤어지면서 예쁜 흑진주라고 말해 줬소. 그 아이는 어깨를 으쓱하고 말았지만, 난 진심으로 그렇다고 생각해. 그자비에르의 내면은 전체적으로 무척이나 순수하면서도 뜨겁다니까." 피에르는 진지하게 말했다.

"그런데 왜 그 애 속이 검다는 거죠?"

"사악한 면모를 지니고 있기 때문이오. 이따금 나쁜 짓을 저지르거나 스스로에게 상처를 주고, 남에게 미움받아야 할 필요가 있다고 느끼는 게 아닌가 싶을 정도요."

그는 잠시 생각에 잠겼다.

"더 흥미로운 건, 남들에게 좋은 평가를 들을 때면 자주 겁에 질린 듯한 표정을 짓고서 화를 낸다는 점이오. 타인의 평가가 자기를 구속한다고 느끼는 거야."

"또 그 즉시 구속에서 벗어나기도 하죠."

그녀는 망설여졌다. 그자비에르라는 이 매혹적인 존재를 믿어 보고 싶어진 것이다. 요즘 들어서 종종 피에르와 떨어져 있다고 느끼는 까닭은, 그자비에르를 향한 감탄과 사랑에 이르는 길에 피에르를 홀로 내버려 두었기 때문이다. 우리 두 사람의 눈은 더 이상 같은 이미지를 응시하고 있지 않았다. 피에르가 까탈스럽고 길들이기 쉽지 않은 영혼을 발견한 그 이미지에서, 난 변덕스럽기 그지없는 여자애만을 찾아냈을 따름이다. 그와 함께하기로 마음먹고 완고한 반항심을 버린다면…….

"어쨌든 진실한 면이 있긴 해요. 그 애는 가끔 어딘가 감동적일 때가 있거든요."

다시금 그녀의 반항심이 꿈틀거렸다. 매혹적인 그 가면은 속임수일 뿐이다. 주술에 미혹되지 않겠다. 그 애에게 사로잡히면 무슨 일이 벌어질지 도저히 알 수 없다. 다만 어떤 위험이 도사리고 있다는 점만큼은 분명히 알고 있다.

"그렇지만 그 애와 우정을 나누기는 불가능해요. 끔찍할 정도로 이기적인 아이니까요. 단지 그 애가 다른 사람보다 자신을 더 사랑하는 듯 보여서 그렇게 느끼는 건 아니에요. 다른 사람의 실질적 존재가 지닌 의미를 아예 무시하니까 그러는 거죠." 프랑수아즈는 씁쓸히 말했다.

"하지만 그 아인 당신을 무척이나 좋아하고 있소. 그런데도 당신이 그 애에게 냉정하게 굴고 있음을 스스로 잘 알지 않소." 조금은 질책하듯 피에르가 말했다.

"그 애에게 사랑받는다는 건 유쾌한 경험이 아니에요. 나를 우상으로 떠받들면서도, 동시에 거적때기로 취급한단 말이에요. 마음속으로는 남몰래 내 실체를 숭배하듯 바라보고 있을지 몰라도, 초라하기 짝이 없는 현실의 나를 대할 때면 기분 나쁠 만큼 버릇없이 굴면서 제멋대로 좌지우지하려 든다고요. 그럴 만도 하죠. 우상은 배가 고프지도, 졸리지도, 두통에 시달리지도 않으니까요. 숭배받는 당사자의 의견은 조금도 묻지 않고서 자기 마음대로 떠받드는 거라고요."

피에르가 웃기 시작했다.

"당신 말이 맞아. 당신은 내가 그 애의 편을 든다고 생각할지 모르지만, 바로 인간관계를 맺을 줄 모르는 그 애의 특성이 내 마음에 와닿는 지점이오."

프랑수아즈 역시 웃으며 말했다.

"조금은 편파적이라는 생각이 들긴 하네요."

두 사람은 식당을 빠져나왔다. 또다시 그자비에르 문제만을 이야기하고 말았다. 그자비에르가 곁에 없을 때마저 매번 그녀 얘기만 하면서 시간을 보낼 정도로 그녀에게 집착하게 된 것이다. 프랑수아즈는 슬픔에 젖어 피에르의 얼굴을 살폈다. 피에르는 프랑수아즈에 관해서는 그 어떤 질문도 하지 않았고, 하루 종일 그녀가 무슨 생각을 했는지엔 아예 관심조차 없었다. 재미있다는 듯 그녀의 말에 귀를 기울인 까닭은 단지 예의를 차리느라 그런 것일까? 그녀는 피에르와 최소한의 접촉만큼은 유지하려고 그의 팔을 붙들었다. 피에르는 그런 그녀의 손을 가볍게 힘주어 잡았다.

"이제 당신 집에서 자지 않게 되어 조금은 아쉽소."

"그렇긴 하지만, 페인트칠을 새로 하니 지금으로서는 당신 분장실이 더 멋지더군요."

조금 두려운 생각이 들었다. 다정한 말과 애정이 담긴 사소한 몸짓에서는 의도적으로 친절하게 대하려는 노력만이 보일 뿐이었다. 그것들은 어떤 주제들로 가득 차 있지 않았으므로 마음에 와닿는 것 역시 전혀 없었다. 그녀는 몸을 떨었다. 마치 그녀도 모르게 어떤 시동 장치가 작동하기 시작한 것 같았다. 정말로 시동이 걸렸다면, 지금부터 의혹에 제동을 거는 일이 가능하긴 할까?

"편안한 밤 보내요." 피에르가 다정하게 말했다.

"고마워요. 내일 아침에 봐요."

프랑수아즈는 극장 뒷문으로 사라져 가는 피에르의 모습을 지켜보았다. 날카로운 고통이 그녀를 헤집어 놓았다. 말과 행동, 그 이면에는 무엇이 담겨 있었을까? '우리는 하나야.' 안일한 착각에 빠져서 피에르에 대한 근심을 항상 면피해 온 그녀였다. 그런데 결국 말에 불과했다. 그들은 둘이었던 것이다. 그런 느낌을 눈치챈 건, 어느 날 밤 폴 노르에서였다. 며칠 뒤에 피에르에게 화를 낸 이유는 바로 그 때문이었다. 하지만 그건 불안감을 키우고 싶지 않아서 진실을 외면하려고 분노 속으로 도피한 데에 지나지 않았다. 피에르는 잘못한 게 없었다. 변한 건 그가 아니었다. 스스로를 합리화하려는 듯, 수년 동안 그를 제대로 들여다보지 않았던 이는 바로 그녀였다. 그가 스스로를 위해 살고 있음을 그녀는 오늘에야 깨달았다. 이런 식으로 느닷없이 낯선 자의 현존과 마주하게 된 까닭은, 생각 없이 그를 믿은 대가였다. 그녀는 걸음을 재촉했다. 피에르와 가까워질 수 있는 유일한 방법은 그자비에르를 받아들이고, 그와 같은 관점에서 그녀를 바라보려고 노력하는 것뿐이었다. 자기 삶을 이루는 아주 작은 조각에 불과한 존재로 그자비에르를 여겼음이 마치 아주 오래전 일같이 느껴졌다. 갈망과 좌절감이 뒤섞인 불안한 마음을 껴안은 채 현재 그녀가 돌진하는 곳은, 바로 자기 앞에 고작 절반밖에 열려 있지 않은 어느 낯선 세계였다.

프랑수아즈는 잠시 문 앞에 꼼짝 않고 멈춰 섰다. 위압감이 느껴지는 방이었다. 그 방은 진정한 성역이었다. 이곳에서는 여러 차례 의식이 치러졌다. 그리고 여기서 연한 담배 연기와 차(茶) 냄새, 라벤더 향기에 휩싸인 채 지고의 신성으로 군림해 온 이는, 프랑수아즈를 향해 두 눈을 고정한 그녀, 바로 그자비에르였다.

프랑수아즈는 조용히 문을 두드렸다.

"들어오세요." 쾌활한 목소리가 대답했다.

약간 놀란 마음으로 프랑수아즈는 문을 밀고 들어갔다. 초록색과 흰색으로 된 기다란 실내 가운을 걸친 그자비에르가 웃으며 서 있었다. 예상한 대로 자기 때문에 놀란 프랑수아즈가 우스워 죽겠다는 얼굴이었다. 빨간색 갓을 씌운 전등이 방안을 핏빛으로 물들이고 있었다.

"제 방에서 오늘 밤을 함께 보내지 않으실래요? 수프를 조금 준비해 두었어요." 그자비에르가 말했다.

세면대 근처에 놓인 알코올 풍로 위에선 주전자가 소리를 내며 끓고 있었다. 접시 두 개에 담긴 알록달록한 샌드위치가 희미한 불빛 아래로 보였다. 초대를 거절할 엄두조차 나지 않았다. 겉으로는 부드럽게 말하는 듯 보여도, 그자비에르의 제안은 언제나 위압적인 명령에 해당했기 때문이다.

"고맙기도 해라. 이렇게 저녁 식사 자리에 초대받을 줄 알았다면 멋지게 차려입었을 텐데."

"지금도 아름다우신걸요. 앉으세요. 보이시죠? 녹차를 좀 샀어요. 어린잎이라 아직도 제법 신선해요. 얼마나 향기로운지 알게 되실 거예요." 그 자비에르가 상냥하게 말했다.

그녀는 볼에 잔뜩 머금고 있던 바람을 풍로의 불꽃을 향해 힘껏 불어 댔다. 프랑수아즈는 자신이 품었던 적개심이 부끄러워졌다.

'내가 냉정한 건 사실이야. 못된 마음을 먹고 있었으니.' 그녀는 생각했다.

방금 전 피에르에게 어찌나 사나운 목소리로 말했던지! 찻주전자를 세심하게 살피는 그 자비에르의 얼굴을 보고 있노라니, 차츰 그녀의 마음도 풀렸다.

"그러네, 향기가 정말로 좋구나."

"아, 다행이에요. 마음에 안 들어 하실까 봐 조마조마했거든요."

프랑수아즈는 샌드위치를 조금은 걱정스럽게 쳐다보았다. 둥글게, 네모나게, 혹은 마름모꼴로 자른 호밀빵 위에 잡다한 색깔의 잼 비슷한 것이 발려 있었다. 그리고 군데군데 앤초비와 올리브, 동그랗게 썬 비트 따위가 삐져나와 있었다.

"제각기 샌드위치예요." 그 자비에르는 자랑스러워하는 얼굴로 이렇게 말하면서 찻잔에 김이 나는 차를 따랐다.

"그리고 모든 샌드위치 곳곳에 토마토소스를 조금씩 발랐답니다. 훨씬 예뻐 보이게 하려고요. 하지만 맛이 느껴지진 않을 거예요." 그녀는 빠르게 말을 마쳤다.

"아주 맛있어 보이는걸." 프랑수아즈는 체념한 채 말했다.

토마토를 무척이나 싫어했으므로, 그녀는 가장 덜 붉어 보이는 샌드위치를 골랐다. 맛이 이상했지만 아예 맛이 없다고는 할 수 없었다.

"새로운 사진을 장만했는데, 보셨나요?" 그자비에르가 물었다.

벽에 발린 초록색과 붉은색의 꽃무늬 벽지 위에 예술적으로 촬영한 누드 사진 몇 장이 핀으로 꽂혀 있었다. 프랑수아즈는 구부러진 긴 등과 맨가슴을 주의 깊게 들여다보았다.

"라브루스 선생님께선 이 사진들이 예쁘다고 생각하지 않으시는 것 같더라고요." 그자비에르가 뾰로통한 얼굴로 말했다.

"금발의 여자는 살이 조금 쪄 보이지만, 갈색 머리의 여자는 상당히 예쁘군."

"그 여자는 선생님처럼 목이 길고 아름다워요." 그자비에르가 상냥한 목소리로 말했다.

프랑수아즈는 그녀에게 미소를 지어 보였다. 그 순간 마음이 후련해졌다. 온종일 우울했던 몽상적 정서가 사라진 것이다. 그녀는 자투리 천으로 짜깁기해서 만든 것 같은, 노란색과 초록색과 빨간색의 마름모꼴로 이루어진 별 모양의 천을 씌운 소파와 팔걸이의자를 쳐다보았다. 비록 빛바랬지만 과감한 색채가 뿜어내는 영롱한 빛깔과 어두운 조명 그리고 늘 그자비에르 주위에 감도는 시든 꽃향기와 싱싱한 살 내음이 좋았다. 이 방에 대해선 피에르 역시 이 이상으로 알지 못하리라. 그자비에르가 지금 내게 지어 보이는 표정보다 더 애절한 얼굴을 그에게 보여 주었을 리도 없다. 매력적인 이 표정이 드러내는 것은 어린아이의 정직한 얼굴이지, 불안을 자아내는 주술사의 가면이 아니었다.

"샌드위치 좀 더 드세요."

"정말로 배가 불러."

"이런! 입에 맞지 않나 보군요." 그자비에르가 섭섭한 얼굴로 말했다.

"아니야, 정말로 맛있어." 프랑수아즈는 접시를 향해 손을 뻗으며 말했다. 이런 식의 부드러운 횡포에 상당히 익숙해진 상태였다. 그자비에르는 다른 사람을 기쁘게 하는 데는 관심이 없으며, 오직 남을 기쁘게 한다는 즐거움에만 이기적으로 몰두할 따름이었다. 그렇다고 비난해야 할까? 그 점 때문에 사랑스럽지 않은가? 그녀는 만족스럽게 두 눈을 반짝이면서 토마토소스가 두껍게 발린 샌드위치를 프랑수아즈가 삼키는 모습을 지켜보았다. 돌덩이가 아닌 이상, 그녀가 기뻐하는 얼굴을 보면서 감동받지 않을 순 없었다.

"방금 전에 아주 행복한 일이 있었어요." 그자비에르가 비밀을 속삭이듯 나직한 목소리로 말했다.

"무슨 일인데?"

"그 잘생긴 흑인 댄서가 제게 말을 걸더라고요!"

"금발 여자에게 눈알이 뽑히지 않도록 조심해."

"차랑 잡동사니가 든 꾸러미를 들고 계단을 오르다가 복도에서 마주쳤어요. 어쩌나 멋지던지! 옅은 색 코트를 걸치고 연회색 모자를 쓰고 있었는데, 어두운 피부색이랑 너무나도 잘 어울리더라고요. 제가 꾸러미를 땅에 떨어뜨렸는데, 활짝 웃으면서 그걸 주워 주더니 '잘 가요, 아가씨. 식사 맛있게 하시고요.'라고 말하더라고요." 그자비에르는 두 눈을 반짝이면서 말했다.

"그래서 넌 뭐라고 대답했는데?"

"아무 대답도 못 하고 도망치듯 자리를 뜨고 말았어요." 그자비에르는 대답했다. 그러고는 미소를 지으며 이렇게 말했다.

"고양이처럼 우아하더라고요. 별생각 없어 보이면서도 호락호락한 인상은 아니더군요."

여태껏 프랑수아즈는 그 흑인 남자를 제대로 눈여겨본 적이 없었다. 이 아이 곁에 있으니 스스로가 너무나도 메마른 사람처럼 여겨졌다. 그자비에르가 벼룩시장에 갔더라면 무척이나 많은 추억을 안고 돌아왔을지도 몰랐다. 그러나 프랑수아즈에겐 기껏해야 때가 긴 낡은 헝겊과 구멍이 숭숭 뚫린 가건물만이 눈에 띄었을 뿐이었다.

그자비에르는 프랑수아즈의 잔을 새로 채웠다.

"오늘 아침에 일은 잘하셨어요?" 그녀가 상냥하게 물었다. 프랑수아즈는 미소를 지었다. 평소 그자비에르는 프랑수아즈가 하루 중 가장 좋은 시간대를 할애하는 그 일을 싫어했다.

"충분히 했어. 어머니 집에서 점심을 먹기로 해서 12시에는 나와야 했지만."

"언젠가 선생님 책을 보여 주시겠어요?" 그자비에르가 애교를 부리듯 입을 샐쭉거리며 말했다.

"물론이지. 네가 원한다면 언제든지 첫 부분을 보여 줄게."

"무슨 내용인데요?"

그자비에르는 무릎을 굽히고 쿠션 위에 앉아서는 뜨거운

차를 살며시 불어 댔다. 프랑수아즈는 그런 그녀를 조금은 후회하는 마음으로 바라보았다. 그자비에르가 자기에게 보이는 관심에 감동했기 때문이다. 좀 더 자주 그녀와 진심 어린 대화를 나누려고 노력했어야 했다.

"내 젊은 시절에 대한 이야기야. 사람들이 젊은 시절엔 왜 그토록 볼품없는지 설명했으면 해서."

"젊을 때엔 볼품없다고 생각하시는 건가요?" 그자비에르가 물었다.

"넌 그렇게 생각하지 않겠지. 강인한 성품을 타고났으니까."

프랑수아즈는 잠시 생각하다가 말을 이어 갔다.

"생각해 봐. 어린 시절엔 별 볼 일 없는 존재로 여겨지는 상황을 쉽사리 감수하곤 하잖아. 그러다가 열일곱 살이 되면 달라지지. 그 무렵 독립적인 인간으로 살고 싶다고 본격적으로 생각하기 마련이니까. 하지만 내적으로는 여전히 예전과 같다고 느끼지. 그 결과, 어리석게도 외적 보상에 목매게 되고."

"어떤 식으로요?"

"남들에게 인정받으려 한다거나, 자신의 생각을 글로 쓰려 하기도 하고, 또 모범적인 인물이라 여겨지는 사람과 자신을 비교하기도 하지. 엘리자베트를 떠올려 보라고. 어떤 의미에서 보자면 그 친구는 이 단계를 넘어서지 못했다고 할 수 있어. 청소년기에 영원히 머물러 있는 셈이라고."

그자비에르가 웃음을 터뜨렸다.

"확실히 선생님과 그분은 전혀 다른걸요."

"부분적으로는 그렇지. 피에르와 내가 엘리자베트를 못마땅하게 여기는 이유는, 그 친구가 우리 말을 비굴하게 따르면서도 끊임없이 자기 모습을 꾸며 내려 하기 때문이야. 하지만 마음을 조금만 좋게 먹고 그 친구를 헤아려 보면, 실상 그 모든 것이 자기 인생과 자신에게 어떤 확고한 가치를 부여하기 위한 서툰 노력에 해당한다는 사실을 알아차리게 되지. 그 친구가 결혼이나 명성 따위를 통해 사회적으로 그럴듯해 보이고 싶어 하는 까닭도 그런 마음의 표현인 셈이야."

그자비에르의 얼굴이 약간 어두워졌다.

"엘리자베트라는 분은 가련한 허영심의 상징 그 자체로군요!"

"그게 다가 아니야. 그 사람이 어쩌다 그렇게 되었는지를 이해해야만 한다고."

그자비에르는 어깨를 으쓱였다.

"그럴 만한 가치가 없는 자들을 이해하려고 애쓰는 게 무슨 소용인지 모르겠군요."

프랑수아즈는 초조해지려는 마음을 가까스로 다잡았다. 자기 이외의 다른 사람을 좋게 평가하거나, 심지어 단순히 공평하게 말하기만 해도 그자비에르는 자신을 비방하는 것이라 여기곤 했다.

"어떤 의미에서 보자면, 이 세상 모든 사람들은 전부 이해할 만한 가치를 지니고 있어." 뿌루퉁한 얼굴로 자기 말에 귀를 기울이는 그자비에르에게 프랑수아즈는 말했다.

"만약 자기 내면을 들여다본다면 엘리자베트는 완전히 이성을 잃고 말 거야. 무의미와 허무만을 발견하게 될 테니까. 그

런데 그 친구는 그게 우리 모두의 운명임을 모르고 있어. 그
애는 바깥에서, 즉 충만한 말과 행동, 얼굴을 통해 남들을 보
고 있잖아. 그 때문에 일종의 신기루가 생겨나는 거지."

"이상하네요. 평소엔 친구분을 위해 변명하신 적이 별로 없
잖아요."

"이건 변명이나 비난을 하는 차원의 문제가 아니야."

"예전부터 느꼈는데, 두 분은 항상 사람들이 수많은 비밀을
품고 있다고 생각하시는군요. 실제로는 훨씬 단순한 존재인데
말이죠."

프랑수아즈는 웃었다. 언젠가 그녀 스스로 피에르에게, 제
멋대로 그자비에르를 복잡한 존재로 여긴다면서 이러한 비난
을 가한 적이 있었기 때문이다.

"겉으로만 보면 단순하겠지."

"그럴지도 모르죠." 논쟁을 끝내려는 듯, 그자비에르는 정중
하면서도 심드렁한 목소리로 대답했다. 그녀는 찻잔을 내려놓
고서 프랑수아즈를 향해 상냥한 미소를 지어 보였다.

"방을 청소해 주는 여자가 제게 뭐라고 했는지 모르시죠?
글쎄, 9호실에 남자이면서 여자이기도 한 사람이 살고 있다는
거예요."

"9호실 사람이라. 아, 그래서 선이 강하고 목소리가 굵은 거
구나! 실제로는 여자 옷을 입고 다니면서 말이야. 그 사람 말
하는 거 맞지?"

"네. 그런데 이름은 남자더군요. 오스트리아 사람인데, 태어
났을 때 여자인지 남자인지 몰라서 부모가 망설였대요. 결국

엔 남자아이로 출생 신고를 했는데, 열네 살 무렵에 여자애들이나 겪는 그 증상이 나타난 거죠. 그런데도 그 사람 부모가 호적을 고치진 않았다더군요."

그러더니 그자비에르는 나지막이 이렇게 덧붙였다.

"게다가 가슴팍에 털이 나는 등 다른 이상 증세들마저 나타났대요. 자기 나라에선 꽤 유명한가 봐요. 자신의 이야기를 영화로 만들어서 돈을 꽤 많이 벌었다고 하더라고요."

"상상이 가. 정신 분석이랑 성 의학이 발달한 그 나라에선 양성이라는 이유만으로 쉬이 별종 취급을 받았을 테지."

"그러게요. 그런데 선생님도 아시는 정치적 사건에 휘말리는 바람에 추방당했대요. 그래서 이곳으로 망명했다더군요. 무일푼인 데다 남자에게 마음이 끌리지만 남자들은 전혀 마음을 주지 않아서 불행하기 짝이 없나 봐요." 그자비에르가 멍한 얼굴로 말했다.

"이런! 가엾기도 해라! 하긴, 남자 동성애자들에게도 관심받지 못할 거야."

"매일 울고만 있대요."

그자비에르는 애절한 얼굴로 얘기하며, 프랑수아즈를 바라보았다.

"그 사람 잘못이 아니잖아요. 남들 같지 않다는 이유로 어떻게 고국에서 쫓겨날 수 있죠? 누구에게도 그럴 권리는 없다고요."

"정부에겐 그럴 권리가 있으니까."

"이해할 수 없어요. 자기 하고 싶은 대로 하면서 살 수 있는 나라는 없을까요?" 그자비에르가 힐난조로 말했다.

"없어."

"그렇다면 무인도로 떠나야겠군요."

"무인도조차 지금은 모두 누군가의 소유물이야. 결국 갈 수 있는 데가 없는 셈이지."

"제가 무슨 방법을 찾아내겠어요."

"그럴 수 없으리라고 봐. 너 역시 다른 사람들처럼 여러 가지 싫은 일들을 받아들여야만 할 거야."

프랑수아즈는 웃으며 말을 이어 갔다.

"열받게 하는 생각이지?"

"네."

그자비에르는 프랑수아즈를 곁눈질하며 계속 말했다.

"제가 연습에 임하는 모습이 마음에 들지 않는다고 라브루스 선생님께서 말씀하시던가요?"

"너랑 오랫동안 논쟁을 벌였다고 얘기하더군."

프랑수아즈는 밝은 목소리로 이렇게 덧붙였다.

"네가 방으로 초대해서 아주 기뻤다는 말도 했고."

"아! 어쩌다 보니 그렇게 된 거예요." 그자비에르가 싸늘하게 말했다.

그녀는 찻주전자에 물을 채우기 위해 돌아섰다. 잠시 침묵이 흘렀다. 그녀가 자기를 용서했으리라는 피에르의 생각은 틀렸다. 그자비에르의 방에서 승기를 잡았다고 느낀 까닭은, 헤어지기 직전에 그녀가 마지막으로 보인 반응 때문만은 아니었으리라. 오후 내내 분노에 사로잡힌 채 생각을 곱씹으면서,

틀림없이 화해로 만남을 마무리했음에 분개했을 터였다.

프랑수아즈는 그녀의 기색을 살폈다. 나를 상냥하게 맞아 준 것 역시 피에르를 몰아내기 위한 의식에 불과한 건 아니었을까? 또다시 난 이 아이에게 속고 만 것일까? 차와 샌드위치, 저 아름다운 녹색 가운은 나를 숭배하기 위해서가 아니라, 섣부르게 심어 준 특권 의식을 피에르에게서 도로 빼앗아 오기 위해 마련된 것이다. 프랑수아즈는 목이 메어 왔다. 불가능하다. 이 따위 우정에 헌신하기란 불가능하다. 그 즉시 입속엔 허위의 맛, 금속에 베인 상처의 맛이 감돌 테니까.

7장

"과일도 좀 드세요." 이렇게 말하면서 프랑스아즈는 사람들 사이를 헤치고 음식이 차려진 식탁 쪽으로 잔 아르블레를 안내했다. 크리스틴 고모는 식탁에 딱 붙어서 기미오가 거만한 표정으로 아이스커피를 마시는 모습을 사랑스럽다는 듯 웃으며 바라보았다. 프랑수아즈는 샌드위치와 작은 케이크가 담긴 접시를 흘끔대며 음식이 부족하지는 않은지 확인했다. 참석자는 작년 크리스마스 파티 때보다 두 배나 많았다.

"장식이 정말 멋지네요." 잔 아르블레가 말했다.

프랑수아즈는 열 번째로 같은 대답을 되풀이했다.

"베그라미앙 씨가 한 거랍니다. 미적 감각을 갖춘 사람이죠."

그는 로마의 전쟁터를 눈 깜짝할 사이에 댄스홀로 바꿔 놓을 만큼 재능 있는 사람이었다. 하지만 프랑수아즈는 지나치게 많은 호랑가시나무와 겨우살이, 전나무 가지가 썩 마음에 들지 않았다. 그녀는 새로운 얼굴을 찾기 위해 주위를 둘러보았다.

"이렇게 와 줘서 고마워요! 라브루스가 보면 아주 기뻐할 거예요."

"존경해 마지않는 선생께서는 어디 계신가요?"

"저기, 베르제와 같이 있어요. 당신이 와서 재미있게 해 주길 바라고 있을 거예요."

블랑쉬 부케도 베르제만큼이나 재미없는 사람이긴 했지만, 그래도 분위기를 다소나마 전환해 주리라. 피에르는 전혀 파티를 즐기는 표정이 아니었다. 가끔씩 염려스러운 얼굴로 고개를 쳐드는 모습을 보니, 그자비에르를 걱정하고 있는 듯했다. 그녀가 취하거나 도망칠까 봐 신경 쓰이는 모양이었다. 그자비에르는 제르베르와 나란히 무대의 장막 앞쪽 가장자리에 앉아 있었다. 다리를 흔들고 있는 모습을 보니, 두 사람 모두 상당히 지루해하는 눈치였다. 전축에서 룸바가 흘러나왔지만, 춤을 추기에는 너무 붐비는 상황이었다.

'그자비에르에겐 안된 일이로군.' 프랑수아즈는 생각했다. 파티를 돌보기에도 이미 벅찼으므로, 그자비에르의 생각이나 감정까지 신경 써야 한다면 도저히 견딜 수 없으리라.

'안됐어.' 프랑수아즈는 어쩔 줄 몰라 하며 거듭 생각했다.

"벌써 가시려고요? 너무 아쉽군요!"

그녀는 만족해하는 눈빛으로 아벨송의 모습을 좇았다. 까다로운 손님들이 모두 돌아가고 나면 부담감은 줄어들 터였다. 프랑수아즈는 엘리자베트 쪽으로 발길을 돌렸다. 그녀는 삼십 분 째 문설주에 몸을 기대선 채 허공을 응시하고 있었다. 그 누구와도 대화를 나누지 않았고, 담배만 피워 대고 있었다. 그런데 무대를 가로질러 엘리자베트에게 다가가기란 일종의 모험이나 다름없었다.

"이렇게 와 주셔서 감사합니다! 라브루스가 아주 좋아할 거예요! 블랑쉬 부케한테 붙잡혀 있으니 그 사람 좀 구해 주세요."

프랑수아즈는 겨우 몇 센티미터 앞으로 나아갔다.

"오늘 눈이 부시군요, 마리앙주. 푸른색과 보라색이 아주 잘 어울려요. 너무 아름다워요."

"랑방 투피스예요. 정말 예쁘죠?"

몇 차례 더 악수와 미소를 나눈 뒤에야 프랑수아즈는 마침내 엘리자베트 곁에 다가설 수 있었다.

"힘들어 죽겠어." 프랑수아즈는 활기차게 말을 건넸다. 피곤한 건 사실이었다. 요즘 들어 그녀는 자주 피곤함을 느꼈다.

"오늘 밤 멋쟁이들이 많이도 왔군! 저 여자 배우들 피부가 형편없는 거 너도 봤지?"

엘리자베트의 피부도 좋지 않기는 마찬가지였다. 누리끼리한 데다 붓고 처져 있었다. '이 애는 되는대로 살고 있어'. 프랑수아즈는 생각했다. 육 주 전, 리허설이 열리던 밤에 무척이나 화사한 모습을 하고 있었음이 믿기지 않을 정도였다.

"화장 때문이지 뭐." 프랑수아즈가 말했다.

"다들 몸매 하나는 끝내주는군. 블랑쉬 부케가 마흔 살이 넘었다는 게 믿기지 않는군!" 엘리자베트는 나름대로 공정하게 말했다.

여자들의 몸은 싱싱했고 머리카락 역시 또렷한 빛깔을 띠었으며, 얼굴의 윤곽마저 무너진 데가 하나 없었다. 하지만 그들의 젊음에서는 살아 있는 것들의 싱그러움이 느껴지지 않았다. 방부 처리된 젊음이었다. 마사지로 잘 가꾼 그들의 살갗에는 주름은커녕 미세한 주름의 기미조차 없었다. 그래서인지 피로해 보이는 눈가가 한층 더 음산해 보였다. 안으로는 그들 역시 늙어 가는 중인 것이다. 한동안 윤기 나는 껍데기를 유지한 채 늙어 갈 수는 있으리라. 그러나 언젠가는 반짝이는 저 껍데기마저 메마른 비단 종이처럼 순식간에 가루가 돼 버릴 것이다. 결국, 주름과 반점, 불거진 혈관, 앙상하게 뼈만 남은 손가락을 지닌 완벽한 노파의 모습이 눈앞에 나타나게 될 터다.

"젊어 보이는 여자라는 말은 끔찍한 표현이야. 그 말을 들을 때면 늘 새우 통조림이 생각나거든. '싱싱한 새우만큼이나 질이 좋습니다.'라고 말하는 점원이 생각나기도 하고." 프랑수아즈가 말했다.

"내게 젊음이 그저 좋게만 보인 적은 별로 없어, 보기 흉하게 차려입은 저 애송이들을 좀 보라고. 전혀 먹혀들지 않잖아." 엘리자베트가 대꾸했다.

"넌 집시풍 치마를 걸친 칸제티가 예쁘다고 생각하지 않나 보구나. 그럼 엘로이랑 쇼노는 어때? 완벽하다고는 할 수 없지만……."

다소 어색해 보이는 그 드레스는 불확실한 삶으로 내닫는 야망과 꿈, 고뇌, 잠재력을 반영한 채 매력을 한껏 뿜어내고 있었다. 칸제티가 허리에 두른 노란색의 넓적한 허리띠, 엘로이가 걸친 블라우스의 자수 장식은 그들의 미소만큼이나 각자의 특징을 빈틈없이 드러내고 있었다. 엘리자베트의 옷차림 또한 예전에는 그랬다.

"여기 모인 개성 넘치는 아가씨들조차 아르블레나 부케랑 닮을 수만 있다면 그 어떤 대가든 치를 준비가 되어 있을 거야. 이게 내 대답이야." 엘리자베트가 쏘아붙이듯 말했다.

"맞아. 저 애들도 성공하고 나면 여느 여자들과 다를 바 없어지겠지."

프랑수아즈는 눈앞에 펼쳐진 장면을 둘러보았다. 어수선한 분위기 속에서 성공한 아름다운 여자 배우와 신인 여자 배우, 점잖은 낙오자 들이라는 서로 다른 운명으로 이루어진 군중이 북적거리고 있었다. 그래서 살짝 현기증이 일었다. 어떤 때에는 이들의 인생이 자기가 자리 잡은 이곳, 이 시간을 위해 일부러 모여든 듯 여겨지다가도, 또 다른 순간에는 전혀 다르게 느껴지기도 했다. 이들은 그저 저마다 스스로를 위해 여기저기 흩어져 있을 뿐이었다.

"그런데 오늘 밤엔 그자비에르가 이상할 정도로 볼품없어 보이네. 머리에 두른 꽃 좀 보라고. 취향이 형편없군!"

저 자그마한 꽃 장식을 완성하느라 프랑수아즈는 그자비에르와 함께 긴 시간을 들인 터였다. 하지만 그녀는 엘리자베트의 말에 토를 달지 않았다. 프랑수아즈가 그녀의 의견에 동의할 때조차 엘리자베트의 눈에는 이미 충분할 정도의 적의가 담겨 있었기 때문이다.

"그자비에르랑 제르베르 둘 다 이상하게 굴고 있어." 프랑수아즈가 말했다.

제르베르는 그자비에르의 담배에 불을 붙여 주고 있었는데, 그녀와 눈을 마주치는 상황을 애써 피하고 있었다. 제르베르는 페클라르에게서 빌렸음이 분명한 어두운 색깔의 우아한 양복을 위아래로 갖춰 입고, 한껏 부자연스러운 태도를 취하고 있었다. 그자비에르는 자신이 신은 구두코만을 고집스레 쳐다보고 있었다.

"아까부터 지켜봤는데, 서로 말 한 마디 나누지 않고 있어. 사랑에 빠진 사람들처럼 수줍어하는군." 엘리자베트가 말했다.

"서로를 겁내는 거야. 안타깝군, 좋은 친구가 될 수 있었을 텐데."

엘리자베트의 요사스러운 말에 마음이 상하진 않았다. 제르베르를 향한 애정에는 질투심이 전혀 없었기 때문이다. 그러나 맹목적으로 미움받고 있다는 생각이 들자 기분이 썩 좋지는 않았다. 엘리자베트는 노골적으로 적대감을 드러내고 있었다. 이제 그녀가 속내를 털어놓는 일은 절대로 없을 것이다. 그녀의 말과 침묵, 그 모든 것이 격렬한 비난에 해당했다.

"베르냉 말로는 너랑 오빠가 내년에 순회공연을 떠날 거라던데, 사실이야?"

"그럴 리가 없지, 사실무근이야. 피에르가 마침내 뜻을 굽혔다고 베르냉은 생각하나 본데, 착각하고 있는 거야. 피에르는 내년 겨울에 자기가 쓴 작품을 무대에 올릴 생각이거든."

"그 작품으로 내년 시즌의 막을 여는 건가?" 엘리자베트가 물었다.

"아직은 잘 모르겠어."

"순회공연을 떠난다면 후회할지도 몰라." 엘리자베트가 걱정하듯 말했다.

"내 생각도 그래."

프랑수아즈는 약간 놀라면서, 엘리자베트가 여전히 피에르에게 무언가를 바라고 있지는 않은지, 자문해 보았다. 바티에한테 유리할 만한 어떤 새로운 일을 10월 무렵에 시도해 보려는 심산인 듯했다.

"조금 한산해졌네." 프랑수아즈가 말했다.

"리즈 말랑을 보고 와야겠어. 나한테 긴히 할 말이 있는 것처럼 보여서." 엘리자베트가 말했다.

"그럼 난 피에르를 구하러 가 봐야겠다."

피에르는 사람들과 열렬히 악수를 나누고 있었다. 하지만 아무리 애를 써도 다정하게 미소 짓는 법은 끝내 깨우치지 못한 듯싶었다. 그것이야말로 미켈 부인이 딸에게 공들여 가르친 처세술이었다.

'엘리자베트와 바티에의 관계가 어떻게 되어 가는지 궁금하군.' 아쉬움이 한껏 담긴 작별 인사를 건네며 프랑수아즈는 생각했다. 자기 담배를 훔쳐 갔다는 핑계로 기미오를 내쫓은 뒤에, 엘리자베트는 다시 클로드와 관계를 시작했다. 하지만 저 정도로 우울해하기는 처음이었으므로, 잘 진행되고 있지 않음이 분명했다.

"그런데 제르베르는 어디로 사라진 거지?" 피에르가 물었다.

그자비에르는 팔을 흔들면서 무대 한가운데에 혼자 있었다.

"왜 다들 춤을 안 추지? 공간이 이렇게나 넉넉한데." 이어서 그는 이렇게 말했다.

그의 목소리에는 짜증이 섞여 있었다. 프랑수아즈는 살짝 쓰라린 마음을 안고서 오랫동안 무조건적으로 믿고 사랑했던 피에르의 얼굴을 바라보았다. 이제 그의 얼굴이라면 능히 읽어 낼 수 있었다. 오늘 밤 그는 평정심을 잃은 상태였다. 잔뜩 긴장해서는 딱딱하게 굳어 있으니, 몹시 유약해 보이기까지 했다.

"2시 10분이군요. 이제 더 올 사람은 없을 거예요."

피에르는 불안에 휩싸인 탓에 그자비에르가 자기를 다정하게 대하는 순간에조차 그다지 즐거워 보이지 않았다. 반면 그녀가 조금만 눈살을 찌푸려도 분노와 후회로 괴로워했다. 평정심을 되찾으려면 그에겐 그자비에르가 자기 손아귀에 있다는 확신이 필요했다. 그녀와 자기 사이에 다른 사람이 끼어들면 그는 한결같이 불안해하고 짜증을 냈다.

"많이 지루하진 않았어?" 프랑수아즈가 물었다.

"아뇨. 다만 멋진 재즈 음악을 듣고서도 춤을 출 수 없으니 괴로울 뿐이에요." 그자비에르가 말했다.

"지금은 제법 춤을 출 만할 거야." 피에르가 말했다.

세 사람은 잠시 입을 다물었다. 그들 모두 미소를 짓고 있었지만, 그 누구도 말을 내뱉지는 않았다.

"조금 있다가 룸바를 가르쳐 드릴게요." 그자비에르는 조금 과하게 느껴질 정도로 활기차게 프랑수아즈한테 말했다.

"난 슬로 댄스를 추는 걸로 만족해야겠는걸. 룸바를 추기엔 나이가 너무 많거든."

"무슨 말씀을 하시는 거예요?" 그자비에르가 말했다. 그녀는 다소 애처로운 얼굴로 피에르를 쳐다봤다.

"미켈 선생님께선 마음만 먹으면 어떤 춤이든 다 소화하실 거예요."

"당신은 조금도 늙지 않았소!" 피에르가 맞장구쳤다.

그자비에르에게 말을 거는 순간, 그의 얼굴과 목소리는 별 안간 환하게 변했다. 그는 표정과 목소리의 아주 미세한 변화마저 섬세하게 조절해 가며 신경 쓰고 있었다. 눈빛이 환해졌음에도, 평소처럼 세심하고 다정하게 넉살을 떨지 못하는 모습으로 봐서 아직 경계심을 풀지 않았음이 분명했다.

"엘리자베트와 동갑이라고요. 조금 전에 만나고 왔는데 전혀 위안이 되지 않더군요." 프랑수아즈가 말했다.

"엘리자베트가 무슨 상관이야. 당신은 자기 얼굴을 들여다본 적이 없잖소." 피에르가 말했다.

"선생님께선 절대로 본인 얼굴을 보지 않으세요. 언젠가 한번 선생님 모습을 몰래 영상으로 찍어 두었다가 불시에 보여 드려야겠어요. 그러면 어쩔 수 없이 본인 모습을 보시게 되겠죠. 깜짝 놀라실 거예요." 그자비에르가 안타깝다는 듯 말했다.

"자기가 뚱뚱한 중년 여인의 모습이리라고 생각하나 보군.

당신이 얼마나 젊어 보이는지 스스로 안다면 좋을 텐데!" 피에르가 말했다.

"그래도 난 춤을 추고 싶진 않아요." 프랑수아즈가 말했다. 두 사람이 한목소리로 위로하는 얘기를 듣고 있자니 그녀는 마음이 영 불편해졌다.

"그러면 나랑 둘이서 춤을 추는 건 어때?" 피에르가 그자비에르에게 물었다.

프랑수아즈는 춤을 추는 두 사람의 모습을 눈으로 좇았다. 지켜보기가 거북했다. 그자비에르는 수증기처럼 가볍게 춤을 추었고, 그녀의 발은 허공을 떠돌고 있었다. 그리고 피에르, 그는 몸이 무거운데도 마치 보이지 않는 줄에 매달려서 중력의 법칙으로부터 벗어나 있는 듯 보였다. 사람이 조종하는 인형이라도 된 듯, 그는 경이로울 정도로 우아하게 움직이고 있었다.

'춤을 출 줄 알았더라면 좋았을 텐데.' 프랑수아즈는 생각했다.

춤을 추지 않은 지 십 년이나 되었다. 다시 시작하기에는 너무 늦은 상태였다. 그녀는 커튼을 젖히고 무대 뒤로 들어가 어둠 속에서 담배에 불을 붙였다. 적어도 여기에선 잠시나마 쉴 수 있을 성싶었다. 너무 늦었다. 절대 원하는 대로 몸을 움직일 수 있는 여자는 못 될 것이다. 지금부터 얻을 수 있는 것에는 관심이 없다. 치장이니 화장이니 하는 것들, 전부 겉치레에 불과하다. 성숙한 여인. 그것이 바로 서른 살이라는 나이가 의미하는 바다. 춤을 출 줄 모르는 여자, 평생 사랑을 단 한 번밖에 못 해 본 여자, 카누를 타고 콜로라도 협곡을 내려가 본 적도, 걸어서 티베트 고원을 건너 본 적도 없는 여자. 난 영원히 그런 여자로 남게 될 것이다. 삼십 년이라는 세월은 그녀의 뒤를 쫓아다니는 과거만을 의미하지 않았다. 그녀 주위에, 그리고 그녀 안에 그 세월이 쌓여 있었기 때문이다. 그건 그녀의 현재이자 미래였으며, 그녀라는 사람을 이루는 본질이었다. 아무리 초인적인 용기를 내보아도, 또한 그 어떤 정신 나간 짓을 해 보아도 본질적으로 바뀌는 건 아무것도 없었다. 물론 죽기 전에 러시아어를 배우거나, 단테의 작품을 읽을 시간은 있으리라. 브루게나 콘스탄티노플을 둘러볼 시간 또한 있을 터였다. 혹은 예기치 않은 사건과 새로운 재능 들로 인생을 채워 나갈 수 있을지도 모른다. 그렇더라도 이 삶은 지금과 같은 상태로 끝까지 남을 것이며, 달라지는 건 없을 터였다. 그러므로 그녀의 인생은 그녀 자신과 서로 구분되지 않았다. 고통스러운 현기증이 엄습하는 가운데, 프랑수아즈는 메마른 한 줄기의 새하얀 빛이 내면을 뚫고 들어오면서 그나마 간직하고 있던 일말의 희망마저 모조리 일소해 버렸음을 느꼈다. 잠시 그녀는 꼼짝 않고 어둠 속에서 빨갛게 빛나는 담뱃불을 응시했다. 희미한 웃음소리와 나지막한 소곤거림을 듣고 나서야 그녀는 정신을 차렸다. 이 어두운 복도는 누군가가 늘 즐겨 찾던 곳이었다. 그녀는 조용히 거기서 멀어져 무대로 다시 나왔다. 이제 사람들은 즐기고 있는 듯 보였다.

"어디에 갔다 왔소? 방금 전에 폴 베르제와 잠시 이야기를 나누었소. 그 자비에르는 그 여자를 꽤 미인이라고 생각하더군." 피에르가 말했다.

"나도 만났어요. 아침까지 계속 있어 달라고 부탁까지 한 걸요."

프랑수아즈는 폴을 친구로 여겼다. 다만 남편이나, 함께 어울려 다니는 무리들이 없는 자리에서 그녀를 따로 만나기란 힘들 따름이었다.

"정말 너무도 아름다운 분이셨어요. 저기 있는 길쭉한 인형들과는 전혀 다르더라고요." 그자비에르가 말했다.

"수녀나 선교사 같은 분위기가 좀 강하게 나는 편이지." 피에르가 말했다.

폴은 이네스와 대화를 나누고 있었다. 목까지 올라오는 기다란 검은색 벨벳 드레스를 입고 있었다. 앞가르마를 타서 뒤로 넘긴 적갈색이 감도는 금발 사이로 매끈한 이마를 훤히 드러내고 있었다. 눈매는 매우 그윽했다.

"볼을 보면 조금은 금욕적인 느낌이 드는데, 입매는 커다래서 상당히 육감적이고 눈에는 활기가 넘치더군요." 그자비에르가 말했다.

"맑은 눈을 지녔지. 하지만 난 무거운 느낌을 주는 눈을 좋아해." 이렇게 말한 뒤, 피에르는 그자비에르를 바라보면서 미소 지었다.

피에르는 폴에 대해 이런 식으로 말하면서 다소 비열한 모습을 보였다. 평소의 그는 폴을 높이 평가했기 때문이다. 그런데 지금은 마땅한 근거 없이 폴을 깎아내리고, 그자비에르에게 제물로 바치며 사악하게 기뻐하고 있었다.

"춤을 출 때의 폴은 정말 근사해. 그건 춤이라기보다 무언

극에 가까워. 기술적인 측면에서 보자면 그리 정교하다고는
할 수 없지만, 거의 뭐든지 춤으로 표현해 내는 재능을 지니고
있다니까." 프랑수아즈는 말했다.

"그분이 춤추는 모습을 꼭 보고 싶군요!" 그자비에르가 말
했다.

피에르가 프랑수아즈를 쳐다보면서 말했다.

"당신이 폴한테 부탁해 보는 건 어떻소?"

"실례가 되지는 않을까 걱정돼요."

"평소에 거절을 잘 하는 편은 아니지 않소."

"난 폴이 좀 어렵거든요."

폴 베르제는 흠잡을 데 없을 정도로 모든 사람을 친절히
대했다. 하지만 그녀가 무슨 생각을 하는지는 도통 알 수 없
었다.

"남을 어려워하는 프랑수아즈를 본 적 있어? 여태껏 살면
서 난 이번이 처음이야!" 피에르가 웃으면서 말했다.

"그분 춤을 꼭 보고 싶어요!" 그자비에르가 말했다.

"알았어. 부탁하러 가 볼게." 프랑수아즈는 말했다.

그녀는 웃으면서 폴 베르제에게 다가갔다. 이네스는 낙담한
얼굴을 하고 있었다. 붉은색 물결무늬가 들어간 화려한 드레
스를 걸친 채, 노란색 머리카락 위에는 망사로 된 금색 머리띠
를 두르고 있었다. 폴은 그녀의 눈을 들여다보면서 자식을 격
려하는 어머니 같은 목소리로 이야기하고 있었다. 그녀가 재
빨리 프랑수아즈를 향해 고개를 돌렸다.

"용기와 신념이 없으면 아무리 재능이 있어도 연극 판에선

아무 소용이 없지 않나요?"

"물론이죠." 프랑수아즈가 말했다.

이네스는 그런 경우에 해당하지 않았다. 그녀 스스로도 그 사실을 잘 알고 있었다. 하지만 그녀는, 어쨌든 다소 안심한 듯한 표정을 지어 보였다.

"한 가지 부탁 좀 하려고 왔어요. 조금이라도 곤란하다면 편히 거절하셔도 좋아요. 다름 아니라, 당신의 춤을 잠깐이라도 볼 수 있으면 정말 기쁠 것 같아서요." 프랑수아즈가 말했다. 얼굴이 벌겋게 달아오르면서 피에르와 그자비에르를 향한 분노가 솟구쳤다.

"기꺼이 추도록 하죠. 그런데 음악도, 소품도 없으니 어떡하죠. 요즘엔 긴 드레스에다 가면을 쓰고 춤을 추거든요." 이렇게 말하면서 폴은 변명하듯 웃어 보였다.

"정말 멋지겠네요." 프랑수아즈가 말했다.

폴은 망설이는 얼굴로 이네스를 쳐다봤다.

"이네스, 기계 장치 춤곡을 연주할 수 있지? 그 춤을 추고 나서는 음악 없이 '하녀'를 춤으로 표현해 볼게요. 당신은 이미 본 적이 있는 춤이에요."

"상관없어요. 다시 보고 싶은걸요. 정말 고마워요. 전축을 끄고 올게요." 프랑수아즈가 말했다.

한통속이 된 그자비에르와 피에르는 똑같이 재미있어하는 표정을 지은 채 프랑수아즈 쪽을 훔쳐보았다.

"춤을 추겠대요."

"당신은 외교술이 좋군." 피에르가 말했다.

너무 대놓고 좋아하는 피에르를 보면서 프랑수아즈는 의외라고 생각했다. 흥분한 그자비에르는 폴 베르제를 뚫어져라 쳐다보면서 기대감에 잔뜩 부풀어 있었다. 피에르의 모습이 반영하는 건, 바로 그자비에르가 드러내는 천진난만한 기쁨이었다. 폴이 무대 한가운데로 나갔다. 대중에게 아직 널리 알려지지 않았지만, 여기 있는 사람들만큼은 모두 그녀의 예술을 우러러보고 있었다. 칸제티는 연보라색 치마를 자기 주위로 늘어뜨린 뒤 웅크리고 앉아 있었다. 엘로이는 테데스코로부터 몇 걸음 떨어진 곳 바닥에 고양이 자세로 자리 잡고 있었다. 크리스틴 고모는 어느새 사라졌고, 기미오는 마르크 앙투안 옆에 딱 붙어 서서 그에게 아첨하듯 웃어 보이고 있었다. 모두가 관심을 보이고 있었다. 피아노 앞에 앉은 이네스가 첫 번째 화음을 쳤다. 그러자 폴의 팔이 느리게 움직이면서 잠들어 있던 기계 장치가 움직이기 시작했다. 리듬이 점점 빨라졌다. 하지만 기계의 연결봉도, 롤러도, 강철로 만들어진 기계의 그 어떤 움직임도 프랑수아즈의 눈엔 들어오지 않았다. 그녀가 바라보는 대상은 폴이었다. 자기와 같은 나이의 여자. 자신만의 이야기와 일, 인생을 지닌 여자. 프랑수아즈를 신경 쓰지 않고 춤을 추는 여자. 당장 폴이 그녀를 향해 웃어 보이더라도, 그건 관객들 사이에 끼어 있는 한낱 구경꾼에게 보내는 미소에 지나지 않았다. 폴에게 프랑수아즈는 배경의 일부일 뿐이었다.

'아무 걱정 없이 스스로를 가장 사랑할 수만 있다면.' 프랑수아즈는 불안에 떨면서 생각했다.

지금 이 순간에도 감동에 젖어서 자신의 심장 박동에 귀를 기울이는 수많은 여자들이 세상에 존재하고 있었다. 저마다 자기만의, 자신을 위한 심장을 지니고 있었다. 도대체 어찌해야 내가 세상의 특별한 중심을 차지하고 있다고 생각할 수 있을까? 폴과 그자비에르 그리고 수많은 다른 이들이 존재하고 있었다. 서로 비교하는 것조차 불가능했다.

프랑수아즈는 치마를 따라 천천히 손을 떨궜다.

'대체 나는 누구인가?' 그녀는 스스로에게 물었다. 그녀는 폴을 바라보다가, 주체할 수 없는 감동으로 환히 빛나는 그 자비에르의 얼굴을 쳐다보았다. 저기 있는 저 여자들이 누구인지 알 수 있었다. 그들은 자신을 규정해 주는 기억과 취향 그리고 생각을 지니고 있었다. 또한 표정이 드러내 보이는 확고한 특징까지도. 그런데 프랑수아즈는 스스로의 형체를 뚜렷이 구별해 내지 못하고 있었다. 방금 전 그녀를 뚫고 지나간 빛조차 공허함만을 드러낼 따름이었다. '선생님께선 절대로 본인 얼굴을 보지 않으세요.'라는 그자비에르의 말은 사실이었다. 낯선 사물을 대하듯 얼굴을 치장해야 할 때에만 그것에 신경 쓰곤 했으니까. 과거 속에선 풍경이나 다른 이들만을 찾으려 했을 뿐, 스스로를 탐색한 적은 없었다. 심지어 생각과 취향마저 그녀에게는 무형의 덩어리에 불과했다. 그녀에게 모습을 드러내는 건 진짜를 닮은 것일 뿐, 무대 천장에 달린 겨우살이나 호랑가시나무 다발과 마찬가지로 진짜는 결코 그녀에 주어진 것이 아니었다.

'나는 그 누구도 아니다.' 프랑수아즈는 생각했다. 다른 사

람들과 달리 비좁고 보잘것없는 개인적 한계 속에 갇혀 있지
않은 자신을 곧잘 자랑스러워하곤 했다. 엘리자베트, 그자비
에르와 함께 프레리에 갔던 날 밤은 그리 오래전 일이 아니었
다. 세상과 마주한 숨김없는 의식. 그날 밤, 그녀는 자신을 그
렇게 여겼다. 프랑수아즈는 자기 얼굴을 만져 보았다. 그녀 스
스로에게 그 거죽은 무채색의 가면에 지나지 않았다. 남들은
그녀를 보았고, 싫든 좋든 그녀 역시 그 세계의 일부분에 해
당했다. 하지만 그게 다였다. 다른 이들 틈에 섞여 있는 한 여
자일 뿐이었다. 이 여자가 우연히 그 모습으로 드러나도록 그
냥 내버려 두었을 뿐, 그 어떤 윤곽도 제시한 적 없었다. 이 낯
선 여자에 대한 평가조차 불가능했다. 반면 그자비에르는 이
여자를 평가하면서 폴과 대결시키고 있었다. 그자비에르는 과
연 누구를 더 마음에 들어 할까? 그리고 피에르는? 이 여자
를 바라볼 때, 그의 눈에는 어떻게 비치고 있을까? 프랑수아
즈는 피에르 쪽으로 눈길을 돌렸다. 하지만 피에르는 그녀를
보고 있지 않았다.

그가 바라보는 건 그자비에르였다. 그자비에르는 입을 반
쯤 벌린 채 눈물을 글썽거리며 가까스로 숨을 쉬고 있었다.
자신이 어디에 있는지마저 잊어버릴 정도로 넋을 놓은 듯했
다. 프랑수아즈는 짜증스럽게 눈길을 돌렸다. 피에르의 집요한
시선이 경박하다 못해 추잡스럽게 보이기까지 했다. 귀신에 홀
린 것 같은 그의 표정을 차마 쳐다볼 수가 없었다. 프랑수아
즈에겐 이처럼 무언가에 열광적으로 빠져들 수 있는 능력이
없었다. 적어도 그녀는 자기에게 그런 능력이 없다는 점만큼

은 확실히 알 수 있었다. 스스로를 부재의 연속으로서만 인식하기란 고통스러운 경험이었다.

"그자비에르의 표정 봤소?" 피에르가 물었다.

"네." 프랑수아즈가 대답했다.

그는 연신 그자비에르에게서 시선을 떼지 않은 채 말을 이어 갔다.

'그래서 저러는 거야.' 프랑수아즈는 생각했다. 프랑수아즈 자신만큼이나 피에르가 보기에도 그녀는 뚜렷한 특징을 지니고 있지 않은 것이었다. 비가시적이고, 무형의 상태로 희미하게 피에르에게 속해 있을 뿐이었다. 그는 스스로에게 하듯이 그녀에게 말을 걸었고, 그의 시선은 그자비에르에게서 떠날 줄을 몰랐다. 부푼 입술을 하고서 파리한 두 뺨 위로 눈물을 흘리는 그자비에르의 모습은 아름다웠다.

사람들이 손뼉을 쳤다.

"폴에게 고맙다는 말을 하러 가야겠어요." 프랑수아즈가 말했다. '난 더 이상 아무것도 느낄 수 없게 돼 버렸어.' 그녀는 생각했다. 춤을 바라보다가 늙은이처럼 편집증적 생각에 빠져들었던 것이다.

폴은 무대 위로 쏟아지는 찬사에 매우 우아한 태도로 화답했다. 언제나 완벽하게 처신할 줄 아는 그녀가 프랑수아즈로서는 감탄스러울 따름이었다.

"집에 가서 드레스랑 음반 그리고 가면을 가져오라고 하고 싶네요."

이렇게 말하고 나서 폴은 천진난만해 보이는 커다란 눈동자로 피에르를 응시한 채 물었다.

"어떻게 보셨는지 의견을 듣고 싶군요."

"어떤 방향으로 작업을 진행하셨는지 몹시 알고 싶습니다. 방금 보여 주신 춤에는 다양한 가능성이 담겨 있더군요."

전축에서 파소 도블레가 흘러나오자 사람들은 다시금 둘씩 짝을 짓기 시작했다.

"이 음악에 맞춰 나랑 춤을 춰요." 폴이 프랑수아즈에게 강권하듯 말했다.

프랑수아즈는 얌전히 그녀를 따라나섰다. "싫어요. 전 춤을 추기 싫다고요."라며 그자비에르가 볼멘소리로 피에르에게 말하는 것이 그녀의 귀에 들려왔다.

그녀는 화가 났다. 그랬다! 또 그녀의 잘못이었다. 그자비에르가 분노했으니 피에르는 이를 두고 또다시 그녀를 원망할 것이다. 하지만 폴이 너무나 잘 이끌어 준 덕분에, 그녀는 상대가 이끄는 대로 몸을 내맡긴 채 즐겼다. 그자비에르는 이 기분을 절대로 모를 터였다.

무대 위에는 열다섯 쌍 정도의 커플이 있었다. 다른 사람들은 무대 뒤편과 객석에 흩어져 있었다. 한 무리의 사람들이 2층 관람석에 자리를 잡고 있었다. 갑자기 제르베르가 요정처럼 튀어 오르더니 무대 앞쪽으로 모습을 드러냈다. 그의 주위에선 마르쿠스 안토니우스[14]가 유혹의 춤을 따라 하면서 그

---

14) Marcus Antonius(기원전 83년~기원전 30년). 마르쿠스 안토니우스는 로마 공화국이 로마 제국으로 바뀌는 데 결정적 역할을 한 정치인이다. 율리우스 카이사르의 지지자로 그의 휘하에서 복무했으며, 카이사르의 죽음

의 뒤를 쫓아다니고 있었다. 좀 뚱뚱하긴 해도 활력과 우아함이 넘쳐흐르는 몸매를 가진 사내였다. 제르베르는 약간 취한 듯 보였고, 검은색 머리칼 한 움큼을 눈가에 늘어뜨리고 있었다. 머뭇머뭇 교태를 부리며 멈춰 서거나 어깨에 고개를 다소곳이 파묻은 채 몸을 피하다가도 유혹에 이끌린 듯 수줍어하면서 앙투완에게 되돌아가곤 했다.

"두 사람 다 귀엽네요." 폴이 말했다.

"가장 재미있는 점은 저게 랑블랭의 실제 취향이라는 거예요. 자기 취향을 숨기지도 않고요." 프랑수아즈가 말했다.

"랑블랭이 마르쿠스 안토니우스 역할에 여성적 측면을 부여한 까닭이 예술적 효과를 고려한 결과인지 아니면 천성 때문이었는지 궁금했었답니다." 폴이 말했다.

프랑수아즈는 피에르를 흘깃 쳐다보았다. 그는 열정적으로 그자비에르에게 무언가를 얘기하고 있었다. 하지만 그자비에르는 영 듣는 눈치가 아니었다. 그녀는 기이하게 보일 만큼 탐욕스러운 눈초리로 홀린 듯 제르베르를 바라보고 있었다. 그 시선을 보자 프랑수아즈는 불쾌해졌다. 남들 모르게 제르베르를 독점하려는 시선처럼 여겨졌기 때문이다.

음악이 끝나자 프랑수아즈는 폴에게서 물러났다.

"저도 선생님을 춤추게 할 수 있어요." 그자비에르는 프랑수아즈를 붙잡으면서 말했다. 그러고는 힘주어 프랑수아즈를 껴

이후에는 2차 삼두 정치라고 불리는 3인 집정제의 시대를 마르쿠스 아이밀리우스 레피두스, 옥타비아누스와 함께 열었다.

안았다. 작은 손이 자신의 허리를 움켜잡자, 프랑수아즈는 그만 웃을 뻔했다. 그녀는 애정 어린 마음으로 그자비에르의 체취라 할 수 있는 차와 꿀과 살 내음을 맡았다.

'내 것으로 만들 수만 있다면 이 아이를 좋아할 수도 있을 텐데.' 그녀는 생각했다.

오만하기 그지없는 이 여자애 또한 결국 무미건조하고 무기력한 세계를 이루는 미세한 조각에 불과했다.

그러나 그자비에르의 노력은 오래가지 못했다. 으레 그렇듯이, 프랑수아즈를 배려하지 않고 제멋대로 춤을 추기 시작했던 것이다. 프랑수아즈는 그녀를 따라갈 수 없었다.

"잘 안되네요." 그자비에르는 실망한 얼굴로 말했다. 그러더니 이렇게 덧붙였다.

"목말라 죽겠어요. 선생님은 괜찮으세요?"

"식탁에 엘리자베트가 있잖아."

"그게 무슨 상관이에요. 뭘 좀 마셔야겠어요."

엘리자베트는 피에르와 이야기를 나누고 있었다. 실컷 춤을 춘 덕분에 기분이 다소 괜찮아진 듯했다. 수다스러운 여자처럼 낄낄거렸던 것이다.

"엘로이가 오늘 밤 내내 테데스코 주변을 알짱거리더라는 얘기를 피에르한테 하는 중이야. 칸제티는 잔뜩 화가 나서 꼭지가 돌아 버린 상태고." 엘리자베트가 말했다.

"엘로이 말이야, 오늘 밤 예쁘던데. 머리 스타일을 바꾸니 사람이 달라 보이더군. 내가 생각했던 것보다 훨씬 인물이 좋더라고." 피에르가 말했다.

"기미오가 그러는데, 걔는 남자라면 가리지 않고 아무에게나 치근댄다더라고." 엘리자베트가 말했다.

"기미오가 하는 말을 곧이곧대로 받아들여선 안 돼." 프랑수아즈가 말했다.

프랑수아즈는 자기도 모르게 불쑥 이렇게 말하고 말았다. 그자비에르는 눈 하나 까딱하지 않았다. 대화의 내용을 이해하지 못한 듯했다. 엘리자베트와 대화할 때에는 자칫 긴장감을 놓으면 천박한 방향으로 흘러가기 십상이었다. 게다가 근엄하고 정숙한 아가씨가 옆에 있다고 생각하니 마음이 여간 불편한 게 아니었다.

"남자들은 그 애를 최악의 바람둥이로 취급하지. 그런데 웃기는 건 엘로이가 처녀인 데다, 심지어 계속 처녀로 남아 있고 싶어 한다는 점이야." 프랑수아즈가 말했다.

"열등감인 건가?" 엘리자베트가 물었다.

"안색 때문에 그렇게 보이는 것뿐이야." 프랑수아즈는 웃으면서 말했다.

그녀는 말을 멈추었다. 피에르가 안절부절못하고 있음을 눈치챘기 때문이다.

"춤은 그만 출 건가?" 그는 황급히 그자비에르에게 물었다.

"피곤해서요." 그녀가 대답했다.

"연극은 재미있나요? 정말로 적성에 맞아요?" 엘리자베트가 애써 활기찬 표정을 지으며 물었다.

"처음에는 다들 힘들어하는 법이잖아." 프랑수아즈가 대신 대답했다.

잠시 아무도 입을 열지 않았다. 그자비에르는 발끝부터 머리끝까지 불만에 가득 차 있었다. 그녀와 함께할 때면 분위기가 제법 무거워졌으므로 곤혹스럽기만 했다.

"요즘 작업은 하고 있니?" 피에르가 물었다.

"응. 잘되고 있어." 이렇게 대답하고 나서 엘리자베트는 담담한 목소리로 말을 이어 갔다.

"리즈 말랑이 도미니크의 부탁을 받고서 나를 찾아왔었어. 카바레의 실내 장식을 맡아 줄 수 있는지 물어보려고 말이야. 결국 제안을 받아들이지 않을까 해."

프랑수아즈는 엘리자베트가 이 일을 비밀에 부치려 했지만, 끝내 사람들 앞에서 자랑하고 싶은 충동을 참지 못했다는 인상을 받았다.

"맡아 봐. 장래성 있는 일이야. 도미니크는 카바레 사업으로 떼돈을 벌 테니까." 피에르가 말했다.

"그런데 도미니크라는 여자, 좀 이상한 데가 있더라고." 엘리자베트가 웃으며 말했다. 그녀는 단번에 사람을 규정짓곤 했다. 그녀가 고집스레 기준을 확보하려고 애쓰는 이 경직된 세계에서 의견을 바꾸기란 있을 수 없는 일이었다.

"재능이 많은 여자야." 피에르가 말했다.

"나한테는 친절하게 굴더라고. 한결같이 어마어마한 찬사를 늘어놓기도 했고." 엘리자베트는 무감정한 목소리로 말했다.

프랑수아즈는 피에르가 자신의 발을 아프도록 밟아 대고 있음을 알아차렸다.

"무조건 약속을 지켜야 해요. 당신은 너무 게으르다니까. 그자비에르가 당신이랑 룸바를 춘다지 않소." 피에르가 말했다.

"그래, 가자!" 프랑수아즈는 체념한 목소리로 이렇게 말하면서 그자비에르를 끌어당겼다.

"엘리자베트를 떼어 놓으려는 거니까 삼 분만 추고 오자."

피에르는 피곤에 절은 모습으로 무대 반대편으로 향했다.

"당신 작업실에서 기다리고 있겠소. 거기서 조용히 한잔합시다." 그가 말했다.

"폴과 제르베르도 오라고 할까요?" 프랑수아즈가 말했다.

"그럴 필요 있겠소? 우리 셋이서만 하지." 그는 조금 싸늘한 투로 말했다.

피에르가 사라지고 얼마 지나지 않아서 프랑수아즈와 그자비에르도 작업실로 향했다. 복도에서 샤노에게 격하게 키스를 퍼붓는 베그라미앙과 마주쳤다. 2층 로비에선 한 무리의 사람들이 춤을 추면서 줄지어 뛰어다니고 있었다.

"이제야 좀 쉬겠군." 피에르가 말했다.

프랑수아즈는 벽장에서 샴페인 한 병을 꺼냈다. 특별한 손님을 대접하게 위해 보관해 둔 비싼 샴페인이었다. 그 벽장에는 파티를 파하기 직전, 새벽에 내놓을 샌드위치와 작은 케이크도 들어 있었다.

"자, 병을 좀 따 줘요. 무대에서 먼지를 하도 들이마셨더니 목이 칼칼하네요." 그녀는 피에르에게 말했다.

피에르는 능숙하게 병을 따고서 잔에 술을 따랐다.

"오늘 밤 재미있게 보냈어?" 그가 그자비에르에게 물었다.

"완벽한 밤이었어요!" 이렇게 말하고 나서 그자비에르는 단숨에 잔을 비우더니 웃음을 터뜨렸다.

"세상에! 파티 초반에 뚱뚱한 남자랑 이야기하실 때 선생님께서 어찌나 거드름을 피우시던지, 꼭 삼촌을 보는 것 같더라고요!"

"지금은 어떤데?" 피에르가 물었다.

그의 얼굴에선 애정이 드러나고 있었다. 그러나 아직은 억제되어 있었으므로 마치 베일에 싸인 듯 보였다. 입매를 새로 가다듬은 행동만으로도 충분했다. 그 어떤 흔들림도 없는, 무표정한 상태로 되돌아가 있었던 것이다.

"지금은 다시 평소 모습으로 돌아오셨네요." 입술을 앞으로 살짝 내밀면서 그자비에르가 말했다.

피에르는 표정을 풀었다. 프랑수아즈는 노파심에 조마조마해하면서 그의 표정을 살폈다. 예전에는 피에르를 보고 있으면 그를 통해 세계 전체를 발견하곤 했다. 그런데 지금은 피에르 외엔 아무것도 보이지 않았다. 피에르는 그의 몸이 있는 바로 그 자리에 존재하고 있을 뿐이었다. 시선 속에 가두어 둘 수 있는 몸이 놓인 바로 그 자리에.

"그 뚱뚱한 남자 말이야, 누구인지 알아? 베르제라고, 폴의 남편이지." 피에르는 말했다.

"그분 남편이라고요? 잠시만요."

그자비에르는 당황하더니 확신에 찬 말투로 이렇게 말했다.

"그분이 남편을 사랑할 리 없어요."

"오히려 희한할 정도로 좋아하는걸. 전에 결혼한 남자와 애를 한 명 낳았는데도, 베르제랑 결혼하기 위해 이혼했다고. 그래서 한바탕 난리가 났었지. 폴은 독실한 가톨릭 집안 출신이거든. 마송의 소설을 읽어 본 적 없지? 마송이 폴의 아버지야. 그녀에 겐 위대한 인물의 딸다운 구석이 있어." 피에르가 말했다.

"남편을 진짜로 사랑하는 건 아닐 거예요. 사람들은 자주 착각에 빠지곤 하니까요!" 굳은 얼굴로 그자비에르가 말했다.

"난 네 경험의 보고(寶庫)가 마음에 들어." 피에르는 재미있 다는 듯 이렇게 말하면서, 미소 띤 얼굴로 프랑수아즈를 바라 보았다.

"아까 이 애가 한 말을 당신이 들었어야 하는데. 글쎄, 제르 베르더러 지독히도 자신만을 사랑하는지라, 남이 자기를 마 음에 들어 하건 말건 신경 쓰지 않는 사내의 전형이라더군."

그는 그자비에르의 목소리를 똑같이 따라 하며 말했다. 그 자비에르는 재미있으면서도 불쾌하다는 듯한 눈초리로 그런 그를 쳐다보았다.

"그자비에르의 가장 큰 강점은 정곡을 자주 제대로 짚어 낸 다는 데 있죠." 프랑수아즈가 말했다.

"재주꾼이지." 피에르가 다정하게 말했다.

그자비에르는 바보 같은 얼굴로 웃고 있었다. 아주 만족스 러울 때면 으레 짓는 표정이었다.

"폴 베르제에게는 냉정하면서도 열정적인 면이 있어요." 프 랑수아즈가 말했다.

"그분이 냉정할 리 없어요. 두 번째 춤이 특히나 좋더라고요. 지쳐 비틀거리는 마지막 모습에서 탈진 상태가 너무나도 심오 하게 표현된 덕분에, 아예 관능적인 단계에 이르렀더라고요."

그자비에르의 싱그러운 입술로부터 '관능적'이라는 단어가 천천히 떨어져 나왔다.

"그 사람은 육체적 감각을 일깨울 줄 알지. 하지만 난 폴이 성적 느낌을 준다고는 생각하지 않아." 피에르가 말했다.

"자신의 몸이 실제로 존재한다는 걸 느낄 줄 아는 분이죠." 피에르와 서로 마음이 통했다는 듯 그자비에르는 웃으면서 말했다.

'난 내 몸이 실제로 존재한다고 느끼지 못한다.' 프랑수아즈는 생각했다. 한 가지 사실을 깨달은 셈이었다. 하지만 이런 식으로 끊임없이 부정 명제를 키워 나간다 한들 나아지는 건 아무것도 없었다.

"긴 검은색 드레스를 입고 가만히 서 있는 모습을 보니까 중세 시대의 경직된 처녀가 떠오르더라고요. 그런데 몸을 움직이니 바로 대나무가 생각났어요."

프랑수아즈는 새로 잔을 채웠다. 그녀는 대화에 끼지 않았다. 폴의 머리칼이나 유연한 허리, 팔의 움직임이 만들어 낸 곡선 등에 대한 비유를 제시할 수도 있었지만, 계속 대화로부터 물러나 있었다. 피에르와 그자비에르가 둘만의 대화에 깊이 빠져 있었기 때문이다. 한동안 그녀의 귀에는 아무 소리도 들어오지 않았다. 두 사람의 목소리가 허공에서 그려 내는 정교한 춤사위에는 더 이상 관심이 없었다. 잠시 후, 피에르의 말소리가 다시금 들리기 시작했다.

"폴 베르제에겐 비장한 데가 있어, 전적으로 왜곡된 비장함이지. 폴을 보면서 네가 짓고 있던 표정이야말로 순수한 비극에 해당한다고 나는 생각해."

그자비에르가 얼굴을 붉혔다.

"공연에 완전히 빠졌었거든요."

"알아차린 사람은 아무도 없어. 그토록 강렬하게 상황에 몰입할 수 있는 네가 부럽더군." 피에르가 말했다.

그자비에르는 유리잔 밑바닥을 응시했다.

"다들 이상하기도 하죠. 모두 손뼉을 치긴 했지만 진짜로 감동받은 사람은 아무도 없었거든요. 선생님이야 아는 게 많아서 그러시는지도 모르죠. 하지만 결국 선생님도 그들과 다르지 않다고 할 수 있어요." 그녀는 순진한 얼굴을 하고서 말했다.

그러고는 고개를 저으며 심각한 얼굴로 말을 덧붙였다.

"참 이상하네요. 아르블레에 관해 이야기하실 때와 다를 바 없이 폴 베르제에 대해 말씀하시다니 말예요. 그리고 오늘 밤만 해도 그래요. 마치 일하러 가는 것처럼 억지로 오셨잖아요. 제겐 오늘만큼 재미있었던 적이 없는데."

"맞아. 나도 별반 다를 거 없는 사람이야." 피에르는 말했다.

누군가 문을 두드리자 그는 하던 말을 그쳤다. 이네스였다.

"실례합니다. 알려 드릴 게 있어서 왔어요. 리즈 말랑이 최근에 만든 노래를 부를 예정입니다. 그러고는 폴 선생님께서 춤을 추실 계획이라, 레코드랑 가면을 가져다 드렸습니다."

"금방 내려갈게." 프랑수아즈가 말했다. 이네스는 문을 닫고 나갔다.

"계속 여기 있고 싶은데." 불만 섞인 목소리로 그자비에르가 말했다.

"나도 리즈의 노래 따위엔 관심 없어. 십오 분 정도 있다가 내려가자고." 피에르가 말했다.

피에르가 프랑수아즈의 의견을 묻지도 않고 독단적으로 결정을 내린 적은 지금껏 단 한 번도 없었다. 피가 얼굴로 솟구치는 바람에 그녀의 뺨은 화끈거렸다.

"그건 실례예요." 그녀는 말했다.

의도했던 것보다 훨씬 싸늘한 목소리가 나왔다. 그러나 감정을 완벽하게 통제하기엔 술을 너무 많이 마신 상태였다. 누군가 무대에 서는데, 내려가 보지 않는 건 정말로 무례한 짓이었다. 그자비에르를 뒤쫓아서 변덕의 길에 발을 들여놓을 생각은 없었다.

"우리가 없다는 걸 모를 거야." 술에 취한 얼굴로 피에르가 말했다.

그자비에르가 그를 향해 미소 지었다. 자기를 위해 두 사람이 무언가를, 특히 누군가를 포기할 때마다 그녀의 얼굴에서는 천사같이 상냥한 기운이 번지곤 했다.

"여기서 절대로 내려가지 말아요." 그자비에르는 말했다.

그녀가 웃음을 터뜨렸다.

"아예 열쇠로 문을 잠그면, 바깥에서 도르래로 식사를 올려 줄 거예요."

"넌 내게 남들과 달라지는 법을 가르쳐 줄 테고." 피에르가 말했다.

그는 프랑수아즈에게 다정하게 미소를 지어 보였다.

"이 꼬마 마녀는 완전히 새로운 눈으로 상황을 보고 있소. 그래서 갑자기 우리에게도 그러한 상황이 실재하기 시작했지, 이 애가 보는 상황 그대로 말이오. 예전엔 사람들과 악수나 하고 사소한 것들에 연신 신경 쓰면서 크리스마스 전날 밤을 보내는 게 다였지만, 올해는 이 애 덕분에 진정한 이브를 보내게 됐다고!"

"맞아요." 프랑수아즈가 말했다.

피에르의 말은 그녀를 향한 것이 아니었다. 그렇다고 해서 그자비에르를 향한 것도 아니었다. 그는 스스로에게 말하고 있는 것이었다. 이 점이 그가 보인 가장 커다란 변화였다. 예전의 그는 연극을 위해, 프랑수아즈를 위해, 사상을 위해 살았고, 늘 협력할 수 있는 사람이었다. 그런데 지금 그가 자신과 맺고 있는 이 관계에는 남이 관여할 수 있는 여지란 전혀 존재하지 않았다. 프랑수아즈는 잔을 비웠다. 이번만큼은 지금껏 발생한 모든 변화를 직시하겠다는, 진심 어린 결심을 해야만 했다. 이 같은 상황을 생각할 때마다 시큼한 맛을 느껴 온 지도 벌써 수십 일이었다. 엘리자베트의 마음 역시 이런 상태임이 틀림없었다. 엘리자베트처럼 처신하는 일은 없어야 했다.

'사태를 명확히 보아야겠다.' 프랑수아즈는 속으로 중얼거렸다.

하지만 그녀의 머릿속은 이미 벌겋고 매서운, 커다란 소용돌이로 가득 차 있었다.

"내려가야 해요." 불현듯 그녀가 말했다.

"그럽시다. 지금쯤은 내려가 봐야지." 피에르가 말했다.

그자비에르의 표정은 구겨졌다.

"그렇지만 전 샴페인을 마저 마시고 싶은걸요."

"빨리 마시도록 해." 프랑수아즈가 말했다.

"빨리 마시기 싫어요. 담배를 피우면서 마시고 싶다고요."

그녀가 몸을 뒤로 젖혔다.

"내려가고 싶지 않아요."

"폴이 춤추는 걸 무척이나 보고 싶어 했잖아. 가자고, 무조건 내려가야 해." 피에르가 말했다.

"저 빼고 다녀오세요." 그자비에르는 소파에 몸을 파묻더니 고집스러운 얼굴로 거듭 이렇게 말했다.

"샴페인을 다 마시고 싶다고요."

"그럼 조금 있다가 보자." 프랑수아즈는 문을 밀고 나서며 말했다.

"저기 있는 술을 다 비울 작정인가 봐." 피에르가 걱정하듯 말했다.

"변덕스럽게 나오는 저 아이를 더는 못 참겠어요."

"변덕을 부린 게 아니오. 잠시나마 우리랑 오붓이 있을 수 있어서 좋았던 거지." 피에르는 거칠게 말했다.

그자비에르의 사랑을 받은 순간부터 그는 분명히 모든 걸 다 좋게 보고 있었다. 프랑수아즈는 그에게 이러한 생각을 내뱉을 뻔했지만 참았다. 요즘엔 혼자서 삭혀야 하는 생각이 너무도 많았다.

'변한 건 나일까?' 그녀는 생각했다.

자신이 얼마나 적의로 가득 찬 생각을 하고 있는지를 깨달자 프랑수아즈는 흠칫 놀랐다.

폴은 하얀색 모직으로 된 강두라[15]를 입고 있었다. 손에는 촘촘하게 짜인 망(網)으로 된 가면을 들고 있었다.

"떨리는군요." 그녀가 웃으면서 말했다.

무대에는 사람이 별로 남아 있지 않았다. 폴이 가면으로 얼굴을 가리자 무대 뒤편에서 격렬한 음악이 터져 나왔고, 그녀는 뛰기 시작했다. 폭풍우를 몸으로 표현하고 있었다. 거친 태풍이 몰아치는 가운데, 홀로 폭풍우 정중앙에 서 있는 상황이었다. 인도풍 관현악 연주에서 따온, 마음을 에는 듯한 둔탁한 리듬이 그녀의 춤사위를 거들고 있었다. 프랑수아즈의 머릿속에서 안개가 걷혔다. 그러자 피에르와 자기 사이에서 벌어지는 일이 또렷이 보이기 시작했다. 우리 둘은 흠잡을 데 없을 만큼 아름다운 건축물을 쌓아 올렸고, 그 뒤로 그 안에 무엇이 들었는지 전연 신경 쓰지 않은 채 건축물 밑에 드리워진 그늘 속에서 내내 몸을 사리고만 있었던 것이다. '우린 하나야.' 피에르는 아직도 이렇게 말하고 있다. 하지만 그이가 오직 자신을 위해 살고 있음을 난 알아차리고 말았다. 곁에서 보면 여전히 완벽해 보이지만 두 사람의 사랑, 두 사람의 인생이 지닌 실체는 서서히 사라져 가고 있었다. 단단한 껍질을 두른 애벌레의 말랑한 속살이 껍질 안에 든 작은 구더기들에 의해 조용히 갉아 먹히듯 말이다.

'피에르와 이야기해 봐야겠어.' 프랑수아즈는 생각했다. 이

---

15) 아프리카 북동부 지역에서 입는 소매 없는 가운.

러한 생각이 들자 그녀는 마음이 놓였다. 물론 대화 도중에 위험을 맞닥뜨리기야 하겠지만, 그와 함께 그 위험에 맞설 것이다. 매 순간 더욱 주의를 기울이면서 조심하기만 하면 된다. 그녀는 폴을 향해 몸을 돌리고 딴생각은 접어 둔 채, 우아한 그녀의 몸짓을 보는 데 집중했다.

"가능한 한 빨리 발표회를 열어야 해요." 피에르가 흥분해서 말했다.

"아! 망설여져요. 베르제는 그 자체로 예술이라 하기엔 부족하다고 하더군요." 폴이 근심스레 말했다.

"힘들겠군요. 내 작업실에 괜찮은 샴페인이 있으니 위층 로비에 가서 마시면 어때요? 여기보다는 더 편안할 거예요." 프랑수아즈가 말했다.

남아 있는 사람이 별로 없는 것치고 무대는 너무 넓었다. 게다가 곳곳에 담배꽁초와 과일 씨, 종잇조각이 널려 있기도 했다.

"레코드랑 잔 좀 치워 줄래?" 프랑수아즈가 칸제티와 이네스에게 부탁했다.

그녀는 계전기 쪽으로 피에르를 끌고 가서는 손잡이를 내리며 말했다.

"어서 빨리 파티를 끝내고 당신이랑 단둘이 좀 걷고 싶어요."

"좋지." 피에르는 살짝 호기심을 드러내며 그녀를 쳐다보았다. "어디가 안 좋은 거요?"

"그럴 리가요. 멀쩡해요."라고 말하기는 했지만 그녀의 목소리에선 신경질적 기색이 묻어났다. 피에르는 그녀가 몸 이외에

다른 데가 다칠 수 있으리라고는 생각하지 못하는 듯했다.

"나도 당신과 있고 싶소. 이런 파티는 정말 별로라서."

계단에 이르자 피에르는 그녀와 팔짱을 끼었다.

"기분이 좋지 않아 보이는군."

그녀는 어깨를 으쓱인 뒤에 조금 떨리는 목소리로 말했다.

"폴이나 엘리자베트, 이네스 등 다른 사람들이 어떻게 사는 지를 보고 있으면 이상한 기분이 들어요. 겉으로 보이는 자기 인생을 다들 어떻게 평가하고 있는지 궁금해서요."

"당신은 자기 인생이 마음에 들지 않소?" 피에르가 걱정하듯 물었다.

프랑수아즈는 미소 지었다. 심각해할 필요는 없다. 일단 피에르에게 속내를 털어놓고 나면 그 즉시 모든 근심 걱정이 사라질 테니까. 그녀는 입을 열었다.

"문제는 평가 근거가 있을 수 없다는 점이에요. 믿음의 표명이 요구되는 거죠."

그녀는 하던 말을 멈추었다. 피에르가 고통스러워 보일 만큼 긴장한 표정을 하고 계단 위에 위치한 방문을 뚫어져라 쳐다보고 있었던 것이다. 그들은 그 방문 뒤에 그자비에르를 두고 온 상황이었다.

"취해서 나가떨어졌을 게 뻔해." 그가 말했다.

그는 프랑수아즈의 팔을 놓더니 남은 계단을 서둘러 올라갔다.

"아무 소리도 들리지 않는군."

그는 잠시 꼼짝 않고 문 앞에 서 있었다. 지금 그의 표정에서 드러나는 불안감은 방금 전 그녀가 그에게 불러일으킨 감정과는 달랐다. 그가 평정심을 가지고 스스로 허용한 감정이 아니었던 것이다. 자기 뜻과 무관한 불안감이 그를 헤집어 놓았다.

프랑수아즈는 피가 거꾸로 솟구치는 기분이었다. 느닷없이 그에게 얻어맞았더라도 충격이 이토록 크지는 않았을 터였다. 다정했던 그 팔이 한 치의 망설임도 없이 자신의 팔에서 떨어져 나간 순간을, 그녀는 영원히 잊지 못할 것 같았다.

피에르는 문을 밀고 안으로 들어갔다. 그자비에르는 창가 바닥에서 몸을 둥글게 만 채 깊은 잠에 빠져 있었다. 피에르는 몸을 굽히고 그녀를 들여다보았다. 프랑수아즈는 벽장에서 음식이 든 상자와 술이 든 바구니를 꺼낸 뒤 아무 말 없이 밖으로 나왔다. 생각을 정리해 보기 위해, 어쩌면 울기 위해 어디로든 달아나고만 싶었다. 그녀가 느끼는 혼란보다 그자비에르의 토라진 마음이 더 중요한 상황, 이를테면 두 사람은 이러한 단계에 이르러 있었다. 그럼에도 피에르는 연신 입으로 그녀를 사랑한다고 말하고 있었다.

전축에서는 모두가 아는 오래된 구슬픈 노래가 흘러나왔다. 칸제티가 프랑수아즈의 손에서 바구니를 받아 들었고, 그들은 바 뒤로 가서 자리를 잡았다. 그녀는 높은 의자에 테테스크와 함께 앉아 있던 제르베르에게 술병을 건넸다. 폴 베르제와 이네스, 엘로이 그리고 샤노는 커다란 유리창 근처에 앉아 있었다.

"샴페인을 조금 주면 고맙겠어." 프랑수아즈가 말했다.

머리가 지끈거렸다. 동맥인지 늑골인지 심장인지는 모르겠지만, 몸속 어딘가가 터져 나갈 것만 같았다. 고통을 느끼는 데에는 익숙하지가 않았으므로 참기 힘들 정도였다. 칸제티가 가득 채운 잔을 조심히 들고서 다가왔다. 긴 스커트를 입은 모습이 꼭 젊은 무녀처럼 위엄 있어 보였다. 그때, 엘로이가 잔 하나를 들고 칸제티와 프랑수아즈 사이에 불쑥 끼어들었다. 프랑수아즈는 잠시 망설이다가 엘로이가 건네는 잔을 받아 들었다.

"고마워." 이렇게 말하면서 프랑수아즈는 미안하다는 표정으로 칸제티에게 미소를 보냈다.

칸제티는 빈정거리는 눈길로 엘로이를 흘깃 쳐다보았다.

"할 수 있는 만큼 되갚아 주겠어." 그녀는 이를 악물고 이렇게 중얼거렸다. 엘로이 역시 웅얼대며 뭐라고 대꾸했지만, 프랑수아즈는 알아듣지 못했다.

"미켈 선생님 앞에서 감히 그딴 식으로 말하다니!" 칸제티가 이렇게 소리를 지르면서 엘로이의 분홍빛 뺨을 냅다 갈겼다. 당황한 듯 잠시 칸제티를 쳐다보던 엘로이가 그녀에게 몸을 날렸다. 두 여자는 입을 앙다물고 서로의 머리채를 쥐어뜯으면서 바닥을 뒹굴기 시작했다. 폴 베르제가 달려왔다.

"도대체 무슨 생각으로 이러는 거예요?" 엘로이의 어깨에 고운 손을 얹으며 폴이 말했다.

누군가 날카롭게 웃는 소리가 들려왔다. 분필처럼 새하얀 얼굴의 그자비에르가 두 여자를 똑바로 쳐다보면서 다가왔다. 피에르는 그녀의 뒤를 따라오고 있었다. 그 자리에 있던 모두의 얼굴이 두 사람을 향했다. 그때 그자비에르의 웃음소리가 뚝하고 그쳤다.

"끔찍한 음악이네요." 그녀는 이렇게 말하면서, 음침하고도 단호한 얼굴로 전축을 향해 걸어갔다.

"기다려 봐. 내가 다른 음악을 틀게." 피에르가 말했다.

놀란 프랑수아즈는 괴로워하면서 그런 그의 모습을 바라보았다. 서로 갈라선다면, 그건 두 사람 모두에게 닥친 공통의 불행이리라고, 그래서 불행을 치유하는 것 또한 두 사람 모두에게 주어진 몫이 되리라고 지금껏 믿어 왔다. 하지만 이제야 그녀는 깨닫고 말았다. 전적으로 혼자 이별을 겪게 되리라는 사실을.

엘로이는 창에 이마를 기대고서 훌쩍거렸다. 프랑수아즈는 팔로 그녀의 어깨를 감쌌다. 사내놈들의 손길이 무수히 닿았음에도 상한 데 하나 없이 매끈한 그녀의 통통한 몸이 조금 혐오스럽긴 했지만, 어쩐지 편안한 피난처로 여겨졌다.

"울 필요 없어." 프랑수아즈가 멍한 상태로 말했다. 엘로이의 눈물과 따스한 살에는 마음을 진정시키는 무언가가 있었다. 그자비에르와 폴, 제르베르와 칸제티는 각각 짝을 지어 춤을 추고 있었다. 그들의 얼굴은 무기력해 보였지만, 움직임은 열정적이었다. 저들 모두에게 이미 이 밤은 피로와 실망 그리고 후회로 뒤바뀐 어떤 이야기로 간직될 터였다. 마음을 어지럽히는 이야기로 말이다. 저들이 자리를 떠야 하는 순간이 임박하고 있음을 두려워하면서도, 이곳에서의 시간을 전혀 즐기지 못하는 스스로를 발견했다. 그자비에르가 그랬던 것처럼,

저들 모두 몸을 둥글게 말고 바닥을 뒹굴면서 잠을 자고 싶어
하리라. 프랑수아즈 역시 다른 욕망 따위 없었다. 바깥은 뿌옇
게 밝아 오는 하늘 아래로 나무들의 검은 형체가 드러나는 참
이었다.

　프랑수아즈의 몸이 떨려 왔다. 어느새 피에르가 그녀의 옆
에 와 있었다.

　"파티를 끝내기 전에 한 바퀴 둘러봐야겠소. 같이 가겠소?"

　"그러죠."

　"그자비에르를 방에 데려다주고 둘이서 돔에 갑시다. 새벽
이라 꽤 쾌적할 거요."

　"알겠어요."

　피에르가 그녀에게 다정한 모습을 보일 필요는 없었다. 그
에게서 그녀가 바랐을지도 모르는 건, 자제력을 잃은 채 잠든
그자비에르의 모습을 내려다보던 그 얼굴로, 단 한 번이라도
좋으니 자신을 바라봐 주는 것이었다.

　"무슨 일 있소?" 피에르가 물었다.

　객석이 어둠에 잠긴 터라, 그에게는 프랑수아즈의 떨리는
입술이 보이지 않았다. 그녀는 마음을 진정시켰다.

　"아무 일도 없어요. 당신은 내가 어떻길 바라는 거죠? 아픈
데 없어요. 파티는 잘 끝났고요. 아무 문제도 없다고요."

　피에르가 그녀의 손목을 잡았지만 프랑수아즈는 거칠게 뿌
리쳤다.

　"술을 조금 많이 마셨나 봐요." 그녀는 비웃듯이 말했다.

　"여기 좀 앉아 봐요." 이렇게 말하고 나서 피에르는 특별석

첫 번째 줄에 그녀와 나란히 앉았다.

"무슨 일인지 내게 말해 봐요. 날 원망하고 있는 듯 보이는 군. 내가 무슨 잘못이라도 한 거요?"

"당신은 아무 잘못도 하지 않았어요." 그녀는 다정하게 말하면서 피에르의 손을 잡았다. 그를 원망하기란 온당하지 못한 처사였다. 그녀에게 그는 이토록 완벽한 사람이었던 것이다.

"당연히 당신이 잘못한 건 없어요." 그녀는 잠긴 목소리로 다시 한 번 말하고 나서 그의 손을 놓았다.

"그 자비에르 때문인 거 아니오? 그 애 문제로 우리 사이에 변한 건 아무것도 없소. 당신도 잘 알지 않소. 또한 그 때문에 조금이라도 기분이 상했다면 내게 말 한 마디 해 줘요. 그럼 된다는 것 역시 알고 있잖소."

"문제는 그게 아니에요." 그녀는 거칠게 대꾸했다.

그녀를 기쁘게 할 수 있는 건 피에르의 희생이 아니었다. 안절부절못하는 피에르의 모습을 보니 그가 프랑수아즈를 가장 우선적으로 생각하고 있음은 분명했다. 하지만 오늘 그녀가 무언가 호소하고 싶은 상대는, 자기만의 엄격한 덕성과, 반성을 거친 애정으로 무장한 이 남자가 아니었다. 가령 평판이니 서열이니 자기 승인이니 하는 것 너머에 존재하는, 있는 그대로의 피에르에게 가닿고 싶었다. 그녀는 눈물을 참았다.

"우리 사랑이 쇠락해 가고 있는 것 같아요. 그게 문제예요." 그녀가 말했다. 이 말을 하는 순간, 그녀의 눈에서 눈물이 왈칵 쏟아져 내렸다.

"쇠락해 간다고? 당신을 향한 내 사랑이 요즘처럼 강했던 적은 없소. 왜 그렇게 생각하는 거요?" 피에르는 충격받은 얼굴로 말했다.

당장에 그녀와 자신을 안심시키려 하고 있음이 명백했다.

"당신은 눈치조차 못 챈 거군요. 그리 놀라운 일은 아니에요. 우리 사랑을 몹시 소중히 여긴 나머지 시간을 초월하고 수명을 신경 쓰지 않아도 되는 곳에, 그 무엇의 영향도 받지 않는 곳에 보관해 왔을 테니까. 그런 당신에겐 이따금 우리 사랑을 떠올리며 만족해하는 것만으로도 충분하겠죠. 그러다 보니 변해 버린 우리 사랑의 실체를 단 한 번도 들여다본 적이 없는 거라고요."

그녀는 오열했다.

"하지만 난 보고 싶다고요." 그녀는 눈물을 삼키며 말했다.

"진정해요. 좀 흥분한 것 같군." 피에르는 그녀를 끌어안으며 말했다.

그녀는 피에르를 밀쳤다. 그는 착각하고 있었다. 위로해 달라고 하는 말이 아니었다. 그가 이런 식으로 그녀의 상념을 가라앉힐 수 있었다면, 대단히 간단한 문제였으리라.

"내 정신은 말짱해요. 오늘 밤 약간 취해서 이 얘기를 꺼냈는지는 몰라도, 지난 며칠 동안 계속 이 문제를 생각해 왔다고요."

"그 전에 말해 줄 수 있었잖소. 당신이 왜 내게 화를 내는지 도통 모르겠소." 피에르가 짜증을 내며 말했다.

그는 방어적인 자세를 취하고 있었다. 잘못을 저질렀을까 봐 두려운 모양이었다.

"난 당신한테 전혀 화가 나지 않았어요. 그러니 전적으로 안심해도 좋아요. 그런데 당신한테 중요한 건 그것뿐인가요?" 그녀가 거칠게 소리를 질렀다.

"뒤죽박죽인 상황이로군. 내가 당신을 사랑한다는 건 아마 당신도 잘 알 거요. 하지만 그 점을 믿고 싶지 않다면 나로서는 그걸 사실로 증명해 낼 방법이 없소."

"믿어라, 언제나 믿어라. 바티에가 자기를 사랑하고 있으며, 아마 자신 역시 여전히 그를 사랑하고 있다고 믿는 엘리자베트처럼 되라는 듯 말하는군요. 물론 그러면 안심은 되겠죠. 당신은 감정이 늘 같은 모습으로 유지되길, 또 당신을 둘러싼 감정이 깔끔하고 불변하길 바라니까. 설령 그 안에 아무것도 남지 않았더라도 당신에게는 상관없는 일이겠죠. 복음서에 나오는 하얗게 회칠한 무덤[16] 같은 거죠. 겉에서 보면 번쩍거리고 견고하니 한결같을 테니까. 심지어 주기적으로 멋들어진 말로 덧칠할 수도 있을 거고요."

그녀는 다시 한 번 눈물을 쏟았다.

"무덤을 열지만 않으면 되는 거예요. 그 안에서 재와 먼지만을 발견하게 될 테니까."

그녀는 반복해서 말했다.

"재와 먼지, 이게 바로 명백한 진실이라고요. 아아!" 그녀는 팔로 얼굴을 감쌌다.

---

16) 누가복음 11장 44절에 나오는 말이다. 예수는 바리새인의 어리석음을, 겉만 번지르르할 뿐 내부는 시체로 가득한 '하얗게 회칠한 무덤'에 빗대어 비판했다.

피에르가 그녀의 팔을 얼굴에서 떼어 놓았다.

"그만 울어요. 이성적으로 이야기를 나누고 싶소." 그가 말했다.

그는 틀림없이 그럴싸한 논거를 찾아낼 터였다. 그에게 굽히고 들어가는 것이 그만큼 더 편할 수도 있었다. 그러나 프랑수아즈는 엘리자베트처럼 자신을 기만하는 짓 따위는 하고 싶지 않았다. 그녀는 자기 마음을 정확히 알고 있었다. 그녀는 고집스레 연신 흐느껴 울었다.

"그렇게 심각해할 것 없는 일이야." 피에르가 다정히 말을 건넸다. 그러면서 그는 그녀의 머리칼을 가볍게 쓰다듬었다. 그녀는 소스라치게 놀랐다.

"심각한 일이에요. 난 지금 내가 하는 말에 확신이 있어요. 당신 감정이야 변함없을 테고, 그렇게 수 세기를 뚫고 나아가는 일조차 가능하겠죠. 그건 미라니까요." 그녀는 느닷없이 블랑쉬 부케의 얼굴을 떠올렸고, 혐오감에 사로잡힌 채 말했다.

"그 여자들 같군요, 완벽하게 방부 처리된 채 변함없이 유지되는 것 말예요."

"대단히 기분 나쁘게 나오는군. 울든 의논을 하든 하나만 하라고, 두 가지를 한꺼번에 하지 말고." 피에르가 말했다.

그는 감정을 억누르고 있었다.

"내가 사랑 때문에 이성을 잃거나 동요하는 일이 거의 없는 사람인 건 맞소. 그런데 그런 것들이 사랑의 실체를 이루고 있나? 갑자기 오늘 왜 이 문제로 화를 내는 거지? 내가 어떤 사람인지 잘 알고 있으면서 말이오."

"제르베르를 향한 우정에 관해서도 당신은 이런 식이죠. 이젠 그 애를 만나 주지도 않으면서, 내가 당신더러 그 애에 대한 애정이 식었다고 말하면 소리를 버럭 지르잖아요."

"내가 사람들을 그다지 만나고 싶어 하지 않는 건 사실이오."

"당신은 필요로 하는 게 없는 사람이에요. 당신은 아무래도 상관없으니까."

그녀는 절망에 파묻혀 울었다. 기만으로 가득 찬 세계로 돌아가기 위해 눈물을 거둘 순간을 생각하니 끔찍했다. 지금 이 순간을 영원히 지속시켜 줄 주문을 찾아내야만 했다.

"여기 계셨군요." 누군가가 말했다.

프랑수아즈는 자리에서 일어섰다. 놀랍게도, 도저히 멈출 수 없을 것만 같았던 흐느낌이 순식간에 그쳤다. 출입구 쪽에서 랑블랭이 나타나더니, 웃으며 다가왔다.

"쫓기고 있어요. 엘로이가 나를 어두운 구석으로 끌고 가서는 세상 사람들이 얼마나 못돼 먹었는지 떠들어 대더니, 막무가내로 엉겨 붙지 뭐예요."

그는 비너스처럼 수줍은 몸짓으로 자신의 사타구니에 손을 가져다 댔다.

"정조를 지키느라 아주 힘들었답니다."

"오늘 밤 엘로이에게는 운이 따르질 않는군. 테데스코를 꼬시려고 쓸데없이 애쓰더니." 피에르가 말했다.

"칸제티가 거기에 없었더라면 어찌 되었을지 모를 일이죠." 프랑수아즈가 말했다.

"아시다시피 전 편견이 없어요. 그래도 그런 식으로 행동하는 건 병적이네요." 랑블랭이 말했다.

그가 귀를 쫑긋했다.

"들리세요?"

"아니요. 무슨 소리가 들리나요?" 프랑수아즈가 물었다.

"누군가의 숨소리요."

무대 쪽에서 희미한 소리가 들려왔다. 정말로 누군가가 숨 쉬는 소리처럼 들렸다.

"누군지 궁금하네요." 랑블랭이 말했다.

그들은 무대 위로 올라갔다. 무대 위에는 짙은 어둠이 내려앉은 상태였다.

"오른쪽이야." 피에르가 말했다.

벨벳 커튼 뒤로 누군가가 누워 있는 모습이 보였다. 그들은 커튼 뒤편을 들여다보았다.

"기미오잖아! 마지막 술병을 비우기도 전에 자리를 뜬 게 어쩐지 이상하더라니."

천진난만한 미소를 머금은 채 팔베개를 하고 잠들어 있는 기미오는 정말로 귀여워 보였다.

"위층에 가 계시면 깨워서 올려 보낼게요." 랑블랭이 말했다.

"우리는 마저 둘러보도록 할게." 피에르가 말했다.

배우 분장실은 비어 있었다. 피에르가 문을 닫았다.

"서로의 입장을 들어 보면 좋겠소. 당신이 우리 사랑을 의심할 수도 있다고 생각하니 너무나 마음이 아파."

그는 진심으로 걱정하는 표정이었다. 프랑수아즈는 홀린 듯 그의 얼굴을 비라보았다.

"당신이 더 이상 날 사랑하지 않는다고 생각하는 건 아니에요." 그녀는 웅얼거렸다.

"하지만 우리가 이미 오래전에 죽어 버린 사랑을 끌고 다닌다고 얘기하지 않았소. 당찮은 말이오! 우선, 내가 당신을 만날 필요를 못 느낀다는 말은 사실이 아니오. 당신이 곁에 없으면 그 즉시 난 쓸쓸함을 느낀다오. 반대로 당신과 함께 있을 때면 단 한 번도 쓸쓸하다고 느낀 적이 없고. 또 무슨 일이 생기면 먼저 당신한테 말해야겠다고 곧장 생각한다오. 그 덕분에 당신과 여태 온갖 일들을 함께 겪어 낸 거고. 당신이 곧 내 인생이오. 당신도 그걸 잘 알지 않소. 물론 당신 문제로 내가 호들갑을 떠는 일은 드물지, 그건 사실이야. 하지만 그건 우리가 행복하게 잘 지내고 있기 때문이오. 당신이 병에 걸리거나 나를 냉대하는 날엔 난 제정신을 잃을 거야."

마지막 문장을 말하는 그의 얼굴이 어찌나 확신에 차 있고 침착해 보이던지, 그만 프랑수아즈는 다정하게 웃어 보이고 말았다. 그녀는 그의 팔을 잡고 분장실로 함께 올라갔다.

"난 당신 인생이에요. 그런데 오늘 밤엔 정말 걷잡을 수 없이 이런 생각이 드는 거예요. 우리 인생이 우리도 모르는 사이에, 또 우리 선택과는 무관하게 우리를 에워싸고 있지는 않은가, 하는 생각 말예요. 당신은 더 이상 의식적으로 나를 선택하지 않잖아요. 그건 나 역시 마찬가지고. 나를 사랑하지 않을 수 있는 자유가 당신에겐 없는 셈이죠."

"내가 당신을 사랑한다는 것, 그게 사실인 거요. 정말로 당신은 자유라는 것이 매 순간 상황을 재검토하는 데 있다고 생각하는 거요? 그자비에르와 관련해서 우리가 자주 얘기해 오지 않았소, 그런다면 그자비에르가 아주 살짝 화를 내더라도 결국 그 애한테 휘둘리게 되리라고 말이오."

"그랬죠." 프랑수아즈는 대답했다.

얽히고설킨 생각의 실타래를 풀기에는 너무도 지쳐 있었지만, 피에르가 자신의 팔을 놓자 그녀는 그의 얼굴을 다시 들여다보았다. 그의 얼굴이야말로 부정할 수 없는 분명한 사실이었다.

"그렇지만 당신으로 가득 찬 순간들, 그게 바로 내 인생을 이루고 있어요. 만일 그 순간들이 비어 있다면, 그것들이 하나의 충만한 전체를 이루고 있다고 당신이 아무리 말하더라도 난 받아들일 수 없을 거예요." 그녀는 흥분해서 말했다.

"내가 당신과 함께 충만한 순간들을 수없이 맛보고 있음을 모르겠소? 마치 내가 무신경한 잡놈이라도 된다는 듯 당신은 말하는군."

프랑수아즈는 그의 팔을 쓰다듬었다.

"당신은 자상한 사람이에요. 당신이 늘 한결같이 완벽해서, 내가 충만한 순간과 공허한 순간을 구분할 수 없게 되어 버렸다고 그냥 이해해 줘요."

"결과적으로 당신은 모든 순간이 완전히 공허해져 버렸다고 판단한 거고! 훌륭한 논리로군! 좋소, 그럼 이제부터 변덕스럽게 굴면 되는 거요?"

그는 비난하는 얼굴로 프랑수아즈를 바라보았다.

"내가 많이 사랑한다는데도 왜 당신은 그토록 우울한 얼굴을 하고 있소?"

프랑수아즈는 고개를 돌렸다.

"모르겠어요. 조금 어지럽군요."

그녀는 뜸을 들이다 말을 이어 갔다.

"예컨대 당신은 내가 내 얘기를 할 때면 늘 정중하게 귀를 기울이곤 하죠. 내 얘기가 재미있건 없건 말이에요. 그럴 때면 난 궁금해져요, 당신이 내 얘기를 들을 때 예의를 덜 차린다면 어떻게 될지."

"난 당신 얘기가 늘 재미있는걸." 피에르가 놀란 얼굴로 말했다.

"그렇지만 당신 쪽에서 내 얘기를 물어 온 적은 없죠."

"그건 할 말이 있으면 당신이 언제나 말해 주리라 생각해서요."

피에르는 불안한 표정으로 그녀의 기색을 살폈다.

"내가 언제 그랬지?"

"뭘 말이죠?"

"당신 이야기를 묻지 않은 거 말이오."

"최근 들어 몇 번 그랬어요. 다른 데 정신이 팔린 듯하더군요." 그녀는 나지막이 웃으며 말했다.

기어이 자신감이 사라진 그녀는 말을 멈추었다. 자기를 향한 피에르의 믿음과 마주하자 부끄러워진 것이었다. 그녀가 자신의 이야기 중 일부를 침묵 속에 남겨 둔 까닭은 함정을 파기 위해서였다. 그가 추호도 의심하지 않고 빠져들 만한 함정을 말이다. 그는 내가 덫을 놓으리라는 의심 따윈 하지 않았다. 변한 건 내가 아닌가? 완전한 사랑이니 행복이니 질투심을 이겨 냈다느니 떠들어 대면서도, 실상 거짓을 말하고 있던 건 내가 아니던가? 내가 하는 말과 행동은 이제 그녀의 심적 기복과 더 이상 정확히 일치하지 않았다. 그런데도 그는 연신 그녀를 믿고 있었다. 믿음 때문인가, 아니면 무관심 때문인가?

객석과 복도에는 아무도 없었다. 모든 게 제자리에 있는 듯했다. 배우 분장실과 무대는 다시금 정적에 휩싸였다. 피에르는 무대 장막 앞쪽 가장자리로 가서 앉았다.

"요즘 들어 당신을 소홀히 대한 건 아닌가 해. 내가 진짜로 당신에게 완벽한 사람이었더라면 이 문제를 놓고 당신이 불안해했을 리 없었을 텐데."

"그랬을지도 모르죠. 하지만 단순히 소홀함만을 놓고 이야기할 수는 없어요."

그녀는 목소리에 힘을 주고자 잠시 뜸을 들였다.

"당신이 마음 가는 대로 행동하는 걸 볼 때마다, 당신에겐 내가 그리 중요하지 않은 사람이라는 생각이 들었어요."

"달리 말하자면, 내가 잘못을 저지를 때만 솔직하게 나온다는 건가? 내가 당신을 정중히 대할 때는 애써 그러려는 거고? 당신은 이게 말이 된다고 생각하오?"

"가능한 주장이죠."

"물론 그렇게 생각하겠지. 당신은 나의 실수만큼이나 당신을 향한 나의 관심이 내가 비난받아 마땅한 증거라고 여기니까. 그렇게 전제하는 한, 내 행동은 뭐가 됐든 당신에게 비난거리로 비칠 거야."

피에르는 프랑수아즈의 어깨를 잡았다.

"틀렸소. 말도 안 될 정도로 틀린 생각이오. 가끔 그랬을지 몰라도 내가 당신한테 근본적으로 무관심했던 적은 없소. 난 당신을 아끼고 있어. 하지만 내가 우연히 사소한 고민에 빠져서, 그러니까 채 오 분도 안 되는 시간 동안 당신에 대한 애정을 도외시하면, 당신은 속으로 생각하겠지, 그럴 줄 알았다고 말이야."

그는 프랑수아즈를 응시했다.

"당신은 나를 믿지 않소?"

"믿어요."

그녀는 그를 믿었다. 그러나 정확히 말하자면 그것은 믿음과 관련한 문제가 아니었다. 그렇다면 당최 뭐가 문제인지 그녀조차 더는 알지 못했다.

"당신은 현명한 사람이야. 그러니 이제 그만합시다." 피에르는 이렇게 말하면서 그녀의 손을 잡았다.

"당신이 어떤 기분일지 잘 알 것 같소. 우린 그동안 순간을 초월해서 사랑을 쌓으려고 애썼지만, 결국 확실한 건 순간뿐이야. 그러니 우리는 믿는 수밖에 없소. 그런데 믿음은 용기일까, 아니면 게으름일까?"

"방금 전에 나도 바로 그 점을 알고 싶었어요."

"일과 관련해서 가끔 내가 나 자신에게 던지는 질문이라오. 그자비에르가 나더러 정신적 안정감을 좋아해서 일에 집착한다고 말했을 때는 화가 났소. 그런데 그게 틀린 말이 아니라면?"

프랑수아즈는 마음이 아팠다. 피에르가 자기 일을 문제 삼고 있음은 그녀로서 가장 견디기 힘든 상황이었다.

"내게는 맹목적인 고집 같은 게 있소. 당신도 알겠지만 꿀벌은 말이오, 벌집 바닥에 커다란 구멍을 뚫어 놓아도 계속 기꺼이 꿀을 모으지. 내가 스스로에게서 느끼는 인상과 조금은 비슷하다고 할 수 있어." 피에르는 미소를 지으며 말했다.

"정말로 그렇게 생각하는 건 아니죠?"

"이따금 어둠 속을 뚫고 오로지 자기 길을 가는 작은 영웅 같다고 느낄 때가 있긴 하지." 피에르는 단호하면서도 둔해 보이는 표정으로 이맛살을 찌푸리며 말했다.

"그래요, 당신은 작은 영웅이에요." 프랑수아즈가 웃으며 말했다.

"그렇다고 믿고 싶지만⋯⋯."

그는 자리에서 일어나더니 기둥에 몸을 기댄 채 한동안 그대로 서 있었다. 위층에 있는 전축에서 탱고 음악이 흘러나오고 있었다. 아직도 춤을 추는 모양이었다. 사람들을 보러 가 봐야 했다.

"참 묘하단 말이오. 설교를 늘어놓으며 우리를 바닥보다 더 밑으로 끌어내리는 그 애가 정말로 짜증 나지만, 그럼에도 그 애가 날 좋아해 주기만 한다면 스스로에 대한 예전의 확신을 되찾을 수 있을 것 같단 말이지. 그 애한테 인정받았다는 기분이 들 것 같기도 하고."

"이상한 생각을 다 하는군요. 그 애가 당신을 비난하면서도 좋아할 수 있잖아요."

"그러면 그 애가 하는 비난은 추상적 수준에 그치게 될 거요. 그 아이에게서 사랑받는다는 건 그 애가 날 인정하게 하는 거고. 그 애의 세계 속으로 들어가, 그 애가 표방하는 가치에 입각해서 승리를 거두는 것이나 마찬가지라 할 수 있지."

그는 미소 지었다.

"그런 식으로 승리를 거두는 것이야말로 내가 광적으로 원하는 바임을 당신도 잘 알지 않소."

"잘 알죠."

피에르는 심각한 얼굴로 그녀를 쳐다보았다.

"다만 난 비난받아 마땅한 이 괴벽 때문에 우리 사이에 무슨 문제가 생기기를 바라진 않소."

"당신이 직접 말했잖아요, 아무 문제도 없을 거라고."

"본질적으로는 아무 문제도 없을 거요. 하지만 그 애 문제로 마음을 졸일 때면 실제로 당신을 소홀히 대하게 된다고. 그 애를 보고 있을 때의 난 당신을 볼 수 없거든."

그의 목소리가 절박해졌다.

"그 애와의 관계를 끝내는 편이 더 낫지 않을까, 하는 생각마저 드는군. 내가 그 애에게 품고 있는 건 사랑이 아니라 미신에 가깝소. 그 애가 뻗대면 내 반항심은 더욱 커지지. 그런데 일단 그 애에 대한 확신이 생기면, 그 즉시 내 관심은 사라지고 말아. 더 이상 그 애를 만나지 않겠다고 마음먹기만 하면, 머지않아 그 애를 잊게 되리라는 생각이 들지."

"하지만 그럴 이유가 없죠." 프랑수아즈가 재빨리 대꾸했다.

자기 쪽에서 관계를 끊는다면 피에르가 아쉬워하지 않으리라는 점은 확실했다. 그러면 그자비에르를 몰랐던 시절의 삶으로 되돌아갈 수 있을 터였다. 그런데 이러한 확신이 들자 일종의 실망감이 싹트고 있음을 느꼈으므로, 프랑수아즈는 조금 당황스러웠다.

"내가 그 누구의 영향도 받지 않는 사람임을 당신은 잘 알잖소. 그러니 그자비에르로 인해 내가 변하는 일은 절대로 없을 거요. 불안해할 거 전혀 없소."

그는 진지한 얼굴로 되돌아와 있었다.

"중요한 문제니까 잘 생각해 봐요. 그자비에르로 인해 우리 사랑이 어떤 위험에 처했다고 느껴지면, 반드시 말해 줘야 해요. 그건 그 어떤 보상이 따르더라도 내가 결코 감수하고 싶지 않은 위험일 테니까."

침묵이 흘렀다. 프랑수아즈는 머리가 무거웠다. 마치 몸은 사라지고 머리만이 남은 느낌이었다. 심장마저 멈춘 듯했다. 피로와 무관심의 두꺼운 꺼풀이 그녀를 그녀로부터 분리해 놓은 듯했다. 질투심도, 애정도, 나이와 이름마저 사라진 상태였다. 자신의 삶을 마주한 그녀는 단지 차분하고 초연한 증인일 따름이었다.

"생각해 봤는데 문제가 될 건 없어요." 그녀는 말했다.

피에르는 프랑수아즈의 어깨를 다정히 감싸 안고 2층으로 함께 다시 올라갔다. 날은 벌써 밝았고 모두의 얼굴은 초췌했다. 프랑수아즈는 유리문을 열고 발코니 위로 걸음을 옮겼다. 한기가 그녀를 파고들었다. 새로운 하루가 시작되고 있었다.

'지금부터는 무슨 일이 벌어질까?' 그녀는 생각했다.

하지만 무슨 일이 벌어지든지 지금과 다른 결정을 내릴 수 없을 것 같았다. 꿈속에 파묻혀 살기를 늘 거부해 왔지만, 망가진 세계 속에 갇혀 있기는 더더욱 용납할 수 없었다. 그자비에르는 실제로 존재하고 있었고, 누구도 그 사실을 부인할 수 없었다. 그러니 그 애의 실존이 내포하는 모든 위험을 감수해야만 했다.

"들어와요. 날씨가 상당히 춥군." 피에르가 말했다.

그녀는 유리문을 닫고 안으로 들어갔다. 내일도 고통과 눈물에 젖게 될 터였다. 그러나 당장 자기가 맞이하게 될 미래의 모습이, 고통받는 그 여인이 가엾다는 생각은 전혀 들지 않았다. 그녀는 폴과 제르베르, 피에르 그리고 그자비에르를 바라보았다. 개인적 입장에서 벗어난 호기심만이 몹시 강렬하게 느껴졌으므로 그녀는 환희의 열기에 휩싸이고 말았다.

8장

"물론 네가 역할을 제대로 소화한 건 아니야. 네 연기는 지나칠 정도로 내면에 머물러 있거든. 그래도 넌 이 인물을 느끼는 데다, 음색은 모두 적절해."

프랑수아즈는 소파 가장자리에 그자비에르와 나란히 앉았다. 그러고는 그녀의 어깨에 손을 얹었다.

"이 장면을 연기하는 모습을 라브루스에게 선보일 준비가 되었다는 확신이 들어. 좋아, 정말로 좋아."

그자비에르가 그녀 앞에서 독백 장면을 연기한 것만으로도 이미 한 가지 성공을 거둔 셈이었다. 이 연기를 하게 하느라 한 시간이나 애걸해야 했으므로 완전히 진이 빠지고 말았다. 그렇더라도 지금 그자비에르가 피에르 앞에서 연기해 보겠다고 결심하지 않는 한, 모두 소용없는 짓이 되고 말 터였다.

"엄두가 나질 않아요!" 그자비에르가 절망하여 말했다.

"라브루스는 그렇게 무서운 사람이 아니야." 프랑수아즈는 웃으며 말했다.

"무서워요! 학교 선생님처럼 겁을 준다고요."

"큰일이네. 이 장면을 연습한 지 한 달이 다 되어 가잖아. 이러다간 신경 쇠약에 걸릴 거야. 이젠 마무리를 지어야 해."

"저도 그러고 싶어요."

"이봐, 날 믿으라고. 준비된 상태가 아니었다면 라브루스의 평가를 받아 보라고 말하지도 않았을 거야. 내가 책임질게." 프랑수아즈는 힘주어 말했다.

그녀는 그자비에르의 눈을 들여다보았다.

"내 말을 믿지 못하겠어?"

"믿어요. 하지만 남이 절 평가하고 있다는 기분이 들면 견딜 수가 없어요."

"연기 공부를 하려면 반드시 자존심을 내려놓아야 해. 용기를 내서 수업 시간에 제일 먼저 나서 보면 어때?"

진지한 얼굴로 생각에 잠겨 있던 그자비에르는 자신만만한 표정으로 눈을 깜빡이면서 대답했다.

"해 볼게요. 선생님을 조금이라도 만족시켜 드리고 싶어요."

"네가 진짜 배우가 되리라는 걸 믿어 의심치 않아." 프랑수아즈는 다정히 말했다.

"선생님께서 좋은 의견을 주셨잖아요. 선 자세로 있는 편이 마지막 장면에 더 어울릴 거예요." 이렇게 말하는 그자비에르의 얼굴은 밝게 빛나고 있었다.

그녀는 자리에서 일어나 우렁찬 목소리로 대사를 읊었다.

"이 나뭇가지에 달린 잎사귀가 짝수라면 그에게 편지를 보내겠어……. 열하나, 열둘, 열셋, 열넷…… 짝수야."

"아주 좋아." 프랑수아즈가 활기차게 말했다.

어조의 변화나 표정에 있어서 그자비에르는 아직도 배운 것 이상으로 표현해 내지는 못했지만, 재능과 매력을 지니고 있었다. '조금만 더 의욕을 불어넣어 주면 될 텐데.' 프랑수아즈는 생각했다. 그러나 성공할 때까지 이런 식으로 그녀를 연신 추켜세워 주어야 한다면 상당히 피곤한 일이 될 터였다.

"라브루스가 왔어. 정확히 시간에 맞춰 왔군."

프랑수아즈는 문을 열었다. 발소리를 듣고서 그가 왔음을 알아챈 것이었다. 피에르는 기분 좋게 웃고 있었다.

"잘 지냈소?" 그가 말했다.

낙타털로 된 무거운 코트에 파묻힌 그의 모습은 새끼 곰을 닮아 있었다.

"지긋지긋해. 하루 종일 베르냉이랑 돈 계산을 하다 왔소."

"이런! 우린 시간을 낭비하지 않았답니다. 그자비에르가 「기회」에서 자기가 나오는 장면을 내게 보여 줬거든요. 얼마나 열심히 연습했는지 한번 보세요." 프랑수아즈가 말했다.

피에르는 격려하는 표정을 하고서 그자비에르 쪽을 돌아보았다.

"분부대로 합지요." 그가 말했다.

그자비에르가 밖에 나가기를 무척이나 두려워했으므로 자기 방에서 수업을 하기로 합의한 상태였다. 그런데 그녀는 제

자리에 가만히 앉아 있었다.

"곧바로 수업을 하긴 싫어요. 조금만 더 여기 있으면 안 되나요?" 그녀는 애원조로 말했다.

피에르는 의견을 구하듯 프랑수아즈를 쳐다보았다.

"우리가 여기 좀 더 있어도 괜찮겠소?"

"6시 반까지는 괜찮아요." 프랑수아즈가 대답했다.

"네, 삼십 분만 더 있을게요." 그자비에르는 프랑수아즈와 피에르를 번갈아 쳐다보면서 말했다.

"좀 피곤해 보이는군." 피에르가 말했다.

"감기가 오려나 봐요. 그럴 만한 계절이죠." 프랑수아즈가 대답했다.

계절 때문이기도 했지만 잠이 부족한 탓이기도 했다. 피에르는 강철 같은 건강의 소유자였고, 그자비에르는 낮에 잠을 보충하면 되었으므로, 프랑수아즈가 저녁 6시가 되기도 전에 잠자리에 들려고 하면 두 사람은 매정하게도 그녀를 비웃곤 했다.

"베르냉이 뭐라던가요?" 그녀가 물었다.

"또다시 순회공연에 대해 얘기하더군."

피에르는 머뭇거리다가 이렇게 덧붙였다.

"물론 액수를 보면 구미가 당기긴 해요."

"그렇지만 우린 그다지 돈이 필요하지 않잖아요." 프랑수아즈가 흥분해서 말했다.

"순회공연이라고요? 어디에서요?" 그자비에르가 물었다.

"그리스랑 이집트 그리고 모로코. 순회공연을 하면 데려갈게." 피에르는 웃으며 말했다.

프랑수아즈는 흠칫 놀랐다. 그냥 하는 말이 아니었다. 게다가 피에르가 숙고해서 이런 말을 했다는 사실이 불쾌하게 다가왔다. 그는 경솔하게 관대함을 보이곤 했다. 언젠가 순회공연을 떠나는 날이 오면, 프랑수아즈는 무슨 일이 있어도 피에르와 단둘이서 떠날 작정이었다. 물론 단원들을 데리고 다녀야겠지만, 그건 크게 문제 되지 않았다.

"당장 떠나진 않을 거야." 그녀가 말했다.

"우리가 조금 휴가를 가지면 뒤탈이 크리라 생각하오?" 피에르가 넌지시 물었다.

프랑수아즈에게 이 말은 머리끝부터 발끝까지 온몸이 뒤흔들릴 만큼 큰 충격으로 다가왔다. 그는 단 한 번도 휴가를 떠나겠다는 생각조차 해 본 적이 없는 사람이었다. 그는 한창 도약하고 있었다. 내년 겨울에 자기 작품을 무대에 올릴 예정이었고, 자신의 작품을 출간하고자 했으며, 연기 학원을 발전시키기 위한 수많은 계획 역시 가지고 있었다. 그가 예술가로서 정점에 이르기를, 마침내 자기 작품에 완성된 형상을 부여하기를 프랑수아즈는 무척이나 학수고대하고 있었다. 떨려 오는 목소리를 가까스로 참아 내면서 그녀는 말했다.

"아직은 그럴 때가 아니에요. 연극 판에선 기회를 잡는 게 몹시 중요하단 걸 당신도 잘 알잖아요. 관객들은 「율리우스 카이사르」 이후에, 당신의 새로운 무대를 얼른 다시 볼 수 있기를 목이 빠지게 기다리고 있어요. 일 년을 허송세월하면 다른 이의 작품에 관객을 빼앗기고 말 거예요."

"언제나처럼 당신은 맞는 말만 하는군." 피에르는 조금 아쉬워하는 얼굴로 말했다.

"두 분은 정말 이성적이시네요!" 그자비에르는 감탄과 분노를 솔직히 드러내며 말했다.

"하지만 분명히 언젠가 순회공연을 하러 떠나는 날이 올 거야. 아테네랑 알제에 머물면서, 자그맣고 초라한 극장에 자리를 잡으면 정말 재미있을 거야. 무대 공연을 마치면 돔에 앉는 대신에, 아랍풍 카페 안쪽에 돗자리를 깔고 그 위에 누워서 키프를 피울 거고." 피에르가 밝은 얼굴로 말했다.

"키프요?" 홀린 듯한 얼굴로 그자비에르가 물었다.

"그쪽 지역에서 재배하는 아편 성분이 든 식물이야. 환각을 일으킨다고 알려져 있지."

낙담한 얼굴로 그는 덧붙였다.

"그런데 난 아무렇지도 않더라고."

"선생님이라면 그럴 만하다고 생각해요." 그자비에르는 이해한다는 듯 다정한 얼굴로 말했다.

"상인이 각자의 치수에 맞게 제작해 준 예쁘장한 대롱을 사용해서 피우는데, 네게 딱 맞는 작은 대롱을 가지면 아주 뿌듯할 거야!" 피에르는 말했다.

"저는 분명히 환각을 볼 거예요."

"물레이 이드리스[17]에서 있었던 일 기억나요? 매독에 걸린 게 분명해 보이는 아랍인들이 서로 돌려 쓰던 대롱으로 키프를

---

17) 모로코 북부에 위치한 도시로, 유서 깊은 이슬람교 성지다.

피웠던 때 말이오." 피에르가 프랑수아즈에게 웃으며 말했다.

"기억나요."

"당신은 무척 난처해했었지."

"당신도 마찬가지로 내켜 하지 않았잖아요."

완전히 긴장한 탓에 그녀는 가까스로 대답했다. 그러나 한참 뒤에나 있을 일인 데다, 피에르가 그녀에게 말하지 않고는 그 무엇도 결정하지 않으리라는 사실을 프랑수아즈는 잘 알고 있었다. 싫다고 하면 그만이다. 그러니 걱정할 필요는 없다. 절대로, 내년에 순회공연을 떠나는 일은 절대로 없을 것이다. 그자비에르를 데려가는 일 또한 결코, 결단코 없을 것이다. 그런 일은 일어나지 않을 것이다. 오한이 들었다. 손이 축축하고 온몸이 뜨거워졌다. 열이 나고 있음이 분명했다.

"우린 수업을 하러 가 보겠소." 피에르가 말했다.

"나도 일을 해야겠군요." 그녀는 애써 웃으며 말했다. 그자비에르와 피에르는 그녀의 상태가 평소와 다름을 틀림없이 눈치챘으리라. 두 사람 사이에 어색한 분위기가 흐르고 있었던 것이다. 보통 때의 그녀는 이보다 더 감정을 잘 다스릴 줄 아는 사람이었다.

"아직 오 분 남았어요." 그자비에르가 샐쭉한 얼굴로 웃으며 말했다. 그러더니 한숨을 내쉬면서 덧붙였다.

"오 분만 더 있을게요."

그녀는 눈을 치켜뜨고서 프랑수아즈의 얼굴을 흘깃 쳐다보더니, 손톱을 뾰족하게 다듬은 손 쪽으로 눈길을 돌렸다. 예전의 프랑수아즈였다면 그녀가 자신을 향해 던지는, 찰나의 뜨거운 눈길에 감동받았을 터였다. 하지만 그자비에르는 피에르에 대한 애정이 넘쳐 날 때에도 종종 이런다는 사실을, 이미 피에르에게 들어서 알고 있었다.

"삼 분 남았어요." 이렇게 말하는 그자비에르의 눈은 자명종 시계를 향해 고정되어 있었다. 원망하는 마음을 아쉬움 뒤로 간신히 감추고 있었다. '내가 그리 야박하게 구는 건 아니야.' 프랑수아즈는 생각했다. 물론 피에르에 비해 몰인정해 보이기는 사실이었다. 요즘 들어서 그는 작품을 쓰지 않았고, 태평하게 시간을 허비하고 있었다. 그런 그와 경쟁하기란 불가능했고, 또한 그러고 싶지도 않았다. 다시금 열이 오르면서 오한이 들었다.

피에르가 자리에서 일어났다.

"자정에 여기서 다시 만날까?"

"그렇게 해요. 집에 계속 있을 거예요. 기다릴 테니 같이 밤참이나 하죠."

그녀는 그자비에르에게 미소를 지었다.

"용기를 내. 금방 지나갈 거야."

그자비에르는 한숨을 쉬며 말했다.

"내일 봬요."

"내일 보자." 프랑수아즈가 말했다.

그녀는 탁자 앞에 앉아서 별다른 감흥 없이 새하얀 종이를 바라보았다. 머리가 무겁고, 목부터 등까지 통증이 일었으므로 일을 제대로 할 수 없으리라는 예감이 들었다. 그자비에르가 시간을 삼십 분이나 더 갉아먹은 셈이었다. 그 아이는 실로 어마어마한 양의 시간을 탐욕스럽게 집어삼키고 있었다. 결국 여유와 고독을 즐기기는커녕, 심지어 휴식을 취할 겨를조차 없었다. 또한 인간으로서 좀체 견디기 힘든 긴장 상태를 유지해야 했다. 싫다. 싫다고 말해 주겠어. 있는 힘을 다해서 싫다고 말할 테다. 그러면 피에르는 내 말을 들어주리라.

프랑수아즈는 맥이 빠지는 기분이었다. 어쩐지 혼란스러웠다. 피에르는 쉽게 여행을 포기할 터였다. 그토록 강렬하게 원하는 것도 아니었다. 그런데 그 후엔 어떻게 될까? 사태가 어떻게 흘러갈까? 다만 우려스러운 점은, 그가 순회공연 계획을 직접 반대하고 나서지 않았다는 것이었다. 그 정도로 작품에 관심이 없는 것일까? 이미 어찌할 줄 모르는 수준을 넘어서 아예 흥미를 잃은 건 아닐까? 신념을 상실했다면 아무리 외부에서 가짜 신념을 강요해 봤자 아무짝에도 쓸모없으리라. 그가 원하지 않는데도 심지어 그의 뜻에 맞서는 형국이라면, 그를 위한답시고 무언가를 바라는 게 다 무슨 소용이라는 말인가? 프랑수아즈가 그에게 기대하는 바는, 그가 자신의 의지에 입각해서 내리는 결심이었다. 그녀는 바로 그러한 결심을 요구하고 있었다. 그녀의 행복은 전적으로 피에르의 자유로운 의지에 달려 있었다. 틀림없이 그녀는 그에 대해 아무런 영향력도 발휘할 수 없었다.

그녀의 몸이 떨려 왔다. 누군가 잰걸음으로 계단을 올라오더니 주먹으로 현관문을 두드렸다.

"들어오세요." 그녀는 말했다.

열린 문으로 두 사람이 미소 띤 얼굴을 동시에 들이밀었다.

그 자비에르는 격자무늬가 들어간 커다란 두건을 머리에 둘렀고, 피에르는 손에 담뱃대를 들고 있었다.

"눈길을 산책하는 것으로 수업을 대신하기로 했다면 우릴 나무랄 거요?" 피에르가 물었다.

프랑수아즈는 피가 멎는 듯했다. 깜짝 놀란 피에르에게 칭찬받은 그 자비에르가 뿌듯해하는 장면을 상상하면서 기분 좋아했던 터였기 때문이다. 그런데 이런 아이를 연습시키려고 그간 온갖 정성을 기울였다니! 그녀가 순진했던 것이다. 두 사람은 결코 수업에 진지하게 임하지 않았다. 심지어 자기들이 게으름 피우는 책임을 그녀에게 전가할 뜻마저 품고 있었다.

"알아서 하세요. 나랑은 아무 상관없으니까." 그녀가 답했다.

두 사람의 얼굴에서 웃음기가 사라졌다. 장난을 치고서 이처럼 심각한 목소리를 듣게 되리라고는 예상하지 못했던 것이다.

"당신 진짜로 화난 거요?" 피에르가 당황해서 물었다.

그는 그 자비에르를 쳐다보았다. 그녀 역시 불안한 듯 그를 바라보았다. 흡사 두 명의 죄인을 보는 듯했다. 두 사람이 프랑수아즈 앞에서 마치 단짝인 양 서 있기는 이번이 처음이었다. 그녀가 두 사람을 공범으로 한데 묶었기 때문이다. 두 사람 역시 그렇게 느꼈으므로 상당히 거북해하고 있었다.

"그럴 리가 있나요. 잘 다녀와요." 프랑수아즈는 말했다.

그녀는 조금 과할 정도로 서둘러 문을 닫은 뒤, 벽에 기댄 채 한동안 그대로 서 있었다. 두 사람은 아무 말 없이 계단을 내려갔다. 그들이 당황한 표정을 짓고 있으리라고 짐작할 수 있었다. 그러나 다시 수업을 하러 갈 리는 없었다. 산책하려던

참에 그녀로 인해 산통이 깨진 정도에 불과했다. 흐느낌과도 같은 것이 치밀어 올랐다. 이게 다 무슨 소용이라는 말인가? 고작 저들의 흥을 깨뜨려 놓고, 스스로를 지긋지긋하다고 여기게 되었음이 결실의 전부이지 않은가. 그렇다고 저들처럼 굴 수도 없는 노릇이었다. 그건 무모한 짓이었다. 그녀는 갑자기 몸을 던지듯 침대 위로 엎어졌다. 눈물이 솟구쳐 올랐다. 고집스레 의지를 굳건히 유지하기란 너무나도 고통스러웠다. 그냥 내버려 두도록 하자. 무슨 일이 벌어질지는 지켜보면 알게 되겠지.

'무슨 일이 벌어질지는 지켜보면 알게 될 거야.' 프랑수아즈는 다시 한 번 생각했다. 기력이 다한 느낌이었다. 고단한 행인 위로 새하얀 눈송이가 내려앉듯이, 축복을 알리는 평화가 임하기를 바랄 뿐이었다. 그자비에르의 장래, 피에르의 작품 그리고 그녀 자신의 행복까지, 이 모든 걸 포기하기만 하면 마음의 안정을 되찾을 수 있을 터였다. 가슴 아플 일과 목이 메일 일, 눈 안쪽이 뻑뻑해져서 욱신거릴 일로부터 멀어질 수 있을 것이었다. 손을 펼치고서 잡고 있던 것을 놓기만 하면 된다. 그녀는 한쪽 손을 들어 올려서 손가락을 움직여 보았다. 급작스러운 요청에도 손가락은 그녀의 뜻대로 얌전히 움직여 주었다. 수천 개나 되는 이름 모를 미세한 근육들을 자기 마음대로 부릴 수 있다는 것부터 이미 기적이라 할 수 있었다. 여기서 더 바란들 무슨 소용이 있을까? 그녀는 망설였다. 놓아 버리자. 그녀는 더 이상 내일이 두렵지 않았다. 내일은 없었다. 그러나 몹시도 빈약하고 냉혹한 현재에 둘러싸여 있음을 깨닫게 되었으므로 당최 용기가 나지 않았다. 제르베르와 함께 노래가 흐르는 커다란 카페에 갔을 때에도 그랬다. 흩어진 순간들, 두서없이 뒤섞인 온갖 몸짓과 이미지에 둘러싸여 있었던 것이다. 프랑수아즈는 벌떡 몸을 일으켰다. 이대로 가만있을 수는 없었다. 아무 희망도 없이 공허와 혼돈 한가운데에 버려지느니, 그 어떤 고통이라도 감내하는 편이 더 나을 성싶었다.

그녀는 코트를 걸치고 털모자를 귀까지 내려 썼다. 냉정을 되찾고 나서 스스로와 대화를 나눌 필요가 있었다. 시간이 날 때마다 일에 달려드는 대신에, 이미 오래전에 그랬어야 했다. 눈꺼풀은 눈물에 젖은 채 번들거렸고, 눈가는 푸르스름하게 얼룩져 있었다. 얼굴을 손보기란 어렵지 않은 일이지만, 굳이 그럴 필요는 없었다. 지금부터 자정까지 그 누구도 만나지 않고 몇 시간 동안 고독을 만끽하고 싶었다. 그녀는 자기 얼굴을 들여다보고자 잠시 거울 앞에 섰다. 그 어떤 말도 없는, 침묵한 얼굴이었다. 프랑수아즈 미켈이라고 쓰인 이름표처럼, 그저 머리 앞쪽에 붙어 있을 뿐이었다. 반면 그자비에르의 얼굴은 무궁무진한 속삭임 그 자체였다. 아마도 그녀는 그런 표정을 짓기 위해 거울 앞에서 의미심장하게 미소 짓곤 했으리라. 프랑수아즈는 방에서 나와 계단을 내려갔다. 인도가 눈에 덮여 있었고, 날씨는 매섭도록 추웠다. 그녀는 버스에 올라탔다. 고독하고 자유로운 상태로 되돌아가기 위해서는 이 동네를 벗어나야만 했다.

손바닥으로 창에 서린 수증기를 닦아 내자, 조명이 환하게 비추는 상점의 진열대와 가로등 그리고 행인들이 어둠 속에서 그 모습을 드러냈다. 하지만 움직이고 있다고는 느껴지지 않았다. 자기는 가만히 앉아 있는데, 저들이 연달아 나타나고 있는 듯했다. 그래서인지 공간을 초월해서 시간 여행을 하는 기분이었다. 그녀는 눈을 감았다. 냉정을 되찾자. 피에르와 그자비에르가 그녀에게 맞서기로 한 이상, 이젠 그녀 쪽에서 그들에게 맞설 차례였다. 그러니 냉정을 되찾도록 하자. 그런데 무엇을 되찾아 와야 할까? 아무 생각도 떠오르지 않았다. 생각거리를 아예 찾을 수가 없었다.

버스가 당레몽 거리 모퉁이에 멈춰 서자, 프랑수아즈는 버스에서 내렸다. 흰빛과 정적 속에서 몽마르트르 거리는 꼼짝도 않았다. 자유로운 상태에 놓이자 몹시 당황한 프랑수아즈는 잠시 망설였다. 어디든 갈 수 있었다. 하지만 아무 데도 가고 싶지 않았다. 기계적으로 그녀는 언덕을 향해 길을 오르기 시작했다. 발밑에서 잠시 버티던 눈이 이윽고 사각거리며 부서졌다. 힘을 다 쏟기도 전에 방해물이 알아서 사라진 듯했으므로 실망과 짜증이 밀려들었다. '눈이며 카페, 계단과 집 들이 나랑 무슨 상관이 있단 말인가?' 프랑수아즈는 멍하니 생각했다. 너무도 극심한 권태가 파고들었으므로, 마치 두 다리가 잘려 나간 듯한 기분이 들었다. 이 낯선 것들이 도대체 나를 위해 무얼 해 줄 수 있단 말인가? 이들은 거리를 두고 놓여 있을 뿐, 그녀가 붙잡혀 있는 아찔한 공허를 아예 스치지조차 못했다. 소용돌이 모양의 공허. 나선형을 그리며 더욱더 깊이 내려가다 보면 끝내는 무언가에 가 닿을 것만 같았다. 냉정이든 절망이든 결정적인 무언가에. 그러나 여전히 같은 높이를 유지한 채 공허의 가장자리만을 맴돌고 있을 따름이었다. 프랑수아즈는 절망적으로 주위를 둘러보았다. 그녀를 도울 수 있는 건 아무것도 없었다. 자존심이니 자기 연민이니, 혹은 애정 따위로 이루어진 격정을 토해 냈어야 했다. 등과 관자놀이에서 통증이 느껴졌다. 그런데 이러한 통증조차 여전히 낯선 대상으로 머물러 있었다. '난 지치고 불행하다.'라고 말하려면 누군가가 여기에 있어야만 했다. 만약 그랬다면 모호하고 시들시들한 이 순간마저 어떤 누군가의 인생 속에 당당히 자리 잡을 수 있었으리라. 하지만 아무도 없었다.

'내 잘못이야.' 계단을 천천히 오르면서 프랑수아즈는 생각했다. 그녀의 잘못이었다. 엘리자베트의 말이 맞았다. 어떠한 한 사람으로 존재하기를 포기한 상태로 몇 년을 살아온 셈이었다. 급기야 이제는 형상마저 사라지고 없었다. 가장 못생긴 여자조차 적어도 자기 손만큼은 애지중지하면서 쓰다듬기 마련인데, 프랑수아즈에게 자신의 손은 무섭도록 낯설게 보였다. 우리의 과거, 우리의 미래, 우리의 생각, 우리의 사랑……. 그녀는 단 한 번도 '나'라고 말한 적이 없었다. 반대로 피에르는 자기만의 미래와 자신만의 속내를 지니고 있었다. 그는 멀어져 갔고, 자기만의 삶을 구분 지어 주는 경계선 안쪽으로 물러나 있었다. 이제 그녀는 그로부터, 다른 모든 것으로부터 떨어져 나온 채 이곳에 머무르고 있었다. 심지어 자신과의 연결 고리마저 끊긴 상태였다. 버려진 것이었다. 이토록 버려진 상태임에도 진정한 고독을 전혀 되찾지 못하고 있었다.

그녀는 난간에 기대어 아래쪽에 넓게 깔린 얼음장같이 차가운 푸르스름한 안개를 바라보았다. 파리였다. 파리는 모욕적이라고 느껴질 만큼 무심한 모습으로 펼쳐져 있었다. 프랑수아즈는 펄쩍 뛰듯이 뒤로 물러섰다. 이렇게 추운 날씨에, 머리 위로는 성당의 새하얀 궁륭이 보이고, 발아래로는 별까지 파고들 기세로 소용돌이치는 깊은 구렁이 자리 잡고 있었다. 그런 이곳에서, 난 뭘 하고 있는 것일까? 그녀는 계단을 뛰어 내려갔다. 극장에 가든지, 아니면 누군가와 통화를 해야만 했다.

"비참하다." 그녀는 중얼거렸다.

고독이란 잘게 쪼개서 먹을 수 있을 만큼 쉽게 부서지는 음식과는 달랐다. 저녁나절 정도는 고독 속으로 몸을 피할 수 있으리라고 믿었다니, 생각이 짧았다. 다시금 완전히 손아귀에 넣을 생각이 아니라면, 고독을 전적으로 포기해야 했다.

찌르는 듯한 통증이 느껴지면서 숨이 막혔다. 그녀는 걸음을 멈추고 옆구리에 손을 댔다.

"왜 이러지?"

오한이 심하게 들어서 머리부터 발끝까지 온몸이 떨려 왔다. 진땀이 나면서, 머리가 욱신거렸다.

'병이 난 거야.' 일종의 안도감에 젖어서 그녀는 생각했다. 택시를 불러 세웠다. 집으로 돌아가서 침대에 누워 잠을 청하는 것 외에는 달리 할 수 있는 일이 없었다.

층계참에서 문을 잠그는 소리가 나더니, 누군가 실내화를 끌면서 복도를 지나가는 소리가 들렸다. 금발의 창녀가 일어난 모양이었다. 윗방에 사는 흑인의 전축에서는 「고독」이 느리게 흘러나오고 있었다. 프랑수아즈가 눈을 떴을 때는 어둑어둑한 상태였다. 이틀 가까이 따뜻한 이불 속에 누워 있은 셈이었다. 옆에서 희미하게 들리는 숨소리는 그자비에르의 것이었다. 피에르가 떠난 뒤 그녀는 커다란 소파에서 꼼짝도 않고 있었다. 프랑수아즈는 숨을 깊이 들이마셨다. 통증이 사라지는 않았지만, 아프니까 오히려 좋았다. 병자임을 확실하게 느낄 수 있었으므로 마음이 무척이나 편안해졌다. 다른 일을 전혀 걱정하지 않아도 됐고, 심지어 말을 하지 않아도 됐다. 잠옷이 땀으로 축축하게 젖지만 않았다면 모든 게 완벽하다고 느낄 정도였다. 잠옷은 몸에 들러붙어 있었다. 오른쪽 옆구리에 생긴 커다란 반점이 따끔거렸다. 찜질을 제대로 하지 않았다며, 의사가 화를 냈더랬다. 하지만 똑바로 설명해 주지 않은 그의 잘못이었다.

누군가 조심스레 문을 두드렸다.

"들어오세요." 그자비에르가 말했다.

문간에 객실 담당 직원의 얼굴이 나타났다.

"필요하신 건 없으세요?"

그가 머뭇거리며 침대로 다가왔다. 매시간 불쌍하다는 얼굴을 하고서, 혹시 도울 일이 있는지 물으러 오는 중이었다.

"고마워요." 프랑수아즈가 말했다. 숨이 차서 길게 이야기할 순 없었다.

"의사가 그러는데 무슨 일이 있어도 내일 아침에는 병원에 가셔야 한대요. 제가 대신해서 전화 드릴 곳은 없나요?"

프랑수아즈는 고개를 저으며 말했다.

"병원에 갈 생각은 없어요."

갑자기 피가 솟구치는 바람에 얼굴이 뜨거워졌고, 심장은 미친 듯이 뛰기 시작했다. 어째서 그 의사는 호텔 직원들을 부추기는 거지? 이들은 피에르에게 의사의 말을 전할 것이고, 그자비에르 또한 그럴 터다. 그녀 자신도 그에게 거짓말을 못 하리라는 사실을 알고 있었다. 피에르는 아마 억지로 병원에 데려가려 하겠지. 입원하고 싶지 않다. 어쨌든 당사자의 동의 없이는 병원에 데려가지 못할 터였다. 호텔 직원이 문을 닫고 나가는 모습을 본 프랑수아즈는 방 안을 빙 둘러보았다. 그녀의 방 또한 병색이 완연했다. 지난 이틀 동안 청소나 침대 정리를 하지 않은 데다, 심지어 창문을 연 적조차 없었다. 벽난로 위에는 피에르와 그자비에르 그리고 엘리자베트가 쓸데없이 수북하게 쌓아 놓은 먹음직스러운 음식들이 있었다. 햄은 딱딱하게 굳었고 살구는 짓물렀으며, 흥건하게 고인 캐러멜 소스 안에는 그 위에 얹혀 있던 크림이 녹아내려 있었다. 감금된 자의 거처와 닮아 가기 시작한 형국이었다. 그러나 여기는 프랑수아즈의 방이었고, 그녀는 이곳을 떠나고 싶지 않았다. 벗겨진 벽지의 국화꽃 무늬와 낡은 양탄자 그리고 호텔에서 들리는 온갖 소음이 그녀는 좋았다. 그녀의 방이자 그녀의 삶이었다. 꼼짝도 할 수 없는, 극도로 쇠약해진 상태로 이곳에 계속 머무르고 싶었다. 새하얀 익명의 벽들 사이로 쫓겨 가고 싶진 않았다.

"이곳에서 날 끌어내지 않으면 좋겠어." 잠긴 목소리로 그녀가 말했다. 다시금 타는 듯한 열기가 전신을 휘감으면서 발작적으로 눈물이 솟구쳤다.

"슬퍼하지 마세요. 금방 나으실 거예요." 그자비에르는 불행한 얼굴을 하고서 애원하듯 말했다.

그러더니 갑자기 침대 위로 몸을 던지더니, 싱그러운 볼을 프랑수아즈의 뜨거운 뺨에다 대고 비비면서 그녀를 끌어안았다.

"내 귀여운 그자비에르." 프랑수아즈는 감동에 젖어서 중얼거렸다. 그녀는 탄력 있고 뜨거운 그자비에르의 몸을 두 팔로 감쌌다. 뒤이어 그자비에르가 무게를 실어 누르는 탓에 숨을 쉴 수가 없었다. 하지만 그자비에르의 몸이 떨어져 나가도록 내버려 두고 싶지 않았다. 지난 어느 아침에도 그녀는 그자비에르를 이렇게 꼭 끌어안은 적이 있었다. 어째서 이 아이를 그대로 품고 있지 못했을까? 이 아이를, 불안 속에서 한껏 애정을 드러내는 이 아이의 얼굴을 이렇게나 사랑하고 있건만.

"내 귀여운 그자비에르." 그녀는 다시 한 번 중얼거렸다. 목구멍으로부터 오열이 터져 나왔다. 절대로 떠나지 않겠다. 뭔가 실수가 있었던 것이다. 완전히 새롭게 다시 시작하고 싶다. 우울함에 눈이 멀어, 그자비에르의 마음이 내게서 멀어졌다고 생각했다. 방금 전 그자비에르는 나를 향한 격정적 사랑에 사로잡혀서 내 팔에 자기 몸을 던졌더랬다. 그 격정이 꾸며 낸 것일 리 없다. 불안에 가득 찬 그녀의 눈빛과, 지난 이틀 동안 그녀가 한 치의 망설임도 없이 정성껏 쏟아 낸 그 뜨거운 사랑을 프랑수아즈는 절대로 잊지 못할 것만 같았다.

그자비에르는 조심스레 프랑수아즈에게서 몸을 떼어 내더니 자리에서 일어났다.

"전 이만 가 볼게요. 라브루스 선생님이 올라오는 발소리가 들리네요."

"그 사람은 날 병원에 보내려 할 게 분명해." 프랑수아즈는 신경질적으로 말했다.

피에르가 노크를 하고 들어왔다. 걱정하는 얼굴이었다.

"몸은 어떻소?" 프랑수아즈의 손을 잡으며 그가 물었다. 그러더니 그자비에르에게 웃으며 말했다.

"환자는 얌전하게 있던가?"

"괜찮아요. 숨이 좀 차긴 하지만." 프랑수아즈는 작게 대답했다.

몸을 일으키고 싶었지만, 찌르는 듯한 통증이 가슴을 후벼 팠다.

"돌아가실 때 제 방에 노크 좀 해 주세요. 그때 다시 올게요." 그자비에르는 피에르를 다정하게 쳐다보며 말했다.

"그럴 필요 없어. 바람이나 좀 쐬고 오렴." 프랑수아즈는 말했다.

"제가 좋은 간병인이 아니라서 그러시는 건가요?" 그자비에르가 원망하듯 물었다.

"넌 최고로 훌륭한 간병인이야." 프랑수아즈가 다정하게 말했다.

그자비에르가 조용히 문을 닫고 나가자, 피에르는 침대맡에 걸터앉았다.

"그래, 의사는 만나 봤소?"

"네." 프랑수아즈는 경계심을 드러내면서 말했다. 그녀의 얼굴이 일그러졌다. 울고 싶지 않았지만, 도무지 마음대로 조절할 수가 없었다.

"간호사를 불러서 날 여기 있게 해 줘요." 그녀가 말했다.

"내 말 좀 들어 봐요." 피에르가 그녀의 이마에 손을 얹으며 말했다.

"아래층에서 듣기론 의사가 연신 곁에서 지켜봐야 한다더군. 현재로선 심각하지 않지만, 일단 폐가 상했으니 어쨌든 안 좋은 상태라고 할 수 있지. 주사를 맞고 여러 가지 치료도 해야 하니까, 의사 곁에 있는 편이 좋겠소. 훌륭한 의사 곁에 말이오. 그 늙어 빠진 의사는 돌팔이에 불과해."

"다른 의사랑 간호사를 구해 주세요."

눈물이 솟구쳤지만 미약하게나마 남아 있는 모든 힘을 짜내서 그녀는 참으려 했다. 손을 놓지 않을 거다. 내 방, 내 과거, 내 인생으로부터 날 끌어내는 걸 가만 지켜보고만 있지는 않으리라. 그러나 스스로를 지켜 낼 방법이 그녀에겐 더 이상 없었다. 그녀는 목소리마저 희미해진 상태였다.

"당신이랑 같이 있고 싶어요."

이렇게 말하고 나자 그만 눈물이 쏟아지기 시작했다. 남의 손에 좌지우지되는 처지가 되고만 것이다. 그녀는 고열에 혹사당하는 육체일 뿐, 아무것도 아니었다. 생기가 고갈된, 말할 줄도, 생각할 줄도 모르는 몸뚱이에 불과한 셈이었다.

"나 역시 하루 종일 같이 있을 거요. 그러니 달라질 건 없어요."

피에르는 어쩔 줄 몰라 하는 얼굴로 애걸하듯 말했다.

"그렇지 않아요. 같지 않다고요. 다 끝났어." 프랑수아즈는 숨이 막히도록 오열하면서 말했다.

그녀는 너무도 지친 나머지, 방 안을 비추는 노란 불빛 속에서 무엇이 죽어 가고 있는지를 제대로 분간해 낼 수 없었다. 그런데 굳이 기운을 내고 싶진 않았다. 지금껏 최선을 다해서 싸웠다. 위험에 처했다고 느낀 지는 오래되었다. 폴 노르의 탁자와 돔의 의자, 그자비에르의 방과 자신의 방, 이 모든 게 한데 뒤엉켜 눈앞에 다시 떠올랐다. 잔뜩 굳어서, 무엇이 행복인지도 모른 채 자기 방에 집착하는 스스로의 모습 또한 보였다. 이제 때가 온 것이었다. 손을 꽉 쥐고 마지막 남은 힘을 모조리 짜내서 매달리고자 애쓰더라도, 결국 그들은 그녀의 뜻과 무관하게 프랑수아즈를 떼어 내고 말 것이었다. 그녀의 뜻대로 할 수 있는 일은 아무것도 없었다. 눈물을 흘리는 것 말고는 저항할 수 있는 다른 방도가 전혀 남아 있지 않았다.

프랑수아즈는 밤새 열에 시달리느라 새벽이 되어서야 겨우 잠이 들었다. 그녀가 다시 눈을 떴을 때, 겨울철의 흐릿한 햇살이 방 안을 비추고 있었다. 피에르는 침대 위로 몸을 굽히고 그녀를 들여다보았다.

"응급차가 왔소."

"아!" 프랑수아즈는 탄식했다.

그녀는 전날 저녁에 울었음을 기억해 냈지만, 어떤 이유로 울었는지는 잘 기억나지 않았다. 내면이 텅 비어 있는 데다, 기분은 가라앉아 있었다.

"물건을 좀 가져가야겠어요." 그녀는 말했다.

그자비에르가 미소를 지었다.

"주무시는 동안 우리가 미리 짐을 싸 놓았어요. 잠옷이랑 손수건 그리고 화장수 말예요. 잊은 건 없어 보여요."

"안심해도 좋소. 그자비에르가 커다란 가방에 잘 챙겼으니." 피에르가 밝은 목소리로 말했다.

"선생님께 맡겨 놓았다간 고아처럼 수건에 싼 칫솔 하나만 덜렁 들려 보냈을지도 몰라요." 그자비에르는 프랑수아즈에게 다가와서 걱정하는 얼굴로 그녀를 바라보았다.

"기분은 어떠세요? 너무 피곤하신 건 아니죠?"

"기분이 아주 좋아." 프랑수아즈는 대답했다.

잠을 자는 사이에 무슨 일이 일어난 것이었다. 하지만 지난 몇 주 동안 지금처럼 이토록 마음이 편안했던 적은 없었다. 그자비에르의 얼굴은 일그러져 있었다. 그녀는 프랑수아즈의 손을 힘주어 잡았다.

"올라오는 소리가 들리네요." 그녀가 말했다.

"매일 만나러 와 줄 거지?" 프랑수아즈는 물었다.

"물론이죠, 매일 갈게요." 이렇게 말하고 나서 그자비에르는 프랑수아즈를 향해 몸을 굽히며 그녀를 껴안았다. 눈에는 눈물이 그득했다.

프랑수아즈는 그녀에게 미소를 지어 보였다. 웃는 법은 여전히 잘 알고 있었지만, 눈물을 봤을 때나 특별한 이유 없이 감동하는 방법은 잊은 상태였다. 그녀는 간호사 두 명이 방 안으로 들어오는 모습을 무덤덤하게 지켜보았다. 그들은 그녀를 안아 올리더니 들것에 눕혔다. 빈 침대 옆에 꼼짝 않고 서 있는 그자비에르에게 마지막으로 미소를 지어 보이자, 그자비에르와 방 그리고 과거를 뒤로한 채 문이 닫혔다. 이제 프랑수아즈는 살아 있는 몸이라고 할 수 없는, 무기력한 물질 덩어리에 불과했다. 지금 그녀는 머리를 앞에 두고 발은 허공에 들린 상태로 실려 내려가는 중이었다. 들것을 운반하는 사람들이 중력의 법칙과, 운반하는 자의 개인적 편의를 고려해서 다루는 무거운 짐 덩어리에 불과한 것이었다.

"곧 다시 뵈어요, 선생님. 빨리 나으세요."

호텔 사장과 객실 담당 직원 그리고 그의 아내가 복도에 나란히 서 있었다.

"다녀올게요." 프랑수아즈는 말했다.

차가운 바람이 얼굴을 때리자, 그녀는 완전히 정신을 차렸다. 건물 입구에는 수많은 사람들이 무리 지어 서 있었다. 응급차에 실려 가는 환자의 모습. 그녀 또한 파리 길거리에서 흔히 보아 온 광경이었다.

'이번 환자는 나로구나.' 그녀는 당혹감을 느끼며 생각했다. 아무래도 믿을 수가 없었다. 병이니 사고니 하는 수많은 사례들로 이루어진 사건을 자신이 겪는 일은 없으리라고 늘 생각해 왔었다. 전쟁과 관련해서도 같은 생각이었다. 자기와는 전혀 상관없는 불행이, 이름 모를 자나 겪을 법한 불행 따위가 자신에게 닥칠 가능성은 없다고 믿어 왔던 것이다. 어떻게 내가 평범한 사람이 될 수 있단 말인가? 그런데 지금 그녀는 미끄러지듯 출발한 자동차 안에 누워 있었다. 그녀 옆에는 피에르가 앉아 있었다. 결국 병자가 되고 만 것이었다. 평범한 사람이 되어 버렸다는 말인가? 자기 자신으로부터는 물론이거니와, 숨 막히도록 나를 따라다니던 기쁨과 걱정으로부터도 해방되어 홀가분한 기분이 드는 까닭은 그 때문일까? 그녀는 눈을 감았다. 차가 조용히 달리는 가운데, 시간 또한 조용히 흘러가고 있었다.

넓은 정원 앞에 응급차가 멈춰 섰다. 피에르는 프랑수아즈의 몸을 담요로 단단히 감쌌다. 그녀는 들것에 실려 얼어붙은 오솔길을 지나, 리놀륨이 깔린 복도를 통과했다. 커다란 침대에 옮겨 누우니, 얼굴과 몸에 닿는 새로운 천의 산뜻한 촉감이 감미롭게 느껴졌다. 모든 것이 정갈하고 퍽 아늑했다. 칙칙한 얼굴의 어린 간호사가 다가와서는 베개를 다시 받쳐 주었다. 그러고는 나지막한 목소리로 피에르와 이야기를 나누었다.

"쉬도록 해요. 곧 의사가 진찰하러 올 거야. 난 조금 있다가 다시 오겠소." 피에르가 말했다.

"나중에 봐요."

떠나는 그를 보아도 섭섭하지가 않았다. 그녀는 더 이상 그를 필요로 하지 않았다. 그녀에게 필요한 것은 의사와 간호사뿐이었다. 폐렴이라는 흔해 빠진 병에 걸려 31호실에 입원해 있는, 한낱 환자에 불과했기 때문이다. 신선한 침대보를 덮고서 하얀색 벽을 보며 누워 있자니, 마음이 한껏 편안해졌다. 이런 식으로 스스로를 내맡긴 채 포기하면 되었을 것을. 이토록 간단한 일을 그동안 망설인 이유는 과연 무엇일까? 거리에서 끊임없이 들려오던 말소리와 사람들의 얼굴 그리고 그녀 자신의 얼굴 대신에, 현재 그녀를 둘러싸고 있는 건 정적뿐이었다. 그녀는 더 이상 아무것도 원하지 않았다. 나뭇가지가 거센 바람에 부러지는 소리가 밖에서 들려왔다. 완벽하게 비어 있는 병실 안에서는 아주 조그만 소리조차 넓게 파장을 그리며 퍼져 나갔다. 그 덕분에 마치 소리를 보고 만질 수 있을 것만 같았다. 그 소리는 허공 속에서 시간을 초월한 상태로 유지되는, 음악보다 더 마음을 사로잡는, 매혹적인 수많은 진동의 형태로 연신 메아리치고 있었다. 자그마한 원탁 위에는 간호사가 가져다 놓은, 오렌지로 만든 투명한 분홍색 음료 한 병이 놓여 있었다. 아무리 보아도 싫증 나지 않을 것만 같았다. 음료는 그곳에 존재하고 있었다. 산뜻하고 부드러운 음료가, 혹은 아무래도 상관없을 그 무언가가, 아무런 노력도 없이 그냥 저기에 존재하고 있음은 그 자체로 기적이었다. 불안도, 근심 걱정도 없이 그곳에 존재하고 있었다. 존재한다는 사실에 지루함을 느끼지 않고서 말이다. 그걸 눈으로 바라보며 느끼는 황홀을 굳이 그만둘 까닭이 없지 않은가? 그랬다. 사흘 전만 하더라도 프랑수아즈는 감히 바랄 수 없었다. 조약돌처럼 매끈하고 둥글고, 그 자체로 굳게 닫힌 평화로운 순간들이 만들어 낸 텅 빈 구덩이 안에서, 해방감과 만족감에 젖어 휴식을 취하기를 말이다.

"몸을 좀 일으켜 주시겠습니까?" 이렇게 말하면서 의사는 그녀가 몸을 일으킬 수 있도록 도와주었다.

"이 정도면 됐습니다. 잠깐이면 됩니다."

친절하고 유능한 의사처럼 보였다. 그는 가방에서 기구를 꺼내더니 프랑수아즈의 가슴에 가져다 댔다.

"숨을 깊게 쉬세요."

프랑수아즈는 숨을 쉬었다. 고역이었다. 숨이 몹시 가빴으므로, 숨을 깊이 들이마시자마자 엄청난 통증이 밀려왔다. 정말 가슴이 찢기는 듯했다.

"숫자를 세어 보세요. 하나, 둘, 셋." 의사는 말했다.

이어서 그는 청진기를 등에다 대고, 수상해 보이는 벽을 조사하는 영화 속 탐정처럼 흉곽을 톡톡 두드렸다. 프랑수아즈는 얌전히 숫자를 헤아렸고, 콜록거리면서 숨을 쉬었다.

"자, 끝났습니다." 의사는 베개로 프랑수아즈의 머리를 받쳐 준 뒤에, 친절한 얼굴로 그녀를 들여다보았다.

"폐에 염증이 조금 생긴 겁니다. 강심제 주사를 곧 놔 드리겠습니다."

"낫는 데 오래 걸리나요?"

"보통 아흐레 정도 지나면 회복됩니다. 하지만 환자분의 경우엔 회복하는 데 더 오랜 시간이 걸릴 듯합니다. 폐에 문제가 있었던 적이 있습니까?"

"아뇨. 왜 그러시죠? 폐가 상한 것 같나요?"

"지금으로선 알 수 없습니다." 의사는 모호하게 대답하며 프랑수아즈의 손을 가볍게 두드렸다.

"상태가 나아지시면 그 즉시 방사선 촬영을 해서 뭘 해야 할지 알아보도록 하죠."

"나를 결핵 요양소로 보낼 건가요?"

"그런 뜻이 아닙니다. 어쨌든 몇 달 쉰다고 큰일 나는 건 아니니까요. 그러니 특별히 걱정하실 건 없습니다." 의사는 웃으며 말했다.

"걱정하지 않아요."

정말 폐가 상한 거라면 몇 달은 요양해야 할지도 몰랐다. 요양소에 몇 년이나 있을 수도 있었다. 참으로 묘한 기분이 들었다. 모두 다 충분히 일어날 법한 일이었다. 이미 결정된 인생 속에 갇힌 것 같았던 크리스마스 전날 밤이 꽤 오래전인 듯했다. 하지만 결정된 것은 아직 아무것도 없었다. 조용히 내리는 눈에 덮인 폭신한 길 위로, 침대보 그리고 벽처럼 매끈하고 새하얀 미래가 저 멀리 펼쳐지고 있었다. 프랑수아즈는 이름 없는 아무개였다. 느닷없이 가능성이 되어 버린 아무개 말이다.

프랑수아즈는 눈을 떴다. 요즘은 잠에서 깨는 게 좋았다. 휴식을 빼앗긴 게 아니라 휴식 중임을 기분 좋게 의식하면서 깨어났기 때문이다. 심지어 자세를 바꿀 필요조차 없었다. 이미 앉은 자세였기 때문이다. 그녀는 이런 자세로 잠을 자는 데 완전히 익숙해졌다. 이제 그녀에게 수면은 날것 그대로의 쾌락을 맛볼 수 있는 은둔 상태가 아니라, 남들이 하듯 동일한 방식으로 수행하는 활동들 중 하나가 되었다. 그녀는 피에르가 머리맡 탁자 위에 쌓아 놓은 오렌지와 책을 찬찬히 들여다보았다. 그녀 앞에는 평화로운 하루가 한가로이 펼쳐져 있었다.

'조금 있으면 방사선 촬영을 하겠구나.' 그녀는 생각했다. 장차 다른 일들이 어떻게 처리될지를 판가름할 가장 중요한 검사였다. 그러나 결과에는 관심 없었다. 삼 주 동안이나 줄곧 갇혀 있던 병실 문턱을 넘어서는 일만이 그녀의 유일한 관심

사였다. 오늘은 완전히 회복된 듯한 느낌이 들었다. 힘들이지 않고 일어설 수 있을 것 같았고, 심지어 걸을 수도 있을 것만 같았다.

오전 시간은 빠르게 지나갔다. 프랑수아즈를 맡은 갈색 머리의 마르고 젊은 간호사는 그녀를 씻기면서, 현대 여성의 운명과 교육의 고귀함에 대해 일장 연설을 늘어놓았다. 이어서 의사가 방문했다. 미켈 부인이 병실에 도착했을 때는 10시 무렵이었다. 그녀는 새로 다린 잠옷 두 벌과 앙고라 털로 만든 분홍색 실내복 한 벌 그리고 감귤과 화장수를 가져다주었다. 그러고는 점심 먹는 모습을 지켜본 뒤에, 간호사에게 연신 감사 인사를 해 댔다. 어머니가 돌아가자 프랑수아즈는 다리를 편 채 등을 대고 누운 자세로 가슴을 쭉 늘리면서, 세계가 어둠 속에 빠져들도록 내버려 두었다. 그렇게 세계는 어둠 속에 빠져들었다가 밝은 곳으로 되돌아온 뒤, 다시금 어둠 속에 잠기곤 했다. 제법 감미로운 왕복 운동이었다. 별안간 이 움직임이 멎었다. 그자비에르가 침대 위에서 그녀를 들여다보고 있었던 것이다.

"편안히 주무셨어요?"

"술을 조금 마시면 늘 푹 자곤 해."

그자비에르는 고개를 뒤로 젖히고 옅은 미소를 머금은 채, 머리에 두른 목도리를 풀었다. 스스로에게 몰두한 그자비에르의 몸짓에선 무언가 의식을 치르는 듯한 신비로운 분위기가 풍겨 나왔다. 목도리를 다 벗자 그녀는 다시금 지상에 속한 존재로 돌아와 있었다. 그녀는 조심스러운 얼굴을 하고서 손가락으로 술병을 집어 들었다.

"습관을 들이면 안 돼요. 그러다간 술을 마시지 않고는 생활할 수 없게 될 거예요. 흐린 눈빛에, 가쁘게 호흡하는 모습이면 무서워 보일 거라고요."

"그러면 넌 라브루스랑 짜고서 술병을 죄다 감추려 들겠지. 그래도 난 찾아낼 수 있다고."

기침이 나오기 시작하자 말을 이어 가기가 힘들었다.

"전 간밤에 잠을 자지 않았어요." 그자비에르가 자랑하듯 말했다.

"전부 자세히 얘기해 봐."

마치 신경이 죽은 치아를 쑤시는 치과 의사의 쇠 기구처럼 그자비에르의 말이 그녀 안으로 뚫고 들어왔다. 그런데 더는 존재하지 않는 불안의 텅 빈 자리만이 느껴질 뿐이었다. 피에르가 몹시 지친 상태였으니, 그자비에르로서는 할 일이 아무것도 없을 터였다. 단지 그렇게 생각했을 뿐, 어쩔 수 없기에 아무렇지도 않은 기분이었다.

"선생님을 위해 뭘 좀 가져왔어요."

그자비에르는 비옷을 벗더니 주머니에서 초록색 끈으로 리본을 묶은 작은 종이 상자를 꺼냈다. 프랑수아즈가 매듭을 풀고 뚜껑을 열자, 솜뭉치와 비단 종이로 가득 찬 상자 속이 그녀의 눈에 들어왔다. 얇은 종이 밑으로 설강화 한 다발이 들어 있었다.

"너무 예쁘다. 생화 같으면서 조화 같기도 하네."

그자비에르가 하얀색 꽃잎 위로 살며시 입김을 불어 넣었다.

"얘들도 밤에는 시들시들하더니, 아침에 물에 담가 놓으니 싱싱해졌어요."

그녀는 자리에서 일어나 유리잔에 물을 채운 뒤 꽃을 꽂았다. 그자비에르는 검은색 벨벳으로 만든 투피스를 입으니 날씬한 몸매가 한층 더 가냘파 보였다. 그녀에게서는 더 이상 시골 소녀의 티를 엿볼 수 없었다. 그녀는 성숙하고도, 스스로 세련되었다고 굳게 확신하는 젊은 여자의 모습을 하고 있었다. 그자비에르는 침대 가까이로 의자를 끌어당겼다.

"정말로 끝내주는 밤을 보냈어요."

거의 매일 밤, 극장을 나서는 길에 피에르는 그자비에르와 만났으며, 두 사람 사이엔 더 이상 잡음이 일지 않았다. 하지만 그녀가 이토록 감동과 추억에 젖은 듯한 모습을 보인 건 이번이 처음이었다. 마치 봉헌물의 윤곽을 그리려는 듯이 입술을 앞으로 살짝 내밀고, 눈웃음을 지었다. 잘 닫힌 상자 속 비단 종이와 솜뭉치 밑에 가둬 둔 것은 그자비에르가 입술과 눈으로 어루만지고 있는 피에르와의 추억이었다.

"제가 오래전부터 몽마르트르를 둘러보고 싶어 했지만 정작 실행하지 못했다는 걸 알고 계실 거예요."

프랑수아즈는 웃음이 났다. 어떤 마법이 몽파르나스 지역을 동그랗게 둘러싸고 있는 양, 그자비에르는 그 부근에서 감히 벗어날 엄두조차 못 냈더랬다. 추위와 피로를 느끼는 즉시, 그녀는 모든 걸 포기하고 몸을 웅크린 채 돔이나 폴 노르에 처박혀 있곤 했다.

"그런데 어젯밤에 라브루스 선생님이 억지로 절 택시에 태우더니 피갈 광장에 내려놓으셨어요. 어디로 가겠다는 생각 따윈 전혀 없이, 마치 탐험을 떠나기라도 하듯 길을 나섰답니다."

그자비에르는 미소를 머금은 채 말을 이어 갔다.

"오 분 정도 걸으니 머리 위로 화염이 치솟는 듯했고, 전체적으로 붉은색을 띤 작은 집 앞에 도착해 있음을 깨달았어요. 알록달록하게 색칠해 놓은 창문이 참 많이도 달려 있었는데, 거기엔 빨간 커튼이 쳐져 있더라고요. 내밀하면서도 조금은 의심쩍어 보이는 집이었어요. 들어갈 엄두를 못 내고 있었는데, 라브루스 선생님께서 과감하게 문을 밀고 들어가시더라고요. 귓불만큼이나 따뜻하고 사람들로 붐비는 곳이었어요. 어쨌든 구석에 빈자리 하나가 있더라고요. 분홍색 식탁보 위에 그것과 같은 색깔의 예쁘장한 냅킨이 놓여 있었는데, 경박한 취향의 젊은 사람들이나 좋아할 법한 비단 주머니 모양의 냅킨이었어요. 우린 그 자리에 앉았죠."

그자비에르가 잠시 뜸을 들이더니 이렇게 말을 끝마쳤다.

"그리고 양배추절임을 먹었죠."

"양배추절임을 먹었다고?" 프랑수아즈가 되물었다.

"네. 아주 맛있었어요." 이러한 반응을 불러일으켰음에 전적으로 만족해하면서 그자비에르는 말했다.

프랑수아즈는 그자비에르의 눈빛이 당돌할 정도로 반짝거렸으리라고 짐작했다.

"저도 양배추절임을 먹겠어요."

그녀가 피에르에게 제안한 것은 일종의 신비한 성찬식이었다. 약간 거리를 둔 채 두 사람이 나란히 앉아 있다. 그들은 사람들을 바라보다가, 둘만의 우정에 행복해하면서 서로 시선을 주고받는다. 이러한 모습을 머릿속에 그려 보아도 프랑수아즈는 불안하기는커녕, 오히려 담담하기만 했다. 이 모든 것은 무채색의 벽 너머, 병원의 정원 반대편에 있는, 흑백 영화에 나오는 세계만큼이나 비현실적인 세계 속에서 벌어지는 일일 뿐이었다.

"좀 이상해 보이는 사람들도 있더라고요. 마약 밀매상인 것 같았는데, 전과자임이 분명했어요. 또 사장은 갈색 머리에 덩치가 크고 얼굴은 완전히 창백한 데다, 불그레하고 두툼한 입술을 지닌 사람이었는데, 건달처럼 보이더라고요. 하지만 실제로 잔인한 짓거리를 벌일 정도로 싸움을 잘하는 양아치나 건달은 아닌 것 같았어요." 그자비에르는 일부러 새침한 표정을 지은 채 입을 삐죽거리면서 말했다.

그녀는 혼잣말을 하듯 덧붙였다.

"그런 남자를 유혹해 보고 싶어요."

"유혹해서 어쩌려고?" 프랑수아즈가 물었다.

그자비에르의 입술이 새하얀 치아 위로 말려 올라갔다.

"괴롭혀 줄 거예요." 그녀는 관능적인 표정으로 말했다.

프랑수아즈는 다소 불편한 감정에 사로잡혀 그녀를 쳐다보았다. 이 금욕적인 정숙한 아가씨를, 보통 여자가 지닐 법한 욕망을 지닌 여인으로 간주하는 게 불경한 짓을 저지르는 듯 느껴졌기 때문이다. 그렇다면 이 아이는 스스로를 어떻게 여기고 있을까? 관능과 교태를 어찌 상상하고 있기에 코와 입을 저렇게 떨고 있을까? 모두의 눈에 단 한 번도 띈 적이 없는 자신의 어떤 이미지를 향해, 마치 공모를 제안하기라도 하듯이, 저토록 의미심장한 미소를 보내고 있는 것일까? 이 순간 그자비에르가 자기 몸을 느끼면서 스스로를 여자로 여기는 모습을 보자, 프랑수아즈는 낯익은 얼굴 뒤에 숨어 자기를 비웃는 웬 낯선 이에게 속고 있는 듯한 기분이 들었다.

그자비에르는 냉소적인 웃음을 거두고, 아이 같은 목소리로 말을 덧붙였다.

"나중에 라브루스 선생님이 아편굴에 데려가 주신다고 했어요. 범죄자를 경험하게 해 주신다더군요."

그녀는 잠시 몽상에 잠겼다.

"매일 밤 그곳에 들르면 우리를 패거리로 받아들여 줄지도 몰라요. 벌써 아는 사람이 몇 명 생겼는걸요. 완전히 취한 상태로 바에 있던 여자 두 명이에요."

그녀는 확신에 찬 목소리로 이어서 말했다.

"호모예요."

"레즈비언이라는 말이지?"

"같은 거 아니에요?" 눈썹을 치켜올리며 그자비에르가 물었다.

"호모는 흔히 남자 동성애자를 말하지."

"어쨌든 그 여자들은 부부예요." 그자비에르는 다소 초조해하면서, 흥분한 얼굴로 말했다.

"그중 한 명은 머리를 완전히 짧게 잘라서 진짜로 남자 같아 보이더라고요. 노는 데 푹 빠진 매력적인 청년 같더라니까요. 다른 한 명은 나이가 좀 더 들어 보이는 여자인데, 검은색

실크 드레스를 걸치고 가슴팍엔 붉은 장미를 단 모습이 꽤나 아름답더라고요. 제가 남자처럼 생긴 여자 쪽에 끌려 하고 있음을 눈치챈 라브루스 선생님께서 한번 꼬셔 보라고 하시더군요. 그래서 추파를 던져 봤더니, 순순히 우리 자리로 와서 자기 잔으로 술을 권하더라고요."

"어떤 식으로 추파를 던졌어?"

"이렇게요." 그자비에르는 오렌지 음료가 든 병을 향해 엉큼하면서도 도발적인 시선을 보냈다. 프랑수아즈는 다시금 난처한 기분에 빠져들었다. 그자비에르가 이러한 재주를 지니고 있음에 당황해서가 아니었다. 상당한 만족감에 젖어서, 스스로 그러한 재주를 지녔음에 황홀해하고 있는 듯 보였기 때문이다.

"그러고 나서는?"

"자리에 앉으라고 권했죠."

누군가 조용히 문을 열고 들어왔다. 칙칙한 얼굴색의 간호사가 침대로 다가왔다.

"주사 맞을 시간입니다." 간호사가 밝은 목소리로 말했다.

그자비에르는 자리에서 일어났다.

"나가실 필요까진 없어요. 잠깐이면 되거든요." 간호사는 초록색 액체를 주사기에 넣으면서 말했다.

그자비에르는 싫은 내색을 비치면서 가련한 표정으로 프랑수아즈를 바라보았다.

"내가 비명을 지르는 일은 없으리라는 걸 알잖아." 프랑수아즈는 미소를 띠고서 말했다.

그자비에르는 창가 쪽으로 걸어가서 유리창에 이마를 댔다. 간호사는 이불을 걷어서 프랑수아즈의 한쪽 엉덩이가 드러나도록 했다. 피부 곳곳이 멍들어 있었고, 멍이 든 부위는 작고 단단하게 멍울져 있었다. 간호사는 지체 없이 주삿바늘을 찔러 넣었다. 솜씨가 좋은 덕분에 전혀 아프지 않았다.

"자, 다 됐습니다."

간호사는 살짝 꾸짖는 표정을 지으면서 프랑수아즈를 쳐다보았다.

"말씀을 많이 하시면 안 돼요. 진이 빠진다고요."

"아무 말도 안 했는걸요." 프랑수아즈는 말했다.

간호사는 웃어 보인 뒤 병실에서 나갔다.

"참으로 독한 여자로군요!" 그자비에르가 말했다.

"친절한 사람이야."

프랑수아즈는 자신을 잘 돌봐 주는, 이 솜씨 좋고 세심하고 젊은 간호사를 보노라면, 무르다 할 정도로 너그러운 마음이 들곤 했다.

"왜 간호사가 되고 싶은지 모르겠어요!" 이렇게 말하면서 그자비에르는 두려움과 혐오감이 뒤섞인 눈빛으로 프랑수아즈를 흘깃 쳐다보았다.

"아팠어요?"

"전혀 아프지 않았어. 아무 느낌도 안 났는걸."

그자비에르는 몸을 부르르 떨었다. 그녀는 상상하기만 해도 진심으로 진저리 칠 수 있었다.

"바늘이 살을 뚫고 들어오는 걸 참아 낼 자신이 없어요."

"마약을 하면……." 프랑수아즈가 말했다.

그자비에르는 피식하고 건방지게 웃으면서 고개를 뒤로 젖혔다.

"제가 직접 꽂으면 되죠. 제 자신에게는 무슨 짓이든 할 수 있거든요."

프랑수아즈는 그녀의 목소리에 우월감과 원망의 감정이 담겨 있음을 눈치챘다.

그자비에르는 남을 평가할 때 그들의 행동보다, 본인의 의지와 상관없이 그들이 처한 상황을 잣대로 삼곤 했다. 프랑수아즈와 관련한 일이기에 눈감아 주려 했지만, 그녀가 보기에 아프다는 것 자체가 중대한 잘못을 저지른 셈이었다. 느닷없이 프랑수아즈는 이 점을 떠올렸다.

"결국 네게도 뭔가를 참아야만 할 때가 올 거야."

그러고 나서 프랑수아즈는 다소 심술궂은 목소리로 이렇게 덧붙였다.

"그렇게 될 날이 아마도 올 거라고."

"절대로 그럴 리 없어요. 의사한테 가느니 차라리 죽을 생각이거든요."

그녀가 세운 도덕규범에 따르면 치료를 받는 건 금지의 대상이었다. 생명이 꺼져 가는 마당에 살려고 버둥거리는 건 구차한 짓거리에 해당했던 것이다. 그녀는 악착같은 모든 행위를 부자연스러운 데다 자존심을 떨어뜨리는 짓이라 여기며 혐오했다.

'남들과 마찬가지로 치료를 받을 수밖에 없게 될 거야.' 프랑수아즈는 짜증을 내며 생각했다. 하지만 그리 생각해 봤자 딱히 위로가 되진 않았다. 당장에 그자비에르는 이곳에 존재하고 있었다. 검은색 투피스를 걸친 채, 싱그럽고 자유로운 모습을 하고서 말이다. 빳빳한 깃이 달리고, 격자무늬가 들어간 블라우스를 입은 까닭에 그녀의 얼굴은 반짝반짝 빛났다. 그리고 머리카락에서는 윤기가 흐르고 있었다. 반면 프랑수아즈는 꽁꽁 묶인 상태로 가만히 누워, 간호사와 의사의 처분만을 기다리고 있을 뿐이었다. 비쩍 말라서 보기 흉한 데다, 혼자서는 거동도, 심지어 말도 제대로 못 하는 꼴을 하고서 말이다. 이러한 생각이 들자 프랑수아즈는 자신의 병이 굴욕적인 오점과 다를 바 없다는 느낌에 불현듯 사로잡히고 말았다.

"하던 이야기나 마저 해 봐."

"간호사가 다시 와서 방해하진 않을까요? 게다가 노크도 안 하던데." 그자비에르가 무뚝뚝한 목소리로 말했다.

"다시 오진 않을 거야."

"그렇다면 좋아요! 그 여자가 친구에게 신호를 보내서 결국 합석하게 되었죠."

그자비에르는 억지로 이야기를 이어 나갔다.

"나이가 어린 쪽이 위스키를 다 비우더니 갑자기 테이블 위에 뻗고 말았어요. 팔을 앞으로 내민 채 한쪽 볼을 팔꿈치에 대고 자는 모습이 꼭 어린아이 같더라고요. 그러더니 웃다가 울다가 하는 거 있죠. 산발인 데다 이마엔 땀방울이 맺혔는데도, 깨끗하고 순수한 모습이 남아 있더군요."

그자비에르가 입을 다물었다. 머릿속으로 그때의 장면을

떠올리는 듯했다.

"어떤 일로 밑바닥에 닿아 본 적 있는 사람의 강렬한 모습이더군요. 정말로 바닥을 친 듯 보였어요."

그녀는 잠시 허공을 응시하다가 다시금 활기를 되찾더니 얘기를 이어 갔다.

"다른 쪽이 그 여자를 흔들어 깨웠어요. 무작정 데리고 나가려는 눈치였죠. 엄마 역할을 하는 창녀처럼 보이더라고요. 왜 있잖아요, 이해타산이랑 소유 본능 그리고 추잡한 동정심 때문에, 자신이 거느린 어린 창녀가 망가지지 않도록 신경 쓰는 창녀들 말이에요."

"무슨 말인지 알겠군."

누가 보면 그자비에르가 창녀들 틈에서 얼마간 생활했다고 여길 터였다.

"잠깐, 누가 노크하지 않았어?"

프랑수아즈는 귀를 쫑긋하면서 이렇게 덧붙였다.

"들어오라고 말해 줘."

"들어오세요." 이렇게 말하는 그자비에르의 목소리는 맑았지만, 눈 위로 불만스러워하는 기색이 얼핏 스쳐 지나갔다.

문이 열렸다.

"안녕하세요." 제르베르는 조금 쑥스러워하면서 그자비에르에게 손을 내밀었다.

"안녕하세요." 그는 다시 인사하며 침대 쪽으로 다가왔다.

"이렇게 와 주다니, 다정하기도 하지." 프랑수아즈가 말했다.

그가 문병해 주길 바란 적은 없었지만, 막상 만나고 보니 뜻밖이라는 생각과 더불어, 무척이나 반가운 마음이 들었다. 마치 강한 바람이 불어와서 병실 안을 떠다니던 질병의 냄새와 후텁지근한 공기를 모두 날려 버린 듯했다.

"얼굴이 이상해 보여요. 수족[18]의 우두머리 같아요. 좀 괜찮아지셨어요?" 제르베르는 친절하게 웃으면서 말했다.

"많이 나았어. 이 병은 아흐레 정도 지나면 결판이 나거든. 죽거나 열이 내리거나, 둘 중 하나지. 앉지 그래."

제르베르는 목도리를 벗었다. 눈부시게 새하얗고 올이 굵은 털목도리였다. 그는 병실 한가운데 놓인 쿠션 의자에 앉더니, 쫓기는 듯한 얼굴로 프랑수아즈와 그자비에르의 얼굴을 번갈아 쳐다보았다.

"열은 내렸는데 다리가 아직 후들거려. 조금 있다가 방사선 촬영을 할 건데, 침대 밖으로 발을 내딛으면 아마 이상한 기분이 들 거야. 폐가 정확히 어떤 상태인지 검사할 거라고 하더군. 의사가 그러는데, 여기에 왔을 때 오른쪽 폐는 벌써 간처럼 딱딱해진 상태였고, 다른 쪽도 이제 막 서서히 굳어 가던 참이었대."

그녀는 잔기침을 했다.

"폐가 웬만큼 괜찮아졌으면 좋겠어. 몇 년 동안 요양원에서 보내야 한다고 생각해 봐."

"유쾌하진 않겠죠." 이렇게 말하고 나서 제르베르는 얘깃거리라도 찾는 듯 병실을 둘러보았다.

---

18) Sioux. 북아메리카 인디언 부족 중 하나이다.

"꽃이 정말 많네요! 약혼한 여자의 방이라고 해도 되겠어요!"

"꽃바구니는 학생들이 보낸 거고, 진달래 화분은 테데스코랑 랑블랭이, 그리고 아네모네는 폴 베르제가 보낸 거야."

그녀는 몸이 흔들릴 정도로 다시 기침을 했다.

"그거 보세요, 기침을 하시잖아요. 간호사가 말을 하지 말라고 했잖아요." 조금은 과할 만큼 격하게 안타까워하며 그자비에르가 말했다.

"현명한 간병인이군. 입을 다물도록 하지." 프랑수아즈가 말했다.

잠시 침묵이 흘렀다.

"그래서 그 여자들은 어떻게 됐어?" 프랑수아즈가 물었다.

"바에서 나갔어요. 그걸로 끝났어요." 그자비에르는 마지못해 대답했다.

제르베르는 마치 영웅적 결단이라도 내린 듯 얼굴을 덮고 있던 머리칼을 뒤로 쓸어 올렸다.

"제 인형극을 보러 오실 수 있게 제때 쾌차하시면 좋겠어요. 일이 잘 풀린 덕분에 이 주 뒤엔 공연할 수 있을 거예요."

"올해 안에 다른 공연도 할 거잖아?"

"네. 공연할 장소를 잡아 두었어요. 이마주 극단의 단원들이 썩 괜찮더라고요. 하는 짓거리가 마음에 들진 않지만 다루기 쉬운 녀석들이더군요."

"만족해?"

"아주 만족스러워요."

"네 인형들이 아주 예쁘다고 그 자비에르가 말하더군."

"인형 하나를 가져왔어야 했는데, 바보같이 그 생각을 못 했어요. 다들 인형을 실로 조종하지만, 우린 기뇰 인형극[19]에서 하듯이 손으로 움직이거든요. 그래서 더 웃기죠. 방수포로 만든 넓은 치마를 입혀 놔서 인형을 조종하는 사람의 팔이 완전히 안 보인답니다. 장갑을 끼는 것처럼 손을 집어넣으면 되죠."

"네가 직접 만든 거야?"

"몰리에랑 같이 만들었어요. 하지만 이걸 생각해 낸 건 저예요." 제르베르는 자랑하듯 말했다.

이야기에 열중한 까닭에 평소의 소심한 모습은 온데간데없었다.

"조종하기가 그리 쉽진 않아요. 템포랑 감정을 살려서 움직여야 하니까요. 그래도 제법 능숙해진 참이에요. 연출하면서 인형을 조종하는 문제로 얼마큼 자잘한 난관들이 발생하는지 상상조차 못 하실 거예요."

두 손을 치켜들며 그는 말했다.

"양손에 인형을 하나씩 쥐고 있는 상황을 떠올려 보세요. 인형 하나를 무대 끝으로 옮기려면 다른 쪽 손에 든 인형도 같이 움직여야 하니, 결국 함께 이동할 수밖에 없는 구실을 만들어야 한다고요. 창의력이 필요한 거죠."

"연습을 한번 구경하고 싶군."

---

19) 실을 사용하지 않고 직접 손가락으로 놀리는 프랑스 인형극.

"요즘엔 매일 5시부터 8시까지 연습하고 있어요. 등장인물이 다섯인 장편 하나랑 짧은 단편 세 개를 무대에 올릴 예정이에요. 제가 오래전부터 구상해 온 작품들이랍니다!"

그는 그자비에르 쪽으로 고개를 돌렸다.

"어제는 당신이 배역을 맡아 주리라 기대했는데, 역할이 마음에 들지 않았나 봐요?"

"천만에요. 아주 재미있다고 생각해요." 그자비에르는 언짢은 목소리로 대답했다.

"그럼 조금 있다가 나랑 같이 갑시다. 어제 샤노가 그 역할의 대사를 읊어 봤는데 형편없더라고요. 무대에서 연기하듯 하더라니까요."

그러더니 제르베르는 프랑수아즈를 향해 말했다.

"적절한 음역을 찾기란 상당히 어려워요. 인형이 진짜로 말하듯 목소리를 내야 하거든요."

"그렇지만 제대로 해내지 못할까 봐 겁이 나요." 그자비에르가 말했다.

"잘할 거예요. 지난번에 대사 네 개를 읊었던 것처럼만 하면 돼요."

제르베르는 꾀어내는 듯한 표정으로 미소를 지었다.

"그리고 알겠지만, 수익은 배우들이 나누어 가질 거예요. 조금 운이 좋으면 보수로 오륙 프랑 정도는 더 챙길 수 있을 거예요."

프랑수아즈는 베개에 몸을 기댔다. 두 사람이 이야기하는 모습을 보고 있자니 흡족한 기분이 들었다. 그러나 피로가 몰려오기 시작했다. 다리를 쭉 뻗고 싶었지만 단지 몸을 살짝 움직이는 데에도 요령이 필요했다. 땀띠약을 뿌려 놓은 둥근 고무 방석 위에 앉아 있는 데다, 발뒤꿈치마저 또 다른 고무 덩어리에 받쳐 놓은 상태였다. 게다가 이불이 들리도록 버드나무로 만든 둥근 받침살을 무릎 위쪽에 올려놓아서 쉬이 거동할 수 없었다. 이러지 않으면 피부에 욕창이 생길지도 몰랐다. 마침내 그녀는 다리를 성공적으로 뻗었다. 두 사람이 떠난 뒤바로 피에르가 오지만 않는다면 조금은 잘 수 있을 것이다. 그녀의 귓가에 그자비에르의 말소리가 들려왔다.

"갑자기 그 뚱뚱한 여자가 열기구처럼 부풀어 오르더니 치맛자락이 기구에 달린 바구니라도 되는 양 휘말린 채 하늘로 날아가더라고요."

루앙 박람회에서 본 인형극 얘기를 하는 중이었다.

"나도 팔레르모에서 「분노에 찬 롤랑」을 본 적이 있어." 프랑수아즈가 말했다.

프랑수아즈의 이야기는 거기서 그쳤다. 좀처럼 말할 기분이 아니었기 때문이다. 아주 좁은 골목 안에 있는, 포도 가게 근처의 극장이었다. 알이 굵고 짓무른 사향 포도 한 송이를 피에르가 사 주었더랬다. 입장료는 오 수였고, 객석에는 아이들만 있었다. 어린애의 엉덩이 크기에 딱 맞는 의자였다. 막간을 이용해 한 사내가 시원한 물이 든 잔을 쟁반에 잔뜩 담고서, 물 한 잔을 일 수에 팔며 돌아다녔다. 그러고 나서 그는 무대 옆에 자리를 잡고 앉더니 긴 회초리를 손에 들고, 공연 중에 시끄럽게 떠드는 아이들을 마구 후려쳤다. 벽에는 롤랑의 이야기[20]를 보여 주는 에피날 판화가 걸려 있었다.[21] 인형들은 아주 멋있었지만, 갑옷을 두른 탓인지 죄다 뻣뻣해 보였다. 프랑수아즈는 눈을 감았다. 불과 이 년 전의 일이었지만 아주 오래전의 기억인 듯 느껴졌다. 그때와 달리 지금은 모든 것이 복잡해진 상태다. 감정도, 생활도, 유럽의 상황도. 하지만 아무래도 상관없었다. 난파선처럼 떠내려가는 대로 순순히 몸을 내맡겼기 때문이다. 그런데 지평선 곳곳에는 시커먼 암초들이 자리 잡고 있었다. 그리고 잿빛 대양 위를 표류하는 그녀 주위로는 역청색과 유황색이 뒤섞인 바닷물만이 펼쳐져 있었다. 그러나 생각도, 두려움도, 욕망도 없이 그녀는 가만히 누워 있을 따름이었다. 그녀는 다시 눈을 떴다.

대화가 끊긴 상태였다. 그자비에르는 자신의 발끝을 내려다보았고, 제르베르는 걱정스러운 얼굴로 진달래 화분을 응시하고 있었다.

"요즘은 어떤 작품을 연습하고 있죠?" 마침내 제르베르가 입을 열었다.

"메리메의 「기회」요."

아직도 그녀는 피에르 앞에서 자신의 연기를 선뵐 용기가

---

20) 샤를마뉴 대제 시절을 배경으로 하는 중세 프랑스의 무훈시 『롤랑의 노래』에 주인공으로 등장하는 기사다. 이민족 사라센인들의 침입에 맞서 프랑스를 구한 영웅으로 그려진다.
21) 19세기에 유행했던 통속화로, 이 판화를 처음 그린 화가로 알려진 장샤를 펠르랭(Jean-Charles Pellerin, 1756~1836)이 살던 지역의 이름을 따서 붙인 명칭이다.

없었다.

"그쪽은요?"

"「마리안의 변덕」에 등장하는 옥타브 역을 연습하고 있어요. 칸제티가 치는 대사를 받는 수준에 불과하지만요."

다시금 침묵이 흘렀다. 그자비에르는 못마땅하다는 듯 입을 삐죽거렸다.

"칸제티는 마리안 역할을 잘 소화하고 있나요?"

"이상할 정도는 아니라고 봐요."

"천박한 여자더군요."

두 사람 모두 불편한 듯 입을 다물었다.

제르베르는 머리칼이 뒤로 넘어가도록 머리를 흔들었다.

"도미니크가 개업한 술집에서 제가 인형극을 공연할지도 모른다는 소식을 혹시 들으셨나요? 막 개업했는데도 장사가 잘되는 편이라 거기서 공연을 하면 끝내줄 거예요."

"엘리자베트에게서 들었어." 프랑수아즈는 말했다.

"그분이 절 소개해 준 거예요. 거기를 꽉 잡고 계시더라고요."

그는 기쁨과 분노가 뒤섞인 얼굴로 손을 입에 가져다 댔다.

"그 덕분에 친구분께선 현재 다른 사람이 되셨어요. 믿을 수 없을 정도라니까요!"

"돈도 많이 벌었고, 조금은 유명해지기도 했으니 삶이 달라졌을 테지. 굉장히 우아해졌던걸."

"그분 옷차림이 전 별로예요." 제르베르는 거리낌 없이 편파적인 태도를 당당히 드러내며 말했다.

저기, 파리에서는 하루하루가 제각기 다르리라고 생각하니 기분이 묘했다. 수많은 일들이 일어나며 들썩이는 가운데, 상황은 변하고 있었다. 하지만 먼 곳을 휘감은 그 어떤 소용돌이에도, 그곳을 어지럽게 밝히는 그 어떤 불빛에도, 프랑수아즈는 전연 이끌리지 않았다.

"쥘샤플랭 골목에 5시까지는 도착해야 해서 이만 가 보겠습니다." 제르베르가 말했다.

그는 그자비에르를 쳐다보았다.

"나랑 같이 갈래요? 오늘 안 가면 샤노가 배역을 내놓으려고 하지 않을 거예요."

"갈게요." 이렇게 말한 뒤 그자비에르는 우비를 걸치고 턱 밑으로 목도리를 정성껏 둘렀다.

"여기에 아직도 한참 계셔야 하나요?" 제르베르가 물었다.

"일주일 정도 지나면 집에 돌아갈 수 있기를 바라고 있어." 프랑수아즈는 대답했다.

"가 볼게요. 내일 봬요." 그자비에르가 조금 차가운 목소리로 말했다.

"내일 보자." 프랑수아즈도 인사를 했다.

그녀는 손짓으로 인사를 건네는 제르베르를 향해 웃어 보였다. 그는 문을 열고서 불안한 표정을 지은 채 그자비에르보다 앞서 병실을 나섰다. 그자비에르랑 무슨 이야기를 나누면 좋을지 고민하고 있음이 분명했다. 프랑수아즈는 베개에 몸을 누였다. 제르베르가 자기에게 애정을 품고 있다고 생각하니 기분이 좋았다. 물론 그녀보다 라브루스를 더 좋아하겠지만, 그는 틀림없이 그녀에게 진심으로 개인적 호감을 보내고 있었다. 그녀도 제르베르가 좋았다. 서로 바라는 바가 없는데도 이런 식으로 늘 충만함을 느낄 수 있는 우정보다 더 기분 좋은 관계를 상상하기란 불가능했다. 그녀는 눈을 감았다. 편안했다. 요양원에서 몇 년을 보내야 한다면……. 이런 생각이 떠올랐지만 아무런 거부감도 들지 않았다. 조금 있으면 알게 되겠지. 어떤 선고가 내려지더라도 받아들일 준비는 되어 있었다.

조용히 문이 열렸다.

"좀 어떻소?" 피에르가 물었다.

프랑수아즈의 얼굴이 상기되었다. 피에르의 등장이 기쁨 이상의 감정을 안겨 주었던 것이다. 오직 그와 마주할 때에만 그녀는 차갑고 무관심한 상태로부터 벗어날 수 있었다.

"점점 더 좋아지고 있어요." 피에르의 손을 잡으며 그녀는 말했다.

"잠시 후에 방사선 촬영을 하는 거지?"

"네. 당신도 들어서 알겠지만, 의사 말로는 이제 폐가 회복되었으리라 하더군요."

"촬영을 한답시고 당신을 너무 피곤하게 하지 않았으면 좋겠는데."

"오늘은 완전히 기운이 넘치는걸요."

마음속에 애정이 차올랐다. 피에르의 사랑을 하얗게 회칠한 무덤에 비유하다니, 말도 안 되는 생각이었다! 이렇게 병자가 된 덕분에 그의 사랑이 지닌 생기 넘치는 충만함을 손가락으로 만질 수 있었다. 그를 고맙게 여기는 까닭은, 단지 매일 병원에 들르고, 진화를 해 주고, 혹은 그녀에게 관심을 보여 주기 때문이 아니었다. 피에르에게서 스스로 동의한 수준의 애정을 넘어서는, 그가 선택한 적 없는, 그 자신을 압도하는 격정적 불안을 발견했다는 점이야말로 그녀로서는 결코 잊지 못할 만큼 달콤한 것이었다. 그녀를 향하던 것은 바로 통제력을 상실한 그의 얼굴이었다. 형식적인 검사에 불과하다고 아무리 말해도 그는 그녀에 대한 걱정으로 제정신이 아니었다. 피에르가 침대에다 책 꾸러미를 올려놓았다.

"당신을 위해 책 몇 권을 골라 왔는데, 마음에 들어요?"

프랑수아즈는 제목을 훑어보았다. 탐정 소설 두 권에 미국 소설 한 권 그리고 잡지 몇 권이 있었다.

"재미있겠네요. 자상하기도 해라!"

피에르는 외투를 벗었다.

"정원에서 제르베르와 그자비에르랑 마주쳤소."

"제르베르가 인형극 연습을 하는 데에 그자비에르를 데려간다고 같이 나갔어요. 둘이 함께 있는 모습을 보니까 어찌나 우습던지. 미친 듯이 수다를 떨다가도 불편한 듯 입을 꾹 다물더라니까요."

"맞아, 걔들이 좀 우습긴 하지."

그는 문 쪽으로 한 걸음 다가갔다.

"누가 오는 것 같군."

"4시가 되었으니 검사받으러 갈 시간이에요."

위풍당당하게 들어서는 간호사의 뒤를 따라서 커다란 의자를 든 운반원 두 명이 들어왔다.

"우리 환자분, 상태는 좀 어떠신가요? 잠깐이면 되니까 검사하는 동안 무난히 버티시기를 바랍니다."

"이 사람 혈색이 좋군요." 피에르가 말했다.

"기분이 아주 좋아요." 프랑수아즈도 말했다.

오랫동안 갇혀 있던 병실 문턱을 넘어서는 일은 진정한 모험에 해당했다. 운반원들은 그녀를 들어 올려서 담요로 감싼 뒤 의자에 앉혔다. 의자에 앉으니 기분이 이상했다. 침대에 앉아 있을 때와는 달랐기 때문이다. 머리가 조금 어지러웠다.

"괜찮으세요?" 간호사가 문손잡이를 돌리면서 물었다.

"괜찮아요." 프랑수아즈는 대답했다.

약간의 분노가 섞인 놀란 눈으로 그녀는 바깥쪽을 향해 열리는 문을 바라보았다. 평소에 그 문은 사람들을 들이는 용도로 열리는 것이었다. 그런데 이렇게 느닷없이 그 의미가 출구로 탈바꿈하다니. 병실 또한 충격을 안겨 주기는 마찬가지였다. 병상이 비었으니 이곳은 더 이상 복도와 계단이 모이는 병원의 중심이 아니었다. 발소리가 나지 않도록 장판을 깔아 둔 복도야말로, 똑같이 생긴 수많은 병실들을 연결하는 동맥이라 할 수 있었다. 프랑수아즈는 세계의 저편으로 넘어가는 듯한 느낌에 휩싸였다. 마치 거울을 통과하는 것처럼 기묘했다.

그녀가 올라탄 의자는 타일이 깔리고, 복잡해 보이는 기계들이 한가득 들어찬 방 안으로 옮겨졌다. 엄청나게 더웠다. 프랑수아즈는 눈을 반쯤 감고 있었다. 다른 세계로 여행하느라 피곤해진 탓이었다.

"이 분 정도 서 계실 수 있습니까?" 검사실 안으로 들어온 의사가 물었다.

"해 보도록 하죠." 말은 이렇게 했지만 과연 그럴 만한 기운이 있을지 자신할 수 없었다.

억센 팔이 그녀를 일으켜 세우더니 기구들 사이로 데려갔다. 발아래로 바닥이 소용돌이쳐서 토할 것만 같았다. 걷는다는 게 이다지도 힘든 일이라고는 상상조차 못 한 터였다. 굵은 땀방울이 이마 위로 흘러내렸다.

"이대로 가만히 계세요." 누군가가 말했다.

기계에 몸을 기대자 나무판자가 가슴팍을 눌러 왔다. 숨이 막혔다. 숨을 쉬지 않고 이 분을 버티기는 어려울 것 같았다. 그 순간 방 안이 어둡고 조용해졌다. 짧고 가쁘게 몰아쉬는 그녀의 숨소리 외에는 아무 소리도 들리지 않았다. 이윽고 찰칵하는 소리와 둔탁한 소리가 들리더니 정신이 아득해졌다. 의식이 돌아왔을 때 그녀는 의자에 다시 앉아 있었다. 의사가 친절한 얼굴을 하고서 그녀를 들여다보았고, 간호사는 땀에 젖은 이마를 닦아 주었다.

"끝났습니다. 폐 상태가 아주 좋습니다. 이제 마음 놓고 주무셔도 됩니다." 의사는 말했다.

"괜찮으세요?" 간호사가 물었다.

프랑수아즈는 간신히 고개를 끄덕였다. 그러나 완전히 탈진한 상태였으므로, 영원히 기력을 회복하지 못한 채 평생 누워 있어야만 할 것 같았다. 그녀가 의자 등받이에 몸을 오롯이 기대자, 운반원들은 아까같이 복도를 따라 그녀를 옮겼다. 머리가 멍하고 무거웠다. 병실 문 앞에서 피에르가 서성거리는 모습이 보였다. 그는 그녀를 알아보고 걱정스레 미소 지었다.

"괜찮아요." 그녀는 중얼거렸다.

그가 그녀 쪽으로 다가오자 간호사는 말했다.

"잠깐만 기다리세요."

피에르를 향해 고개를 돌리자 자신의 두 다리로 굳건하게 서 있는 그의 모습이 프랑수아즈의 눈에 들어왔다. 슬픔이 밀려왔다. 난 너무나도 무력하고 병약한 상태다! 타인이 완력을 발휘해서 옮겨야만 하는, 게다가 혼자서는 아무것도 할 수 없는 짐 덩어리에 불과하다.

"이제 편히 쉬세요." 이렇게 말하면서 간호사는 베개를 고쳐 베어 준 뒤 이불을 덮어 주었다.

"고마워요. 이제 들어와도 된다고 전해 줄래요?" 프랑수아즈는 한껏 몸을 뻗으면서 말했다.

간호사가 병실에서 나갔다. 문 뒤에서 잠시 소곤거리는 소리가 들리더니 피에르가 들어왔다. 프랑수아즈는 선망 어린 시선으로 그의 모습을 좇았다. 병실을 가로질러 자리를 옮겨 다닐 수 있음이 그에게는 자연스러운 일인 듯했다.

"갓 낳은 알처럼 당신이 건강해 보이니 아주 만족스럽군."

그는 몸을 숙여서 프랑수아즈를 껴안았다. 그의 미소에 기쁨이 담겨 있음을 보니 그녀의 마음 역시 따뜻해졌다. 그는 여봐란듯이 일부러 기뻐하는 척을 하는 것이 아니었다. 아무런 대가를 바라지 않고, 순수하게 기뻐하는 것이었다. 그의 사랑은 반짝거릴 만큼 명료한 상태로 되돌아와 있었다.

"의자에 실려 올 때, 끔찍한 얼굴을 하고 있었소." 그는 다정하게 말했다.

"반쯤은 기절해 있었어요."

피에르가 주머니에서 담배를 꺼내 들었다.

"담배를 피워도 괜찮아요."

"그럴 순 없지. 여기서 피워선 안 되지." 이렇게 말하면서도 피에르는 한 대 피우고 싶은 듯 담배를 쳐다보았다.

"괜찮아요. 폐가 다 나은걸요." 프랑수아즈는 밝게 말했다.

피에르는 담배에 불을 붙였다.

"그러면 이제 조만간 당신을 집에 데려갈 수 있겠군. 회복기를 아주 즐겁게 보낼 수 있도록 해 줄 테니 두고 보라고. 전축이랑 레코드를 내 마련해 주리다. 문병객도 찾아올 거고. 아주 편안하게 해 주겠소."

"언제 퇴원해도 되는지, 내일 의사한테 물어보려고요."

프랑수아즈는 한숨을 쉬면서 덧붙였다.

"하지만 앞으로 영원히 걷지 못할 것 같은 기분이 들어요."

"무슨 소리! 금방 걷게 될 거요. 매일 조금씩 의자에 앉아 있다 보면 어느새 몇 분 정도는 서 있을 수 있게 되겠지. 그러다가 마침내 제대로 된 산책을 할 수 있게 될 거라고."

프랑수아즈는 믿음직스럽다는 듯 그를 향해 미소 지었다.

"그자비에르랑 둘이서 어젯밤에 즐거운 시간을 가졌나 보던데요."

"퍽 재미있는 곳을 발견했소."

돌연 피에르의 표정이 침울해졌다. 프랑수아즈는 자기가 불쾌한 기억뿐인 세계 속으로 느닷없이 그를 던져 넣었다고 생각했다.

"그 애가 제정신이 아닌 것 같은 눈을 하고서 그 이야기를 들려주더군요." 그녀는 섭섭해하며 말했다.

피에르는 어깨를 으쓱였다.

"왜 그러는데요? 무슨 생각을 하는 거예요?"

"아! 재미없는 생각이오." 떨떠름한 미소를 지으며 피에르는 말했다.

"별 이상한 소릴 다 하는군요! 당신 생각이라면 그게 뭐든 내겐 재미있는걸요." 프랑수아즈가 조금 걱정하듯 말했다.

피에르는 머뭇거렸다.

"뭔데요? 무슨 생각을 하는지 말 좀 해 봐요." 프랑수아즈는 피에르를 쳐다보았다.

여전히 망설이던 피에르가 작정한 듯 입을 뗐다.

"그 애가 제르베르에게 반하진 않았는지 궁금해져서 말이오."

프랑수아즈는 화들짝 놀라서 그의 기색을 살폈다.

"무슨 말을 하려는 거예요?"

"말한 그대로요. 그렇지 않을 이유가 없지 않소. 제르베르는 잘생긴 데다 상냥하기까지 하니 말이오. 그자비에르가 반할 만큼 매력적인 사내라고."

그는 멍하니 창문을 응시했다.

"반한 게 거의 확실해." 그가 말했다.

"하지만 그자비에르는 당신한테 지나치게 빠져 있는걸요. 당신과 함께한 어젯밤 일에 완전히 마음을 빼앗긴 듯했다고요."

피에르가 입술을 비쭉 내밀자, 프랑수아즈는 한동안 보지 못했던 예의 날카롭고 다소 거만해 보이는 그의 옆얼굴을 붙편한 마음으로 다시금 마주해야 했다.

"물론 마음만 먹으면 난 그 누구에게라도 멋진 시간을 선사할 수 있소. 그런데 그게 뭘 증명할 수 있다는 거지?" 그는 거만하게 말했다.

"도대체 왜 그렇게 생각하는지 모르겠군요."

피에르는 그녀의 말이 거의 들리지 않는 듯싶었다.

"지금 문제가 되는 사람은 그자비에르이지 엘리자베트가 아니라는 말이오. 내가 그 애에게 어느 정도 지적 매력을 발휘하고 있음은 분명하오. 그렇지만 그 애는 그걸 다른 감정으로 착각하는 실수 따윈 결코 저지르지 않아."

프랑수아는 살짝 불쾌해졌다. 오래전, 지적 매력을 발휘해서 그녀로 하여금 자신을 사랑하도록 한 피에르가 아니던가. 피에르는 말을 이어 갔다.

"그 애는 관능을 원하는 거야. 그 애가 추구하는 성적 쾌락은 다른 것과 구분된다고. 물론 나랑 대화하기를 좋아하기는 하지. 그러나 그 애는 잘생긴 젊은 남자의 키스를 바라고 있는 거야."

프랑수아즈는 한층 더 격하게 불쾌해졌다. 그녀는 피에르와 키스하기를 좋아했던 것이다. 저 사람은 그런 나를 경멸하고 있었단 말인가? 물론 지금 문제가 되는 건 그녀가 아니었다.

"제르베르가 그 애를 유혹하진 않았으리라고 난 확신해요. 무엇보다도 제르베르는 당신이 그 애한테 관심 있다는 사실을 잘 알고 있다고요."

"제르베르는 아무것도 모르고 있소. 우리에게서 들은 것 외에는 아무것도 모르고 있지. 게다가 제르베르가 유혹했느니, 안 했느니 하는 문제는 전혀 중요하지 않소."

"그럼 둘 사이에 무언가 있음을 당신이 결국 눈치챘다는 말인가요?" 프랑수아즈가 물었다.

"정원에서 두 사람과 마주쳤을 때 일종의 확신 같은 게 들었소." 피에르는 손톱을 물어뜯으며 말했다.

"자기를 지켜보는 사람이 아무도 없다고 생각할 때 그 애가 제르베르를 어떤 눈으로 바라보는지 당신은 본 적이 없지? 아주 집어삼킬 듯한 눈빛이라고."

프랑수아즈는 크리스마스 전날 밤에 자신을 놀라게 한 그 자비에르의 탐욕스러운 눈빛을 떠올렸다.

"본 적 있어요. 하지만 폴 베르제를 보면서도 넋을 놓고 있었다고요. 그건 일시적인 흥분일 뿐, 실제로 느낀 감정이라고는 할 수 없어요."

"먼젓번에 크리스틴 고모와 제르베르에 관한 농담을 했을 때 그 애가 미친 듯이 화를 냈던 걸 기억하지 않소?"

그대로 놔두면 그는 손가락뼈까지 뜯어 먹을 기세였다.

"그 애가 제르베르를 처음 만난 날이었죠. 이미 그날부터 제르베르를 사랑하게 되었다고는 할 수 없어요."

"안 될 것도 없지 않소? 첫눈에 제르베르가 마음에 든 거지."

프랑수아즈는 생각해 보았다. 그날 밤, 그 자비에르를 제르베르와 단둘이 내버려 두었더랬다. 그러고 나서 다시 만났을 때, 그 자비에르는 이상할 정도로 몹시 화가 나 있었다. 제르베르가 혹시 그 애에게 무례하게 굴었나, 하고 그때는 생각했었다. 그런데 반대로 제르베르가 원망스러울 만큼 굉장히 좋았던 것일 수도 있었다. 그리고 며칠 뒤에 고자질하는 어이없는 사건이 발생했었다…….

"무슨 생각을 하는 거요?" 피에르가 신경질적으로 물었다.

"기억을 떠올려 보려고요."

"기억나는 게 있으면서 공연히 뜸을 들이는군." 피에르가 재촉하는 목소리로 말했다.

"그것 봐! 단서가 한가득 있잖소. 우리가 제르베르를 따돌렸다고 고자질하면서 그 애는 도대체 무슨 생각을 했던 걸까?"

"당신은 그 애가 당신을 좋아하기 시작한 거라고 생각했잖아요."

"그것도 사실이야. 그 애가 나한테 관심을 갖기 시작한 게 그 무렵이니까. 하지만 훨씬 더 복잡한 이유에서 그런 짓을 했음이 분명해. 그날 밤, 제르베르랑 함께할 수 없어서 진짜로 아쉬웠는지도 몰라. 그래서 잠시나마 제르베르랑 한편이 되어 우리와 대적하고 싶었을 수도 있지. 아니면 욕망을 불러일으켰다는 이유로 제르베르에게 복수하고 싶었는지도 모르고."

"어쨌든 확실한 단서는 하나도 없잖아요. 너무 모호하네요."

그녀는 베개에 기댄 자세로 몸을 조금 치켜세웠다. 이런 이야기를 나누고 있으니 피곤해졌다. 등과 손바닥에 땀이 배기 시작했다. 피에르가 몇 시간이고 쏟아붓던, 그 자비에르의 마음을 분석하고 설명하는 짓거리와 이제 작별했으리라 믿었건만……. 그녀는 평화롭게 거리를 두고 싶었지만, 열에 달뜬 피에르의 흥분 상태가 또다시 그녀를 사로잡고 말았다.

"조금 전에 그 애를 만났을 때는 그런 느낌을 받지 못했어요." 그녀는 거듭 말했다.

다시금 피에르가 입을 비죽였다. 때마침 가시 돋친 말을 하려다가 속으로 꾹 삼킨 스스로를 대견하게 여기는 듯 그는 이상한 표정을 지었다.

"당신은 보고 싶은 것만 보니까."

프랑수아즈는 얼굴을 붉혔다.

"난 삼 주 전부터 세상과 떨어져 지냈는걸요."

"하지만 이미 수없이 많은 징후가 있지 않소."

"도대체 무슨 징후가 있다는 거죠?"

"내가 말한 모든 것이 그 징후라고." 피에르는 대답을 얼버무렸다.

"그리 대수롭지 않은 것들이죠."

피에르는 신경질적인 표정을 지었다.

"상황이 어떤지 내가 알고 있다지 않소."

"그렇다면 나한테 물어보지 말든가요." 이렇게 말하는 프랑수아즈의 목소리는 조금 떨렸다. 피에르가 뜻밖의 고집을 부리자, 그녀는 무기력하고 한없이 비참하게 느껴졌다.

피에르는 후회하는 눈빛으로 그녀를 바라보았다.

"내 이야기로 당신을 피곤하게 했군." 갑자기 다정한 목소리로 그가 말했다.

"어쩌다 그런 생각을 하게 됐어요?" 그가 몹시 괴로워했으므로, 프랑수아즈는 별수 없이 그를 돕고자 했는지도 몰랐다.

"하지만 솔직히 당신이 말한 증거들이 좀 빈약해 보이는 건 사실이에요."

"도미니크 가게의 개업식이 있던 날 밤에, 그 애가 한번은 제르베르랑 춤을 추더군. 제르베르가 껴안자 그자비에르는 온몸을 떨면서 관능 어린 미소를 지었다고. 착각했을 리 없어."

"그걸 왜 말하지 않았어요?"

피에르는 어깨를 으쓱해 보였다.

"나도 모르겠소."

그는 잠시 생각에 잠겼다.

"아니, 난 그 이유를 알아. 나를 가장 무겁게 짓누르는 최악의 기억이기 때문에 말하지 않은 거요. 당신한테 털어놓으면 당신 또한 나처럼 확실하다고 여기게 될 테고, 그로 인해 그게 결정적인 사실로 굳어질까 봐 겁이 났는지도 몰라."

그는 미소를 지었다.

"일이 이렇게 되리라고는 생각하지 못했을 수도 있고."

프랑수아즈는 피에르에 대해 이야기하던 그자비에르의 얼굴을 다시금 떠올려 보았다. 어리광을 부리는 듯한 입매, 다정한 눈빛이었다.

"그 정도로까지 확실해 보이진 않아요."

"오늘 밤 그 애와 이야기를 나눠 봐야겠소."

"엄청나게 화를 낼 거예요."

피에르는 살짝 거슬리는 표정으로 미소를 지었다.

"그럴 리 없소. 내가 자기 얘기를 하는 걸 무척이나 좋아한다고. 자신의 섬세함을 높이 평가할 만한 능력이 내게 있다고 생각하거든. 그 애가 보기에, 아니 심지어 그게 내가 가진 최고의 장점에 해당한다고."

"그 아이는 당신을 무척 좋아하고 있어요. 제르베르에게 잠시 매력을 느낄 순 있어도, 그 감정이 오래가지는 않을 거예요."

얼굴이 약간 밝아지기는 했지만 여전히 그는 긴장된 표정을 하고 있었다.

"그럴 거라 확신하오?"

"단언할 순 없죠."

"거봐, 당신도 확실하지 않은 거야."

피에르는 거의 위협적인 눈초리로 그녀를 처다보았다. 불안한 마음을 달래고자 하는 마술적 목적에서 그녀로부터 위로받고 싶었던 것이다. 프랑수아즈는 화가 났다. 그를 아이 다루듯 대하고 싶지는 않았기 때문이다.

"난 예언자가 아니에요."

"그 애가 제르베르에게 반했을 확률은 얼마나 되겠소?"

"그걸 계산하기란 불가능해요." 프랑수아즈는 다소 조급해하면서 대답했다. 피에르가 어린애처럼 구는 모습을 보고 있자니 괴로웠다. 그와 한통속이 될 생각은 전혀 없었다.

"그래도 대략의 수치 정도는 말해 줄 수 있지 않소."

오후가 되었으니 틀림없이 덩달아 열도 많이 올랐으리라. 프랑수아즈는 온몸이 땀으로 녹아내리는 듯한 기분에 사로잡혔다.

"모르겠어요. 한 십 퍼센트 정도?" 그녀는 아무렇게나 대답했다.

"십 퍼센트 이상이 아니고?"

"이봐요, 도대체 무슨 이유로 내가 그런 수치를 알리라고 생각하는 거죠?"

"진지하게 생각해 볼 의지가 없는 게로군." 피에르는 싸늘하게 말했다.

프랑수아즈는 목구멍에 묵직한 덩어리가 걸린 듯했다. 울고 싶었다. 그가 듣고 싶어 하는 말을 들려주면 그냥 간단하게 해결될 수도 있었으리라. 하지만 고집스러운 반항심이 또다시 고개를 쳐들었다. 다시금 현재의 상황이 의미와 중요성을 지니게 되었고, 싸울 만한 가치가 있는 일이라 여겨졌다. 다만 지금은 싸움을 감당할 수 있는 상태가 아닐 뿐이었다.

"바보같이 굴었소. 당신 말이 맞아. 나도 모르게 이 문제로 당신을 괴롭히고 있군. 그렇지?"

그의 표정이 부드러워졌다.

"내가 그자비에르에게서 지금보다 뭘 더 바라지 않는다는 걸 알아줘요. 그래도 다른 놈이 나보다 더 유리한 입장을 점한다면 참을 수 없을 것 같긴 하오."

"이해해요."

그녀는 미소 짓고 있었지만 마음의 평화를 되찾지는 못했다. 피에르가 그녀의 고독과 휴식을 무너뜨린 것이었다. 온갖 풍요와 장애물로 가득 찬 세계가, 이제 피에르 곁에서 그녀가 욕망하고 두려워하기를 원하는 세계가 프랑수아즈의 눈앞에 얼핏 모습을 드러내기 시작했다.

"오늘 밤 그 애와 이야기를 나눠 봐야겠소." 피에르는 같은 말을 다시금 반복했다.

"내일 모든 걸 자세하게 말해 주겠소. 오늘은 더 이상 당신을 힘들게 하지 않으리다. 내 약속하지."

"당신 때문에 힘든 건 없었어요. 원하지 않는데도 억지로 말하게 한 건 나인걸요."

"상황이 몹시 민감해서, 냉정을 유지하고 이 문제를 논할 수 없으리라고 난 확신했소. 당신과 이야기를 나눌 마음이 없었던 건 아니오. 다만 막상 와 보니 당신 얼굴이 가여울 정도로 초췌해서 다른 모든 일들이 하찮게 보였던 거요." 피에르는 웃으며 말했다.

"난 이제 아프지 않아요. 그러니까 나를 더 이상 조심스레 대할 필요는 없어요."

"알다시피 내가 당신을 조심스레 대하는 일은 거의 없잖소. 어쨌든 부끄럽군, 내 이야기만 떠들어 대서 말이오." 피에르는 미소를 머금은 채 이렇게 말했다.

"그러고 보면 당신은 참 감정을 잘 숨기는 사람이 아니에요! 심지어 놀라울 정도로 솔직하죠. 논쟁을 벌일 때는 어떤 식으로든 자기 주장을 관철시킬 줄 아는 능력을 지녔지만, 외려 자신을 속이는 일만큼은 절대로 못 하니까요."

"그 분야에는 소질이 없지. 내가 나 자신에게 벌어진 일로 위태로움을 느낀 적이 단 한 번도 없음을 당신은 잘 알잖소."

그는 눈을 들어 프랑수아즈를 바라보았다.

"요전에 당신이 내게 충격적인 말을 했더랬지. 내가 스스로의 감정을 시공간 너머에 넣어 두고 무결한 상태로 보존하기 위해 감정을 음미하는 일을 일부러 등한시한다고 말이야. 조금은 부당한 말이지만, 어느 정도 내가 그런 식으로 처신하고 있다는 생각이 드오. 난 다른 곳에 존재하고 있다, 그러니 각각의 개별적인 순간은 하등 중요하지 않다, 라고 늘 생각해 왔거든."

"맞아요. 당신은 당신한테 닥치는 모든 일에 대처할 수 있다고 항상 믿어 왔으니까요."

"내가 무엇이든 할 수 있는 건 바로 그 때문이오. 난 어떤 작품을 완성해 낼 수 있는 사람이다, 당신과 완벽한 사랑을 만들어 낼 수 있는 사람이다, 하면서 관념을 도피처로 삼아 왔거든. 하지만 그건 지나치게 안일한 생각이었소. 나 이외의 것들 또한 실제로 존재하고 있으니까."

"맞아요. 그것들은 실재하고 있죠."

"이제 알겠소? 내게 있어서 솔직함이란 나 자신을 속이는 또 다른 방법에 해당한다는 걸 말이오. 인간의 교활함이란 놀라울 정도지." 피에르는 우쭐해하며 이렇게 덧붙였다.

"당신이 술수를 부려도 우린 알아차릴 거예요!"

그녀는 피에르를 향해 웃어 보였다. 무엇을 걱정한단 말인가? 그는 스스로를 의심할 수도, 이 세상에 의문을 품을 수도 있는 사람이었다. 그녀로부터 피에르를 분리시켜 놓은 이 자유를 전혀 두려워할 필요가 없음을 프랑수아즈는 알고 있었다. 무슨 일이 있어도 두 사람의 사랑은 절대로 변하지 않을 터였다.

프랑수아즈는 베개에 머리를 기댔다. 정오였다. 앞으로 한

동안 계속 고독한 시간을 보내야 했지만, 지금껏 아침마다 느껴 온 단조롭고 색채 없는 고독은 더 이상 아니었다. 병실에는 미적지근한 권태로움이 스며들어 있었고, 꽃은 윤기를, 오렌지 음료는 신선함을 잃었다. 밋밋한 벽과 가구는 헐벗은 듯 보였다. 그자비에르. 피에르. 그 어디를 둘러보아도 두 사람의 부재만이 눈에 밟혔다. 프랑수아즈는 눈을 감았다. 몇 주 만에 처음으로 마음속에서 불안이 싹트고 있었다. 어젯밤엔 무슨 일이 벌어졌을까? 피에르가 과감하게 던진 질문에 그자비에르는 분명히 마음이 상했을 것이다. 잠시 후, 두 사람은 그녀의 침대 머리맡에서 서로 화해하게 될지도 몰랐다. '그렇게 된다면?' 그녀는 목구멍이 타는 듯 따끔거리고 심장이 미친 듯 두근거리고 있음을 알아챘다. 세상의 맨 밑바닥에 떨어져 있던 그녀를 피에르가 다시 데리고 올라온 터였다. 그녀는 다시 그곳으로 추락하고 싶지 않았다. 지금으로서는 병원이 유배지와 다를 바 없이 느껴졌다. 고독한 운명을 그녀에게 되돌려 주기엔 병에 걸리는 것만으로는 충분하지가 않았다. 멀리서 다시금 만들어지는 저 미래는, 피에르 곁에 있는 그녀의 미래였다. 그들 두 사람의 미래인 것이었다. 그녀는 귀를 기울였다. 병상 생활에 편안히 적응한 덕분에 지난 며칠 동안 문병객을 받는 일은 단순한 소일거리로 여겨졌다. 그런데 오늘은 달랐다. 피에르와 그자비에르가 복도를 따라 한 걸음씩 다가오고 있었다. 두 사람은 계단을 올라와서, 역으로부터, 파리로부터, 자신들의 생활 안쪽으로부터 이곳을 향해 오는 중이었다. 머지않아 이곳으로 흘러들게 될 것은, 바로 그들 삶의 한 조각이었다. 발소리가 병실 문 앞에서 멎었다.

"들어가도 되겠소?" 이렇게 물으면서 피에르가 병실 문을 밀고 들어왔다. 그가 이곳에 존재하게 되었고, 그와 함께 그자비에르 역시 여기에 존재하게 된 것이었다. 이곳에 없던 두 사람이 이 자리에 나타나기까지 어떠한 과정을 거쳐 왔는지를 파악하기란, 지금껏 늘 그래 왔듯이 불가능했다.

"어젯밤 잠을 잘 잤다고 간호사가 그러더군."

"그래요. 주사를 맞지 않아도 되면 즉시 퇴원할 수 있을 거예요." 프랑수아즈가 말했다.

"얌전히 지내며 너무 움직이지 않는다는 조건 아래에서 말이지. 편히 누워 있어요, 말은 하지 말고. 이야기는 우리가 들려줄 테니."

그는 그자비에르를 보면서 미소 지었다.

"당신한테 들려줄 이야기가 한 보따리 있소."

그는 침대 옆에 놓인 의자에 앉았고, 그자비에르는 네모진 커다란 쿠션 의자에 자리를 잡았다. 아침에 머리를 감았는지 금빛 머리칼이 얼굴을 풍성히 감싸고 있었다. 눈과 창백한 입술에선 은근히 어리광 부리는 듯한 기색이 느껴졌다.

"어젯밤 공연은 아주 성공적이었소. 객석의 열기가 어찌나 뜨겁던지 배우들이 무대에 여러 번 불려 나올 정도였다니까. 그런데 공연을 마치고 나니, 알 수 없는 이유로 기분이 썩 좋지 않더군."

"오후 내내 신경이 날카로운 상태였잖아요." 프랑수아즈는 반쯤 웃으며 말했다.

"맞아. 또 잠이 부족하다고 느껴서 그랬을지도 몰라. 어쨌든 게테 거리로 나오자마자 화를 내기 시작한 건 사실이오."

그자비에르가 묘하게 입을 세모꼴로 오므린 채 말했다.

"씩씩대면서 독설을 내뱉는 게 꼭 독사 같더라니까요. 반대로 전 거리로 나서자 기분이 완전히 좋아졌어요. 두 시간 동안 중국 공주 역할을 착실히 연습하고 난 뒤였거든요."

그녀는 원망 조로 이렇게 덧붙였다.

"또 기력을 회복하려고 일부러 조금 자 두기도 했고요."

"기분이 좋지 않은 탓에 난 저 애한테 시비 걸 구실을 찾아 내려고 혈안이었지 뭐요! 그런데 몽파르나스 거리를 지나던 중에 저 아이가 내 팔을 놓으면서 화를 자초하고 말았지······."

"자동차가 달려와서 그런 거라고요. 그때부터 더는 나란히 걸을 수 없게 되었죠. 마음이 여간 불편한 게 아니더라고요." 그자비에르는 흥분해서 말했다.

"일부러 내게 모욕을 주려고 그런 거라 생각했지. 그래서 나는 뼈가 덜덜 떨릴 정도로 화가 났고."

그자비에르는 깜짝 놀란 얼굴로 프랑수아즈를 쳐다보았다.

"끔찍했어요. 예의상 이따금 비아냥거리듯 한 마디 던지는 걸 제외하면 내내 아무 말도 하지 않으시더라니까요. 어찌해야 좋을지 모르겠더군요. 부당하게 괴롭힘을 당하는 기분이었어요."

"안 봐도 훤해." 프랑수아즈가 웃으며 말했다.

"그간 뜸했던 돔에 가기로 했소. 거기에 다시 가게 되어서 흡족해하는 듯한 그자비에르를 보자, 함께 색다른 시도를 감행했던 요전의 밤을 비하하려는 속셈으로 저런다는 생각이 들더군. 그래서 난 결국 잔뜩 화가 나서 맥주잔을 앞에 놓고 한 시간 동안이나 계속 뚱하게 있었지."

"전 대화 주제를 찾고자 애썼고요."

그러자 피에르가 창피해하면서 말했다.

"천사라도 되는 양 인내심을 발휘하더군. 하지만 저 애가 아무리 정성껏 노력해도 난 점점 더 화가 날 뿐이었소. 화가 날 때면 마음먹기에 따라 그런 상태에서 벗어날 수 있음을 잘 알면서도, 그래야 할 이유가 보이지를 않잖소. 결국 나는 저 애에게 잔뜩 원망을 늘어놓고 말았지. 넌 바람처럼 종잡을 수 없는 인간이다, 그래서 함께 하룻밤을 즐겁게 보냈더라도 다음 날이면 못돼 먹게 나올 게 뻔하다, 라는 식으로 퍼부어 댔지."

프랑수아즈는 웃음을 터뜨렸다.

"도대체 무슨 생각으로 그토록 고약하게 군 거죠?"

"저 애가 속내를 감춘 채 머뭇거리고 있다고 진심으로 믿었거든. 울적한 기분 탓에 난 저 애가 지레 방어적으로 나오리라 생각했던 거지."

"맞아요. 그날 밤만큼 완벽한 밤을 보낼 수 없으리라고 미리 걱정하다가 감상적이 되었다고 선생님께선 해명하셨죠." 그자비에르는 불만 섞인 목소리로 말했다.

두 사람은 서로를 다정하게 쳐다보면서 한편이라도 된 듯 미소를 지었다. 제르베르 문제는 입 밖으로 꺼내지조차 않은 듯 보였다. 그 문제를 언급할 엄두조차 못 내던 피에르가 결국 절반의 진실을 내세워서 사과했음이 분명했다.

"슬픔과 충격에 빠진 저 애의 얼굴을 보니 내 마음이 단번에 풀리더군. 또 무척 부끄러웠지. 그래서 극장을 나선 이후로 내가 무슨 생각을 했는지 죄다 들려주었소."

그는 그자비에르에게 미소를 지어 보였다.

"그랬더니 저 앤 아주 너그럽게 날 용서해 주더군."

그자비에르도 그에게 미소를 보냈다. 아주 잠시 침묵이 흘렀다.

"그러고 나서 우리는 오래전부터 한결같이 완벽한 밤을 보내 왔다는 데에 합의했소. 그자비에르는 나랑 같이 있으면서 지루했던 적이 단 한 번도 없었다고 얘기하려 했고, 나는 저 애와 함께한 시간이 내 인생에서 가장 값진 순간에 해당한다고 말해 주었지."

그는 억지로 밝게 꾸며 낸 듯한 목소리로 재빨리 이렇게 덧붙였다.

"우리는 서로 사랑하고 있으니 그리 놀랄 만한 일은 아니라는 결론에 도달했소."

경쾌한 목소리임에도 불구하고 그의 말은 병실을 무겁게 내리눌렀고, 피에르 주위엔 침묵이 흘렀다. 그자비에르는 어색하게 미소만 짓고 있었다. 프랑수아즈는 표정을 가다듬었다. 그것은 단지 말에 불과했고, 이미 오래전부터 이러한 국면을 맞이한 상태였다. 그런데 이 한 마디는 결정적이었다. 이 말을 내뱉기 전에, 피에르는 그녀에게 의견을 물었을 수도 있었으리라. 그를 질투하는 것은 아니다. 다만, 살이 에일 듯 추웠던 그 새벽녘에 직접 받아들인, 저 나긋나긋한 금발의 여자아이를 반항 한번 못 해 보고 빼앗기지는 않을 것이었다.

피에르는 침착하고 여유 있는 태도로 말을 이어 갔다.

"그자비에르 말로는 이게 사랑이라는 걸 여태껏 전혀 몰랐다더군."

그는 미소를 지었다.

"우리가 같이한 시간이 행복하고 강렬했음을 인정하면서도, 그게 다 내가 함께한 덕분이었다는 사실을 몰랐다는 거야."

프랑수아즈는 무덤덤한 표정으로 바닥을 응시하고 있는 그자비에르를 쳐다보았다. 부당하게 나오는 쪽은 프랑수아즈 본인이었다. 피에르는 그녀의 의사를 벌써 물었기 때문이다. 이미 오래전, 그녀가 먼저 '그 애와 사랑에 빠져도 괜찮아요.'라고 말했던 것이다. 크리스마스 전날 밤에, 그는 내게 그자비에르를 단념하겠다는 뜻을 내비치기도 했다. 그러니 그로서는 당당하게 나올 만한 권리가 충분했다.

"우연히 마법 같은 일이 벌어졌다고 생각한 거야?" 프랑수아즈는 어색하게 물었다.

돌연 그자비에르가 고개를 쳐들었다.

"그럴 리가요."

이렇게 말하고 나서 그자비에르는 피에르를 바라보았다.

"선생님 덕분이라는 건 잘 알고 있었어요. 다만 선생님이 워낙 재미있고 유쾌한 분이라 그런 거라고 생각했죠. 그 밖에…… 또 다른 이유가 있으리라곤 전혀 생각하지 못했고요."

"그러면 지금은 어떻게 생각하는데? 어제 이후로 생각이 바뀐 거야?" 피에르가 다정히 물었다. 그러나 얼굴에선 초조함이 묻어나고 있었다.

"당연히 아니죠. 전 변덕쟁이가 아니니까요." 그 자비에르가 굳은 얼굴로 말했다.

"네가 착각했을 수도 있어. 잠시 흥분해서 우정을 사랑이라고 착각했는지도 모르지." 피에르는 냉정하지도, 다정하지도 않은 어중간한 목소리로 이렇게 말했다.

"어젯밤에 제가 흥분한 것처럼 보이던가요?" 그 자비에르는 일그러진 미소를 띤 채 물었다.

"그 순간에 흠뻑 취한 듯 보이더군."

"평소보다 더 그랬던 건 아니었어요."

그녀는 머리카락을 한 움큼 쥐고, 나른하면서도 요염한 표정으로 자신의 머리칼을 탐욕스럽게 쳐다보았다.

"문제는, 거창한 말이 부담스럽게 느껴진다는 거예요." 그녀가 늘어지는 투로 말했다.

피에르의 얼굴이 굳어졌다.

"틀린 말을 하는 게 아니라면 겁낼 게 뭐 있어?"

"물론 그렇긴 하죠." 그 자비에르는 지나칠 정도로 머리칼을 연신 응시하면서 말했다.

"사랑이란 부끄러워해야 할 비밀이 아니야. 자기 마음속에서 벌어지는 일을 직시하려 하지 않는 게 오히려 약해 빠진 짓이라고 생각되는군." 피에르가 말했다.

그 자비에르는 어깨를 으쓱해 보였다.

"성격을 고칠 수는 없잖아요. 저는 개방적인 성격이 아니고요."

당황해서 의기소침해진 피에르의 얼굴을 보자 프랑수아즈

는 딱한 마음이 들었다. 자기를 방어할 수단과 남을 공격할 무기, 그 모든 걸 내려놓기로 마음먹는다면 피에르 또한 무척이나 약해질 수 있었던 것이다.

"어젯밤 일을 가지고 셋이서 이야기하는 게 기분 나쁜 거야? 하지만 어제는 그러기로 했잖아. 각자가 일대일로 프랑수아즈를 만나서 이야기하는 편이 더 나았을려나?"

그는 주저하는 눈빛으로 그자비에르를 바라보았다. 그런 그를 그자비에르는 짜증 섞인 눈으로 흘깃 쳐다보았다.

"둘이건 셋이건 아니면 떼거리로 모여서 이야기하건 상관없어요. 선생님께서 제 감정에 대해 떠들어 대는 소리를 듣고 있는 것 자체가 이상하니까요."

그녀는 신경질적으로 소리 내어 웃기 시작했다.

"너무나 이상해서 믿기 힘들 정도라니까요. 지금 정말로 제가 문제이긴 한가요? 선생님께서 분석하시는 사람이 정말 저인가요? 또 제가 그러라고 했나요?"

"그러면 안 될 이유가 뭐지? 너와 나에 관한 이야기잖아. 어젯밤엔 너도 이걸 당연하게 여겼잖아." 피에르는 소심하게 미소 지으며 말했다.

"어젯밤엔…… 선생님도 이번만큼은 상황을 겪고 계신다고 생각했어요. 단지 상황을 논하고 계시신 게 아니라요." 그자비에르는 고통스러워 보일 만큼 일그러진 웃음을 띠고서 말했다.

"극도로 불쾌하게 나오는군."

그자비에르는 머리카락 속에 손을 넣고 관자놀이를 눌러 댔다.

"마치 자기가 나무토막이라도 되는 양 스스로에 대해 떠들어 댈 수 있는 건 제정신이 아닌 상태에서나 가능한 짓이에요." 그녀는 거칠게 말했다.

"결국 넌 어둠 속에 숨어서 상황을 겪을 수 있을 뿐이로구나. 밝은 곳에서 상황을 논하고 원하는 데 있어서는 무능한 거지. 너를 화나게 하는 건 말이 아니야. 어젯밤에 네가 무심코 수긍한 것을, 다시금 오늘 자의에 입각해서 동의해 달라고 요구받는 게 싫은 거라고." 피에르가 성난 목소리로 말했다.

낯빛이 어두워진 그자비에르는 쫓기는 듯한 표정으로 피에르를 쳐다보았다. 프랑수아즈는 피에르를 말리고 싶었다. 그의 표정을 굳게 하는 강압적인 긴장 상태를 사람들이 겁내 하고, 또 피하고 싶어 한다는 사실을 프랑수아즈는 잘 알고 있었다. 피에르에게도 이 순간이 달갑지는 않을 터였다. 하지만 프랑수아즈는 그의 나약해진 모습에서도 수컷으로서 승리를 거두기 위해 악착같이 싸움을 벌이는 한 사내를 발견할 수밖에 없었다.

"네가 나를 사랑하는 거라고 말하도록 너는 나를 내버려 두었어."

피에르는 계속 말을 이어 갔다.

"이제 네가 말할 차례야. 네가 순간적인 감정밖에 느낄 줄 모르는 사람이라는 사실을 확인하게 되더라도 전혀 놀라지 않을게."

그는 심술궂은 표정으로 그자비에르를 쳐다보았다.

"사, 날 사랑하지 않는다고 솔직히 말해 봐."

그 자비에르는 프랑수아즈에게 절망적인 눈길을 던졌다.

"아! 일이 이렇게 되지 않길 바랐는데. 이전까진 너무 좋았잖아요! 왜 다 망치는 거죠?" 그녀는 슬퍼하며 말했다.

그 자비에르의 감정이 폭발하자 피에르의 마음 역시 흔들리는 듯했다. 그는 머뭇거리면서 그 자비에르와 프랑수아즈를 번갈아 쳐다보았다.

"숨 좀 돌릴 수 있게 내버려 두세요. 지나치게 몰아붙이고 있잖아요."

피에르는 자신을 사랑하는지, 사랑하지 않는지를 확실히 해 두고자 하는 갈망 탓에 조급해하면서도 논리적으로 대응하고 있었다. 프랑수아즈는 우애의 차원에서 그 자비에르가 느끼고 있을 당혹감을 충분히 헤아릴 수 있었다. 그녀였다면 자신의 마음을 어떠한 말로 표현할 수 있었을까? 그녀의 마음 또한 그만큼 혼란스러웠다.

"미안해. 화를 낸 건 잘못했어. 이젠 괜찮아. 우리 사이가 어딘가 잘못돼 버렸다고는 생각하지 않았으면 좋겠어." 피에르가 말했다.

"하지만 이미 망가진걸요, 안 보이세요?" 그 자비에르는 말했다. 그녀의 입술이 덜덜 떨리고 있었다. 완전히 흥분한 것이었다. 갑자기 그녀는 두 손에 얼굴을 파묻었다.

"아! 이제 어쩌면 좋지? 어떻게 하면 좋을까?" 그녀는 속삭이듯 말했다.

피에르는 그녀에게로 몸을 숙였다.

"괜찮아, 별일 아니야. 변한 건 아무것도 없어." 그가 절박한 목소리로 말했다.

그자비에르는 무릎 위로 손을 떨궜다.

"너무 답답해요. 바위 속에 갇힌 것 같아요. 너무 답답하다고요." 그녀는 온몸을 떨고 있었다.

"내가 무언가를 더 바란다고는 생각하지 마. 이 이상으로는 아무것도 요구하지 않을 테니까. 그냥 예전처럼 지내면 돼."

"상황이 어떤지 좀 보시라고요."

그자비에르는 자리에서 일어나더니 눈물이 흐르지 않도록 고개를 뒤로 젖혔다. 하지만 목구멍은 격렬하게 들썩이고 있었다.

"상황이 불행해졌어요. 저는 그렇다고 확신해요. 제겐 힘이 없고요." 그녀는 뚝뚝 끊기는 목소리로 말했다.

프랑스아즈는 무기력에 젖어서 슬픈 눈으로 그녀를 바라보았다. 돔에서도 이랬던 적이 있었다. 그런데 피에르는 그때보다 더 꼼짝 못 하고 있었다. 무슨 행동을 했다면 파렴치할 뿐 아니라 건방지게 보였을 터였다. 프랑수아즈는 떨리는 그녀의 어깨를 감싸고 무슨 말이라도 해 주고 싶었다. 그러나 현재 그녀는 스스로 거동할 수 없는 상태로 이불 밑에 누워 있는 처지였다. 직접 몸을 맞댈 수 없는 상황에서는 어색한 말밖에 할 수 없기 마련이었고, 그렇게 건네는 말은 거짓말처럼 들릴 터였다. 그자비에르는 망상에 사로잡힌 듯 무겁게 내리누르는 위협에 둘러싸인 채, 그 누구의 도움도 없이 홀로 맞서고 있었다.

"두려워할 만한 불행이 우리 세 사람에게 닥칠 리 없어. 믿어 주면 좋겠어. 도대체 뭐가 무섭다는 거야?" 프랑수아즈가 말했다.

"전 겁이 나요."

"피에르에게 독한 구석이 있는 건 사실이야. 하지만 말로만 그러지 물어뜯지는 않는다고. 우리 둘이서 저 사람을 길들여 보자. 그럴 수 있게 해 줄 거죠?"

"독한 말은 이제 하지 않을게. 맹세해." 피에르가 말했다.

"들었지?"

그자비에르는 깊은 한숨을 내쉬었다.

"무서워요." 그녀는 진이 빠진 목소리로 재차 말했다.

전날과 마찬가지로 정해진 시각이 되자 조용히 문이 열리더니 간호사가 주사기를 손에 들고 들어왔다. 그자비에르는 자리에서 벌떡 일어나 창가 쪽으로 걸어갔다.

"오래 걸리진 않을 거예요." 간호사는 말했다.

피에르도 자리에서 일어나 그자비에르 곁에 있고 싶다는 듯 걸음을 옮겼다. 하지만 결국 벽난로 앞에서 걸음을 멈추고 말았다.

"이게 마지막 주사인가요?" 프랑수아즈가 물었다.

"내일 한 대 더 맞으실 거예요." 간호사가 대답했다.

"그러고 나면 집에서 몸조리를 해도 될까요?"

"그토록 서둘러 퇴원하고 싶으세요? 집에 보내 드릴 수 있을 만큼 기력을 좀 더 회복할 때까지 기다리셔야 해요."

"얼마나 기다려야 하나요? 일주일은 더 있어야 할까요?"

"일주일이나 열흘 정도는요."

간호사가 주삿바늘을 꽂았다.

"자, 다 됐습니다."

간호사는 이불을 다시 덮어 준 다음 환하게 웃으며 병실을 나갔다. 그자비에르가 휙 하고 몸을 돌렸다.

"저 여자의 꿀 바른 듯한 목소리가 너무 싫어요." 그자비에르는 적대적으로 말했다. 그러고는 잠시 병실 구석에 가만히 서 있었다. 이윽고 비옷을 던져두었던 의자 쪽으로 걸어갔다.

"어쩌려고?" 프랑수아즈가 물었다.

"바람 좀 쐬려고요. 여기 있자니 숨이 막혀서요."

이 말을 들은 피에르가 몸을 움직였다.

"혼자 있고 싶어요." 그녀는 거칠게 말했다.

"그자비에르! 고집 피우지 마! 이리 와서 좀 앉아. 이성적으로 얘기 좀 나누자고." 피에르가 말했다.

"얘기라고요? 얘기라면 이미 너무 많이 했어요!" 이렇게 말하고 나서 그자비에르는 서둘러 코트를 걸친 뒤 문 쪽으로 걸어갔다.

"이대로 떠나면 안 돼." 피에르가 부드럽게 말했다. 그는 손을 내밀어 그녀의 팔을 붙들려 했지만, 그자비에르는 성큼 뒤로 물러섰다.

"이제 제게 명령하지 마세요." 그녀는 감정이 섞이지 않은 목소리로 말했다.

"가서 바람 좀 쐬고 와. 그래도 오후가 다 가기 전에 날 보러 돌아와 줘. 그래 줄 거지?" 프랑수아즈가 말했다.

그자비에르가 그녀를 쳐다보았다.

"그리죠." 그녀는 얌전히 대답했다.

"자정쯤 날 만나 주겠어?" 싸늘한 목소리로 피에르가 물었다.

"모르겠어요." 그자비에르는 목소리를 깔고 이렇게 대답한 뒤에 거칠게 문을 밀었다. 그녀의 등 뒤로 문이 다시 닫혔다.

피에르는 창가 쪽으로 가서 창문에 머리를 댄 채 한동안 꼼짝 않고 서 있었다. 그자비에르가 떠나가는 모습을 지켜보는 모양이었다.

"엉망진창으로 만들었군." 침대 쪽으로 되돌아오면서 그가 말했다.

"게다가 엄청난 실수를 저지르기도 했죠! 도대체 무슨 생각으로 그런 거예요? 마무리를 짓겠답시고 둘 사이에 오간 대화를 당장 내게 들려주기 위해 그런 식으로, 그자비에르랑 같이 나타나다니 말예요. 누구라도 그런 상황에서는 기분이 나쁠 거라고요. 하물며 성격이 무던한 여자애조차 그냥 넘어가지 못했을 거예요." 프랑수아즈는 신경질을 내며 말했다.

"이런! 그럼 내가 어떻게 하길 바란 거요? 난 그 애에게 혼자서 당신을 만나러 가라고 권했소. 그랬더니 부담스러워하는 기색을 내비치면서 같이 가는 편이 좋겠다고 말한 건 그 애였다고. 내 쪽에서도 그 애가 없는 자리에서 당신에게 얘기를 할 생각 따윈 없었소. 그 애를 떼어 놓고 어른들끼리 상황을 정리하려 한다는 인상을 줄 수 있겠단 생각이 들었거든."

"내 말은 그게 아니잖아요. 민감한 사안이었다고요."

이상하게도 기쁜 마음이 연신 솟아나는 가운데 그녀는 이렇게 덧붙였다.

"어쨌든 당신이 택한 방법은 적절하지 않았어요."

"어젯밤엔 단순해 보였는걸. 우린 서로 사랑하고 있음을 깨달았고, 당신한테 이 사랑을 들려주려 온 거라고. 우리가 맞이한 한 편의 아름다운 이야기와 함께 말이오." 멍하니 먼 곳을 응시하며 피에르는 말했다.

그 순간 얼굴로 피가 솟구치면서 프랑수아즈의 마음은 원망으로 가득 차고 말았다. 그녀를 존중한답시고 두 사람이 자기들 멋대로 그녀에게 강요하는 이 모든 것에 초연한 상태로 축복이나 내리는 신의 역할을 떠맡기는 너무나도 싫었던 것이다.

"그렇군요. 그 이야기는 진즉에 신성화되어 버렸군요. 잘 알겠어요. 당신보다는 그자비에르가 어젯밤 일을 내게 더 들려주고 싶어 했다는 걸 말이에요."

병실에 들어섰을 때 완전히 한편이 되어서는 희희낙락하던 두 사람의 모습이 다시금 떠올랐다. 두 사람이 마치 아름다운 선물이라도 되는 양 자신들의 사랑을 가져온 까닭은, 그녀가 그것을 실제의 효력을 지닌 사랑으로 바꿔 주길 바랐기 때문이다.

"다만 그자비에르는 어젯밤 일을 구체적으로 그려 보지는 않은 거예요. 말을 사용해야 하리라고는 생각하지 않은 거죠. 그래서 당신이 입을 열자마자 하얗게 질려 버린 거고요. 그 애의 반응이 놀랍진 않군요. 하지만 그 애가 그렇게 나오리라는 걸 당신은 예상했어야 해요."

피에르는 어깨를 으쓱해 보였다.

"그 점에 대해선 예측하지 못했소. 조심성이 없었던 거지. 하지만 당신도 봤어야 해. 방금 전 광분했던 그 애가 어젯밤엔 얼마나 나긋나긋하게 마음을 터놓았는지를 말이오. 내 입에서 사랑이라는 단어가 나오자 조금 움찔하기는 했지만, 곧바로 수긍하는 표정을 지었거든. 내가 집까지 바래다주기도 했고."

그는 미소를 짓고 있었지만 자기가 그러고 있음을 모르는 눈치였다. 그의 눈은 계속 멍한 상태였다.

"헤어질 때 내가 끌어안자 내게 입술을 내밀더군. 간결한 입맞춤이었지만 그 애의 몸짓에는 애정이 넘쳐 났다오."

그자비에르, 그녀의 검은색 정장과 체크무늬 블라우스, 그녀의 새하얀 목덜미, 눈을 반쯤 감고 입술을 벌린 채 나긋나긋하고 부드럽게 피에르의 품에 안겨 있는 그자비에르. 얼얼한 통증처럼 이러한 이미지가 프랑수아즈를 뚫고 지나갔다. 하지만 그 얼굴을 프랑수아즈가 직접 보게 될 날은 절대로 오지 않을 터였다. 그녀는 안간힘을 썼다. 판단력을 잃을 것만 같았다. 이런 식으로 커져만 가는 원망에 잠식되도록 스스로를 내버려 두고 싶진 않았다.

"당신이 그 애에게 제안한 연애는 그리 쉬운 게 아니에요. 그러니 한동안 그 애가 겁을 먹는 건 당연하다고요. 우리로서는 이런 관점으로 그 애를 생각하기가 익숙하지 않겠지만, 요컨대 그자비에르는 아직 어린 데다 사랑을 해 본 적이 없다고요. 어쨌든 이 사실을 고려해야만 해요."

"그 애가 어리석은 짓을 하지 않았으면 좋겠는데."

"무슨 짓을 할 거라는 거죠?"

"그 애와 관련해서는 그 무엇도 예상할 수가 없소. 늘 그런 상태였으니."

그는 걱정스레 프랑수아즈를 쳐다보았다.

"당신이 한번 달래 가면서 잘 설명해 주지 않겠소? 사태를 해결할 수 있는 사람은 당신밖에 없어."

"한번 해 볼게요."

그녀는 피에르를 바라보았다. 전날 밤에 그와 나눈 대화가 문득 생각났다. 그에게서 받아 온 것들로 인해 지나치게 오랫동안 맹목적으로 피에르를 사랑해 왔다. 피에르를 위해, 심지어 그가 그녀에게서 벗어나 자유를 누리더라도 그를 사랑하겠노라 다짐했던 그녀였다. 그러니 첫 번째 장애물에 걸려서 포기하지는 않을 작정이었다. 그녀는 그를 향해 미소 지었다.

"당신은 두 여자 사이에 끼어 있는 남자가 아니에요. 그러니 우리 셋이서 특별한 뭔가를 만들어 나갈 것이다, 어려운 일이겠지만 아름답고 행복한 경험이 될 것이다…… 이걸 그 애에게 제대로 납득시키는 것이 내 임무로군요."

"자정에 그 애가 다시 올지 궁금하군. 제정신이 아닌 상태로 나간 터라."

"내가 설득해 볼게요. 근본적으로 그리 심각한 일은 아니니까."

잠시 침묵이 흘렀다.

"제르베르는요? 그 애는 이제 전혀 문제가 되지 않나요?" 프랑수아즈가 물었다.

"제르베르 문제에 관해선 거의 얘기하지 않았소. 하지만 당신 말이 맞다는 생각이 들어. 제르베르한테 잠시 매력을 느낄 수야 있겠지만, 조금 지나면 제르베르를 더는 생각하지 않을 거야."

그는 손가락 사이로 담배를 굴렸다.

"그런데 이 모든 사태는 제르베르에게서 비롯한 거요. 난 우리 관계에 그 자체로 만족하고 있었거든. 질투심으로 인해 내 정복욕이 깨어나지 않았더라면, 내가 변화를 바라는 일은 절대로 없었을 거야. 병인 게 분명해. 방해물에 맞닥뜨렸다는 기분이 들면 그 즉시 이성을 잃고 만다니까."

그 자신조차 통제하지 못하는 어떤 위험한 힘이 그의 내면에 도사리고 있음이 분명했다. 프랑수아즈는 목이 메어 왔다.

"결국 그 애와 자게 되겠군요."

곧바로 고통스러운 확신이 그녀를 엄습했다. 피에르는 사내의 다정한 손길로 저 흑진주를, 저 오만한 천사를 황홀함에 젖은 여자로 만들 터였다. 그는 이미 그 애의 부드러운 입술을 자기 입술로 내리누르지 않았던가. 프랑수아즈는 일종의 혐오가 담긴 눈빛으로 그를 바라보았다.

"내가 색을 밝히지 않는다는 건 당신도 잘 알지 않소. 언제라도 좋으니 어젯밤에 그 애가 지었던 표정을, 이 세상에서 그 애와 단둘이 실재하는 순간을 다시금 맛볼 수 있길 바랄 뿐이야."

"하지만 결국 잠자리를 피할 수는 없을 거예요. 당신이 도중에 정복욕을 버리는 일은 없을 테니까. 변함없이 사랑받고 있음을 확인하기 위해 당신은 매일매일 그 애에게 무언가를 조금씩 더 요구하게 될 거예요."

그녀의 목소리에는 피에르가 눈치챌 만큼 적대적인 냉기가 담겨 있었다. 그는 슬쩍 얼굴을 찡그렸다.

"당신 때문에 나 자신이 혐오스러워지려 하는군."

"그자비에르를 성적인 대상으로 간주하는 게 나로서는 늘 불경스럽게만 느껴지는걸요." 프랑수아즈는 한층 부드럽게 말했다.

"나 역시 그렇소." 이렇게 말하면서 피에르는 과감하게 담배에 불을 붙였다.

"문제는 그 애가 다른 놈이랑 자면 내가 참을 수 없으리라는 점이오."

프랑수아즈는 또다시 심장이 고통스럽게 죄어 오는 걸 느꼈다.

"바로 그렇기 때문에 당신은 결국 그 애와 자게 될 거라고요. 당장은 아니더라도 반년 혹은 일 년 안에 그렇게 될 거예요."

키스에서 애무로, 애무에서 몸을 섞기까지, 숙명과도 같은 과정의 각 단계들이 뚜렷하게 그려졌다. 피에르의 잘못으로 인해 그자비에르는 보통 사람들과 마찬가지로 각각의 단계를 밟아 나가게 될 것이었다. 그 순간 그녀는 피에르가 진심으로 미워졌다.

"지금 당신이 무엇을 해야 하는지 잘 알고 있겠죠? 여느 때처럼 구석에 자리를 잡고 앉아서 얌전히 일을 하는 거예요. 난 좀 쉬어야겠어요." 그녀는 목소리를 가다듬으며 말했다

"나 때문에 피곤한가 보군. 당신이 환자라는 사실을 너무 자주 잊어버린다니까."

"당신 때문이 아니에요."

그녀는 눈을 감았다. 수상쩍은 끔찍한 고통 탓에 괴로웠다. 내가 원하는 건 정확히 무엇일까? 내가 바랄 수 있는 건 또 뭐고? 그녀는 알 수가 없었다. 하지만 체념을 통해 벗어날 수 있으리라 믿다니, 말도 안 되는 바람이었다. 그녀는 피에르와 그 자비에르를 너무나도 사랑하고 있었으며, 두 사람의 관계에 깊이 연루되어 있었다. 고통을 자아내는 수천 개의 이미지들이 머릿속에서 소용돌이를 그리는 가운데, 마음이 찢어질 듯 아팠다. 또한 혈관을 타고 흐르는 피에는 독이 든 것 같았다. 그녀는 벽을 보고 누운 채 조용히 울기 시작했다.

피에르가 떠난 건 7시 무렵이었다. 저녁 식사를 마치고 나자 몹시도 피곤해졌으므로, 결국 책을 읽을 수 없게 된 그녀가 할 수 있는 일이란 그자비에르를 기다리는 것뿐이었다. 그 애가 오기는 할까? 자기 쪽에서는 아무런 영향력도 발휘할 수 없는 상태로, 변덕스러운 의지에 일방적으로 끌려다녀야만 하는 상황이 끔찍하기만 했다. 죄수가 된 기분이었다. 프랑수아즈는 밋밋한 벽을 바라보았다. 병실이 뜨겁고 어둡게 느껴졌다. 간호사가 꽃을 치운 뒤 천장의 불을 끄고 나가자, 침대 주위엔 쓸쓸함을 자아내는 가느다란 빛줄기만이 비치고 있을 따름이었다.

'내가 원하는 건 무엇일까?' 프랑수아즈는 불안감에 사로잡혀서 다시 한 번 생각했다.

고집스레 과거에 매달리고 있다는 것. 아는 것은 오직 그뿐이었다. 피에르가 홀로 앞서 나가도록 내버려 두었다. 그의 손을 놓친 지금으로서는 다시 만나기가 불가능할 정도로 그는 몹시도 멀리 가 버렸다. 너무 늦은 것이다.

'그런데 만약 너무 늦은 게 아니라면?' 그녀는 생각했다. 두 팔을 비워 둔 채 덜렁거리며 계속 제자리에 머무는 대신에, 전력을 다해 앞으로 돌진하기로 마침내 결심한다면? 그녀는 베개 위에서 몸을 살짝 일으켰다. 주저하지 말고 나를 던지자. 그것만이 유일한 기회다. 그런다면, 피에르와 그자비에르가 먼저 맞이한 저 새로운 미래를 그녀 역시 만끽할 수 있을지도 몰랐다. 그녀는 뜨거운 눈빛으로 병실 문을 쳐다보았다. 그렇게 하자. 그녀는 그렇게 하리라 각오했다. 그 외에 할 수 있는 일이란 전연 없었다. 이제 그자비에르가 오기만 하면 되었다. 7시 30분. 땀에 손이 젖고 목이 타는 와중에 그녀가 기다리는 건 더 이상 그자비에르가 아니었다. 그녀의 삶과 미래 그리고 행복의 부활이었다.

누군가 조심스레 문을 두드렸다.

"들어오세요." 프랑수아즈는 말했다.

아무런 기척이 없었다. 그자비에르는 피에르가 아직 있을까 봐 걱정하는 모양이었다.

"들어오세요."

프랑수아즈는 최대한 큰 목소리로 외쳤다. 그러나 목소리는 아직 잠겨 있었다. 그자비에르가 그 소리를 듣지 못한 채 그냥 떠난다면, 프랑수아즈로서는 그녀를 다시 부를 방도가 없었다.

그자비에르가 들어왔다.

"방해가 된 건 아닌지 모르겠네요."

"무슨 소리야. 너무나도 만나고 싶었는걸."

그자비에르가 침대 옆에 다가와서 앉았다.

"지금까지 어디 있었어?" 프랑수아즈는 부드럽게 물었다.

"산책을 했어요."

"아까는 상당히 당황했나 봐. 왜 그렇게까지 괴로워하는 거
야? 도대체 뭘 그리 겁내는 거지? 그럴 이유가 전혀 없잖아."

그자비에르가 고개를 숙였다. 몹시도 지쳐 보였다.

"아까 제가 너무 못되게 굴었어요."

그녀는 소심하게 말을 이어 갔다.

"라브루스 선생님께선 화가 많이 나셨나요?"

"그럴 리 없지. 널 몹시 걱정하기만 했는걸."

그자비에르는 미소를 지었다.

"네가 안심시켜 주면 돼."

그자비에르는 겁에 질린 표정으로 프랑수아즈를 쳐다보았다.

"선생님을 만나러 갈 용기가 나질 않아요."

"왜 그런 어이없는 생각을 하는 거야? 조금 전 있었던 일 때
문에 그러는 거야?"

"그것 때문만은 아니에요."

"말 한 마디에 겁에 질리다니. 말만으로는 그 무엇도 바뀌
지 않아. 피에르는 자기에게 너를 좌지우지할 권리가 있다고
여기지 않아. 설마 그렇게 믿는 건 아니겠지?"

"보셨잖아요, 이미 한바탕 난리가 난 걸요."

"겁에 질리는 바람에 난리를 피운 건 너잖아."

이렇게 말하고 나서 프랑수아즈는 웃었다.

"새로운 상황이 닥칠 때마다 넌 늘 불안해하곤 하지. 파리에 오는 걸 겁냈고, 연기를 하는 것도 겁냈지. 그런데 결국 지금까지 그리 나쁜 일은 일어나지 않았잖아?"

"맞아요." 그자비에르는 살짝 미소를 지으며 말했다.

피로와 불안으로 일그러진 그녀의 얼굴은 평소보다 더 흐릿해 보였다. 하지만 그건 피에르의 입술이 닿았던, 부드러운 살로 된 얼굴이었다. 프랑수아즈는 연인을 바라보듯, 피에르가 사랑하는 그 여자를 한참 동안 쳐다보았다.

"반대로 모든 게 더 좋아질 수도 있어. 끈끈하게 맺어진 두 사람의 관계는 그 자체로도 이미 아름답지만, 최선을 다해서 서로를 사랑하는 세 사람 사이의 관계는 훨씬 더 풍요롭기 마련이거든."

그녀는 잠시 뜸을 들였다. 이제 그녀 또한 뛰어들어야 하는, 위험을 받아들여야 하는 순간이 온 것이었다.

"너와 나 사이에도 애정이라 할 수 있는 게 분명히 존재하잖아?"

그자비에르는 그녀를 흘깃 쳐다보았다.

"그럼요." 그녀는 낮은 목소리로 이렇게 대답했다. 별안간 그녀는 천진난만한 애정이 담긴 표정을 지어 보였고, 그 덕분에 그녀의 얼굴 역시 부드러워졌다. 그러고는 덤벼들 듯 프랑수아즈를 향해 몸을 굽히더니 그녀를 끌어안았다.

"너무 뜨겁네요. 열이 나나 봐요."

"저녁이 되면 늘 조금씩 열이 나곤 해."

프랑수아즈는 미소를 지으며 다음과 같이 덧붙였다.

"그래도 네가 여기 있어서 너무 행복해."

참으로 간단했다. 느닷없이 그녀의 마음을 부풀게 한 이 달콤한 사랑은 언제나 그녀의 손이 닿는 거리 안에 있었다. 겁이 많은 데다 건네는 데 인색한 이 손을 그냥 뻗기만 하면 되었던 것이다.

"거봐, 라브루스와 너 사이에 사랑이라는 게 존재한다면, 우리 세 사람 역시 아름답고 조화로운 관계를 맺을 수 있을 거야. 일상적인 삶의 형태는 아니겠지만, 그런 삶이 우리에겐 그리 어려운 일이 아닐 거야. 넌 그렇게 생각하지 않아?"

"그렇게 생각해요." 이렇게 말하면서 그자비에르는 프랑수아즈의 손을 힘주어 잡았다.

"이제 내가 회복하기만 하면 돼. 우리 세 사람이 얼마나 멋진 인생을 손에 넣을지 두고 보라고."

"일주일 내로 집에 돌아오시는 거죠?"

"별다른 문제가 발생하지만 않는다면 그렇게 되겠지."

그 순간 프랑수아즈는 자신의 몸이 고통으로 경직되어 있음을 깨달았다. 아니다, 병원에 더는 오래 머물지 않을 것이다. 이런 식으로 평온한 해탈에 빠져 있는 나날도 이젠 끝이다. 그녀는 행복을 향한 탐욕을 완전히 되찾았다.

"선생님께서 안 계시니 호텔이 삭막하기 그지없어요. 전에는 하루 종일 만나지 않는 날에도 위층에 계신 선생님을 느낄 수 있었고, 계단에선 선생님의 발소리가 들려왔죠. 지금은 텅 비어 있다고요."

"다시 돌아갈 거야." 프랑수아즈는 감동에 젖어서 말했다.

그자비에르가 자기 존재에 이토록 신경 쓰고 있음을 그녀는 전혀 모르고 있었다. 이다지도 그자비에르를 오해하고 있었다니! 잃어버린 세월을 보충하기 위해서라도 더욱 사랑해 줄 작정이었다. 프랑수아즈는 그자비에르의 손을 잡고서 아무 말 없이 그녀를 바라보았다. 열이 나는 바람에 관자놀이가 욱신거렸고 목은 건조했다. 그러나 프랑수아즈는 자기 삶에 뜻하지 않게 찾아온 기적이 무엇인지 마침내 깨닫기에 이르렀다. 순수와 자유가 터져 나오며, 지나칠 만큼 인간적이었던 그녀의 세계가 돌연 먼지가 되어 무너져 내리던 그때, 그녀는 겹겹이 쌓인 인내와 납처럼 무거운 관념 뒤에 숨어서 서서히 메말라 가고 있었다. 이러한 감옥을 무너뜨리는 데에는 그자비에르의 천진난만한 눈길이면 충분했다. 그리고 자유를 되찾은 이 땅 위에서 지금, 이 까다로운 어린 천사가 내려 준 은총 덕분에 수많은 기적이 탄생하려 하고 있었다. 여인답게 보드랍고 농사를 짓는 아낙네처럼 벌겋게 달아오른 손과, 꿀 향기, 연한 담배 냄새 그리고 차 내음이 풍기는 입술을 지닌 음침한 천사.

"소중한 그자비에르." 프랑수아즈는 말했다.

(2권에 계속)

세계문학전집 **434**

초대받은 여자 1

1판 1쇄 찍음 2024년 2월 9일
1판 1쇄 펴냄 2024년 2월 23일

지은이 시몬 드 보부아르
옮긴이 강초롱
발행인 박근섭, 박상준
펴낸곳 (주)민음사

출판등록 1966. 5. 19. (제 16-490호)
서울특별시 강남구 도산대로1길 62(신사동) 강남출판문화센터 5층 (우편번호 06027)
대표전화 02-515-2000 팩시밀리 02-515-2007
www.minumsa.com

ISBN 978-89-374-6434-8 04800
ISBN 978-89-374-6000-5 (세트)

세계문학전집 목록

세계문학전집은 계속 간행됩니다.